THE GUILLOTINE
THE PLAGUE

# 断頭台／疫病

YAMAMURA MASAO
KUSAKA SANZO

山村正夫
日下三蔵編



竹書房文

# 断頭台／疫病

目次

# I

# II

# I 断頭台

## ——狂気こそ真の逃走にほかならない——

# 1

熊倉左京太《くまくらさきょうた》は、劇団仮面座の若手俳優である。一風変わった古めかしい名前なのでいかにも名優のように見えるが、その実まったく無名の三文役者にすぎなかった。劇団内でもこのうえもなく冷遇されていて、いままで本公演、試演会を通じて通行人以上の役らしい役のついたことはなかった。

〈仮面座〉は数多い新劇団のなかでも中堅どころにあり、前衛的なレパートリーを次々と上演するのを売物にしている。年に二本の翻訳劇、一本の創作劇と——劇団の文芸部、経営部に人材がいて、問題作を矢つぎ早にぶっつけるから、一公演ごとに人気が出て、常打《じょうう》ち劇場《こや》のD生命ホールは、いつも客が満員にならなかったことはない。それだけに俳優もわりかた粒が揃《そろ》っているのだが、左京太だけは別であった。劇団員連名の演技部のなかに、ただ体裁上名前を連ねているだけで、演出部の連中からは、「あいつは柄《がら》ばかりで大根役者だからな」と頭から問題にされていなかった。

仲間の俳優たちがどしどし大役を振られて、はなばなしく舞台の脚光を浴び、ラジオ、テレビ界のタレントとしても、目ざましく進出していくのにひきかえて、かれ一人は取り残されたように、裏方の手伝いばかりさせられていた。大道具の職人にまで、「左京太、左京太」と呼び捨てにされる。それでも芝居が飯より好きだから、不平一ついわずに黙々としてよく働くので、お情けで籍を抜かずに置いてもらっているようなものだった。

　そんな冷遇を受けていたのは、かれのセリフにひどい東北なまりがあり、役者としてどうにも使いものにならない不器用なせいもあるにはあったが、性格が妙に陰気すぎて劇団内の空気にそぐわないところから、芝居に大切なアンサンブルが、かれのおかげでこわされてしまうおそれがあるので、敬遠されていたためもあった。

　かれはふだん稽古場《けいこば》に出てきても、隅の方に積みあげた大道具のがらくたの間にうずくまるようにすわって、刑事が張込《はりこ》みでもしているような胡乱《うろん》な眼つきで、稽古の進行を見まもっているのだ。必要な用件以外はだれとも喋《しゃべ》ろうとはしない。読み合わせのさいたまに演出家から卜書を読むようにたのまれても、黄色い歯のあいだから空気の洩《も》れたような声で、つっかえつっかえ読む。影が薄いから死神という綽名《あだな》をつけられていたが、そう言われてもしかたがないほど暗い表情だった。一度などは出番が来て、楽屋から舞台へ上がりかけた女優の一人が、うす暗いハリモノの陰からいきなりぬっと、裏方の恰好《かっこう》で出てきた左京太を見て、危うく卒倒しかけたこともあったほどだ。

　しかも、どこかからだに欠陥でもあるらしく、頬は病的にげっそりと痩《や》せこけ、落ちくぼんだ眼ばかりが鉛色ににぶく光っていて、おまけに額が武士の月代《さかやき》のように禿《は》げあがり、両側の鬢《びん》に申しわけ程度の薄い髪があるだけときているから、なおさら、若さというものが感じられなかった。年は三十二歳ともいうし三十五歳ともいうし、正確なことは誰も知らない。現在の境遇はどんなふうで、劇団へはいる前はどんな生活をしていたのか？　かれに関しての履歴もまったくの謎になっている。

それをある程度知っているのは、劇団研究生の城戸《きど》鴇子《ときこ》ぐらいのものだった。

いったい左京太のどこに魅力を感じたのか、鴇子がかれといっしょになると公表したときは、劇団中のものがあっといった。人一倍美人で、ゆくゆくは〈仮面座〉のトップスターになるだろうと、演出部内でもひそかに期待をもっていた勘のいい女優だけに、彼女の気まぐれをだれもがとがめた。左京太は鴇子にからかわれているのだと、まことしやかに噂《うわさ》するものもいた。しかし、彼女の左京太に対する愛情は不真面目でもなんでもなかった。むしろ献身的なくらいだった。

「だって気の毒よ。左京太さんはあの若さで戦犯だったんですもの。少年航空兵でラバウルの特攻隊員だったんですって。……死刑の判決を受けて、あちらの刑務所に二年間も収容されていたのが、無実だとわかって奇跡的に釈放されたんだというわ」

なんでも基地にいるとき、濠州兵《ごうしゅうへい》の捕虜《ほりよ》の首を日本刀で刎《は》ねて、処刑した疑いによるものだった、と鴇子はムキになって代弁した。彼女の父親の陸軍大佐も戦犯として刑死しているので、そんな共通点が二人を結びつけたらしい。そういわれてみるとなるほどと、左京太の性格の極度に陰鬱《いんうつ》なわけを、だれもが納得したものの、それ以来よけいかれを気味悪がって近づくものはなくなった。

経歴といい性格といい、芝居の世界に間違って飛び込んできた人間としか思えなかった。鴇子だけが、「でも左京太さんは、そのうちにきっと素晴らしい俳優になれると思うわ。あれほど人にできない苦労をしてきたんですもの。性格俳優としてみんなの見なおす日がきっとくるに違いないわ」と信じこんでいたが、そういう彼女自身かれのすべてを知っているわけではない。むしろ彼女にすら秘密にしていることの方が多く、かれはふしぎと過去のことについて触れられるのを嫌がった。ふだん黙々として、何を考えているのかも鴇子にはわからなかった。

その左京太に、とつぜん役がついたのである。

その年の秋の公演は、文芸部員の一人が書きおろした、四幕物の野心的な創作劇『断頭台』を上演することに決まり、なかに出てくる死刑執行吏《しっこうり》サンソンの役に、かれは抜擢《ばってき》されたのであった。鴇子はわが事のように喜んだが、それは何も演出部が彼女の切なる願いを聞きいれたからでもなく、特別にかれを見なおしたせいでもなかった。『断頭台』がフランス革命を背景にした芝居で、登場人物がやたらに多く、劇団員が総出演しても、まだ役者が不足するので、やむなくそうせざるをえなくなっただけの話だった。――それに、陰惨《いんさん》な風貌の首斬《くびきり》役人という柄の上の注文からいうと、かれのほかにふさわしい俳優がいなかったからでもある。確かに柄の点だけ見れば、かれ以上の適役者はいなかった。

「どうせあまり重要な役じゃないんだ。演技上多少の見劣りがあっても、眼をつぶるさ」

演出家はさいしょから、見くびった割りきりかたをしていた。

しかし、いざ稽古にはいって読み合わせにかかってみると、当の演出家の方がたじたじとなった。

左京太のその役に対する打ち込み方には、いままでかつて見なかったほどの、異様な真剣さがこもっていたのである。人の嫌がる役が逆にかれの情熱をかきたてたのか——それともこのチャンスをのがすまいとする必死の意気込みからか、ここ何年というもの、かれの裏方姿しか知らなかった他の俳優たちは、ギョッとして顔を見合わせた。いや、それより台本を手にしたかれの姿に何かしら肌寒いものを感じたという方が当たっていた。鴇子にしてもまるで真剣勝負でもするような、そんなひたむきなかれを見たことがなかった。

セリフにしてわずか数言——四幕目の幕切れの処刑の場面に顔を出すだけの人目をひかない役だというのに、まるでその役と心中でもしかねまじき、取り組み方なのである。

ふつう、よほどヴェテランの新劇俳優でも、舞台上で完全に役の人間になりきるためには、相当な期間の稽古を必要とする。だからこそ俳優は、演出者を媒介《ばいかい》にして、役の心理、性格を自分のものにするために骨身を削る思いをするものだが、それも役に応じての程度問題だった。その他大勢に類する端役《はやく》を演じるのに、左京太ほどの異常な熱意を示したものはだれ一人としてなかった。

「あいつは生まれてはじめてプログラムに名前が載るんで、のぼせやがったんだぜ」

「いや、役が役なんで、打ち込み方も違うのさ」

仲間の俳優はてんでにそんな憎まれ口をきいたが、左京太はひとり黙々として取り合おうともしなかった。のみならずかれらが、舞台監督からガミガミいわれるまでは稽古時間も遅れがちなのにひきかえて、一時間も前からきちんと稽古場へ現われる。それればかりではない。台本もすでに百回以上も読み返している。セリフも他人の分まで諳《そら》じてしまう。そればかりではない。シュテファン・ツワイクの歴史作品のほか、フランス革命に関するありとあらゆる文献を古本屋や図書館で捜し出してきて調べる。古今東西の死刑執行吏の伝記を読む。ギロチンの模型まで自分の手でつくってみる。そのうえふだん無口なかれには珍しく、演出家に執拗《しつよう》な質問を繰り返した。

「いいんだよ。何もそんなに大げさに考えなくても、ただ暗い冷酷な感じを出してくれれば、それでいいんだ。君の地のままでやってくれてかまわないんだよ」

演出家は、かれ自身の演出プランに従って、やや皮肉にそう答えるほかはない。

しかし、左京太はそんな生半可《なまはんか》な答えでは納得しなかった。かれは老人のようなダミ声でなおもしつっこく訊く。サンソンの暗い冷酷な性格はどういうところに原因があるのか？　サンソンとはいったいどういう人間で、なぜ刑吏《けいり》などになったのか――？　そうなると、演出家の方はぐっとつまった。いや自尊心を傷つけられていらだった。

だいたい作者がそこまでは書いてないのである。何十人と出てくる登場人物のなかで、そんな傍系《ぼうけい》人物の説明にまで、いちいち神経を使っていたらきりがないからだった。

「それは、君の方で勝手に推測してくれたまえ。僕《ぼく》の方では、前歴はともかく、台本にあるような冷酷な刑吏になってくれれば、それでいいんだから……」

演技の初歩もろくにできないくせに、生意気なことをいうなとばかり、しまいには感情的な口調でつきはなされて、左京太は世にも悲しそうな顔になった。というよりその顔は日一日と苦悩で彩られていった。だれの眼にもかれが俳優としての技量、俳優としての追及の限界を越えて、サンソンという役に立ちむかっているのだということが、ありありわかってきた。

「あなたは少しノイローゼになりすぎているわ。役者の良心として、そりゃああなたの態度は、立派には違いないけど、そんなにとことんまで追及してたら、頭の方がどうかしてしまうわよ」

今度の芝居では、酒場の女ジルダを演《や》ることになっている鴇子が一番心配して注意したが、いつもは彼女のいうことならなんでもすなおに聞く左京太が、別人のように耳を貸そうとはしなかった。

それどころか、まだ立稽古にもはいらないうちから、化粧前にむかってメーキャップをあれこれと苦心してみる。人の寝しずまった深夜に起き出して、ドーランを顔にべたべたと塗りたくるのである。髪の毛もオキシフルで赤茶色に染める。ある日、夜中にゴソゴソと起き出したかれが、口中を血だらけにしてナイフと釘抜《くぎぬ》きで歯を抜こうとしているのを発見して、鴇子はまっ青になってとめたことさえあった。

明けても暮れても——ときには彼女の存在すらも忘れてしまうほど、かれはサンソンの幻影に取り憑《つ》かれてしまっていた。左京太と呼ばれたのでは、返事もしなくなった。眠っているときでも、サンソンとかギロチンとかいう言葉が譫言《うわごと》のなかにまじっていた。夢と現実との区別がつかないくらい、かれの脳裏でかれ自身とサンソンとが混同されているように見えた。

——それは、いよいよ明日で最後の立稽古がおわり、明後日には待ちに待った初日があくという日のことであった。

## 2

風が颯々《さつさつ》と砂塵《さじん》を巻いて吹き出している。影絵のように黒々とした影を落として聳《そび》え立つ、不吉な二本の柱のあいだで、茜色《あかねいろ》の空はようやく血に飽きて黄昏《たそが》れはじめた。広場を喧騒《けんそう》と怒号とでうずめていた群集たちも、はやちりぢりになって影もない。鼓笛隊《こてきたい》を先頭にした兵士たちの靴音も遠のいた。

後には処刑台の周囲を警護する何名かの憲兵と慌てて店じまいに取りかかった胡桃《くるみ》売り、レモネード売りなどの屋台の大道商人たち、そして自由の女神の巨大な石像が残るばかりである。その石像は、夕靄《ゆうもや》のかなたのチュルリー宮に背を向けて、革命の象徴の、真紅のフリージャ帽をかぶせられている。彼女が置かれた場所は、かつてルイ十五世の記念碑が立っていたところであった。

「革命裁判所万歳！」

そのとき、処刑台の上で、まだ縄の端を握ったままぼんやり佇《たたず》んでいた刑吏サンソンの唇から、低いしゃがれた呟《つぶや》き声が洩れた。

その声は、つい半時ほど前、血に狂った群集たちが感きわまって鋤《すき》や鍬《くわ》をふりあげ、口々に絶叫したのとは違って、ゾッとするほど陰々として、呪文でもくちずさんだかのように聞こえる。

それはかれの姿が全身黒ずくめで、魔法使《まほうつかい》に似た三角頭巾《ずきん》、だぶだぶの釣鐘《つりがね》マントですっぽり全身をおおっているせいばかりではない。軍鶏《しゃも》のようにするどい眼と、顴骨《けんこつ》の思いきりとがった死神のような横顔とが、何かに憑かれているような奇異な感じを与えたからである。

かれはかたわらの相棒から、「おい兄貴……」と促《うなが》されると、やおら蒼白《そうはく》な顔をふりむけ、握った縄に骨ばった腕をそえて、力いっぱいひきあげた。

「いつもながら、なんて重てえんだ」

滑車はあっても、縄の先端の三角に磨《と》ぎすまされた刃を、軛《くびき》の上までひきあげるには、満身の力を必要とするのだ。

「だ、台に流れた血が、刃の先に膠《にかわ》のようにくっついて離れやがらねえ」

「そりゃ、たっぷり怨《うら》みがこもってるからよ。今日のように往生ぎわの悪い御婦人だと、なおさらだぜ。桑原《くわばら》、桑原……」

相棒のジルベルトは刑吏に似合わぬ臆病者と見えて、柱の向こう側から歯の根も合わぬ慄《ふる》え声でいった。——かれの足許《あしもと》には、どす黒い色をした柳の小籠《こかご》が据《す》えてある。

なかには斬《き》り落とされてまだまもない犠牲者の首が、おびただしい血汐《ちしお》を吸った鋸屑《おがくず》に半面をうずめて、果物のようにころがっていた。それは若く美貌の貴婦人の首だった。白蠟《はくろう》のような生白い色の頸《くび》から金髪の巻毛にかけて、血がべっとりとこびりついている。切断された瞬間に、強く唇を嚙《か》みしめたのであろう。紫色に変色した唇からも、糸のような血がしたたり落ち、無念の形相《ぎょうそう》はすさまじかった。

その凄惨《せいさん》な生首を——ジルベルトはおっかなびっくり、金髪をわしづかみにして宙にぶらさげると、眼をそむけるようにして、台の下の手押車《ておしぐるま》のなかに投げいれた。

「まったく手こずらせやがったぜ。おれはどうも女は苦手でいけねえや」

「しかし、わ、若い女を殺《や》っつけたのは久しぶりだったな」

サンソンは吃《ども》るように、かすれた声でいうと、

「ヴェルサイユ王宮の式典長官、ド・オリヴァー公爵夫人とかいったっけ」

「そうよ。公爵の方なら二週間も前にあの世へお送り申し上げたじゃねえか。兄貴の膝にすがりついて、一目女房に会わせてくれろ、とわめくやつをな……。兄貴、何かかかわりあいでもあったのかい？」

「いや、そ、そうじゃねえ。そんなことじゃねえんだ」

口のうちでもぐもぐいってから、サンソンはふ、ふ、ふ、と含み笑いをした。

「貴婦人と名がつきゃあ、どこのだれだってかまやしねえのよ、若い女の、く、首がばっさり落ちるのをこの手で感じると、おれはからだじゅうの血がゾクゾクしてきやがるんだ。……み、みんなあいつが、ここへ送られてくる日までの小手調べっていう気がしてな。……ふ、ふ、ふ、それも後二日の辛抱だが……」

「後二日だって？　何が……」

「おれが四年間待ちに待った日がやってくるのがよ。おれはその日が来るのを、どれほど待ちこがれていたかしれやしねえ。……あの高慢ちきなオーストリア女が、今日の貴婦人みてえに、土壇場《どたんば》で見苦しくじたばたしやがるだろうかと、思ってみるだけでも、うっとりとしてくるんだ」

ジルベルトが思わずギョッとして見なおしたほど、かれの眼は酔ったように妖《あや》しくかがや

いていた。

しかもその眼で、台の上の首のない女の胴体をなめまわすようにしていうのだから、なおいっそう鬼気迫るものがあった。闇は刻一刻と深くなったが、サンソンの頭のなかには、いましがたおわったばかりの血みどろな処刑の情景が、白日夢《はくじつむ》のようにまだありありとこびりついていて、その生々しい一齣《ひとこま》一齣がかれの官能を異様にかきたてるらしいのだ……。

——今日の女、オリヴァー公爵夫人は、護送車から降りて、断頭台のさいしょの一段に足をかけたとき、恐怖のあまり気を失った。サンソンが担《かつ》ぎあげて処刑しようとすると、いきりたった群衆が怒号した。

「眼をさまさせてから、ギロチンにかけろ！　罪の償《つぐな》いを最後の瞬間まで、思い知らせてやらなけりゃ、見せしめにはならないぞ」

その声に応じて、すぐさま憲兵が駆《か》け寄ると、皮鞭《かわむち》で夫人を思いきり打ちのめした。苦痛に意識を取りもどした夫人が、眼前にのしかかる断頭台の重圧に半狂乱になったところを、ジルベルトに手伝わせて、無理やりひきずりあげ、ふたたび失神しかかる一歩手前で、一挙にそのかぼそい首を刎ねたのであった。

「兄貴って、じっさい気味の悪い男だぜ。おれたち首斬役人のなかでも、特に変わり者だってことは知ってたが……やっぱり何かあったんだな。……それで、兄貴の待ちこがれているその女ってえのは、いったいどこの何さまなんでえ。兄貴がそうもったいつけるからには、よほどの上玉《じょうだま》なんだろうが……」

少々頭の足りないジルベルトは、首をひねったぐらいでは見当もつかないらしい。

「ふ、ふ、ふ、知りてえか。……そうか。じゃあ、教えてやろう」

サンソンは興奮を押《おさ》えかねた熱っぽい口調で、舌なめずりをしながら、

「今日は、何日だったっけな？」

「いやだぜ。兄貴、十月十四日に決まってるじゃねえか」

「そうだ。その十月十四日……革命裁判所検事フーキエ・タンヴィルは、コンシェルジュリー獄に投獄中の一囚人を、反逆罪、内乱罪、国費乱費、皇太子との近親相姦等の破廉恥《はれんち》罪で起訴した。陪審員の評決は明後日行なわれるが、判決状はすでに作成されていて、死刑……そして、明後日の十月十六日——すなわち一千七百九十三年十月十六日は……」

「その日は……」

「革命史上永遠に残る記念すべき日になるだろうぜ。——女帝マリア・テレサの娘、ルイ十六世の王妃マリー・アントアネット・ド・フランスがこの断頭台にむかって送られてくる！」

# 3

ジルベルトはサンソンの前歴を知らない。

もともと首斬役人などというものは、きわめて身分が卑《いや》しく、いずれもいかがわしい前身のものに決まっているから、詮索する必要もないためで、サンソンが、刑吏になる前、バスチーユの牢獄に四年間もつながれていた囚人だったという以外、仲間のうちでも、知ってるものはだれもいない。まして釘抜きと焼鏝《やきごて》で容貌を変え、言葉つきまですっかり刑吏になりきっているサンソンが、もとをただせばれっきとした由緒《ゆいしょ》ある貴族で、男爵だったと知ったら、ジルベルトでなくとも眼をまわすものがほとんどであったろう。

――数年前にさかのぼる……イルロード・ダンティニャック・ド・サンソンは、凛々《りり》しい軍服に身を包んだ、トリアノン宮警護の近衛《このえ》隊長であった。

トリアノン宮は、当時王妃マリー・アントアネットが、国の疲弊《ひへい》をよそに、国庫から百六十四万九千五百二十九リーブルの巨額の金《かね》を支出させて、改築した快楽の館《やかた》である。

謁見《えっけん》室の金の鏡板《かがみいた》や、玻璃《はり》の華飾《かしょく》。ワットーやペーターの絵をはじめ、十八世紀の選《え》り抜きの芸術作品を収集した客間など、古代ギリシャの素朴な線とフランスの優美とを結合した、ロココ建築の粋《すい》ともいうべきその離宮《りきゆう》は、ルイ十六世の住むヴェルサイユ王宮からかなり離れたところにあり、それをいいことにした軽佻浮薄《けいちようふはく》な王妃は、ここに取り巻きの若い貴族をおおぜい集めて、連日のように仮装舞踏会を催したり、徹宵《てつしよう》の宴《えん》を張ったりしたのであった。

サンソンははじめ王から警護の任務を命じられたときは、内心で苦々しい思いがしたが、ひとたび王妃の身近に伺候して、彼女の類いまれな美貌に接すると、たちまち魂を奪われた。当時の貴婦人の典型ともいうべき優美典雅《てんが》な容姿が、無骨《ぶこつ》で純情な一青年将校の心をいかにかきみだしたかは、容易に想像できることだった。サンソンは王妃の側近の列に加えられた栄誉に、どれほど感激したかしれなかった。

マリー・アントアネットの方でも、この新参者のきびきびした若い貴族に——少なからず興味を感じたらしい。もちまえの悪戯心《いたずらごころ》を起こして、ひたむきなかれの奉仕に、それとなくまんざらでもなさそうなそぶりをほのめかすのであった。

やがて館うちでの、さまざまな饗宴《きようえん》に飽きて、おしのびのオペラ座見物がはじまると、かれは王の末弟アルトア伯などとともに、なくてはならない随行者の一人になった。

王妃が戯れに自ら俳優になり、『フィガロの結婚』を宮廷劇場で上演しようと、途方もない計画をたてたときも、かれは配役の一人に特に選ばれたほどの、お気に入りになっていた。その稽古のため、トリアノン宮からフランス座までのゆききの道々、燦然《さんぜん》たる宮廷馬車の御《ぎよ》者台《しやだい》にすわったサンソンは、この世のものとも思われぬ甘美な陶酔感に酔いしれていた。

吹雪《ふぶき》のある夜、深更《しんこう》に王妃が帰館の途上、馬車の車輪が泥濘《ぬかるみ》に落ちこんで、はずれたことがある。御者が修理にあたっているあいだ、王妃とかれは身分をかくして近くのアモー部落の百姓《ひゃくしょう》小屋で時をすごしたが、一杯のブルゴン産のリキュール酒と、赤々と燃えた暖炉《だんろ》の火のほてりが、二人のあいだにただならぬ秘密をつくった。愚鈍なうえに生理的な欠陥のある国王に、すっかり嫌気がさしていた淫蕩《いんとう》な王妃は、ほんの一時の浮気心でかれを慰《なぐさ》んだのである。

しかし、一夜が明けると、王妃はすっかりサンソンの無器用な愛の技巧に興味を失っていた。マリー・アントアネットの気まぐれほど、怖《おそ》しいものはない。史上名だたる妖婦《ようふ》ポッピアやカトリーヌ・ド・メディシスには及ばないとしても、いったん熱がさめると、掌《てのひら》をかえしたように冷たく残酷になるのが、彼女の性格だった。

「わたしは、退屈ほど怖しいものはありません」と、オーストリア大使メルシーに書き送った彼女の書簡は有名だが、彼女がかりそめの恋の相手に選んだ貴族は、ことごとくといってもいいくらい、歓喜の絶頂から絶望のどん底に陥し込まれるのが運命《さだめ》だった。サンソンもしょせんその一人に過ぎなかった。

愚かにもこれこそ真実の恋、無上の恋と芳醇《ほうじゅん》な夢幻の美酒の香《かおり》に、たあいなく酔い痴《し》れたのも束《つか》の間《ま》——翌《あく》る日、王のもとにとつぜん召喚されると、青天の霹靂《へきれき》のように職を罷免《ひめん》された。のみならず、貴族の特権をも剥奪《はくだつ》され、呆然《ぼうぜん》自失して事の次第を問いただすまもないうちに、刑吏の手に引き渡され、一枚の拘禁状《こうきんじょう》とともに、バスチーユへ投獄されてしまったのだ。理由は、王妃に対して許すべからざる不敬な振舞《ふるま》いが、あったというのであった。讒《ざん》訴《そ》したのは、むろん、その王妃自身である。一度ほうり込まれたが最後、一生陽《ひ》の目を見ることができないといわれているバスチーユ行は、一夜の秘密を永遠に封じるためには、絶好の手段だった。死刑を免《まぬか》れたのが奇跡に等しいほどで、名門ロレーン家の血をひくかれの一門眷族《けんぞく》も、ことごとく国外に追放された。

うたかたの恋の代償に、文字どおり一身を葬ったサンソンが、かれ自身の果たしたみじめな道化役に気がついて、憤怒《ふんぬ》のあまり全身の血を逆流させたのは、冷たい牢獄のなかである。蠟燭《ろうそく》一本ともすことを許されない暗黒に閉じこめられ、食物といえば黒パンと豆と水のみ。昨日にうって変わる、卑しい粗麻《そま》の獄衣を着せられたサンソンは、飢《う》えと寒さに責めさいなまれながら、獣《けもの》のように吠《ほ》えたけり、ありとあらゆる呪詛《じゅそ》の言葉を鉄格子にむかってたたきつけた。押せどもひけども、びくともしない岩壁《いわかべ》を、両手の爪がはがれるまでかきむしって、怨みのありたけを刻みつける。そのあとにはきまって底無し沼におちたような激しい絶望感が襲ってくるのだが、かれはくじけなかった。

「いまに見てろ！　この復讐《ふくしゅう》はかならずかならず、果たしてみせるぞ！」

天を呪い地を呪うその一念だけが、かろうじて、かれの生命をつないだ。

四年の歳月が、剣技で鍛《きた》えた逞《たくま》しいかれの肉体から、一寸刻みに若さを奪っていった。かつて栗色《くりいろ》だった髪の毛も、一本一本死人のような白髪《はくはつ》に変わり、闇になれた眼は陰惨な翳《かげ》が凍《こお》りついて、毒蛇のような妖しい光を放つようになった。

だが、獄の外にあっても、その四年の歳月のあいだに、フランス王国はもはや昨日までのフランス王国ではなくなっていた。マリー・アントアネットの政敵ロアン大司教が、パリの高等法院から無罪の判決を言い渡された例の頸飾《くびかざ》り事件を皮切りに、腐敗しきったブルボン王朝の瓦解《がかい》は、いまやとどまるところを知らないいきおいで、坂道を転りはじめていたのであった。

後年フランス大革命史は、その年譜に次のような記録を残している。すなわち一千七百八十九年、五月一日、ノートルダム寺院におけるルイ十六世の三部会召集。十月十七日国民議会の組織。つづいて国民軍の誕生。治世十二年間に、実に十二億五千万リーブルの莫大《ばくだい》な負債をつくった王家に対する、国民の怨嗟《えんさ》憤激《ふんげき》はその極に達し、人望の篤《あつ》かった宰相《さいしょう》ネッケルが追放されるに及んで、ついに爆発した。――すなわち七月十四日、蜂起《ほうき》した暴徒二万のバスチーユ城砦《じょうさい》襲撃となって現われる。

囚《とら》われの身のあいだ、朝に夕に単調な号砲と見張りの兵士のラッパの音しか、耳にすることのなかったサンソンは、とつぜん嵐のように押し寄せてきた群衆の喊声《かんせい》を聞いても、とっさに何が起こったのか、判断に苦しんだ。右往左往する兵士たちの騒ぎが、嘘《うそ》のようにぴたりとやんだのを知って、不審の念は抱いたものの、そのとき古塔の上に守備隊長の鮮血のしたたる生首が槍《やり》の穂先《ほさき》に突き刺されて踊り狂い、三色旗が翩翻《へんぽん》としてひるがえっていたのを、見るべくもない。熱狂した暴徒が口々に万歳を叫び、鉄格子をたたきこわしてなだれ込んで来たのを眼《ま》のあたりにして、はじめて革命の勃発を悟《さと》ったのであった。

サンソンは熱狂したかれらの手でかつぎあげられ、その背におぶわれて、真夏の太陽がじりじりと照りつける牢獄の外に、運び出された。長い獄中生活で痛めつけられたかれの肉体は、ミイラのように、見る影もなく痩せ衰《おとろ》えて軽い。いきなり厳しい陽光にさらされて盲目になるのを防ぐために、眼隠しをされていたが、かれはその眼隠しを通して熱湯のような熱い光と、蒼々《あおあお》と果てしもなくひろがる大空をじかに皮膚に感じながら、おぶってくれている若い農夫にむかって、わななく声でまっ先に訊いた。

「王妃は……ハプスブルグ家の皇女は、この暴動を御存知《ごぞんじ》か……」

それから今日までの約四年余り。以前の召使《めしつかい》をたよって、身を落ちつけたかれの周囲では、あわただしく次々と王政をゆさぶる大事件が相《あい》ついだ。しかもその事件は、サンソンの一個人としての感情や意志とは無関係に、日一日としだいに血なまぐさく、戦慄《せんりつ》すべき様相を呈《てい》していった。

国王一家のダンブル幽閉。九月殺戮《さつりく》。国民公会の成立。ルイ十六世の裁判開始。処刑。そして革命裁判所の設立……。

サンソンが進んで刑吏を志願したのは、その国王の処刑後まもなくのことである。

死の直前まで、美食と大食の習慣を改めなかったというふとっちょの国王の首が、断頭台の下にぶざまにころげ落ちるのを見たとき、かれは群集のなかにあって、ひそかに北叟笑《ほくそえ》んだ。それは血に狂った過激な共和党員たちが、国王の処刑だけでは、とうてい満足するはずのないことを慧眼《けいがん》にも見抜いたからだった。かれらにとって国王以外の不倶戴天《ふぐたいてん》の敵、国民の憎悪の象徴ともいうべきあの高慢きわまりないマリー・アントアネットを、どうしてこのままのめのめと生きながらえさせておけよう。彼女こそまっ先に、ギロチンにかけられて、血の花を咲かせるにふさわしい女ではないか。

時勢が変わったからといって．決して復讐の誓いを忘れたわけではなく、虎視眈々《こしたんたん》としてその機会を狙っていたかれに天がそのチャンスを与えてくれようとは、願ってもない幸いだった。

かれにかわって、あのひんやりとした巨大な国家の剃刀《かみそり》が、怨みのありたけをはらしてくれる。かれはただ刑吏として、その綱を引いてやりさえすればいいのだ。

その日、その瞬間、王妃とし誇りも自尊心もかなぐり捨てて、一人の打ちひしがれた女の姿でかれの膝に縋《すが》りつき、命乞いをするに違いないあの哀れな寡婦《かふ》を、かれは冷酷につきのけて、こういってやるのだ。

「王妃陛下よ。貴女《あなた》の国民が、貴女の処刑を待ちかねておりますぞ！」

――その日は、後二日でやってくる。

# 4

　風が一段と不気味に吹きつのってきた。砂塵はつむじを巻いて断頭台の周囲で荒れている。そのたびに立哨《りっしょう》の憲兵の手のカンテラが、闇のなかで大きく揺れる。

　サンソンは蹌踉《そうろう》とした足どりで、断頭台の階段を降りていった。囚人たちが一段ごとに神にすがって昇るその階段を、かれは悪魔に祝福されて、一歩一歩降りていくのである。

　ジルベルトの姿は、もはや見えなかった。小心者のあの男は、ルイ十六世の処刑のときも逆上したあまり、すんでのところでしくじりかけた苦い経験があるので、マリー・アントアネットと聞いただけで、腰を抜かしたのであった。そのうえ、サンソンの狂気じみた声に、なおいっそう怯気《おじけ》づいてしまったらしい。

「お、おれにはできねえ。王妃さまの首を斬るなんて、そんなことはおれにはとてもできねえ……か、勘弁してくれよ！」

　手をすり合わすようにして哀れな声でいうと、死骸を入れた手押車を押して、逃げるようにねぐらのある墓場へひきあげていった。かれは埋葬人夫でもあるのだ。

「ふん、弱虫め！　いまの言葉を憲兵にでも聞かれりゃ、明日はお前の首がすっ飛ぶ番だぜ」

サンソンはいまいましそうに、ペッと唾《つば》を吐き捨てると、

「だが、まあいいや。お前がやれなくったって、おれが立派にあの女は殺《や》っつけてみせる」

マントの肩をそびやかすようにして、断頭台をさも愛《いと》しそうにふりあおぎ、もう一度、ふふとひくい笑い声を洩らした。

ジルベルトは市役所から出る、十五リーブル三十スウの雀《すずめ》の涙ほどの手当て欲しさに、いやいや刑吏をつとめている哀れな男なのである。いま時分はさぞおっかなびっくりと、オリヴァー公爵夫人の骸《なきがら》に生石灰をふりかけ、他の刑死者の棺《ひつぎ》といっしょに埋葬すべく、無縁墓地の墓穴を掘っていることだろう。

やがて不吉な夜鴉《よがらす》にも似たサンソンの後姿が、闇のなかにのめり込むように消えていくのを、銃剣を肩にして化石のように佇む、憲兵の無表情な視線が見送った。

かれは墓地とは反対の方角の、サン・トノレ街の方へ足をむけ、十五分後にはパリの裏街の、とある貧民窟《ひんみんくつ》の一角に飄然《ひょうぜん》と現われる。

そのうちの一軒――赤い洋灯《ランタン》に『何も無し《リヤン》』と店の名のはいった、穴蔵のような酒場のドアを押して、サンソンはぬっとなかへはいったが、戸口の暗がりに、しばらくじっと立ち止まったままでいた。

窒息しそうなほど、汚れた空気をかき乱して、はでな嬌声《きょうせい》と度はずれた歌声が渦巻《うずま》いている。空樽《あきだる》に思い思いの姿勢ですわって、怪《あや》しげな淫売女《いんばいおんな》たちがへべれけに酔った客に、しど

けなくもつれていた。客はみなついさっきまで、コンコルド広場の血なまぐさい饗宴を見物していた群集の一部だった。年寄りの農夫がいる。職人ふうの男がいる。浮浪者がいる。かれらのかたわらで燭台《しょくだい》の赤い蠟燭が、ジジジと音をたて、その灯影《ほかげ》のゆらめきに、天井から鉤《かぎ》で吊《つ》り下げられた鵞鳥《がちょう》や腸詰《ちょうづめ》類が、異様に赤黒く照らし出されていた。かれらの歌声も赤々と燃えているようだ。

とつぜん、その歌声が嘘のようにぴたりとやんだ。

「遅かったじゃないの」

客たちのあいだを縫って酒を注《つ》いでまわっていた雀斑《そばかす》だらけの赤毛の若い女が、眼をキラキラさせていった。

その声につられて、客たちはいっせいに戸口の方をふりむいた。だれの顔もいい合わせたようにしらじらしくこわばり、一瞬、化石したような沈黙がただよった。だが、その重苦しい沈黙はすぐに破られ、客の一人が呂律《ろれつ》のまわらぬ声を威勢よくはりあげて怒鳴《どな》った。

「いよー、悪魔の大将！」

別な一人が盃《さかずき》をさし上げて、樽から立ち上がった。

「ブラボー……！　革命裁判所万歳！」

その後から前以上に騒々しい歌声が、再びドッとよみがえった。いや、酒場ぜんたいが、常軌を逸して狂い出したような騒ぎになった。サンソンはその動物的などよめきを無視したように、戸口のわきの階段をゆっくり二階へ上がっていった。お祭騒《まつり》ぎに夢中になった客は、サンソンの黒衣の姿がいつのまにか音もなく消えているのに、だれも気づいたものはない。ただあの赤毛の女だけが、目ざとくそれを見つけてかれの後を追った。

「サンソン。わたし今日、あの女の裁判を見てきたわ」

と、彼女は二階の奥まった一室の戸を開けるなり、さもそのことを話したくて、待ちかねていたといわんばかりに、口を切った。

その部屋は、刑吏サンソンがバスチーユから救出されて以来、ひそかに人目を避けて身を落ち着けている部屋だった。女はかつての召使の娘ジルダである。二人の間にいまは階級意識はなかった。あるのは、肉体のつながりのあった男と女の、むきだしななれなれしさだけだった。勝気な彼女の眼は酒と裁判の強烈な印象に酔って、すっかり自制を失っていた。

「あの女は、黒いヴェールの垂れた白い亜麻《あま》の帽子をかぶって、みすぼらしい恰好で固い木の椅子《いす》にポツンとすわっていたわ。憲兵士官ビューヌ中尉に介添《かいぞえ》されてさ――でもあの女は検事の起訴状に対して、顔色ひとつ変えず、眉根ひとつうごかさず、陪席判事にむかってこういったわ。――わたしの過去の行ないは、すべてフランスの幸福を願ってしてきたことです。わたしはルイ十六世の妃《きさき》であり、したがって夫の定めた一切の行為に、従わねばならなかったのです。――あの女は眼に涙ひとつ浮かべずそういったわ」

マントも脱がずに、テーブルにむかってカルタを手でもてあそんでいたサンソンは、ジルダにむかって冷ややかな一瞥《いちべつ》を与えただけで、なんの反応も示さなかった。ジルダは取りつくしまもなく、しばし呆然としていた。

「ねえ、あんた……」

たまりかねてジルダは泪声《なみだごえ》になりながら、かれのマントにすがりついた。口から右の耳にかけて残る、醜い火傷《やけど》のひきつれに頬をすりつけて、

「わたしは、あんたを喜ばせたいばっかりに、裁判のあいだじゅう、あの女の一挙一動を、まばたきもしないで見つめていたんだよ。あんたが死ぬほど憎い女は、わたしにとっても仇《かたき》みたいなものさ。それなのに……あんたは何も感じないの」

「おれのマントを脱《ぬ》がせてくれ」

サンソンはカルタから手を離すと、はじめて押し殺すような低い口調で口を開いた。

「いや、マントだけじゃねえ。上着もはいでおれの背中を裸に晒《さら》すんだ！」

「えッ」

驚いたジルダが眉をひそめて身をひくと、サンソンは、

「早くしねえか！」と声を荒らげてせきたてた。

「お前に見せてやりてえものがある！」

　ジルダは、サンソンが急に何を思いたったのかと怪しみながらも、いわれるままにうす暗いランプの火影《ほかげ》の下に、かれの背中をむきだしにした。とたんに彼女は、思わずあっと口を手でおさえて、後じさりした。

　かれの背中には、眼をそむけたくなるような忌《いま》わしい十字の烙印《らくいん》が、刻みつけられていた。癒えた痕《あと》が赤黒くひきつれているその痛ましい傷は、かれがバスチーユに投獄されたさいしょの日に、典獄の手でむりやり、押されたものである。囚人のうちでも、特に罪過の重いものに限って、文字どおり背負わされるその屈辱は、生のある限り無残につきまとう桎梏《しっこく》なのだ。サンソンは、いままでわざとそのことをジルダに固く秘して、眼に触れることを避けていたのであった。

「わかるか。ジルダ……おれはこの十字の傷をつけられて以来、化物《ばけもの》みてえな人間になっちまったんだ。……断頭台のうえに上がって、血がドクドクしたたる、女の生首を見たときじゃねえと、人並みな興奮を感じねえんだ。人間らしい喜びが湧いてこねえんだよ。い、いまのおれは、このからだにじかに感じるものじゃないとだめなんだ。憎しみも呪いも、この傷の中に滲《し》みこんじまってるんだ！　え、わかるか……」

　そう言いながら、サンソンはいきなりジルダの怯《おび》えた腕をわしづかみにすると、荒々しく抱き寄せた。ジルダは腕のなかであがいた。あがきながら恐怖でいっぱいに見ひらいた眼で、サンソンを見つめた。それからいや、いや、いやっと、火がついたように激しくわめきたてた。

「あんたは、あんたは……いまでもあの女を愛しているんだわ」

だが、サンソンの腕は、牝山羊《めやぎ》を巻きこんだ蛇のように、しだいに力を加えて喘《あえ》ぎながら、彼女の胴体を締めつけていた。

## 5

朝が訪れた。なんのへんてつもない朝である。

正確にいえば、一千七百九十三年十月十四日が過ぎ去って、翌日十五日になったというに過ぎないが——その朝、サンソンはだれかに激しく揺り起こされた。

だれかといっても、そんなことのできるものはジルダのほかにはない。昨夜かれと臥床《ふしど》を共にした彼女が、サンソンのうなされ声のあまり凄《すさま》じいのに驚いて起こしたらしいのだが、しきりにかれの名を呼んでいるその声が、死んだように眠っているかれの意識にはいっていくまでには、かなりの時間がかかった。かれはカッと両眼を見開いたまま、眠っているのである。毎夜のことながら、かれのうなされかたの怖ろしさといったらなかった。断末魔のように両手がわなわなと闇をつかみ、ギリギリと歯ぎしりをしたかと思うと、とつぜん発作的な叫び声をあげたりするのだ。夢のなかにまで血みどろな情景につきまとわれているからであろう。だが、眼をさましたときには、かれは何一つ記憶していなかった。

「ねえ、起きて、起きてったら。気味が悪いから、そんな変な白眼をむいて眠るのはやめて！」

ゆすぶるだけでは効果がないと見て、頰っぺたをぴしゃぴしゃと両手でたたく。

「左京太さん。左京太さんたら……」

やっとその声が聞こえたのか、サンソンはいきなり棺の中から甦《よみがえ》った死人のように蒼白な顔で、ガバと起き直った。

「よかった。あなたがいつもと違って、夜通しうわごとをいいつづけてるもんだから、病気にでもなったんじゃないかと思って、心配したのよ」

寝台の前に、ネグリジェにカーコートをひっかけた見なれない女が、立っているのを見て、サンソンは眼をしばたたかせた。その女はジルダではなかった。かれは昨夜飲み過ぎた酒が、まだ頭に残っているせいかと思って、あわててあたりを見まわした。部屋のようすがまるで違っていた。

サンソンが昨夜、泣きじゃくるジルダをひきずりこんで眠ったのは、壁に押しつけるようにつくりつけた粗末な木製の寝台で、布団のかわりに、藁《わら》を敷いたみすぼらしいものである。同じ木製は木製でも、こんなふかふかした布団のかかった、幅の広いものではなかった。第一すぐ手が届くところにあったランプがないし、風が吹くたびにギシギシいう、板をうちつけただけの窓が、いつのまにかカーテンのかかったガラス窓になっている。蜘蛛《くも》の糸のかかった裸の棟木《むねぎ》が、重苦しくのしかかっている下に、酒瓶《さかがめ》や空樽や薪《まき》などがごろごろしている、納屋兼用のあの殺風景な部屋と違って、眼に触れるものすべてになじみがなかった。

ただ同じなのは、カーテンや戸口の隙間《すきま》から流れ込んでいる、樹脂《じゅし》のような平和な朝の陽光だけである。

かれはベッドの上にすわったまま、しばらくぽかんとして我を失っていた。女はかれが寝ぼけているとでも思ったのか、クスクス笑いながらかれの横にすわりこんで、またなれなれしくかれの肩に手をかけてゆすぶった。

「何をそんなにおっかない眼をしてじろじろ見ているのよ。左京太さん――あら御免《ごめん》なさい。サンソンて呼ぶって、約束だったわね」

そのときかれの面にあらわれた、なんとも言えない奇妙に歪《ゆが》んだ表情を、どのように形容したらいいだろう。かれは女の言っていることがますますわからなかった。左京太とはだれのことなのか？　自分のことをなぜそう呼ぶのか面食らった。――だが、次の瞬間、かれは自分の耳を疑った。自分の眼を疑った。かれのなかで、愕然《がくぜん》とした声が叫んだ。

ジルダはどこへ行ったのだ！　酒場『リヤン』の二階の部屋は、いったいどこへ消失したのだ！

ただ一夜のうちに部屋がかわり、見知らぬ女がいるというだけなら、かれが眠りこんでいるあいだに、何者かの手で拉致されたことも考えられるが――しかし、十八世紀のフランス共和国のどこに、このような部屋が存在する。どこにこんな女が実在する……。

　サンソンはいきなりベッドから飛び降りると、その女をつきのけるようにして、窓のカーテンをサッと押しあけた。金色のまばゆいばかりの光が、一時かれの面へあふれかかった。蒼々とした雲一つない空――電信柱が、自動車が、電車がかれの眼を射た。かれは顔をそむけて、喘ぐようにいった。

「お、教えてくれ！　ここはいったいどこなんだ？　お前《めえ》はだれなんだ」

「あら、いやだ。ここはあなたの部屋に決まってるじゃない。……わたしがだれかですって。寝ぼけないでしっかりしてよ。あなたは自分の恋人の顔を忘れたの……？　ジルダよ。――いいえ、鴇子じゃないの」

「ジルダだって……」と、サンソンは口のうちでぶつぶつ呟くように、何度もその言葉を繰り返した。

「……じゃあ、今日はいったい何日なんだ！　何年何月何日だというんだ」

「一千九百六十三年、十月十五日……」

「な、な、何っ」

　サンソンは頭をかかえて、寝台の上にうつぶした。

「そんな馬鹿《ばか》な！　馬鹿なことが……」

と、かれは脂汗《あぶらあせ》を額にじっとり浮かべて言った。大変なことになった、と思った。一夜のうちに、二百年もの歳月が経《た》ったというのか……突如として信ずべからざる奇跡が起こったのか……そんなはずはない。

かれを見つめる鴇子の顔が、にわかに気づかわしげにくもり、憐《あわれ》むような眼差《まなざ》しになった。

「しっかりしてったら、左京太さん。いったい何がどうしたっていうのよ？　ここは、あなたの住む世界ではないとでもいうの……？　あなたは……」

その言葉がふっと宙で凍った。「かあいそうに」と深々とした溜息《ためいき》をついていった。

「とうとう頭へ来てしまったのね。お芝居に夢中になりすぎて、自分がわからなくなってしまったのね。……このあいだから、こんなことになりはしないかと思って心配してたんだけど、左京太さん。あなたがサンソンになるのは、お稽古と舞台の上だけのことにしてほしいわ。……ここはわたしたち二人きりの部屋なのよ。目黒のアパートなのよ。あなたは少し頭が疲れすぎてるんだわ」

「嘘だ！　嘘だ！」

サンソンは吠《ほ》えるようにいった。彼女こそ頭がどうかしているのだと思った。

「芝居なんて……お、おれはそんなものは知っちゃいねえ。おれは昨日あの断頭台で、オリヴァー公爵夫人の首をばっさりやった男だぜ。正真正銘《しょうめい》の首斬役人なんだぜ。——そうだ証拠がある。おれには証拠があるぞ！」

ハッとあることが、かれの頭にひらめいたと見え、かれの血の気《け》のない顔色が急にいきいきとした。かれはいきなり着ているものを脱ぎ捨てると、部屋の隅の三面鏡に、自分の裸身をうつしてみた。

あの忌わしい十字の傷痕は、歴然として刻印を残していた。かれはホッと救われたような気もちになった。いや勝ち誇ったような顔つきでいった。

「見ろ！　これが見えねえか。この傷が、何よりの証拠だ。これは、おれがバスチーユに……」

だが鴇子は、悲しそうに首をふった。

「そんなもの、わたしの眼には何も見えないわ。傷なんてどこにもないじゃないの。それに……」

と、彼女はいった。

「あなたはさっきから、日本語を使って喋ってるのよ。あなたがもしほんとうにサンソンなら、そんなおかしなことってあるかしら……」

それから鴇子は、かれのことはもう諦めたというように、さっさと着替えをはじめた。

「お稽古は、朝の十時からはじまるのよ。急がないと間に合わないわ」

サンソンはふと自分を疑った。自分がほんとうに左京太という男なのだろうかという疑問が、頭のなかをかすめたのである。鴇子のいうところによると、かれは俳優で、たまたま〈仮面座〉という劇団が上演する芝居の、舞台の上でだけ、サンソンの役を演じるのだという。だが、その疑問を、かれはすぐに打ち消した。

断じてそんなことはあり得なかった。記憶も生々しい刑吏としての半生が、単なる一夜の悪夢だったとは、どうしても考えられなかった。かれがトリアノン宮警護の近衛隊長をしていたあの華やかな貴族時代からはじまって、バスチーユに投獄され、刑吏になるまでの十年近い歳月にわたる歴史が、わずか一晩の夢のなかで辿《たど》れるものかどうか。第一、かれは、どんなに思い出そうとつとめてみても、左京太という男の過去は、どうしても現在の自分につながってこないのだ。とつぜん左京太だといわれても、すべてが空白で、面食らうばかりである。——それだけではない。かれの肉体に病毒のように滲みこんでいるマリー・アントアネットに対する、憎悪と復讐の一念はどうだ。いまなお灼熱《しゃくねつ》した炭火のように燃えているその炎はどうだ。俳優が虚構の世界ででっちあげる、偽の炎では断じてなかった。サンソン自身が生身で感じている、憎悪であり呪いだった。

「大変なことになった！」

と、かれはまたもや咽喉《のど》の奥から、しぼり出すような声でうめいた。かれは自分自身に、もはやなんの疑いも感じようとはしなかった。かれがうろたえたのは、今日が十月十五日だということであった。

マリー・アントアネットの処刑は、十六日に行なわれる。かれがあれほど待ちに待った日は、いよいよ明日に迫っているのである。

もしも、その日その時を逸したら……と思うとかれは慄然とした。四年間の牢獄生活で誓ったことが、すべて水の泡になる。復讐のチャンスを失うことになる。断頭台の上にかれの黒衣の姿が見えないとしたら、群集たちも失望するに違いない。

かれはこうしてはいられないと思った。なんとかして明日までに、この見知らぬ世界から脱《ぬ》け出さなければならない。もう一度一千七百九十三年十月十五日のパリーに、戻らなければならない。本物のジルダが実在するあの酒場『リヤン』の二階へ、懐しいギロチンのそばへ戻らなければならない。十八世紀の世界が、一夜のうちに二十世紀の世界に一変したのが、奇跡の力によったのだとすれば、ふたたびその力にすがって、時間を二百年昔にかえしてもらわなければならないのである。

その奇跡に通じる扉を、思いがけなく開いてくれたのは、鴇子であった。そのときサッサと自分の支度《したく》をおえた彼女は、かれにむかってこうせきたてたのだ。

「さあ、左京太さん。あなたもぐずぐずしてないで、早く支度してよ。稽古場へ行けば、あなたの会いたがっているマリー・アントアネットだって、ルイ十六世だって、ジルベルトだってみんな待っているのよ」

その日〈仮面座〉の立稽古は、千駄ケ谷《せんだがや》の区民館で、朝の十時から全幕を通して行なうことになっていた。

舞台稽古のときは、ほんのあり合わせ程度しかできないので、この劇団では初日の前日の稽古を、俳優たちに当日そのままの舞台衣装、メーキャップをさせて、総仕上げをするのである。照明と大道具がないだけで、効果も小道具も、飲食物などの消え物もきちんと揃え、俳優たちはそれらに引き立てられて、ほぼ当日の舞台に近い雰囲気のなかで、稽古をするのだった。

そのため、稽古場にあてられたがらんとした広い講堂のなかは、ごった返していた。椅子という椅子はすべて隅の方に押し片づけられ、衣装や鬘《かつら》を入れたボテが散乱するなかで、俳優たちはめいめいの化粧前をひろげて、メーキャップに取りかかる。舞台監督や効果係は、そのかれらのあいだを縫って、テープレコーダーのコードをひっぱったり、小道具の位置を決めたりして、コマ鼠《ねずみ》のように働いている。殊《こと》にその日は、いくつかの新聞社の芸能記者たちが、稽古写真を撮りに来ることになっていたので、関係者の神経は必要以上に高ぶっていた。

サンソンは、鴇子に連れられてその稽古場にはいっていった。かれと顔を合わせた劇団員のだれもかれもが、かれのことを左京太、左京太と呼んで怪しまないのが、不快だった。

——だが、かれはとたんにハッとした。

光のとどかないうす暗い講堂の中央に組みたててある断頭台に、かれの眼は思わず吸い寄せられたのである。

それは小道具係が、資料をどこかで捜してきてそれを真似て苦心してつくったものであろう。角材を実物の断頭台そのままの高さに組み、二本の柱も軛も囚人を横たえる横板も、がっしりとできていて、舞台で使う物にしては、実に入念な手のこんだつくりかたがしてあった。ただ肝心の首を斬る刃だけが、ベニヤ板を三角形に切り抜き、鋼に似せた色を塗ってある。今日の稽古が終わり次第、この図体《ずうたい》の大きな大道具は、明朝早く劇場までトラックで運ぶ手はずになっていた。

サンソンは、「おお」と動物のような声を発して、そのそばへ近寄った。狂気したようにその階段を駆けのぼった。台の上に仁王立ちになって、その柱をなつかしそうになでてみた。軛の滑車を通してぶらさがっている、ロープにもおののく手で触れてみる。だが、屠《ほふ》られた犠牲者の血で、どす黒く汚れていなければならないはずのその柱とロープからは、プンと泥《どろ》絵具《えのぐ》の匂いがしただけだった。ベニヤ板の刃は、少しも死の重みが感じられなかった。かれはがっかりしたように溜息をつくと、とぼとぼと力なく階段を降りた。――次の瞬間、今度はその足が釘づけになった。

その断頭台からかなり離れた椅子に、ぼんやり稽古のはじまるのを、すわって待っている若い女優と男優の二人が、かれの眼をとらえたのである。二人ともすでに扮装《ふんそう》をおわっていて、女優の方は白の亜麻《あま》の帽子と白のモスリン服を着たみすぼらしい恰好で、男の方はかれと同じ刑吏の姿である黒マントをすっぽり着て、黒の三角頭巾をかぶっていた。たちまちかれの咽喉の奥からは、低い押しつぶされたような声が洩れた。

「王妃がいる。マリー・アントアネットがいる。そしてジルベルトまで——」

思わず周囲のものが驚いてふりかえったほど、その声は人間のものとは思えなかった。かれは、その二人も自分と同じように、とつぜん十八世紀の世界からこの世へ迷いこんで来たのではないかと、錯覚したのである。だが、そのとき足早にかれの背後に近づいた鴇子の声が、かれの驚きに水を差した。

「何を見ているのよ。あの二人は王妃の役をする木暮《こぐれ》さんと、ジルベルト役の平島《ひらしま》さんじゃないの」

女は〈仮面座〉のトップ女優木暮茉莉子《まりこ》、男は三枚目の平島均《ひとし》なのだった。

鴇子は、「さあ、わたしたちも早いとこメーキャップをしないと、もうまもなく稽古がはじまるのよ」と、かれの腕をせかせかとひっぱった。かれはどこまでも、俳優熊倉左京太としての扱いしか受けなかった。

サンソンは、断頭台の上に立っていた。そのそばにジルベルト役の平島が介添役で同じように立っている。芝居言葉でいうイタツキで、稽古は、テレビやラジオに出る俳優の都合で、急に四幕目からはじめられることになったのだった。——だが、いざ舞台監督のキッカケを取る合図で、幕があいてみると、かれはしだいに異様な興奮をかきたてられてきた。断頭台といってても見てくれだけのもので、登場人物もいちいち役者が扮しているのだとわかっていながら、その台の下に憲兵が立ち、二十人ばかりのガヤの群集たちに周囲を囲まれて見上げられると、床に白墨で線をひいた仮定の舞台が、周囲から切り離された、別の世界のような気がしてくるのであった。

それは芝居の持つ特殊な魔力というものかもしれなかった。別な言いかたをすれば、同じ劇場のなかでも舞台と客席と二つの異なる次元の世界が、同時に存在するということなのだ。そして俳優は扮装をほどこし照明のあたった背景の前へ立つことで、未来の世界または過去の世界へ自由に出入りすることができるのだ。殊に名優は稽古のときでも、パントマイムだけでも、簡単にその世界の人間になることができるといわれている。

サンソンもまたある意味で、それと同じような心理状態におち入ったのだった。かれは、稽古がはじまった瞬間から、白墨の線の外にいる演出家や、舞台監督、見物の新聞記者たちの動きが、まるで、眼にはいらなくなった。かれの意識の中には、断頭台とそのまわりの群集たち、そして群集のなかを割って、護送馬車に乗って登場する、マリー・アントアネットだけしか映らなかった。木暮茉莉子が扮した王妃が、着剣《ちゃっけん》の憲兵に護《まも》られてその馬車から降りるのを見たとき、かれはそれが芝居だということをまったく忘れて、心をかき乱したのである。

その日の四幕目の稽古は、茉莉子がテレビへ出る時間の都合で、そこまで芝居が進行しただけで中止になったが、サンソンはさめやらぬ興奮の中で、突如神の啓示を受けたようにあることを考えた。というより、かれだけに通じる異常なとっぴょうしもない論理に、自ら惹《ひ》きつけられたのである。

それはもしも舞台の背後に、それと同じ次元の世界が存在しているとしたら、どうだろうということであった。永久に幕が閉まらないとしたら、どうだろうということだった。そうすれば舞台の上の人間も、そのままその時代の人間になって、生活を始めることになりはしないか。それこそサンソンの願う、奇跡を行なうたった一つの方法なのではないか。そして、そのためには、俳優自身が舞台の上で完全にその時代の人間になりきってしまえば、それでいいのではないか。言いかえればサンソンこそ、それのできるたった一人の人間ということにもなるのだ。――だが、それには、かれの舞台の上のすべての動きに、いささかも虚構があってはならなかった。断頭台は本当に首の断れるものでなければならなかった。

その夜、かれは、稽古が終わると後に残った小道具係に、次のようなことを頼みこんだ。

「明日の本番までに、ギロチンに馴《な》れておきたいんでね。少し具合を見させてもらえんだろうか……それからこのベニヤ板の刃は、おれにあずからせてくれねえか。どうせおれの道具なんだから、明日、おれが責任持って幕あきまでに取りつけておくよ」

「ああ、いいとも……」

と、小道具係は他の仕事に忙殺されていたところなので、気さくに応じた。かれはさらにこんなこともさりげなく聞いた。

「どこかこの近所で、鍛冶屋《かじや》を知らねえかな」

小道具係は怪訝《けげん》そうな顔になったが、そのうちの一人がその場所を教えてくれた。かれは鴇子のハンドバッグから、テレビの出演料の五千円をこっそり抜き取ると、どこかへ出て行った。かれはその夜、目黒のアパートへは帰らなかった。

## 6

〈仮面座〉の芝居、『断頭台』は、初日から予想外の大入満員になった。プレイガイドの切符が、当日の朝になって急にばたばたと売りきれ、劇場の当日売りの窓口にも、切符を買う客が殺到した。このようなことは新劇界では、大劇団でもめったにない現象だった。

劇団が芸術祭参加作品と、ポスターやチラシなどの大々的な宣伝をしたせいもあるにはあったが、それほどの反響を呼んだのには、もっと他に訳があったのである。それはその前日の各紙の夕刊が、芸能欄にこぞってある記事を大々的に紹介したからである。

新劇界に特異な性格俳優出現とか、外国俳優にも劣らない演技とかいう大げさな見出しで、いずれもサンソンのことを最大級の賞賛の言葉で、うずめたからであった。かれは何も知らなかったが、昨日稽古を見にきていた新聞記者たちのあいだで、かれのことは大変な話題になっていたのである。〈仮面座〉にこんな隠れた有望な俳優がいようとは思わなかったと、かれらは口々に、サンソンのことを誉《ほ》めそやして帰ったのだ。

おかげで客席は通路まで補助椅子を出し、それでもまだ足りずに後方の立見席まで客でうずまる始末だった。熱心な新劇ファンの女学生のなかには、わざわざ差し入れのウイスキーや洋菓子の包みなどを持参して、楽屋までかれの顔を見に訪れる酔狂なものもあった。他の劇団員たちが二の句がつげないほど、かれの人気は素晴らしかった。だが、そうした異常なまでの脚光を浴びながら、かれが楽屋にこっそり持ちこんだ、あるかさばったずしりと重い包みに、気づいたものは誰もなかったであろう。鴇子でさえ、うかつにもその事には少しも気づかなかったほどである。

幕が開いた。——舞台は四幕目、コンコルド革命広場の処刑場の場面である。

ホリゾントぎりぎりに遠見の背景があり、うっすらと朝靄《あさもや》に包まれたチュルリー宮が、寺院の塔に並んで描かれている。その前に剣を手にした大理石の自由の女神の像と、赤茶けた高い枯葉《かれは》の立木の切り出しが置かれ、それらに見おろされるような位置に、断頭台が傲然《ごうぜん》とした構えで聳《そび》え立っていた。

広場をうずめていた群集たちは、処刑時間が刻一刻と近づきつつあるのを知って、ざわざわとざわめきたっていた。かれらの間では呼売人の売る新聞や漫画、「悪名高き淫乱《いんらん》な牝《め》虎《とら》」などと書いたパンフレットが、とぶように売れている。大道商人からレモネードを買って、ラッパ飲みをしながら跳びはねている子供もあった。黒ずくめの衣装を着たサンソンは、断頭台の上で凝然とそれらのさまを眺めていた。全身がおさえることのできない感動に、こきざみに震えるのをどうしようもない。血の気のない顔がなおいっそう蒼白になり、脈うつような興奮が襲ってくるのを、どうすることもできなかった。かれは今こそと思った。今こそすべては終わる。今こそかれの多年の怨みは報いられるのだ。

そのとき、舞台の端に居並んだ鼓笛隊《こてきたい》の太鼓の音がひときわ高く鳴り響いた。群集たちはいっせいにどよめきたった。王妃を乗せた死の馬車が到着したのである。その護送用馬車は、力づよい駄馬に曳《ひ》かせた、天蓋《てんがい》のない皮剝人《かわはぎにん》用の荷車なのだった。舞台のソデで止まったていの演出なので、幕にかくれて観客の席からはそれが見えない。客に見えるのは、車を降りたったマリー・アントアネットが、憲兵に両腕を支えられ、下手《しもて》のソデから断頭台に向かって、一歩一歩、歩を進めていく姿だった。群集は口々に罵声《ばせい》を彼女に浴びせて道を開く。

サンソンはその進んでくる王妃の顔を、唇をゆがめて食いいるように睨《にら》みつけた。怨み重なる仇敵《きゅうてき》を、冷笑を浮かべて迎えるつもりだったが、顔も口もこわばって冷静をたもてなかった。毅然《きぜん》として、首を高く張り、いささかも動じた色を見せなかったのは、かえって後ろ手に縛《ばく》された王妃の方であった。サンソンは彼女の態度にまるで取り乱したところがないのに、唖然《あぜん》とした。反感さえ感じた。三十七歳という年齢にもかかわらず、かつての美貌の面影もなく、人が違ったように老いこんだ王妃マリー・アントアネットは、昂然《こうぜん》と唇を引きむすんであたりを睥睨《へいげい》しているかのように見えるのだ。彼女は断頭台の階段に、黒繻子《くろじゅす》のハイヒールの足をかけたときも、確乎《かっこ》たる足どりで、ただ最後の一段をのぼるとき、ちょっとよろけただけだった。そのはずみにサンソンは軽く足を踏まれた。王妃は腰をかがめると心から済まなそうに丁重な詫《わ》びをいった。

「御免《パルドン》なさい。ムッシュウ」

それから彼女は自分から、柱の間の刃の下に身を投げかけ、頸をさしのべた。ジルベルトが、その細く骨ばった首に枷をはめ、横たえた彼女の身を、膝と胴とで縛りつけた。

サンソンは照明が暗転するのをきっかけに、一気に引縄《ひきなわ》を引いた。閃光一閃《せんこういっせん》、刃は落下し、にぶい音とともに、王妃の首は血しぶきをあげた。彼が鍛冶屋に一晩がかりで作らせた鋼鉄の刃が、血に染まって生物のようにギラギラ光っている。サンソンはかがみこんで、王妃の首の髪の毛をひきつかんで、高々と差し上げた。

劇場内はたちまち大混乱に陥った。客席では女客のかん高い悲鳴とともに、客が総立ちになり、舞台の上では、俳優たちが芝居を中断して、わけもなく右往左往していた。裏方の連中は幕を閉めることも忘れ、舞台監督が血相を変えて断頭台の下へ飛んで来た。

「左京太が発狂した！」

「警察を呼べ！」


その瞬間、サンソンは、ふたたび、自分の身が十八世紀に帰っているのを発見した。かれは、もはや劇場の押しつぶされるような重苦しい天井の下にはいなかった。青々と無限に果てしなくひろがる、大空の下の自由な大地の上に立っていた。

「フランス共和国万歳！　サンソン万歳！」

と口々に叫んで押し寄せて来た群集も、もはや俳優たちの扮したそれとは違っていた。今日の処刑を見んものとパリー中のあらゆる街から集まってきた、二万の老若男女なのである。

サンソンはその天にこだまする歓呼を、さも満足げに聞きながら、もう二度と昇ることのない断頭台の階段を激しい虚脱感におそわれながら一歩一歩降りていった。

その頭上に一千七百九十三年十月十六日の太陽が、さんさんとしてかがやいていた。

（歴史考証は、シュテファン・ツワイク作「マリー・アントアネット」高橋禎二・秋山英夫氏訳による）

# 女《め》雛《びな》

# I

# 1

高知県高岡郡《たかおかぐん》新居村《にいむら》の浜に、一基の風変りな比翼塚《ひよくづか》がある。

比翼塚は俗にめおと塚とも呼ばれるもので、情死した人間を共に葬った墓のことである。ただその墓に限って風変りだといわれるのは、墓標に刻まれた死者の名前が、男二人を並べたものだからだった。

S新聞社の高知支局員小倉悠一《おぐらゆういち》がそれを知ったのは、赴任してまもなくのことである。入社早々の小倉は、市内各署の警察回りを担当させられたが、たまたま仁淀川《によどがわ》の河口の白ノ鼻で、親に結婚《けっこん》を反対された男女の高校生の心中事件があり、その取材に当った際に、所轄署の捜査係に勤務する老警部補から、その話を小耳にはさんだのであった。吉田善吉《よしだぜんきち》というその警部補が新居村の駐在所の巡査をしていた当時だから、もうかれこれ八年も前の出来事だという。記事を送稿したあとの茶飲話《ちゃのみばなし》に聞いてみると、彼が現在の署へ来てから扱ったいくつかの心中事件に較《くら》べても例のない、いまだに記憶に残る事件だったと洩《も》らした。

「まあ、暇があったらいっぺん墓を拝《おが》んできよるとええ。あの辺は檀那寺《だんなでら》が一寺もないきに、いまでも海辺の松林の中にポツンと侘《わび》しくたっとるはずですがのう。男と男が互いに惚《ほ》れ合うて、揚句《あげく》の果《はて》に無理心中を遂げた忌《いま》わしい事件ですらあ」

方言まるだしの朴訥《ぼくとつ》な吉田警部補のしみじみとした述懐に耳を傾けているうちに、小倉はその事件に興味を抱いた。そのときは詳しい話は聞かずじまいだったが、当面の仕事が一段落した折にふとそれを思い出した。

彼は別にそうした変態趣味があるわけではないが、いまどき珍しい話だと思ったのである。大学では国文を専攻した彼は、むろん近松《ちかまつ》の浄瑠璃《じょうるり》の『曾《そ》根《ね》崎心中《ざきしんじゅう》』や『心中宵庚申《しんじゅうよいごうしん》』などの情死物は読んでいるし、江戸時代には衆道《しゅどう》が盛んで、殉死《じゅんし》という名目で男対男の相対死《あいたいじに》が少なくなかったことも知っている。また戦後は駐留軍の置土産《おきみやげ》として、ゲイバーや男娼《だんしょう》が急速に増えたことも事実である。だが男色《だんしょく》関係にあるものが心中して、しかもその比翼塚がたてられたというようなことは、さいきんでは皆無のことだった。

小倉悠一はそれから数日後、休暇を利用して新居村へ行ってみる気になった。

新居村までは、駅前の土佐交通《とさこうつう》のバスに乗って約一時間の距離である。戦時中に水上特攻隊の基地のあった新宇佐《しんうさ》町の手前の池《いけ》ノ浦《うら》という停留所で降りると、浜辺まではすぐだった。

なるほど吉田警部補がいった通り、半漁半農のこの村には菩提寺《ぼだいじ》がまったくなくて、土《つち》埃《ぼこり》がひどい砂利道を歩くと、ところどころの竹藪《たけやぶ》の中の陽《ひ》の当らない湿地や桑畑の蔭《かげ》などに墓地が隠れている。白木の卒塔婆《そとば》や苔蒸《こけむ》した石塔が累々とかたまっているのが見えた。そこからさらに海岸の堤防の裏に出ると、土地でジャコと呼んでいる煮干《にぼし》やシラスを塩茹《しおゆ》でする釜場《かまば》の小屋が点々としていて、そのあいだの松林にも墓地がつくられていた。

浜の地引網《じびきあみ》からイキのいいマナガツオをぶらさげて戻ってきた漁師の一人に聞いてみると、胡散《うさん》くさそうな顔をしながらも、問題の墓の在り場所を教えてくれた。

その比翼塚は、他の墓とは離れて一つだけたっていて、石塔も人目にたたないように小さかった。それでもまだそれほど年数が経《た》っていないだけあって、御影石の墓石はつやつやと磨きがかかって真新しかった。誰が供養したのか水がかけてあり、野菊の花が供えてある。

墓標には杉野《すぎの》惣二郎《そうじろう》・市川染蔵《いちかわせんぞう》と死者の名前が並べて彫ってあった。

小倉は吉田警部補から、

「杉野惣二郎というのは、新居村一の網元の息子で、市川染蔵の方はドサ回りの歌舞伎一座の女形《おやま》ですらあ」

といわれた言葉を思い泛《うか》べた。

墓石が小さいのは、それをたてたという網元の家で、二人の死因を恥じてのことであろう。その証拠に通りすがりの村人達に声をかけてこの墓のことを訊《き》いてみても、誰もが一様に迷惑そうな顔をするだけで、答えてくれるものは一人もなかった。

小倉は諦めて市へ戻ると、ふたたび吉田警部補のいる署を訪ねた。そして彼の口から事件についての一切の顚末《てんまつ》を聞くとともに、彼が保存している当時の調書や検視記録の写しも見せてもらった。

小倉は下宿へ帰ってその写しを読むうちに、全身にかつてない興奮がこみあげてくるのを覚えた。

　事件は確かに一心中事件として処理されていたけれども、そこにはいくつかの謎がいまだに解決されないままになっていて、その謎は十年近い歳月が経った現在では、もはや誰も詮索する者もなく、二人の亡骸《なきがら》とともに冷い墓石の下に埋められたままになっていたからである。

## 2

　昭和三十×年三月二十九日は、旧暦の三月五日で、雛《ひな》の節句の二日後に当っていた。万事に旧式なしきたりを重んじる片田舎のこの地方では、正月も節分も節句もすべて旧で行っている。村ぜんたいから濁酒《どぶろく》で雛祭を祝う一杯気分が、まだ醒《さ》めきってはいないときだった。

　その日の早朝、池ノ浦の村落の漁師の子供たちが、『法螺《ほら》ガ崎《さき》』へ流木拾いと貝採りに行った。学校はまだ春休みのさいちゅうだった。

『法螺ガ崎』というのは、新居村の浜の東南のはずれにある岬のことで、海に向って突き出したその形が法螺貝を横たえた恰好《かっこう》に似ているところから、いつの頃からか土地ではそう呼び慣《なら》わされている。干潮になると奇岩の累積した断崖の中ほどに洞門が現われ、そこを通り抜けて山懐《やまふところ》に抱かれた狭い入江と、それにつづく磯に出られるようになっていた。磯からは宇佐の漁港と燈台《とうだい》、それに港内に碇泊《ていはく》している大小さまざまの鰹取船《かつおとりぶね》が、手に取るように眺めることができた。

それでもその砂浜は、子供たちが遊び場にしている以外は、大人たちは滅多に行かなかった。潮が満ちると洞門の通り抜けは不可能になるし、汀《なぎさ》に沿って瘤《こぶ》のようにゴツゴツと頭を出した暗礁《あんしょう》があって、船を舫《もや》うことが困難な上、遠浅で釣場《つりば》としても不向きだったためである。ただ夏場になると、四国八十八か所の霊場《れいじょう》を巡礼する遍路がたまに野宿することがあるぐらいのものだった。

流木拾いと貝採りに行った子供たちは、小学校二年生から五年生までの男の子と女の子が、合わせてぜんぶで五人だった。

男の子が三人、女の子が二人である。子供たちはいずれも手製の藁草履《わらぞうり》をはき、男の子はボタンのちぎれた上着か木綿のシャツにつぎはぎだらけのズボン。女の子の方はすりきれたネンネコのようなメリンスの着物を着ていた。彼らは手わけをして流木拾いやマイマイツブロ（キシャゴ）の採集に熱中した。

浜に打ちあげられて天日《てんぴ》で乾燥された流木の小枝には、かさかさのワカメやヒジキ、天草《テングサ》などの海草がからんでいる。それを束《たば》ねて持ち帰って竈突《くど》の火つけ用に使うのだ。雛壇《ひなだん》に供える海の幸として欠くことのできないマイマイツブロは、山のアケビやグミなどと同様、子供たちのまたとないおやつだった。塩茹でにして針かへヤピンでほじくると細長い肉が出てくる。

そのマイマイツブロは、満潮時には砂から姿を現すが、干潮時には潜ってしまうので、潮干狩りのときのように小さな熊手《くまで》で掘り出さなければならない。それも岸の近くはあさり尽《つ》くされているために、できるだけ沖へ出た方が収穫がある。良男《よしお》という今年九歳の少年が一人だけみんなと離れて、岸から遠ざかっていた。ズボンの裾をまくりあげ、前屈《まえかが》みの姿勢で貝を採っては、笊《ざる》の中に入れていく。三月といっても南国だけに、気温は本土の六月頃と変《かわ》りはなかった。足許《あしもと》にひたひたと寄せてくる小波《さざなみ》は、陽を浴びてキラキラと光っている。風はすっかり凪《な》いでいて、群青の砂漠が水平線の彼方《かなた》まではてしなくひろがっていた。

ときおり間近で発破の音が聞えた。背後の山の中腹で、新しいバス道路をつくるためのトンネルの掘鑿《くっさく》作業が行われているのである。

静寂《しじま》を破るその爆発音が響くたびに、良男は腰をあげた。それから洟水《はなみず》をこすりあげながら、徐々に沖に向《むか》って移動していった。

何げなく五十メートルほど先の黒い岩蔭を眺めると、あれっと呟《つぶや》いた。良男は波打際に分散している仲間の方を振り向いた。

「おおい。おんしら来てみいや。海が燃えよるぜ」

「なんやと」

「どこなら？」

「ほんまかや」

良男の素《す》っ頓狂《とんきょう》な声を耳にした子供たちは、水飛沫《みずしぶき》を蹴たてて駈《か》けつけてきた。

「どこなら？」

「ほれ、あすこや」

良男が指差したのは、暗礁の岩の中でもひときわ高く屹立《きつりつ》して瘡蓋《かさぶた》のように無数の牡蠣《かき》や松葉貝《マツバガイ》がへばりついた岩だった。確かにその鼻の先に赫《あか》い焰《ほのお》が燃えている。いや燃えているのではなくて、日光の反射のせいでそう見えたのだった。

子供たちは、その岩めがけてバシャバシャと水音をたてて近づいた。

引き潮といっても、その辺まで行くと、彼らの腰のあたりまで水深がある。子供たちが全身ずぶ濡《ぬ》れになるのもかまわずそばへ寄ってみると、そこには何やら真赫《まっか》なものが、波の緩慢な反覆作用でゆらゆらと動いていた。

「なんや、女子《おなご》の赤いべべや」

「げに見たこともないような綺麗《きれい》なべべやな」

「お祭のお神楽《かぐら》のときに着るもんと違うか？」

子供たちは驚異の瞳を見はって、口々に叫《さけ》んだ。

それも無理はなく、その美しい漂流物は、同じ女の着物でもただの着物ではなかったのだ。

子供たちにわかるわけはなかったが、それは昔の上臈《じょうろう》や御殿《ごてん》女中が身につけた、打掛《うちかけ》とか掻《かい》取《どり》とか呼ばれるものであった。緋《ひ》色《いろ》の紗綾《さや》地に金銀五彩の色糸で女雛を縫箔《ぬいはく》した留袖《とめそで》の打掛である。

良男たちは顔を見合わせると、今度は小鼻をひこつかせた。生臭《なまぐさ》い潮の香《か》や海藻《かいそう》の臭いとは明らかに違うかすかな芳香が、敏感な子供たちの鼻孔をくすぐった。

「何やらええ匂いがしよら」

「持っていんで、お父やんに問うてみちゃろうか」

良男は手にした熊手を、浮いているその打掛にひっかけてたぐろうとした。だが、袖が岩角にでもひっかかったのか、その打掛は、いったん水中に沈んでくるっと反転したきり、どうにもならなかった。

良男は仕方なく岩の裏へ回った。とたんに貝を入れた笊が手から落ちた。良男の後につづいた他が子供たちもまっ蒼《さお》になった。打掛を取ろうとしても容易に取れなかったのも道理だったのである。

彼らが最初それを発見した位置からは、ちょうど死角に当るその岩蔭には、上半身を水中から出した紋付《もんつき》、羽織、袴《はかま》の若い男の死体がうつぶせに浮んでいた。彼の腰と打掛とは、細い扱《しごき》で繋《つな》がっている。男は豆腐のように白くふやけた面を、ごつい岩肌に押しつけていた。

頰や顎がすり傷でむけていた。その上ぐっしょり濡れた後頭部の髪の毛や首筋を、舟虫や小《こ》蟹《がに》が我物顔に這《は》い回っていた。水中に没した腰から下の部分は、気のせいか首とは不釣合《ふつりあい》に膨張しているようだった。男はなぜか何かを抱きしめるように、両腕を固く中に折り曲げていた。

そして彼の浮いているところからさらに二十メートルほど前方に、一艘《そう》の小舟が波のまにまに漂うていた。その舟の中にも別な男の変死体があった。右手の白い手首が空を摑《つか》み、半面がこちらをむいて、カッと見開いた眼球がそのまま瞬《まばた》きをやめて、子供たちの方を睨《にら》んでいる。

怖気《おぞけ》をふるった子供たちは、ワッと大声をあげたい衝動にかりたてられたが、それでも二人の男が誰かは一目でわかった。

「こっちはおいげの惣やんじゃ！」

「舟の中のは、おとこおんなの役者や！」

おいげとは土地の方言で網元をしている惣二郎の家に対する尊称であり、おとこおんなとはむろん女形の染蔵のことである。

「たまア！　おおごとぞ！」

肝をつぶした子供たちは、一時にわめくと、もう美しい打掛などには目もくれずに、我先に岩蔭から離れた。

杉野惣二郎（当時二十八歳）と市川染蔵（当時二十六歳）の死は、こうして彼らによって新居村駐在所の吉田善吉巡査の許へ知らされた。

# 3

ちょうど本署へ提出する防犯関係の報告書を作成していた吉田巡査は、さいしょ子供たちがからかい半分の冗談をいいに来たのだとしか思わなかった。それもそのはずだった。なぜなら、杉野惣二郎は昨夜自宅で盛大な婚礼の式を挙げたばかりの花婿《はなむこ》だったからである。雛祭とあわせての二重の慶事《よろこびごと》で、その宴席には吉田巡査も客として招かれた一人だっただけに、なおさらといってよかった。花嫁は惣二郎の少年時代からの許婚者《いいなずけ》で、ずっと郵便局に勤めていた村長の娘の西崎志保子《にしざきしほこ》だった。志保子は器量はさほどではないが、見るからに健康そうな肉体美の持主で、頭はいいし、おまけに二十二の年とは思えないほどのしっかり者ときている。村一番の旧家の一人息子である惣二郎との縁組は、文字通りまたとない似合の夫婦雛《めおとびな》だと、昨夜も客の一人が噂《うわさ》をしていたくらいだった。その誰からも祝福された花婿が、一夜にして悲惨《ひさん》な死体となって発見されようなどとは、どうして予期していただろう。

一方の市川染蔵の場合とても同様だった。染蔵はおいいげの当主杉野弥右衛門《やえもん》の肝煎《きもい》りで関西から来た、ドサ回りの歌舞伎芝居、阪東菊之丞《ばんどうきくのじょう》一座の女形である。一座は一月ほど前から村社の八幡《はちまん》神社の境内に、はね木と呼ぶ昔ながらの杉丸太に莚《むしろ》がけのにわか舞台をつくり、役者の名前を麗々しく染め抜いた、さまざまな色の幟《のぼり》を小屋の前にひらめかせて、田舎向きに適当にアレンジした狂言《きようげん》物や、世話物の芝居を、一週間替《がわ》りで上演してきた。染蔵が扮《ふん》したのは、『女信玄《しんげん》』『八重垣姫《やえがきひめ》』『鏡山《かがみやま》』の尾上《おのえ》などだが、客の入りは上々で、一座は明日には当地の芝居を打ち上げて、次の興行先の安芸《あき》市へ向うことになっていた。座頭《ざがしら》の菊之丞がその挨拶のために菓子折《かしおり》をさげて駐在所を訪ねてきたのは昨日の午後のことなのだ。そのときもむろん菊之丞の口から、染蔵の死を暗示するような言葉は何も聞かなかった。

それだけに吉田巡査にとっては、二人の死はまったく寝耳に水の椿事《ちんじ》だったのである。したがって子供たちの注進が真実であることがわかったときの、彼の驚きは大きかった。

「ほんまやな？　われたち嘘《うそ》をぬかしとるんとは違うじゃろうな」

彼は何度も念を押したあげく、自転車のペダルを踏むのももどかしく、現場の『法螺ガ崎』へ駈けつけた。

そしてまず惣二郎の死を確かめてから、次に制服の濡れるのも厭《いと》わず、波間にたゆとう小舟まで近寄ると、思わず顔をそむけた。

市川染蔵が死んでいるのは、小舟の真中の胴の間だったが、板で囲われた四角なその部分には柄杓《ひしやく》で掬《すく》えるほどの多量の鮮血が血溜《ちだま》りをつくっていた。染蔵はその血溜りに背をどっぷり浸してあおむけに硬直していた。突き出た右手のほかは、ちょうど棺《かん》の中にすっぽりとおさまった恰好だった。全身は咽《のど》といわず胸といわず滅多突《めったづ》きにされている。多量の血溜りはそのせいで、彼が着ているはでな女物の浴衣やその上にまとっている半天をも斑《まだ》らに染めていた。兇器《きょうき》はトモに投げ出してある鋭利な出刃庖丁《でばぼうちょう》だった。

金蠅《きんばえ》がその出刃庖丁にこびりついた血痕《けっこん》と死体の上を、貪婪《どんらん》な羽音をたてて往復している。吉田巡査は、舟の舳先《へさき》においげの持舟であることを示す焼印がついているのを見とどけると、血が一時に頭にのぼった。

何百年も昔には、死者を舟で流して葬《とむら》う習慣がこの地方にもあったらしいが、彼はむろんそんな故実には疎《うと》い。それよりも生《うま》れて初めて経験するこの凄惨《せいさん》な情景を目《ま》のあたりにして、すっかり気が顚倒《てんとう》したのだ。海水につかった膝がガクガクと震えた。考えてみると、彼がこの新居村の駐在所の巡査になってからもうかなり長くになるが、その間、村には事件と名のつくものといえば、窃盗《せっとう》以外に起《おこ》った試しはないのである。変死体を扱うのは、稀《まれ》に地引網にひっかかる土左衛門《どざえもん》を見るときぐらいのものだった。

吉田巡査は大急ぎでいったん駐在所へ引き返すと、高岡の町にある本署とそれから県警に連絡した。そして係官が到着するまでのあいだに『法螺ガ崎』の洞門の入口に、立ち入り禁止の縄を張った。現場保存というもう何年も忘れていた警察官の任務を、彼は久しぶりに思い出したのだ。

死者の身許といちおうの情況報告を受けた係官は、三十分後には車を飛ばしてやってきた。

杉野惣二郎と市川染蔵の死体は、村の屈強《くっきょう》の若い衆の手で浜に引き上げられた。乾いた砂はそのために濡れ、水の滲《し》みた部分に黒い影ができた。

その頃には洞門の入口には部落から押しかけた野次馬がひしめき合い、本署から応援に駈けつけた警官が汗だくで整理にあたらねばならなかった。野次馬の中には阪東菊之丞をはじめ一座の役者連中も、寝ぼけ眼《まなこ》をこすりながらまじっていた。さすがに惣二郎の両親の弥右衛門夫婦の姿だけは見あたらなかった。

だが、吉田巡査はハッとした。おいげからたった一人、新妻の志保子が来ているのを見つけたからだった。

周囲の女たちが一人残らずモンペなのに反して、軽快なスラックスに黒の男物のセーターを着た彼女の姿は、ひときわ目立った。その志保子は、昨夜は花嫁姿で惣二郎と祝言の盃《さかずき》を交したのだ。網膜にいっしゅんそのときの晴姿が甦《よみがえ》って、吉田巡査はとまどいとともに痛々しいものを覚えた。人垣の一番前に立った志保子は、後から押されながら立ち入り禁止の縄を両手で握りしめていた。隆起した黒い乳房のふくらみが、心なしか息づいて見える。小麦色の陽灼《ひや》けしたその面は、ほつれた髪も目も頬も唇も、むき出しの感情をあらわして険しくひきつっていた。それは憎悪と嫉妬に燃えた女の顔だった。

吉田巡査は志保子の視線が、洞門を貫いてある一点に釘付《くぎづ》けになっているのを知った。彼女がまるで仇敵《きゅうてき》を見るように凝視していたのは、二人の死体とともに並べて置かれたあの緋色の紗綾地に女雛を縫箔した古風な打掛だったのだ。

早春の暖い陽差しが照りはえた砂浜で、その打掛だけが絢爛《けんらん》としていた。

これは皮肉な現象であった。

同じ海水につかりながら、惣二郎の方は見るもぶざまな形骸を晒《さら》している。検視のために衣服を剝《は》ぎ取られたせいもあったが、全身に暗紫《あんし》色の屍斑《しはん》が浮き出て、それは巨大な腐った果実のように見えた。しかも近眼の彼は水中に身を投じた際に眼鏡《めがね》を失ったのだろう。落ち窪《くぼ》んだ眼窩《がんか》が骸骨のような様相を呈《てい》していた。醜いという点では、染蔵の方も同じだった。女形特有ののっぺりとして面長《おもなが》の顔に、こてこてと白粉《おしろい》を塗っているだけに、それが思いきり苦悶《くもん》の表情に歪《ゆが》んだところはむしろ惣二郎以上に正視に堪えないものがあった。滅多突きにされた貧弱な肌は、海豚《ふぐ》の腹を思わせて異様に白かった。

だがそれに反して、女雛の打掛の方は海水が滲みて多少色がくすんだとはいえ、なお変るところのない美しさを保っていた。

県警の捜査課から来た須藤《すどう》という係長も、やはり死体よりも先にその打掛の方に興味を魅《ひ》かれたようすだった。

「またずいぶん古めかしい衣裳《いしょう》とともに死んだもんだな。いまどき変った男もいるもんだ」

彼は検視に取りかかった裁判医に向ってていった。

「このかすかに残っている馥郁《ふくいく》たる匂いは、伽羅《きゃら》の香《こう》をたきしめたものと違うかね」

「そうですね。杉野惣二郎は、初めはその打掛を抱いて飛び込んだんでしょうが、彼が死んだ後、波のために着物だけ離れたんですな。この腕の折れ曲っているのがその証拠ですよ」

裁判医はそういうと、やがて検視の結果についての所見を述べた。

「これは思った通り、どう見ても無理心中ですね。杉野惣二郎は市川染蔵を出刃庖丁で刺してから、海中に身を投げたものと思われます。こんなに滅多突きにはしていますが、染蔵の方は最初の一突きで心臓を刺されて即死していますよ。それから惣二郎は睡眠薬を飲んでますな」

その睡眠薬の小瓶は、舟の胴の間の染蔵の死体のそばから発見されていた。

「惣二郎の死因は歴然たる窒息による溺死《できし》です。死後の経過時間は解剖してみないとはっきりしませんが、だいたい今朝の二時頃と考えていいんじゃないですかね」

「それで、心中の原因は、男同士の情痴のはてか……」

須藤係長は不快そうな顔をしながら、気のない口吻《こうふん》でいった。

殺人がからんでいるというのでいちおう出向きはしたものの、状況から推して単なる心中事件に過ぎないであろうことは、報告を受けたときから想像はついていたことなのだ。須藤係長の表情には、現場検証を早く切りあげて帰りたいそぶりがありありと窺《うかが》えた。純然たる殺しで犯人が不明の事件でない限り、彼の出る幕ではなかった。

裁判医は頷《うなず》いた。

「そう断定してもいいと思いますよ。情交関係こそ結んでいませんが、何しろ相手は女形ですからね」

「しかしあまりゾッとしない事件だな。我々には男同士の愛欲の世界なんて、まるで理解のできんことだよ」

須藤係長は汚《けが》らわしいものでも見るように、二人の死体に改めて目をやった。いままでさまざまな死《しに》ざまの仏さまを何十体何百体となく見馴《みな》れてきているベテランの彼だが、吐気《はきけ》をもよおしたのは初めてだった。

これが男と女の心中ならまだ救いがある。それだったら情死と呼ぶにふさわしい哀れさもあり、ある種の美しさもあったのだ。古来から芝居にしばしばそうした題材が取り扱われるのもそれ故だし、観客もその哀れさと美しさを観《み》て泪《なみだ》を流すのだ。だがこの事件に関しては、検視官が死者に対していつも儀礼的に払う厳粛な気持さえ、嫌悪感の方に押しのけられた形だった。生命を喪《うしな》った二人の肉体とかたわらの打掛とは、もはや単なる同じ物質に過ぎなかったが、その美醜の差があまりに極端なだけに、よけいにそう感じないではいられなかったのかもしれない。

須藤係長は刑事の一人を呼ぶと、早く不浄なものの始末をしろといわんばかりに、せかせかした口調で検視の済んだ死体に菰《こも》をかけることを命じた。

するとそのとき、惣二郎の衣服を調べていた別な刑事が、遺書が見つかったといって、ぐしょぐしょに濡れた一通の封筒を持ってきた。

中の便箋に書かれた文字は、殆《ほと》んど判読が困難なほどだったが、それでも文意はどうにか読みとれた。それは両親に対するありふれた謝罪の文句と、愛する染蔵とどうしても死ぬ気になったこと、死骸と打掛とはぜひ同じ墓にいっしょに埋めてほしいことなどが、綿々として訴えてあった。

「これで二人の死が心中であることが、決定的になったわけだ」

須藤係長は吐き出すようにいって、さっそく帰り仕度《じたく》をはじめた。

もうこれ以上、現場にいる必要は何もないからだった。検証は早々に打ち切られた。

後にまだ残った仕事といえば、遺体を遺族や関係者に引き渡すことや、二人の死の前後の情況捜査。それに心中の動機の裏付などがあるにはあったが、それらの雑事は高岡署の捜査係の立花周作《たちばなしゅうさく》刑事と吉田巡査に一任されることになった。

須藤係長をはじめ係官の一行がジープで引きあげると、浜はにわかに閑散とした。

野次馬の数だけはいっこうに減らなかったが、吉田巡査が気がついてみると、さっきまでいた志保子の姿はいつのまにか見えなくなっていた。それでも染蔵の身内にあたる座頭の菊之丞がいるのを知って、取り敢《あ》えず彼から先に事情の聴取を行うことになった。菊之丞は四十年輩の男で、素顔はひどく老けた感じに見えるが、舞台では立役《たちやく》をやっている役者だった。

「染蔵と惣二郎はんとのあいだにこれほど思いつめねばならんような深い関係があろうなん

て、あてはつゆ知らずにいたもんで、そりゃあもうびっくりして飛んで来ましてん」

二人の心中は、菊之丞にとっても青天の霹靂《へきれき》に等しい思いがけない事実だったらしい。

「でも、そういえば惣二郎はんは、ようちの芝居を観にいらしてくれはりましたな。……そうや。いまにして思えば、ぼんぼんがカブリツキに坐《すわ》って染蔵の舞台を見る目の色が違うてましたわ。それにあの打掛ですねんけどな。あれはほんまのことをいうと、染蔵がおいげの大旦那はんから御祝儀に貰《もろ》うたものなんでっせ」

「なんやと？　おいげの大将が……そりゃ、初耳やな」

吉田巡査は目をしばたたかせた。惣二郎がさいきん一座の芝居見物に凝っているという話は、彼も耳にしないではなかったが、打掛の件についてまでは知らなかった。

「けんど、その打掛をどうして惣二郎が……」

「そうですがな。ぼんぼんが昨日の朝、とつぜんうちの小屋に訊《たず》ねてきやはりましてな……」

女雛の打掛をぜひ一日だけ貸してほしいとたのんで、持ち帰ったというのである。

「昨日というと、婚礼の当日やないか。……そうすると、その際に染蔵さんとどこかで会う約束をしたちゅうことになるな」

「へえ……それが、さきがたうちの座のもんに問うてみましたらな。裏方の中に昨夜の十一時頃、染蔵がこっそり小屋を抜け出すのを、見かけたものがおますねん。けんど十一時といえば、特に夜更《よふけ》という時間やないし、おおかた寝つかれずに散歩か一杯飲みにでも出かけたんやろう。と別に怪《あや》しみもせなんだといいますのや」

菊之丞の証言は、逆のいい方をすれば、その時間に惣二郎の方も家を出たことを意味していた。

ともかく、二人は昨夜の午後十一時頃、ひそかに打ち合わせた場所で密会したのだ。彼らがそれ以後舟に乗った形跡がある点から見て、その場所はたぶん浜の網干場《あみほしば》か何かの、あまり人目につかないところだったのだろう。だが、不思議なのは染蔵の場合はわかったとしても、昨日志保子と結婚式を挙げた惣二郎が、どうやって家を出たかということだった。吉田巡査が憶《おぼ》えている限り、仲人とともに新郎新婦が宴席を立ったのは、午後の九時頃のことなのだ。問題の媾曳《あいびき》の時間の前後といえば、惣二郎はとうぜん初夜の床入りをしていて、志保子といっしょだったはずなのである。いくら何でも花嫁が彼の外出を黙って認めるようなことをするだろうか。だが、惣二郎の死体は紋付に羽織袴姿だった。

その疑問を解くには、どうしても当の志保子に直接に当ってみるほかはなかった。

吉田巡査が不可解に思ったのは、そればかりではなかった。

惣二郎の父の弥右衛門が、祝儀として染蔵に贈ったというあの女雛の打掛を、彼は何のためにわざわざ借りに行ったのか？　いや、彼がいつから染蔵に執心して、婚礼の当夜に無理心中を遂げるような悲劇を起こさなければならなかったのか？

それには、杉野惣二郎という男についてのこれまでの生いたちや、性格や環境の点などあらゆることを、細大洩らさず探ってみる必要があった。

吉田巡査は手を挙げると、前方の波打際で惨事に用いられた小舟を調べている立花刑事を呼んだ。まだ若い立花刑事は、漁師から借りた膝までのゴム長をはいて、熱心に小舟の中を覗《のぞ》き込んでいるところだった。

海はようやく満ちはじめていた。風も出てきていた。さっきまであれほどのどかにひろがっていた沖の海面《うなも》には、蒼黒《あおぐろ》い波のうねりが広大な布を幾重にも折り畳んだように盛り上って見えた。

潮騒《しおさい》の音も一段高くなってきていた。

## 4

池ノ浦には網元の家が三軒ある。半漁半農の貧しい部落の者たちは、その三軒の家のどれかに属していて、農繁期と時化《しけ》の日を除いては、早朝暗いうちから浜へ出てそれぞれの網元の地引網を引き、陽が昇ると百姓《ひやくしよう》仕事に励むのである。網で獲《と》れた魚は漁業会へおさめられるが、彼らにはいくばくかの日当と惣菜《そうざい》用の雑魚、ジャコの茹汁《ゆでじる》等が与えられる。農産物の収穫《みいり》が少く、網の引子としての方で日々のたつきをたてている彼らにとっては、網元は絶対的権力を有するボス的存在だった。

その三軒の網元の中でも、由緒ある旧家の点といい、富裕な点といい、おいげの右に出るものはなく、他の二軒を圧していた。由緒ある旧家というのは、おいげの先祖が土佐を長曾《ちょうそ》我部《かべ》元親《もとちか》が領していた時代からの郷士で、幕末まで苗字《みょうじ》帯刀を許された家柄であることを指す。おいげの倉の中には、代々つたわる武具や領主からの拝領品が、いまなお金具の古びた長持《ながもち》の中にしまわれていた。いまでこそ単なる寒村の網元だが、これほどの名家は池ノ浦の部落ばかりか新居村ぜんたいを探しても、いや近郷近在にもちょっとない。というのが、当主の杉野弥右衛門の自慢だった。

弥右衛門は、今年五十二歳。新居村の村会議員で農業協同組合の組合長と漁業組合の組合長の両方をかねている。いまもって斗酒《としゅ》なお辞せぬ酒豪で、赤銅《しゃくどう》色の逞《たくま》しい肉体は、壮者《そうしゃ》をしのぐ頑健さを誇っていささかも衰えを見せていない。彼の代になって一網百万円もする地引網は三杯にふえ、田畑も二十町歩に拡張した。テレビや電気冷蔵庫、電気洗濯機などを村で最初に買い入れたのも彼である。だが、それだけ人間が進歩的かというとそうではなく、封建的な家族制度はいまなお厳として守られていた。

この部落では、網元の家はすべて大家族主義をとっていた。漁業と農耕作業の両方に他の村民の何倍もの労働力を必要とするため、その方が何かと便利だからである。したがっておいげでも弥右衛門を中心に二十人近い家族が一軒の家に同居していた。それだけに家長としての彼の威信はどんな場合にも保たれ、その発言が総《すべ》ての采配を振《ふる》った。朝夕の食事時には、年寄りから幼児に至るまでの家族全員が厨《くりや》の竈突端に集《あつま》るが、その壮観な団欒《だんらん》のさなかにおいても、弥右衛門が箸《はし》を取りあげるまでは、誰も、飯茶碗《ぢゃわん》を手にすることはできないのだ。屋外の五右衛門風呂《ごえもんぶろ》の入浴にしても、弥右衛門を筆頭に、入る順番はきちんと定まっていた。

　惣二郎と志保子の結婚も、惣二郎が十歳のとき弥右衛門が決めたものだった。惣二郎は嫌でもそれに従わざるを得なかった。村内でその縁組を知らないものが誰もいない以上、それを拒否することは、長い世襲の掟《おきて》に背くと同時に、弥右衛門の威信を傷つけることにもなる。それればかりか将来おいげを相続しなければならない運命にある惣二郎が、率先して統制を乱すことは、他へ及《およぼ》す影響も大きかった。彼自身が、牢乎《ろうこ》とした旧態の壁を、敢然として打破するような気力に富んだ若者なら別だが、そうではないからなおさらだったのだ。

　それでも、そうした因襲の絆《きずな》を除いては、惣二郎は幼い頃から我儘《わがまま》いっぱいに育てられた。

　何といってもおいげの総領である。弥右衛門の弟妹で惣二郎の叔父叔母《おじおば》にあたるものも、従弟や従妹たちも一目おいている。それに生来腺病質で虚弱な体質だったので、農業や漁業の荒くれた仕事とはいっさい無関係に成長した。

　そのかわり惣二郎は、稀《まれ》に見る秀才だった。村の子供たちがすべて義務教育の中学までで卒《お》えさせる中で、彼だけは市内に下宿して県立の高校へ通学した。無学な村民たちのあいだでは、その高校を出たというだけでも立派に高等教育を受けた人間として通る。新居村ぜんたいを見わたしても、惣二郎のほかに高校まで行ったものといえば、志保子と郵便局長の息子しかいなかった。

だが、惣二郎は高校を抜群の成績で卒業すると、さらに最高学府の大学まで行きたいといい出した。

「お父やん。東京へやっとおせ」

弥右衛門は反対しなかった。

彼はそうした点に関しては、きわめて寛大であった。彼の虚栄心を満足させ、おいげの貫禄に箔《はく》をつけることであれば、一も二もなく賛成なのである。弥右衛門の単純な価値判断は、息子の学歴を、彼がかつて支那《しな》事変に陸軍曹長として出征した際に得た功七級の金鵄《きんし》勲章《くんしょう》と同じに考えているのだった。別ないい方をすれば、彼の持っている馬鹿《ばか》でかい名刺に印刷された村の名士としての数々の肩書と同様といってもよかった。惣二郎が無事に大学を卒業したら、××大学卒という名刺を刷らせてやろうと本気で考えたほどである。

惣二郎は、東京の駿河《するが》台《だい》にある私大の文科に入学した。弥右衛門は惜《お》しげもなく潤沢《じゅんたく》な学費を送金した。だが惣二郎はたまに音信を寄越《よこ》す以外に、一度も帰省しなかった。母親のクメが一度ようすを見に上京して、下宿を訪ねたぐらいのものである。

そのうち彼がどこかの安酒場の女給と同棲《どうせい》したという噂が、風の便りに弥右衛門の耳につたわってきた。弥右衛門は初めて眉を顰《ひそ》めた。

だが四年の在学期間を過ぎると、惣二郎は卒業証書を持ってあっさり東京から帰ってきた。弥右衛門は太っ腹なところを見せて、息子の放蕩《ほうとう》についてはいっさい詮索しなかった。母親のクメはしきりに東京での生活ぶりを聞きたがったが、弥右衛門の一喝にあって口を噤《つぐ》んだ。惣二郎も頑《かたく》なに喋《しゃべ》りたがらなかった。だから彼が東京で送った四年のあいだにどんなことがあったかは、まったく詳《つまびら》かではない。

ただ惣二郎は以前にも増して、陰気な性格の持主になったことは事実だった。東京から帰ってからも、誰ともつき合おうとはせず、家からも滅多に外へ出なかった。許婚者の志保子が押しかけてきても、すげなくあしらった。もともと口数は少《すく》ない方だったが、家の中にいても唖《おし》のように沈黙を守った。そして二年前から母屋のはずれにある蔵の中に住みはじめた。食事も大勢の家族とともに摂《と》ることを好まず、特別に蔵の中に運んでもらった。クメが覗いてみると、陽光から遮蔽《しゃへい》された蔵座敷の微臭《かびくさ》い暗がりの中で、惣二郎はひねもす文学書を耽《たん》読《どく》していた。その蔵の中の生活がはじまってから、彼の近眼はいっそう度が進んだようだった。

それでもたまに外出することはあった。夕映えの美しい浜辺に出て、風紋のある砂丘に腰をおろした惣二郎が、遠い水平線の彼方の茜《あかね》色に染った雲の峰をぼんやり眺めている姿を、村人たちはときおり見かけたことがある。その姿は日蔭に育った陰湿な羊歯《しだ》を思わせるものがあった。

弥右衛門夫婦は、息子の身を気遣《きづか》うあまり結婚を急いだ。今年の正月がすむと、バタバタと祝言の日取りや披露宴の手はずが取り決められ、結納が取り交された。

阪東菊之丞一座が関西から新居村へやってきて、おいげに泊《とま》ったのはその頃のことである。村社の八幡神社の境内に、小屋がけした一座の芝居に、それまで引き籠《こも》りがちだった惣二郎が足繁《あししげ》く通い出したのも、それからまもなくだった。

杉野惣二郎についての以上のようなことは、長年弥右衛門とも親しくつきあい、村の噂などとも耳にしている吉田巡査も知っていた。だが、惣二郎と染蔵とのあいだにひそかな男色関係が結ばれていようなどとは、さすがの彼も夢想だにしないことであった。

## 5

丸石を積んだ石垣伝いに緩やかな坂道をのぼると、右手は山の斜面をおおう雑木林で、左手には無数の小さな黄色の花がこぼれるばかりに咲き乱れた菜の花畑があった。揚げ羽蝶《ちょう》や紋白蝶《モンシロチョウ》がその花弁をついばんで舞っている。

吉田巡査は立花刑事を案内すると、正面の門の中に入っていった。どっしりとした構えの木造の家屋が幾棟《いくむね》にもわかれて、その奥にかたまっていた。付近の民家がすべて藁《わら》葺《ぶ》きであるのに反して、そこだけがどの棟も瓦屋根で、その瓦の一枚一枚が鱗《うろこ》のように鈍い鉛色に光って見える。それが池ノ浦の網元である、おいげの杉野弥右衛門の家なのだった。昨夜はその屋内の隅々にまで笑声と歌声がどよめき、祝い酒に酔った客が深更《しんこう》までひしめいていたのである。それが一夜にして華やいだ空気は消え、家ぜんたいが喪心して沈みきっていた。

門から母屋までのあいだにはかなり広い庭があって、そこに行くまでには土塀に沿っていくつかの棟がそれぞれ独立して並んでいた。機屋《はたや》。網小屋。繭小屋《まゆごや》。農機具をしまう納屋。穀倉。そして惣二郎が婚礼の式を挙げるまで住んでいた一の蔵とつづいているのだ。その蔵は典型的な土蔵造りで、白の漆喰《しっくい》で塗り固めたなまこ壁に、観音開きの扉が庭に向って開いていた。

庭には網でとれたジャコが、幾枚もの簀子《すのこ》の上に干してあった。

吉田巡査と立花刑事は、母屋の裏手の厨《くりや》の方へ回った。

牛舎の牡牛《おうし》が寝藁を踏んで鳴いている。その横の空地は、若い衆がよくその牛を引き出しては、種付を行うところだった。

それでも今日は、さすがに騒々しく立回る人影は、誰一人として見あたらなかった。

「おるかね？」

と吉田巡査は木目の古びた開き戸を押しあけるとき、声をかけて中に入った。

竈突ばたに、弥右衛門が黙念としてあぐらをかいて坐《すわ》っていた。がっしりとしたからだが、かろうじて支えられているのがわかる。婚礼の席では堂々とした恰幅《かっぷく》があたりを圧していただけに、いまのその姿はかえっていたたましかった。手にした煙管《きせる》の刻み煙草《たばこ》に火がついているのだが、口は吸うことを忘れていた。視線は捶《たるき》からさがった自在鈎《じざいかぎ》を虚《うつ》ろに瞶《みつ》めたままだった。そのそばにクメが顔をおおってうなだれていた。彼らの背後に昨夜の慶事に用いた朱塗《しゆぬ》りの柄のついた酒桶《さかおけ》が三つばかり並んでいるのに気がついて、吉田巡査は視線をそらせた。

竈突の粗朶《そだ》の火は消えかけている。

そこには志保子の姿は見あたらなかった。

弥右衛門夫婦はとうとう現場の『法螺ガ崎』へは来なかったが、それも無理からぬことだった。

部落の人間が大勢集っているところに取り乱した顔を見せては、わざわざ恥を晒《さら》しに行くようなものである。弥右衛門としてはさすがにおいげの体面上そこまではできなかったのだろう。

「ああ、駐在のおんちゃんか……」

弥右衛門は振り向くと、目を膝の上でうろうろさせた。眉根に沈痛な皺《しわ》が刻まれていた。いつも傲慢《ごうまん》な彼には、これも珍しいことである。

「こちらは高岡署からおいでの立花刑事さんや」

吉田巡査が紹介すると、弥右衛門は崩れたように両肘を角ばらせて黒くつや光りした板の間に手をついた。

「どうも、惣のやつがとんだお騒がせをして、すまんこっちゃ」

「それより、昨夜は婚礼だったそうなに、今朝はあんなことになりよって、お気の毒じゃけんのう」

職務柄調べに来たのだ。と立花刑事は口ごもりながらいい添えた。

「もう検視は済んだきに、仏さまはほどなく、浜の若いもんが戸板でここまで運んできよるろう」

吉田巡査は目を伏せていうと、手にした遺書を差し出した。

弥右衛門の獅子頭《ししがしら》のような大きなギョロリとした目からはじめて泪が湧いた。だが読み了《おわ》ったその遺書を、彼が土間に叩《たた》きつけようとするのを、クメが横奪《よこど》りした。

「おんどりゃ！　あの親不孝もんめが！」

弥右衛門は声もなく泣いていた。

「せっかく嫁まであてがったのに、何たら阿呆《あほ》をしくさって！」

吉田巡査は慰めの言葉もなく、といって任務のこともあり、困りはてたように立花刑事に切出《きりだし》役の救いを求めた。

立花刑事は頷いて上り框《がまち》に腰をおろした。

「実は調書をつくる必要があってのう。それで仏さんのことについていろいろ訊きたいんじゃが……」

「昨夜の婚礼の模様なら、わしも見てよう知っとるし、披露宴の後のことは志保子さんに問うてみんことにはわからんじゃろうが……、おんしに訊きたいのは死体とともにあがった、あの女雛の打掛のことや」

そばから立花刑事の言葉につづいて、吉田巡査もいい添えた。

「その打掛がどうしたなら？」

「あれは、おんしが市川染蔵に、祝儀として贈ってやったもんやそうじゃのう？」

弥右衛門夫婦の面に複雑な翳《かげ》が浮《うか》んだ。吉田巡査はすかさずいった。

「そのことについて、話してもらえんやろうか」

「あの打掛なら、阪東菊之丞一座がわしの家に泊ったさいに、染蔵のやつがえろう欲しがったで、くれてやったもんや」

ちょうど蔵の中の旧《ふる》い骨董《こっとう》類を整理したついでに、虫干しをしたのが染蔵の目にとまったのだ。とクメが横から説明した。

弥右衛門は不快そうに口を噤んだが、クメはそれについてくどくどと愚痴っぽく語った。

それによると、何でもおいいげの先祖に元禄《げんろく》時代藩主の山内家の御殿《ごてん》女中をつとめたものがあって、お城の殿様から拝領したものだという。それは長いあいだ蔵の中の蒔絵《まきえ》の長持の中にしまい込んであった。そうしたものにはあまり関心のない弥右衛門は、そんなものが代々家につたわっていたということすら知らなかったくらいである。クメも嫁に来て以来、一度も見たことはなかった。

クメが初めてそれを知ったのは、惣二郎が蔵の中に住みたいといい出してから、半年ほどたったある日のことだった。

いつものように箱膳《はこぜん》に夕餉《ゆうげ》を載せて運んでいくと、惣二郎がいつのまに錠のかかった長持の中から取り出したのか、その女雛の打掛を前にひろげて、じいっと見入っていた。クメが入っていったのも気がつかなかったほどだった。

「母さん、家にこんな美しいものがあるとは知らなんだ」

惣二郎はポツンといった。

そのときの彼の目つきは、ただごとではなかった。異常な陶酔に恍惚《こうこつ》として、我を忘れたといった顔つきだった。クメはゾッとして惣二郎がとつぜん発狂したか、狐《きつね》にでも憑《つ》かれたのではないかと懼《おそ》れた。だが惣二郎はすぐに平常の眼差《まなざ》しに戻って、にこにこ微笑しながら、

「いま江戸時代の女の衣裳を研究してるんや」といった。

クメはほっと一安心したが、それ以来その打掛は、蔵座敷の壁に懸けたままになった。

「それだけならよかったんじゃけんど、……あれはいつだったか、あてが朝起しに行ってみたら、惣二郎はそれを床《とこ》の中で抱いて寝よりましたぞね」

クメは泪ながらに、そのときの模様を追想しながらいった。

「ええ年をした男のくせに、そんな女子の着物なんぞに執心するなんぞ、とんでもないこっちゃ、と思いよりましてな。婚礼前のことでもあるし、思いきってお父やんに相談して、……それで……」

惣二郎が浜へ散歩に出たあいだに、厄払いでもするつもりで、染蔵が欲するままに与えたのだということだった。

「それで、その後惣やんはどうしよりましたかね？」

「はじめはえらい剣幕で喰《く》ってかかったり、病人のようにしょげたりしよりましたけどな。じきに諦めたと見えて、あてらが案じたほどのことはありませなんだぞね。志保子との婚礼のことも、すなおに承知してくれよりましてな」

だが、その婚礼の日の朝、惣二郎は市川染蔵からその女雛の打掛をひそかに借り受けているのである。ということは、彼が染蔵との死出を装うために、特にその打掛を望んだものであることは明《あきら》かだった。だが、はたしてそれだけの目的で借りたのだろうか。それなら染蔵と媾曳した折に持ってきてもらえば済むことなのだ。

吉田巡査はふと志保子がその秘密を知っているのではないかと思った。彼は浜で見かけた志保子のあの異様に燃えた視線を思い起した。彼女の眼差しが灼《や》きつくように注《そそ》がれていたのは、確かに女雛の打掛だった。志保子は文字通り生前の惣二郎に最後に接した人間だが、彼女と彼とのあいだには、まぎれもなく何かがあったのだ。

吉田巡査は立花刑事と顔を合わせると、クメに志保子の居場所を聞いた。

## 6

南国特有の棕梠《しゅろ》の木が横に植った柴折戸《しおりど》を潜《くぐ》ると、母屋の裏庭へ出る。そこに新屋と呼ばれる木造の平屋があった。弥右衛門が惣二郎と志保子夫婦の新世帯のために、わざわざ建てたものだった。

「志保子はさきがた浜から戻ってきたで、たぶん新屋におりますろう」

とクメが厨の外まで見送りがてら教えてくれたのだった。

早春の午後の陽差しがいっぱいにあたった庭に、数羽の雀《すずめ》がおりてチュンチュンと囀《さえず》っている。二人が入っていくと、雀はいっせいに飛び立って鬼瓦の上に舞い上った。

その新屋の屋外にたっている厠《かわや》で、志保子は立ったまま用を足していた。地面に甕《かめ》を埋めて名ばかりの板囲いとトタン屋根をつけた男便所で、彼女は器用にスラックスをずらし、わずかに前かがみの姿勢で、用を済ませていたのである。都会の者が見ればまごつくだろうが、吉田巡査も立花刑事も別に驚きはしなかった。これはこの地方の単なる日常の行為に過ぎないのである。娘たちは浜で網を引いているときでも、田畑でもきわめて自然に行う。

同様に彼女たちは、牛馬の交尾を目にしても別に顔を赫《あか》らめたり不快がったりはしなかった。彼女たちが自らその世話をしなければならないからだ。

吉田巡査と立花刑事は、陽当りのいい縁側に腰をおろして煙草に火を点《つ》けた。

二間つづきになった奥の八畳の床の間《とこま》には、雛壇がまだ築いたままになっていた。内裏雛《だいりびな》も左大臣も、右大臣も三人官女も、五人囃《ばやし》も、いずれも、古色蒼然《そうぜん》としている。女雛の瓔珞《ようらく》は錆《さ》び、御所車の漆《うるし》は剝げていた。これもあの打掛と同様、代々おいいげにつたわるいわれのあるものを、蔵から出して飾ったものであろう。その横に置いてある琴や桐《きり》の簞笥《たんす》や鏡台などは、志保子が嫁入り道具として持参したものに違いなかった。

吉田巡査は志保子の小用を見ても何とも思わなかったが、その古びた雛が目に入ると、ふとちぐはぐなとまどいを覚えた。

厠から戻ってきた志保子の眼には、泪はなかった。むしろ屈辱をせいいっぱい堪えているのが、ありありと窺える、厳しい眼差だった。

「駐在さんは、惣二郎さんのことについて訊きにきたんじゃろう？　そんなら何でも答えてあげるぞね」

志保子は、肉づきのいい胸から盛りあがった乳房を、両手で押《おさ》えながらいった。

振袖《ふりそで》の花嫁衣裳を着て、文金高島田《ぶんきんたかしまだ》に角隠しに結った昨夜の彼女とは、別人のようだった。

吉田巡査は、改めて母屋で行われたその贅《ぜい》を尽《つく》した披露宴の宴席の情景を思い浮べた。境の襖《ふすま》を取りはらって、十畳の座敷二間をぶち抜いてしつらえた宴会の席。その席でもとりわけ目だったのは、正面の二双の金屏風《きんびょうぶ》だった。その前に花嫁の志保子と並んで固くなって坐っていた花婿《はなむこ》惣二郎の姿。人形のようにきちんとかしこまってはいたものの、いまにも貧血を起して倒れるのではないかと気遣《きづか》われたほど蒼ざめきっていた彼の顔。郡長夫妻の媒妁《ばいしゃく》で型通り済まされた三々九度の盃。弥右衛門夫婦と志保子の両親である村長夫妻のほかに、座敷をうずめて居並んだ役場の助役、村会議員、中学校長、郵便局長、などの村の名士のお歴々。来賓の新宇佐《うさ》町町長の決り文句《きまりもんく》の祝いの挨拶と調子はずれの高砂《たかさご》の謡曲。土佐独特の料理である、カツオのタタキや魚飯《いおめし》などを大皿に山盛りに盛り上げたサワチ料理の数々……。

そして賑《にぎ》やかな酒宴になり、お国自慢のヨサコイ節が高唱されて、無礼講のドンチャン騒ぎの半ばに行われたこの地方の古来からの結婚の奇習である覗き祝い。これは宴席の障子に穴をあけ、宴会に招かなかった村落の人間たちに、花婿花嫁の姿を外から垣間見させてお披露目をするのである。

だが、庭の外に行列をつくった村落のものが、一人一人豪勢な宴席とかがやくばかりの新郎新婦の姿に羨望《せんぼう》と半ば卑猥《ひわい》な視線を注いで次々と去るあいだ、志保子はつつましくさしうつむいていたりはしなかった。誇らしげな微笑を湛《たた》え、子供っぽく舌を出してみせたりした。弥右衛門はさすがに苦い顔をした。コチコチに身を硬《こわ》ばらせていたのは、惣二郎だけだった。

一種病的な風貌をした見るからに都会的な青年である惣二郎と、生まれながらの奔放な野性をいささかも損われずに育った志保子とは、あまりにも対照的だったのである。

そういえば彼が祝言の前日まで蔵に籠っていたのに反して、彼女の方は浜へ出て裸馬《はだかうま》を乗り回していたのだ。

それにしても、新婚一夜にして夫の悲惨な死に遭遇しながら、微塵《みじん》も悲嘆に暮れたようすのない志保子を見ては、吉田巡査も立花刑事も面喰《めんくら》わざるを得なかった。弥右衛門夫婦とは、別な意味で、訊問《じんもん》の切り出し方に迷った。彼女のその冷やかさは、戦時中の女の最大の美徳に算《かぞ》えられていた気丈とか健気《けなげ》とかいうものとは、明らかに相違していたからである。

志保子は沓脱《くつぬ》ぎから縁側に上ると、雛壇の上の男雛《おびな》を凝視した。

「このお雛さんは、惣やんによう似とる。けんどもう片付けんけりゃならんわ」

吉田巡査は妙にドギマギしながら、手にした警察手帳を無意味にくって、乾いた口をきった。

「あんたは、惣やんとは幼馴染《おさななじみ》みやったな」

志保子は立ったまま振り向いた。

「ああ、兄妹みたいなもんやったもん。ちっこい頃からよう遊んだわ。おいげの納屋で藁草履を編んだり、山へ行ってツワブキを採ったり、草笛《くさぶえ》を吹いたり、マイマイツブロでおはじきをしたり、風呂にも何度かいっしょに入ったわ。……けんど惣やんはその時分から男らしいところがちっともものうて、じきにメソメソする泣きみそやったな。小学校や中学校では女子《おなご》とばかし仲ようしよったきに、あてはいつも意地悪をしてこっぴどくいじめてやったもんやわ。許婚者としては当然のことやもん」

「しかし、あんたらが高校生になってからは、そう会う機会もなかったろう。殊に惣やんが東京の大学生になってからは……」

「そりゃあな……けんど惣やんが同棲しよった酒場の女給を別れさせたんは、このあてぞね」

「ほんまか。そりゃあ……」

吉田巡査は耳を疑った。

「ほんまよ。もっともそのときは、村のもんには誰にも気どられんようにして東京へ行ったきに、駐在さんが知らんのも無理はないわ。その女給ちゅうのは大変なあばずれ女で、惣やんがおとなしいぼんぼんなのをいいことさいわいに、欺《だま》して誘惑したんよ。あてはその女に会って膝詰《ひざづめ》談判してやったわ。惣やんと手を切らなんだらぶっ殺してやるぞね！　と脅《おど》して思いきりしばいてやったら、いっぺんに震えあがってしもうたわ。惣やんは生まれたときから、この世であてと夫婦になる約束事になっとる身分じゃもん。どこのどんな女にも絶対に横奪りさせはせん。そういうあての意地が許さなんだんよ。だから惣やんのことなら、あて以上に知ってる女はないつもりじゃった。それがこんな裏切りかたをされて……あても惣やんに、まさかあんな秘密があろうとは、思いもよらなんだわ」

「というと、染蔵のことじゃね？」

「ああ、惣やんがいつからあんな片端《かたわ》になったのか。女子をよう愛せんような情ない男になったかということやわ。けんどよう考えてみると、思い当るフシがないでもないわ。惣やんはちっこい時分から女の子とよう遊びよったくせに、ふつうの男の子とは違いよった」

「ほう……」

と、立花刑事が目をかがやかせた。

「どう違ったんかね？」

「あれは、小学六年生のときやったわ。夏休みにあてや部落の子供たちが、シャラ取りに行こうちゅうて惣やんを誘ったら、惣やんはきつい顔をして、あんな汚《けが》らわしい遊びは嫌やといいよったんや」

シャラとは蜻蛉《とんぼ》のやんまのことで、この辺では都会のように、黐竿《もちざお》や捕虫網でとらえずに、雌《めす》のギンヤンマやオニヤンマに糸をつけて飛ばせ、それに雄《おす》のやんまが交尾してくるのを獲《と》えるのである。

「つまり汚らわしいちゅうたのは、雌と雄のサカリのことをいったんやな」と吉田巡査は訊いた。

「そうよ。それはばかしでない。惣やんは、牛や馬の種付を見ても、いつも顔をそむけて通り過ぎよった。あては不思議でならなんだけど、惣やんが高校三年のときに、何かの話のついでに、やっとその原因を打ち明けてくれたわ。……何でも惣やんが十ぐらいの頃にお父やんとお母やんの同衾《どうきん》しとるところを見て、それ以来男女の肉体の交《まじわ》りが身震いするほど忌わしくなったといううんや。それに較べたら、高校時代に経験したお稚児《ちご》さんの方がよっぽどましで清潔だと笑いよった。惣やんはその頃は美少年じゃったきに、高校へ上りたてはずいぶん上級生に追い回されたそうな」

「そうか。そういうことがあったのか……」

吉田巡査は呟くと、ふとドキッとしたように志保子の顔を瞶めた。

「そんだら、もしや昨夜のあんたらのあいだには……夫婦の契《ちぎ》りは……」

不躾《ぶしつけ》な質問ではあったが、それが事件の真相を知る上の重要な核心だったのだ。

志保子の顔はサッと赫らんだが、それはすぐに怒りの色にとって変った。

「あてのからだは、まだ生娘《きむすめ》のままや。けんど、あての心は拭っても拭いきれん恥《はずか》しめの傷で犯されたんやわ」

いくら警察の調べとはいっても、あのような事件がなければ、志保子もそうした閨房《けいぼう》の秘事にわたることまで、進んで喋りはしなかっただろう。

それにしても吉田巡査と立花刑事の二人が彼女の口から聞き出した惣二郎との新婚初夜の模様は、ふつうではとても考えられないような常軌を逸したものだった。

披露宴がたけなわのさいちゅうに、仲人の案内で二人がこの部屋に引きあげてくると、そこには宴席と同じ二双の金屏風がたてまわしてあり、既に枕を二つ並べた床《とこ》に、なまめかしい真紅の友禅《ゆうぜん》の布団がかけられた夜具が用意してあった。そして型通りの床入りの盃事が済むと、仲人は引き退《さが》った。

だがいつはてるともない母屋のさんざめきをよそに、彼ら夫婦が二人きりでポツンと取り残されると、惣二郎は急に落ちつきを失った。固苦しい紋付袴を脱《ぬ》いで寝巻に着替えることを勧めた志保子はその煮えきらない態度が歯がゆくなった。彼女がいくら勝気《かちき》で積極的な性格だといっても、女の方から先に床に入るわけにはいかないのだ。それだけに志保子は焦々《いらいら》した。

すると惣二郎は何を思ったか立ち上ると、雛壇の蔭からゴソゴソと大風呂敷包みを持ってきた。その中にあの打掛が入っていた。夜具の真新しい赤とその古風な赤とは、彼女の持参した嫁入道具と雛壇と同様に相対的だった。志保子はキッとしてそれを瞶めた。彼女の目には、その打掛が神聖な夫婦の閨《ねや》を荒《あら》して割り込んできた、恋敵の女のように生々しく感じられたのだ。

「これは何ぞね？」

と志保子は嫉妬に眩暈《めまい》を覚えながら訊いた。

惣二郎は口ごもった。それでいて、その打掛を抱きしめた彼の表情は、志保子がかつて見たことがないほど真剣なものだった。

「志保子、これを着て寝てくれんか。これには染蔵の移り香《が》が滲みとるんや！」

初夜を迎えた花嫁にとって、これほどの侮辱はなかったであろう。

志保子の頬からは、サッと血の気がひいた。唇を噛《か》みしめた彼女は、惣二郎の横面に激しい平手打ちを食わせると、物もいわずに新屋の寝間から飛び出した。後には悄然《しょうぜん》とした惣二郎と、むなしく手も触れないままのべた寝床と、それに彼の膝に落ちた打掛だけが残った。

柴折戸の外へ出て、棕梠の木蔭の闇の中に佇《たたず》んだ志保子は、口惜《くや》しさのあまり声を殺して忍び泣きに泣いた。そして惣二郎が迎えに来てくれるのを待ったが、彼はいっこうに現れなかった。痺《しび》れを切らして戻ってみると、打掛とともに彼の姿は見えなかった。それっきり朝が来ても帰らなかった。

志保子は、その新屋を飛び出した時間が、ちょうど十一時前後だったといった。

「なるほど、それで疑問は解けよった。染蔵が芝居小屋を脱け出した時間とも一致するわけやな」

吉田巡査が納得したように呟くと、立花刑事も頷いて腰をあげた。

納得したといえば、杉野惣二郎がなぜ市川染蔵と悲惨な死をともにしたか――？　その裏付けとなる彼の異常な愛欲心理の性格の生長過程も、ある程度理解できたような気がした。

あの女雛の打掛について、弥右衛門夫婦から聞いた彼の狂気じみた振舞《ふるま》いや、志保子の口から明かるみに出た彼の少年時代の数々のエピソードが、すべて秘められた彼の内面の翳《かげり》を物語っているといってもいいのだ。

惣二郎は幼い頃から、女の子のようだったという。男女間の露《あら》わな結びつきを、極端に嫌悪していたという。それでいて大学時代には、酒場の女給と同棲しているが、志保子に仲を割かれても、さしたるショックも受けずに新居村へ帰っているのは、彼自身もその関係を清算したがっていたのではないか。そして、蔵の中に住むようになって偶然にあの打掛を見つけてからは、自分が女になったような倒錯した心理状態に陥って、その結果阪東菊之丞一座の女形市川染蔵を愛するようになってしまったのだ。そして志保子との結婚に切羽つまって心中する気になったものに違いない。

惣二郎は昨夜の午後十一時過ぎ、新屋を出て染蔵を浜で待ち受け、それから深夜の海上に小舟を漕《こ》ぎ出した。昨夜は月明の夜であったし、波もさだめし穏やかだったであろう。その月光の滴《しずく》を浴びた舟の中で、惣二郎は染蔵にいっしょに死んでくれと懇願したのだ。だが単なる嬶曳には心よく応じた染蔵も、命まで投げすてる気はむろんなかった。そのため惣二郎は、いやがる染蔵を無理矢理出刃庖丁で刺し殺し、自らは『法螺ガ崎』まで行って、打掛を抱いて身を投じたものと思われる。その時間が裁判医の検案による、午前二時という死亡推定時間にあてはまることはいうまでもなかった。

おいげにいとまを告げた吉田巡査と立花刑事の二人は、その日のうちにこれらの聴取した事実と彼らの推定を、忠実に報告書に作成して本署に提出した。これで二人は任務を果したことになり、この事件についての捜査に対しても、完全に終止符が打たれたことになった。

事件が無理心中であることは歴然としているうえに、それを裏付ける動機や状況までが揃《そろ》っている以上、もはや疑問の余地はなかったのである。

杉野惣二郎と市川染蔵の比翼塚が築かれたのは、事件の翌《あく》る日のことだった。頑固な弥右衛門は、そうした墓をたてることには強硬に反対したが、クメの切なる願いに負けて、一人息子の哀れな菩提を葬うために、惣二郎の遺言通りにすることにしたのである。深夜おいいげの若い衆が総出で墓穴を掘り、二人の遺体は焼かずにそのまま穴の底深く埋められた。この村では代々死者を土葬にする習慣がいまなお遵奉《じゅんぽう》されているのだ。その際、打掛もともに棺《ひつぎ》におさめて埋葬することをクメが主張したが、それに反対して絶対に譲らなかったのは志保子だった。

女雛の打掛は、彼女の手でずたずたに切り裂かれ、浜の塵埃《ごみ》捨場《すてば》で焼き捨てられた。彼女としてはせめてそれくらいの報復をしなければ、気がすまなかったのであろう。志保子は、その打掛が完全に灰になり煙《けむり》と化すまでその傍《そば》に佇んで離れなかったという。

## 7

以上がそれから八年たった現在――小倉悠一が当時の事件記録や調書の写しから知りえた、

杉野惣二郎と市川染蔵の情死に関してのデータのあらましだった。

克明なその調書や記録に記された事実から推せば、誰が見ても二人の死が、男色関係に結びついた悲劇であることを否定するものはいないに違いない。だが最初にも述べた通り、小倉悠一だけが、この事件の中にまだいくつかの謎が残されていることを発見したのだった。

彼が不審を抱《いだ》いたのは、次の点なのである。

その第一は、二人の死がいくら無理心中にしても、惣二郎がなぜ染蔵をあのように無惨に出刃庖丁で惨殺しなければならなかったかという点なのだ。裁判医の死体検案書によると、染蔵は最初の一突きで心臓を刺し貫《ぬ》かれて、死に至らしめられているという。それなのにどうしてその上さらに、滅多突きにする必要があったのだろう。これではまるで恨み骨髄の人間を、憎悪のあまり、これでもかこれでもかと刺したのと同じではないか。

第二に小倉の注意をひいたのは、あの打掛だった。それには死の直前に伽羅の香がたきしめられていたという。その香もおいいげの蔵の中に旧《ふる》くからあったものだろうが、そのことと、惣二郎が初夜の寝間で志保子に訴えた言葉とは、少し矛盾してはいないだろうか。死に行く者の身だしなみとして、昔の武士や姫たちがそうしたことを行った話はあるのだが、彼はその着物に、染蔵の移り香が滲みているから、彼女に着ろといったのである。惣二郎がそれほど深く染蔵を愛していたのなら、どうせ海中に身を投じることではあるし、何もわざわざ香までたいて清める必要はなかったのではないか。

第三に、惣二郎が心中を決行したのは、志保子との結婚に切羽詰《つま》ったあまりと解釈されているが、そんなに厭《いや》な結婚なら、何も心理的に追いつめられて死を選ぶ前に、いくらも断る方法はあったはずである。ところが弥右衛門の妻のクメの陳述によると、惣二郎は志保子との結婚を、唯々諾々《いいだくだく》として承知しているのだ。これもおかしいとはいえないだろうか。

第四に、惣二郎は何のために婚礼の当夜に心中を遂行したのであろうか。志保子へのあてつけのためか？　いや、それなら、挙式の前でも同じことで、この点も不可解といわなければならない。

小倉は、そういくつかの疑点を並べていくうちに、その疑点の壁が彼の中で次第に厚さを増していくのを感じた。彼はその壁を破ろうとして考えあぐねた。そしてふととつぜん、彼なりのある突拍子もない推理と解明が頭に湧いたのである。

東京から新居村へ帰って、何年かを薄暗いジメジメとした蔵の中で過したという、惣二郎の陰気な姿を思い泛べているうちに、彼は、はっと思い当ったのだった。

それは杉野惣二郎はもしかすると、男色とは何の関係もなく、また女形の市川染蔵を愛したのでも何でもなかったのではないか、ということだった。

彼が真に愛したのは、あの女雛の打掛そのものだったのではないか。何百年も昔の華麗な女の衣裳に恋をしたのではあるまいか。

その根拠として、惣二郎が幼少時代から病的に繊細な神経の持主だったことがあげられる。そして十歳の頃に、両親の性交渉を目撃して、それ以来男女の営みに対して、極度の嫌悪症に陥ったことも影響しているのだ。大学時代に、女給との同棲生活をあっさり打切ったのも、彼女との接触が彼の内面の嫌悪感を打消す役には立たず、むしろ前以上に激しい幻滅を感じたからにほかならないのではないか。いうなれば惣二郎は、この世の男女関係に絶望し、虚《むな》しさと醜悪さとを感じて、すごすごと田舎へ帰ってきたものではなかろうか。彼が求めたのは至上に美化された愛だった。その点許婚者の志保子はきわめて健康的な女には違いなかったが、惣二郎の望むものとは縁遠かった。そんな矢先に偶然に発見したのがあの女雛の打掛だった。彼は一目見たしゅんかん、その妖《あや》しい美に打たれたのである。その打掛を通して、かつてそれを身に纏《まと》ったであろうあでやかな上臈の姿が、彼の目の前に彷彿《ほうふつ》とした。その幻影は彼の心を浸蝕《しんしょく》し、とらえた。

したがって彼が真に心中の相手に選びたかったのは、その打掛だったのではなかろうか。それでは、どうして惣二郎は染蔵と死をともにしたのであろう。事件は心中と考えるべきではなく、染蔵を殺害した彼が自殺したと見るべきだったのである。何故か？　それは彼の命よりも大切にしていた打掛を、染蔵に横取りされたからだった。染蔵はそれを着て舞台に立っている。そのことは、惣二郎にとっては愛する女の肌を、他人に犯されたのも同然だった。彼がその打掛を着た染蔵の芝居をしばしば観にいったのも、染蔵に逢《あ》いたいためではなく着物に逢いたかったのである。

だが染蔵と志保子の二人は、彼が意図した女雛の打掛との心中には、なくてはならない存在だった。なぜなら、染蔵と男色関係にあるように偽ることにより、人一倍勝気で嫉妬深い志保子を刺激する必要があったのである。惣二郎は一人で死ぬのは怖《おそ》ろしかった。情死をはかる人間の殆んどがそうであるように、愛するものと抱き合って暗黒の海に沈みたかった。だがそれでは、あとに打掛だけが残る。打掛は死んではいない。彼が意図した心中の目的は、達せられないのである。そのために惣二郎は、志保子との結婚を承知して、わざわざ彼女を挑発するような態度や言葉を示したのだった。そうすれば志保子は必ず惣二郎の死後、あの打掛を破りすてるか焼却するにきまっている。すなわち志保子は着物を殺すための兇器の役割を果してくれることになるのだ……。

だが小倉悠一が彼なりの独断で推理したことは、あくまで彼だけの想像の世界の解明にすぎず、真相は永遠に謎のままだった。第一それをいまになって解いてみたところで、どうなるものでもなかった。また多忙な新聞記者である彼には、そうした一小事件にいつまでもかかわり合っていられるほど、時間の余裕も持たなかった。現実がそれを許さないのだ。

そういえば吉田警部補の話によると、志保子はその後、村の郵便局長の息子と再婚して、今では二児の母親になっているということだった。

小倉悠一はその事件のことを忘れようと思った。ただ忘れることのできない感慨が一つだけあるとすれば――それは彼や志保子にとっては、杉野惣二郎が希求したような美は、この世ではいささかも必要としないということだけだった。

I

# ノスタルジア

# 1

太古以来、変わらぬ夏がまたやってきた。

地上に君臨する太陽の威圧を、人々が身をもって切実に知る季節がおとずれた。

万物をはぐくむ、慈愛深い陽差《ひざ》しは、春とともに消え去り、太陽は本来のすがたをとりもどして巨大な溶鉱炉のごとく、中天で燃えつづけていた。日盛りに照りつける陽光は、何と強烈で、脂ぎってさえ、感じられることか。

今年は、特に暑さがきびしいようだ。長い梅雨が明けたかと思うと、それまでのスモッグの鬱陶《うっとう》しい湿気を、一気に蒸発させ、大地をことごとく、乾燥させてしまうかのような、日照りがつづいていた。

水銀柱《サーモメーター》は、連日三十度を越し、不快指数も八十以下にさがったことはない。新聞は、脳炎患者の発生を、早くもニュースにしていた。

それにもかかわらず、砂田《すなだ》圭二《けいじ》は、一年のうちで夏の短い期間がいちばん好きだった。気ままな放浪生活を送っている彼にとっては、寝泊まりの場所や衣服の心配からのがれるという、便宜上の利点もむろんあるにはある。だが、圭二が異常なまでに夏を愛するのは、そうした現実的な恩恵のためだけではなかった。四季のうちで、もっとも男性的なその季節そのものが、彼の若いフィーリングにぴったりとくるのだ。炒《い》りつけるような陽差しに、皮膚が焦がされるのを感じると、体内の血に不思議な力がみなぎり、圭二は全身の躍動をおぼえるのであった。

事実、秋から冬にかけての彼は、冬眠中のけだもののように生気がなかった。とりわけ、寒さには弱かった。風が冷気をおびるようになると、圭二は渡り鳥さながらに南の土地を求めて移動した。今年の五月までは、薩南《さつなん》諸島のうちの臥《が》蛇島《じゃじま》で、反体制のヒッピー仲間と、野外生活をして、暮らしていたのだった。

ロック・エイジの世代に属する圭二は、生まれつき信仰心などは持ちあわせていない。だが、灼熱《しゃくねつ》してひかりかがやく、エネルギーの根源に対しては、本能的な思慕を抱《いだ》いていた。それは、畏怖《いふ》と憧憬《どうけい》のいりまじった心で太陽神を崇《あが》めた、古代人の素朴な祈りに、共通する観念といっていいかもしれなかった。

だが、仮りに精神分析学者が、圭二に太陽についての連想テストを課したとしよう。すると圭二は、かすかな戦慄《せんりつ》をともなう陶酔に浸りながら、「赤く血のしたたる心臓」と答えるにちがいなかった。太陽のことを考えると、彼の目の前は、常にまっ赤《か》な色彩でいろどられた。巨大な脈打つ天の心臓は、夢のなかにも、しばしばあらわれ、それを見た夜は、きまって、快美なエクスタシーに達して、朝目覚めると、寝床を汚していた。それでいて、その潜在意識の根拠について、突っ込んだ質問をされても、圭二は当惑するばかりで、説明のしようがなかった。

その砂田圭二が、どうして臥蛇島の仲間と別れ、この奥伊豆《おくいず》の山の中で、ただひとり、孤独な原始生活を送る気になったのか？　それは彼自身にもよくわからなかった。

足のむくまま気のむくままの旅行アニマルという言葉が、若い世代のあいだにはやっているが、神代《じんだい》植物公園でもよおされた「ビー・イン」のフェスティバルや「ゼロ次元」のロック集会に加わるため、東京にもどった圭二が、旅のガイド・ブックを見ているうちに、勃然とした衝動に駆られ、伊豆半島まで行ってみたくなっただけのことなのだ。というより、彼の心を強く誘致する、ミステリアスな引力に吸い寄せられたというべきかもしれなかった。

伊豆急行の片瀬《かたせ》温泉駅から、湯《ゆ》が岡《おか》部落や、白田発電所を経《へ》て、バスと徒歩で、まる二日。白田川の清流沿いに国有林搬出道路を通り、営林署の事業所からさらに奥へ踏みこんで、この人跡《じんせき》まれな湖まで辿《たど》りついたのは、つい一週間ほど前のことであった。

背後には、天城連峰《あまぎれんぽう》の万三郎岳《まんざぶろうだけ》や万二郎《まんじろう》岳がそびえ、周囲二キロの湖水をめぐる広々とした森林地帯は、ブナの古木や、クヌギ、モミ、ヒメシャラ、アシビなどの原生林におおわれている。交通が不便なため、熊笹《くまざさ》の群落がはびこる、草深い林のなかは、ハイカーが足をふみ入れることもまれにしかなく、野生のイノシシや狸《たぬき》、リスなどがいまなお出没していた。天然記念物のモリアオガエルの棲《す》んでいる湖は、ニジマス、フナ、タナゴ、コイ、ナマズなどの淡水魚の、かっこうの釣場《つりば》ともなっている。

湖岸には夏場の高原ロッジと、営林署の飯場のほかには、人家は皆無だった。温泉場の多い西伊豆や南伊豆とはちがい、このあたりは、観光地としてはまだ立ちおくれていた。もとより、不動産会社が、風光明媚《めいび》なこの土地を見のがすはずはなく、開発に乗り出してはいたが、樹林を切りくずして整地するには手間どるため、まだパンフレットで宣伝の段階にすぎなかった。

もっとも例外がないわけではなかった。外界と没交渉で、俗化していない点が気に入り、一年前、電気が引けると同時に、いち早く湖畔《こはん》に別荘を建てたものがある。F医大胸部外科の教授の賀川周作《かがわしゅうさく》で、そのコテージがただ一軒、私有林のなかにうずもれるようにして、ポツンと存在しているだけだった。

圭二は圭二で、かっこうなねぐらを見つけていた。湖の南岸は山肌のむきだした、絶壁になっているが、その切り立った断崖の上に、迷彩をほどこした掩体壕《えんたいごう》の残骸が残っていた。戦時中米軍の上陸にそなえて、この地にひそんだ陸軍部隊が、防空監視哨《かんししょう》兼対空射撃用の陣地として、使用していたところである。もとは、ぜんたいをコンクリートでおおい固めてあったのだろうが、いまは天井はくずれ落ち、銃眼をあけた外壁の一部のみが、夏草の生い茂るなかに放置してあった。圭二は邪魔なコンクリート塊を片づけ、そこにウィンパー・テントを張った。夜露をしのぐには、それで十分だった。

食物の心配も、目下のところはなかった。臥蛇島へ渡る前に、ヒッピー相手のサイケ・

モードの古着屋を手伝ったり、暴力団からたのまれた大麻の運び屋をして、その報酬に得た金《かね》を、小出しに使っていたので、島から東京へ舞いもどったときも、まだ五千円ばかりは残っていた。それで米や缶詰やウイスキーなどを購入したほか、湯が岡部落からこの湖へ徒歩でくる途中に、立ち寄った農家で、好物のトウモロコシをわけてもらってあった。それに湖岸で釣糸をたれれば、魚も釣れる。べつに労働をするわけではないから、十日はたっぷりもつ計算だった。

圭二は、食糧が尽きていよいよ窮するまで、この土地を動かないつもりだった。お手あげの状態になったら、東京へもどって、また古着屋でアルバイトをするか、危険を冒して大麻の運搬でもすればいい。

彼は、昼間はまっぱだかで泳いだり、魚を釣ったり、森の奥の涼しい木陰でまどろんだりして、野外の生活を満喫する。気がむかなければ、日がな一日、テントのなかでごろごろしたり、崖上の草地に寝そべって、日光浴を愉《たの》しんだ。

公害さわぎの都会とは異なり、ぽっかりと切りぬいたような大空は、きわだって青く澄み、ぶきみによどんだ湖は、それをうつした鏡のように相対していた。目を樹海に転じると、陽《かげ》炎《ろう》につつまれた樹木の濃緑が、いまにも溶けて流れ出しそうにゆらめいていた。圭二はそれをぼんやり眺めているだけで、飽きなかった。

夜になると、その空は、無数の星がきらめく暗黒のパノラマと変わる。彼は天を仰ぎながら、焚火《キャンプファイヤー》のそばでポケットウイスキーを飲み、ギターを弾いた。ＬＳＤを吸引したり、マリファナ煙草《たばこ》を吸って、幻覚のおもむくまま、用意の画帖《がじょう》にアブストラクトの画を描くこともあった。そんなときかならず、前方の黒く森のうねった湖岸に、灯台の明かりのような、一点の灯《あかり》がみとめられた。賀川周作の別荘の、ともしびだった。

野外生活一週間目のその日、圭二は、山中の森の奥で、十数人の飯場の樵《きこり》たちが汗水をながして、樹木を伐採するところへ行き遭った。といっても、べつに声をかけたり、気まぐれに手伝おうなどと、殊勝な気をおこしたわけではない。ジョン・レノンばりの銀ぶち眼鏡《めがね》の奥で、ただニヤニヤ笑いながら、見まもっていただけなのだ。

もともと樵たちのほうでも、圭二がさいしょにこの地へ現われたときから、気違いあつかいして、当たらず触らずに冷視していた。断崖の上の掩体壕跡にテントをはって住みついていることも、知らないではなかったが、だれひとりうす気味悪がって、近づこうとするものはなかった。

それもそのはずで、ブロンドに染めたちぢれっ毛のロング・ヘアーと顎をおおうゲバラ髭《ひげ》には、面くらわずにはいられなかったのだろう。しかも服装は、浮浪者のようにうす汚ないし、裸身にジャズ玉ふうのロングネックレスや、金属製の腕輪を、チャラつかせている。ほんとうは二十一歳の若者なのだが、そのために年齢の見当もつかないほどだった。樵たちにとっては、まさしく圭二は、別世界から迷いこんできた異分子以外の何ものでもなかったのだ。

森からねぐらにもどると、圭二はうろたえた。ちょっと留守をしたあいだに、テントのなかがすっかり荒《あら》されている。なけなしの米がズックの袋から散乱しているばかりか、今朝あけたばかりのクジラの缶詰が、食いあらされているのだ。最後の、とっておきの缶詰だった。テントのなかにも外の地面にも、泥だらけの小さな足跡と、クサリをひきずった痕跡がのこっていた。

「あいつだ。あの犬のしわざだ！」

その犬は、賀川周作の別荘で飼っている、雑種に外国種のまじった犬のことだった。

はじめて見かけたのは、湖畔の林のなかなのだ。朝まだ涼しいうちに賀川の娘らしい十七、八の少女が、クサリを握って、散歩に連れ出していたのである。小柄だが、つぶらな瞳と歯なみの美しい少女だった。圭二が相手にしている、マキシ・コートにパンタロンのフーテン娘とは、人種の違うタイプに属していた。

アケビを取りに林へはいって、ぐうぜん垣間見ただけだから、たぶん彼女のほうは彼の顔を知らないだろう。だが圭二の脳裡《のうり》には、颯爽《さっそう》とした白のスラックスをはいて、犬とともに駆け去っていった少女の後ろすがたが、鮮やかにこびりついていた。

「ちくしょうめ！」

腹の底からこみあげてきたはげしい怒りに、圭二のこぶしはふるえた。

これが、野良犬のしわざだったら、まだ許せたかもしれない。いや、いっそ金を盗まれたのなら、あっさり諦める気にもなっただろう。だが、貴重な食糧をうばわれたことは、我慢がならなかった。

その夜、圭二は、賀川周作の別荘へ、盗みにはいろうと思った。

## 2

除草機で、密生した草叢《くさむら》の一部を、サックリ刈り取った跡のように、樹林が切りひらかれている。そこに、鉄平石をはりつめた、石壁のリゾート・ハウスが建っていた。山荘ふうの二階家だ。湖に面した庭の前方は、まばらに林が残してあるが、そのかわり塀や柵などはなかった。湖畔の道づたいに行けば、楽にしのびこむことができた。

もう夜ふけなので、風がひんやりとしている。屋内の明かりは、すでに消えていた。どこかで、夜鳥の鳴き声がした。まわりの闇からはいのぼってくる虫の音は、草を踏みしだくたびに、足もとのあたりだけが、ふっととぎれた。

圭二は、犬を警戒した。泥棒よけのために、放し飼いにしてあるに違いない。

だが、テラスにたどりついても、犬はどこからもとび出してくるけはいはなかった。吠《ほ》えだすようすもなかった。別荘ぜんたいが、ひどくしんとしずまりかえっている。

主人の賀川周作や家族のものは、不在なのだろうか。いや、そんなはずはない。それなら、雨戸を閉めて、戸じまりがほどこしてあるはずだった。二階の防虫網を取りつけた窓が、いずれもひらいているのは解せなかった。

圭二は、裏の勝手口のほうへまわった。プロパンガスのボンベのほかは、犬小屋らしいものは、どこにも見あたらなかった。

ドアのノブに手をかけると、鍵《かぎ》もかかっていなかった。ずいぶん無用心な話だ。彼は、やすやすと台所へ侵入した。盗みにはいるのは初めてだったが、これまでに経験したどのゲームよりも、スリルがあった。暗がりに馴《な》れた目には、屋内の構造がよくわかった。

辺鄙《へんぴ》な山奥にしては、かなりデラックスな設備がととのえてあった。はいったところはリビングキッチンで、台所と居間のさかいが、食器戸棚と配膳用の連絡口のついた、ハッチで仕切られていた。

流しのそばに、冷蔵庫の小さな表示ランプが見えた。扉をあけると、切りかけのボンレス・ハムの肉塊や、まだ包装したままのフランクフルト・ソーセージ、パラフィン紙でくるんだ食パンなどが見つかった。ガス台の下の戸棚には、さまざまな缶詰類がつまっていた。

圭二は、それらの食糧品を、用意のズックの袋のなかにつめこんだ。米がないかと捜しているうちに、足がなにかにつまずいた。それは、犬用の食器の小さな洗面器だった。厚切りのボンレス・ハムが投げこんである。

彼はいまいましさをおぼえた。

〈贅沢《ぜいたく》に育てられてやがる。こんなものを食っているのに、どうしておれのねぐらなんかを、ガツガツあさりやがったんだろう〉

その反対に、犬が見むきもしないものを、目の色を変えて盗み出そうとしているあさましさに気がついて、圭二はハムのかたまりを洗面器のなかにたたきつけた。

何か無性に腹だたしくなった彼は、奥の居間のほうへ進んだ。さいしょは、食糧品だけを目あてに忍び入ったのだが、気が変わったのだ。

家のなかは、相変わらずコトリとも音がしない。家人は、二階で寝入っているのだろうか。

ふと見ると、月明かりが居間のすみを淡く照らしていた。ソファーなどの四点セットのむこうに、つくりつけの陳列棚がある。そこに、何やら美術品らしい黒いものが、二、三点かざってあった。圭二は、なぜか強い好奇心が湧いて、その陳列棚にひき寄せられた。

ガラスごしにのぞきこむと、それらの美術品は、土器の破片や、奇妙な獣骨の笛や、半人半神の猿の面、円筒彫刻をほどこした飾り板、それに、黒っぽい石でつくった、両刃《りょうば》のするどい短剣などであることがわかった。どうやら、外国の古代文明の遺跡から発掘された、出土品のようだ。

圭二は、それらの美術品を目にしたとたん、長年、はなればなれになっていた恋人にめぐりあえたような感動に、胸が灼《あつ》くなった。自分でも、どうしてそんな気持ちになったのか、ふしぎだった。むろん、彼には考古学の知識などあるわけがない。その遺物が、どれくらい昔の、何という文明のものなのか、とっさには見当もつかなかった。

それでいながら、圭二はその古ぼけた陳列棚を一見しただけで、心が眩《くら》み、思わず唾をのみこみたくなるほどのショックを受けたのだ。とりわけ、彼が異常な執着を感じたのは、骨笛と黒い石の短剣だった。

ガラス戸をあけて差し入れた圭二の手は、はげしくふるえていた。食糧をあさったときは、大胆にふるまえたのに、その二つの品物を奪うときは、息をころしてあたりを見まわさずにはいられなかった。

けっきょく、金目のものはなにひとつ盗まないで、別荘を脱《ぬ》け出した。ねぐらの小屋へもどると、彼は全身にびっしょりと汗をかいていた。いそいで駆けてきたせいか、胸の動悸《どうき》もなかなかしずまらなかった。

圭二は、汲《く》みおきのせせらぎの水を夢中で飲んで、のどの乾きを潤した。コップがわりの空き缶をほうり出したまま、しばらくは放心状態のまま喘《あえ》いだ。それから、思い出したように、ヒッピー仲間のあいだでチョコと呼ぶ、ハイライトにつめかえたマリファナ煙草を吸った。何服か吸ううちに、やっと気分が落ちついてきた。

圭二は、あらためて、盗品の骨笛と短剣を取りあげた。

長さ五十センチばかりのわん曲した骨笛は、何かの獣《けもの》の大腿骨《だいたいこつ》でつくってあるらしく、奇怪な怪獣の絵が彫りこんである。砂で磨きあげられた短剣の刃は、剃刀《かみそり》のように薄く、柄頭《えがしら》はふくらんで、ひれ伏した半裸の原住民のすがたが、刻みつけてあった。

〈おれは何だって、こんなものに魅《ひ》かれたんだろう？〉

しげしげと眺めているうちに、圭二は妙にこだわりたくなった。

衝動的に、それらのものが欲しくなった、といってしまえば、それまでである。

事実、これまでの彼は、意味のない行動をとることに意義を見いだしていた。人間が生きるためには、目標や意味なんて、これっぽっちも必要はない。唯物論や実存主義なども、もう古い。過去や未来なんて、くそ喰《く》らえだ！　確信もって実感できるのは現在だけじゃないか。理性に支配される時代は、六十年代で終わった。七十年代は、フィーリングが、人生の最大の価値を持つ。――圭二も、同世代の若いヒッピー仲間と同様、そう考えていたのだ。

ところが今夜の不可解な行動だけは、何としても衝動の必然性を探らずにはいられない気がした。圭二にとっては、矛盾もはなはだしかったが、いってみれば、自分が誰よりもいちばん知っていなければならないはずの世界を、どんなに考えても思い出せない、あの焦燥《しょうそう》感に駆りたてられたのである。

――なぜだ？　なぜ盗んだんだ……？

どこからともなくそんな囁《ささや》き声まで聞こえ、それが耳もとに虫の羽音のようにうるさくこびりついて、離れないのだ。

　圭二は、たしかに以前どこかで、あの別荘の陳列棚に飾ってあった出土品と同じ類《たぐい》のものを、見たおぼえがあると思った。

〈そうだ？　あれは、去年の夏、Мデパートでひらかれた、S新聞社主催の古代マヤ展をのぞいたときだったっけ〉

　彼はハッと思いあたった。そのデパートの前を通りすがりに、催し物の案内広告を見て、六階の展覧会場をふらりと見物してみる気になったのだ。

　入口近くに掲示された説明文によると、陳列してある出土品はすべて、四世紀からその後数世紀にかけて、メキシコのユカタン半島に栄えた、古代マヤ王国の首都、チチエン・イッツアの遺跡から発見されたものということになっていた。四世紀に栄えた古代マヤ帝国では、犠牲として、清純な乙女を泉に突き落とす儀式がしばしば行なわれた。集まった民衆は、首輪、耳飾り、ヒスイの玉、香炉などを手当たり次第に泉へ投げこんだという。その〝いけにえの泉〟がそのまま遺《のこ》っていて、探検隊のダイバーが底へもぐって、引きあげたものだった。

　圭二は、それらの遺物に強い興味を湧かして、陳列された器物のかずかずに見とれていたのである。それが、さいしょの出会いといっていい。だが、そのときは、単なる人並みな好奇心を燃やしたにすぎなかったから、すぐに忘れてしまった。

　二度目に、そうした古代マヤの遺物と、偶然めぐりあったのは、今年の春、エキスポの会場内においてであった。

臥蛇島の帰り、京都の岡崎《おかざき》公園の一角で催された、ヒッピーの大集会、アート・ロック・フェスティバルに出席したが、そのついでに足をのばして、万博をひやかしてみる気になったのだ。科学と近代産業のデモンストレーションともいうべき、各国の展示館には、圭二はまったく無関心であった。彼が進んで足を向ける気になったのは、チリ館とメキシコ館の二館だけである。チリ館の入口の前には、イースター島の石人像がそびえていた。メキシコ館のほうは、館内に足を踏み入れると、うす暗いコーナーに古代マヤ文明の出土品が陳列してあった。巨大な円形の大暦石や人頭石、神殿の前の供物入れに使われたという、チャック・モルの石灰石の横臥像《おうがぞう》などだ。

圭二は、千六百年前の民族が、歴史の時間を超えて現代にまで誇示している、生命力のシンボルに圧倒された。遺物に見とれたままたたずんで、一時間近くも飽きずに過ごした。だが、そのときも、異常な感動をおぼえたというだけで、べつに神秘な暗合めいたものを感じたりはしなかった。それが、三度も同じことが重なったとすると、彼もさすがに気味悪くなってきたのだ。骨笛や短剣をはじめとする、あの陳列棚のなかの陳列品は、まさしくマヤ文明のものにまちがいなかった。

正直なところ、圭二は、Mデパートとエキスポで遺物を見物した以外には、マヤ文明についての知識は、まるで持ち合わせてはいなかった。西洋の古代史の本なぞ、かつて読んだこともないのだ。それにもかかわらず、特定の文明の遺物に接した場合だけ、どうして、このような心理的アレルギー現象を起こすのであろうか？　しかも、その出土品を目にしたときの休内の血のさわぎが、回を追うごとにエスカレートして、ついにそれを盗み出し、おのれのものにせずにはいられない、強い欲望にまで駆りたてられたのは、どうしたわけなのか？もしかしたら、自分がこの奥伊豆までやってきたのは、あの別荘を、無意識のうちに目あてにしていたのとは違うだろうか。

圭二は、ふと、もっとはるかな、もっと大昔にも、今夜の盗品と同一のものを、この目にじかに触れたことがあるような気がしてきた。あれは、いったい、いつの時代だったのだろう？

テントの外に焚火《たきび》を燃やした圭二は、そのそばにすわりこむと、おそるおそる骨笛のほうを取りあげた。吹口《ふきぐち》に唇を押しあてて、鳴らそうと試みたが、いくら吹いても、笛はいたずらに、ぶざまな息の音をたてただけだった。

——おかしい。そんなはずは……そんなわけはないぞ……。

耳もとで、また羽音のような囁き声が聞こえた。骨笛の吹奏の技能を、圭二ははるかな昔には、ちゃんと修得していたように思えてならないのだ。吹き方ばかりではない。メロディーのほうも……。

圭二は顔をまっ赤にして、骨笛を何とかして吹こうとあせった。だが、努力すればするほど、息と唾の音だけが響くばかりで、いっこうに妙《たえ》なる音色は流れ出なかった。呼吸が苦しくなり、神経がしだいに苛《いら》だってきた。

そのときテントの外で、足音がした。

## 3

圭二は、骨笛を口からはなしてふりむいた。背後の闇に、輪郭が滲《にじ》むように、白い影がうかんでいた。浴衣にサンダルばきの少女である。賀川周作の娘だった。斜面の山道を、一人で登ってきたらしい。

うろたえた圭二は、とっさに短剣と骨笛を草叢に隠した。別荘へ忍びこんで、盗みを働いたことがばれたのだと思った。

だが、少女の言葉は予期に反していた。

「ねえ、テオカリがここへきたでしょう？」

ふくらんだ胸のあたりがはずんでいる。きつく締めた帯が、苦しそうだった。

「テオカリ？　何のことだい？　そりゃあ……」

圭二は、ドギマギしながら聞いた。

「犬の名前よ。今朝からすがたが見えないんで、捜してるの」

「そうか、犬の名前か……」

ホッとした圭二の、髭面がゆるんだ。

「見なかった？」

「知るもんか。くるにはきたらしいけどな。おれのいないあいだに、大事な食糧をあさりやがったんだぜ」

「そんなの嘘《うそ》だわ。あれほど、たっぷり食べさせてあるのに……」

「なに不自由なく飼われているもんだから、かえって残飯が珍しいんだろ。人間だってそういうことがあるじゃないか」

「あなたは、何も知らないのよ。テオカリは、ペットとして飼っている飼犬じゃないの。むしろ、哀れな生贄《いけにえ》というべきよ」

少女は圭二のそばへやってくると、かたわらのくずれたコンクリートの石塊に腰をおろした。

「生贄だって？」

その大時代ないいかたが、圭二を苦笑させた。

「笑わないで。事実なんですもの。テオカリは、医大の研究室で、動物実験用に使われるモルモットがわりの犬なのよ。パパが心臓の移植手術の研究をしているもんだから……」

「じゃあ、さいしょから殺すために……」

「ええ、明後日、研究室で麻酔をかけ、心臓を摘出するんですって。パパが明日、東京から車で来て、連れていくことになっているのよ。きっと、それを本能的に察して逃げ出したんだわ」

少女は、ケロッとした顔をしていた。

「そんな実験用の犬を、どうしてあの別荘で、優遇するんだい？」

「パパが、そうしろっていうんだもの。医学の研究に貢献するため、心ならずも死なせるんだから、せめて一年間は、思いきり贅沢な暮《くら》しをさせてやれって。……だから、実験に使う犬は、わたしが面倒を見ることになっているの。いま飼っているテオカリは、五代目だけど、人間以上の暮しをさせてあるわ」

「哀れなお犬さまなんだな。……しかし、それに似た話を、おれは知っているぞ。何だっけかな……そうだ。親父《おやじ》に聞かされた、神風特攻隊の話だ」

五年前に卒中で死んだ圭二の父は、かつて海軍の航空隊で司令をつとめていた中佐だった。九州の基地で終戦を迎えたとかで、無事に生きながらえたことを、極度に恥じていた。酒を飲むと、かならず現代の世相に悲憤慷慨《ひふんこうがい》し、戦争中に散華した若い神風特攻隊員の壮烈な最期《さいご》を賛美した。圭二は、父のそうしたセンチメンタルな回顧趣味に反発し、断絶を感じたが、出撃前の彼らの生活ぶりには興味を抱いた。

父の話によると、基地では、死地におもむく紅顔の若者たちへの、せめてものはなむけとして、最高の美食を供し、酒も煙草もふんだんに与えたという。慰安所で、芸者も抱き放題だということだった。

　死を目前にひかえて、わずかな時日に、青春のすべてを消費した彼らの充実した生活を、圭二は羨《うらや》ましいと思った。できることなら、自分もそうした時代に生まれてみたかった。

「親父は、おれのだらしなさをこきおろすために、彼らをよく引き合いに出したけど、でもね、おれ自身は彼らの生まれ替わりじゃないだろうかって、ときどき妙な考えにとりつかれることがあるんだ」

「なぜなの？　彼らのヒロイズムに、共感をおぼえるから？」

「そうじゃない。どうしてそんな気持がするのか、おれ自身にもよくわからないんだ。ただ、陶酔をともなう甘美な死ってやつを、たしかに、どこかで経験したような気がするからさ」

「あら、そういう意味だったら、わたしも、特攻隊は大好きよ。二十歳そこそこの若者が、悠久の大義に生きるために、飛行機ごと敵艦に体当たりして死ぬなんて、最高……すごくカッコいいじゃないの」

　二人は顔を見合わせて笑うと、いつとはなく打ち解けていた。

「ところで、君は何ていうんだい？」

「麻子《あさこ》、でも父はふだん、アナキアって愛称で呼んでるわ。……あなたは？」

「砂田圭二……平凡な名前さ。それにしても、テオカリだの、アナキアだのって、ずいぶん変わった名前なんだな」

「パパが好きなのよ。あなたは、メキシコのユカタン半島に栄えた、古代マヤ文明というのを知ってる？」

「ああ……」

うなずいた圭二は、思わず視線を伏せた。

「それにちなんで、つけたんですって。アナキアは、女神の名前、テオカリは神の家という意味なんだそうよ。パパは中学時代から、異常なくらいマヤ文明に取り憑《つ》かれたマニアなの。わたしもその感化を受けて、いまでは大のマヤ愛好者だわ……ねえ、圭二さんは、パパの大事なコレクションを、盗んだでしょう？　骨笛のほかに、黒曜石の短剣も……」

じっと見つめられて圭二の胸の奥で、心臓がするどく鳴った。

「すまない。つい……その……出来心を起こしちまったんだ。さいしょは、食物だけを持ち出すつもりだったんだが……」

「いいのよ。わたしは、テオカリを捜しにきただけで、べつにその行為を咎《とが》めにきたわけじゃないんだから。……いま骨笛を吹こうとしていたわね。あの音が聞こえたんで、あなたの仕業とわかったの。でも、どうして、あんなものを、盗む気になったの？」

「それが、特攻隊員の話と同様、おれにもよく理解できないんだよ。まるで磁石のように、おれの心があの二つの品物に吸い寄せられたとしか、いいようがないんだ。どうやらおれも、君のパパみたいに、マヤ文明の虜《とりこ》になってしまったらしいな」

「あなたは、そのわけが知りたくはないの……？」

「知りたいとも。だから、いまも考えこんでたんだ。これまでこんなことってなかったのに、そのことに関してだけは、何としても原因を探り出さずにはいられない気持なんだよ。……おれは不思議でならないんだ。外国の古代文明の知識なんかまったくなく、そんなものに何の関心もなかったおれが、あの遺物だけには、なぜこれほど魅かれるんだろうかって……。前にも二度ばかり、ああしたものを見て、感動をおぼえたことがあるんだけどね。その理由が、どうしても摑《つか》めないんだ。ただ、うっすらとわかったのは……」

「何なの？」

「その感動が、夢で太陽を見るときの恍惚《こうこつ》感に、どこか似ているということなのさ。太陽と、あの黒い石の短剣と骨笛……こういうと、なんだか落語の三題噺《さんだいばなし》めくけど、その三つのもののあいだには、何か密接な関係がありそうな気がする。その謎が解けさえすれば、真実がはっきりするに違いないんだ」

圭二は、隠してあった黒い石の短剣と骨笛を、もはや悪びれることなく取り出した。

そのひんやりとした感触を感じたとたん、新鮮な快感が、電流のように彼の体内を貫いた。

「そういえば、パパも、あなたがいまいったみたいな疑問を、洩《も》らしていたことがあるわ。医学者とマヤ文明とは、直接には、何の関係もないでしょう。それなのに、どうしてだろうって……」

「君は、どうなんだ？」

「あら、わたしはパパの感化だと思っているから、べつに不思議だと思ったことはないわ。……でも、世の中には、本職や専門知識とは何の縁もないのに、理屈ぬきの愛着をおぼえたり、蒐集《しゅうしゅう》したくなったりするコレクターが、ままいるんじゃないかしら？　たとえば、歌舞伎俳優に鉄道模型のマニアがいたり、そば屋の主人が江戸時代の捕物《とりもの》道具にこって、せっせとあつめたりするようなことがあるじゃないの。その人たちは、自分にそうした趣味があることを、とくに不審がったりはしないと思うわ。……わたしには、こんなふうに思えるの。人間にもしも前世というものがあるとしたら、その時代の生活で特別な意味を持った品物を、何百年――いいえ、何千年後かに生まれ替わったとき、ノスタルジアを感じて、無意識にまた愛するんじゃないかって……」

「じゃあ、おれの場合も、同じだっていうのかい？　大昔、マヤ帝国の人間として、生活したことがあるとでも」

「そうかもね。……きっとそうよ。だって、マヤ民族は、太陽神を最高の神として崇拝したそうですもの。あなたは、もしかすると貴族か何かで、腰に黒曜石の短剣をさげ、骨笛を吹いていたのかもしれないわ」

「なるほどね……」

圭二はそういわれると、そんな気がしないではなかった。

「しかし、それにしては、どうして笛を吹けないいんだろう？」

圭二は、隠してあった獣骨の横笛を取り出して、訝《いぶか》しそうに眺めた。

「そんなはずはないわ。あなたには、かならず吹けるはずよ」

麻子の黒く澄んだ瞳には、信念に満ちたひかりがあふれていた。

「しかし、何度かやってみたのに……」

「もう一度、ためしてごらんなさい。だまされたと思って……」

「どうすれば、いいんだ？」

「おまじないをするのよ。あれを持ってるでしょう？　ほら、マリファナ煙草を……」

麻子は、そんなことまで知っていた。

圭二たちの仲間のあいだで、マリファナの中毒患者のことを〝カラス〟と呼ぶ。目のまわりに、カラスの足跡のようなシワができるからだ。むろん彼もその一人だった。そして、マリファナの中毒患者は、人一倍、感覚が鋭くなる。それで、麻子はそういったのだろうか？

それでも、圭二は半信半疑のまま、ズックのバッグから、特製のハイライトを取り出した。くしゃくしゃの袋をのぞくと、マリファナ煙草の残りは、もう五本ほどしかなかった。彼はいわれた通り、それに火をつけて吸うと、おもむろに笛の吸口に唇を押しあてた。

ソッと吹きながら、指孔《ゆびあな》にあてた指を動かすうちに、たちまちメロディーが流れ出した。フリュートと竜笛《りゅうてき》をミックスしたような、美しいひびきだった。ひとりでに曲が湧いてくるのだ。自信をつけた彼は、指さばきも軽快になり、調子に乗って吹きつづけた。

少年時代にビートルズを聴いて育ち、ニューロックの8ビートの音にしか馴染《なじ》みのない彼にとっては、およそ異質の音律といっていい。エレキなどの楽器から生まれる音とは、まるで違っていた。それにもかかわらず、圭二は、われとわが吹口から、尾を引くように暗闇へ浸透していく、骨笛の音色に酔って、陶然となった。圭二は、おぼろげながら、何かがわかってきたような気がした。

〈そうだ！　おれが知ろうとしていることは、この恍惚感に関係があるのかもしれない〉

と彼は思った。

これまでの圭二のフィーリングを満足させた音楽は、すべて肉体でじかに感じる質のものだった。それがいまは違う。彼の魂にしみ入る感動を、はじめて味わったのだ。

だが、古代のマヤ民族が耳にした骨笛の音は、はたしてこれと同じものだったのだろうか？　そんな気もするし、そうではないようでもあった。

「すばらしかったわ。……ね、わたしのいった通りだったでしょう？」

かたわらで黙って聞き惚《ほ》れていた麻子は、うっとりとした顔つきでいった。

「もしかすると、わたしたちはマヤ時代に一度死んで、それが千六百年後に、それぞれ違った境遇に、そろって生まれ替わってきたのかもしれないわね。あなたもパパも、わたしも……わたしは、あなたの恋人だったのかもしれないわ」

その言葉が、陶酔に浸っていた圭二に、とつじょ欲望の火をつけた。骨笛の肌をなでていた彼は、ふいに腕をまわして、麻子を抱き寄せようとした。そのまま無抵抗で倒れこんでくるものと、確信したあさはかな期待は、みごとに裏切られた。

「駄目よ。いまは……」

麻子の柔らかな肩がするりとのがれて立ちあがった。目が悪戯《いたずら》っぽくまたたいていた。

「パパが朝早く、東京からやってくるんですもの。それでなくても、わたしがここを訪ねたことがわかったら、きっとただではすまないわ。パパは、あなたのようなヒッピーを、この上もなく嫌悪して憎んでいるのよ……でも、明日の午後になれば……」

「都合がつけられるっていうのかい?」

「パパは引き揚げるし、高校の演劇部のお友だちが三人、遊びにくることになっているの。自家用のボートに乗る約束になっているのよ。よかったら、別荘のほうへこない?」

麻子はそういうと、戸口でふりむいた。

「骨笛と短剣は、差しあげるわ。パパには、あなたが盗んだことは、内緒にしておいてあげる」

「ありがとう。でも、テオカリは捜さなくていいのかい?」

「もう、その必要はないわ。きっと捜しても見つからないでしょうから」

彼女は、白い顔をほころばせると身をひるがえした。

差しこんだ青白い月の光が、そのかぼそいすがたを、一瞬溶かしたように見えた。

「待ってくれ！」

圭二はあわてて呼び止めた。

「せっかく、何かがわかりかけてきているんだ。お願いだ。もうしばらくここにいてくれないか。そして、おれがなぜこの笛が吹けるのか、教えてくれ！　おれは知りたいんだ。おれ自身の謎を解きたいんだ！」

だが、答えはなかった。

「アナキア！」

圭二は思わず追いかけようとしたが、彼女の姿は、もはや暗闇のどこにも見あたらなかった。

崖下へ通じる道を、遠のいていく麻子のサンダルの響きだけが、味けなく耳をおおった。すごすごと焚火のそばにもどった圭二は、岩の上に落ちた骨笛を、ぼんやり見つめた。麻子は立ち去ったが、陶酔の余韻はまだ肉体をつつんでいる。だが、それは徐々に退潮しようとしていた。圭二は、その酔いを醒《さ》ましたくはなかった。ひとたび醒めたら、もう二度とふたたび、笛を吹けないだろうという不安が、頭をかすめた。

〈あの音色だけが、おれの奇妙なノスタルジアの秘密を解く、唯一の鍵なんだ〉

圭二は、魔法の薬でも飲むように夢中で残り少ないマリファナ煙草に火をつけた。指が病的にふるえる。思いきり肺に吸いこんだ煙が、全身にしみわたり、末端の神経までが鋭敏にとぎすまされたように思えた。彼は落ちている骨笛を拾うと、あらためて唇を押しあてた。

メロディーが流れた。

吹ける。吹ける。吹ける……前よりももっと澄んだ滑らかな音が、あるいは高く、あるいは低く、彼の意のままの調べを奏でた。骨笛はまるで忠実な下僕のごとく、彼の指先に反応して妙音を発した。

唇が乾いて痛くなったが、笛に没頭した圭二は、夜通しでも吹きつづけるつもりだった。その音に浸りきっていると、肉体を離れた魂が、ひとりでに次元を超えた、未知の世界へはいりこんでいくような気がした。いま少しで、過去の扉がひらきそうな予感がした。

## 4

——夜が明けた。

湖畔の朝は、日中にくらべるとずっと涼しいはずなのだが、森林の梢《こずえ》のあたりに昇った太陽は、早くも白熱して、まばゆいばかりに燃えていた。濃緑の茂みを縫って降り注ぐ木洩《こも》れ日は、昨日までとはうって変わって、強烈である。地上を支配しはじめた厳しい陽光は、まさしく熱帯の原色の世界を現出しようとしていた。

笛を吹き疲れて、いつのまにか断崖の上の草叢に伏して眠りこんでいた若者は、昼近く何者かに肩をゆすぶられて目をさました。

かたわらに、二人の男が立ちはだかっている。黄褐色《ゴールデン・ブラック》の肌を艶々《つやつや》とひからせ、両足を大きくひらいた、逞《たくま》しい大男は、古代マヤの戦士だった。鸚《あやどり》の尾羽の羽飾り《パナーチエ》をつけた木製の兜《かぶと》をかぶり、銅の箔《はく》を打った皮の胸甲を着こんでいる。顔には、赤、青、黄の絵の具を塗りたくり、するどい黒曜石の穂先のついた槍《やり》と、亀甲《きっこう》の円い楯《たて》を両手に持っていた。

もうひとりの、髭をはやした奇怪な仮面をかぶり、裾の長いマントのような僧服を着た男は、神官だった。

もの憂げに目をこすって見まわした若者は、口を半ばあけ、神がかりの人間にありがちな、痴呆《ちほう》者特有のうす笑いを頰にうかべた。手には、骨笛をにぎりしめたままでいた。その背後には、奇妙な塔のそびえる、石造りの修道院の建物があった。

「テオカリさま、お迎えに参りました。さあ、お住まいにおもどりなさいませ」

地面にひざまずいたマヤ族の戦士は、うやうやしく頭をさげながらいった。

「アナキアさまや、ほかの三人の花嫁さまがお待ちかねでございますぞ」

「アナキア？」

テオカリと呼ばれた若者は、キョトンとしたように首をかしげた。

「住まいだの、花嫁だのって、何のことだい？」

「これは、失礼を申しました。あなたさまには、まだ何もお話してありませんでしたな。実は、大神官のククルカンさまのご命令で、あなたさまのお住まいになる家を差しあげるほか、お身のまわりの世話をするにふさわしい配偶者として、清浄無垢《せいじょうむく》の乙女たち四人を選びましたのです」

「テオカリさまが、この修道院にお籠《こ》もりなされてからもはや十か月。――テスカトリポカの祭にそなえて、太陽神へのおつとめの神事や、貴人としての作法、楽器の奏し方など、神人となられる教育は、今日をもってとどこおりなく相すみましたのでな」

そばから神官も口を添えた。

「さあ、外に輿《こし》が用意してございますから、どうぞお乗りを……」

出迎えの戦士は、いんぎんな口調ながらも有無をいわせず、テオカリをうながした。

彼が示した先には、リテラと呼ばれる、貴族専用の輿がすえてあった。まばゆいばかりの金色をしたその輿は、上部に垂れ幕のついた天蓋《てんがい》があり、中央の奇怪な装飾をほどこした玉座のような腰掛けのまわりは、甘い香りを放つ生花で埋められていた。

それを、屈強な半裸の黒人系《ネグロイド》の男たちが、四人でかつぐようになっていた。その黒人はいずれも奴隷たちで、武装した戦士とは、別種族のインディオだった。ほかにも、着かざった何人かの供の者が待ち受けていた。

護衛の戦士にせきたてられて、テオカリがその輿に乗りこむと、供の者がさっそく煙管《きせる》に似た黄金のパイプを差し出した。

「お発《た》ちだ！」

戦士の合図で、奇妙な行列は、断崖の上の修道院の前をはなれた。

岩山の斜面には、巨大なサボテンが群生している。そのあいだを縫って、石ころだらけの道を、黄金の輿は、土埃《つちぼこり》につつまれながら、湖畔にむかって下っていった。

ゆったりと腰掛けに坐《すわ》ったテオカリは、パイプをくゆらしながら、目前に展開する風景を見まわした。

陽光に照りはえてよどんだ湖面は、これが自然の色彩かと疑われるほど、鮮やかな紺碧《こんぺき》の水をたたえていた。湖を取り巻く深々とした密林《ジャングル》には、カラマツ、カシ、イトスギなどが、何種類も繁茂していた。その一部にえぐられたような樹林の切れ目があった。ところどころに砂地の露出したかなり広い草原が、奥へひろがっている。

その砂地にも、サボテンの腕がいたるところに突き出ていた。草原のはるか前方を望むと、赤茶けた岩だらけの禿山《はげやま》と、それにつづく丘陵《きゆうりよう》はさらにべつな密林のなかに没していた。

湖の岸辺には、びっしりと人の背たけほどもある葦《あし》がはえ茂り、その陰に隠れて、奇怪な彫刻をきざんだ数隻の大型のカヌーが、舫《もや》っていた。

かつぎ手が石塊《いしころ》に足を取られるせいか、輿はひっきりなしに揺れた。

「神人さま、お笛を……」

湖岸の部落が近くなると、身近につき添った戦士が、小声で注意した。

テオカリは、催眠術師に操られるように、唯々《いい》として笛を唇にあてがった。

その美しい音色が、風に乗って見えない波紋をひろげていくと、部落の住民がわれ先にころげ出てきた。

村落の家は、ほとんどが丸太と葦の葉でかこい、ヤシの葉で葺《ふ》いた粗末な小屋が多かった。だが、なかには截石《きりいし》を巧みに積み重ね、その上にチサテという石膏《せっこう》状の白い粉で化粧塗りをした、石造りの家もまじっていた。

住民たちは、さまざまな服装をしていた。男も女も、ことごとく素足で、綿布を腰に巻きつけただけの者がいるかと思うと、豹《ひょう》や、ピューマの毛皮を着た者がいる。〝メカパル〟という背負い革で、荷物を肩に背負っているのは、商人だ。ちょっと身分の高い者になると、羽毛ですっぽりと全身を包み、皮やマグイ（竜舌蘭《りゅうぜつらん》の一種）の繊維でつくったサンダルをはいていた。

テオカリが乗った輿を見つけると、駆け寄ってきた彼らは、いずれも地面に額をすりつけんばかりにしてひれ伏した。彼に触れようとして手を差しのべる、皺《しわ》だらけの老婆《ろうば》もあった。

「神人さまのお笛だ。テオカリさまが修道院からお戻りになる……」

熱狂した住民のざわめきは、次々に伝播《でんぱ》して、一大合唱のようになった。

テオカリは、それらの声につつまれると、この上もなく快美な満足感をおぼえた。

修道院に十か月も籠もっているあいだに、彼はすっかり宗教的な洗脳をほどこされていた。外界とは隔絶させられた上、奇怪な神像の前で四六時中、笛を吹かされたのだから、そうした異常な神経状態の人間になるのも無理はなかった。

だが、そのとき、ふと村落の片すみに、妙なものを発見した。

ベニスズメ、金色のキジ、虹色の羽をしたオウム、ハチドリなどを飼っている養禽所《ようきんじょ》のとなりに、柵をめぐらした檻《おり》のようなものがあるのだ。そのなかには、太い杭《くい》が何本も植えてあって、それにまっ裸の男女が、家畜のように荒々しく鎖でつながれていた。

ちぢれた髪の毛をして、顔半分が髭におおわれた男たちは、卑屈に口もとをゆがめている。女たちは、恥じらいを失い、むき出しの乳房や恥部を隠そうともしなかった。

彼らは、いずれも汗と埃と垢《あか》にまみれて、人間とは思えなかった。うつろなにぶい光をたたえた、無気力な目は、いいあわせたように輿の上のテオカリに集中していた。誰ひとりとして、一言も発しようとしないだけに、かえって無気味だった。

「あれは？」

テオカリは、笛の吹奏をやめて、かたわらに従っている戦士に訊《き》いた。

「もうお忘れですか？　あれは過ぐる年の激戦で捕虜にした、テノチカ族の奴隷たちでございます。あなたさまも、一年前までは、あのなかにおられました」

「私が……あのなかに？」

「はい。しかし、いまは、ご身分が違います。あれは、畜生にも劣る卑しい者たち、あなたさまは、この王国最高の神人さまです。もう二度と、あのような連中のことなど、お気にとめられますな」

戦士の口調は、相変わらず丁重だったが、その面はけわしく硬《こわ》ばっていた。

「さあ、笛をお吹きつづけください」

テオカリはすなおにうなずいて、ふたたび笛を取りあげた。

## 5

笛の音色をたなびかせながら、村落をぬけた行列は、その奥のジャングル内に進んだ。湖に面した、その一部が切りひらかれている。輿がとまった場所は、広壮な石造の邸《やかた》の前だった。切り出した火山岩の自然石を築き、モルタルで塗り固めてある。

その戸口の前には、槍と楯で武装した番兵が、ものものしく見張りに立っていた。

「テオカリさまが、おもどりになりましたぞ」

付添《つきそ》いの戦士が大声で怒鳴《どな》ると、奥から白衣の少女がテオカリを出迎えるために次々にあらわれた。

いずれも十七、八歳ぐらいだろう。長い髪を背なかにたらし、頭に真紅の花を飾った、四人の乙女たちだった。その先頭に、アナキアが立っていた。

「ようこそ、お帰りを。さっそく水をお浴びなさいませ」

小麦色の肌をしたアナキアは、いそいそとテオカリの手を取った。

「それでは、あとのお世話は、よろしくおたのみ申しましたぞ」

戦士は重々しく引きつぎの挨拶をすると、空《から》の輿や奴隷たちとともに引き揚げていった。

テオカリは、目をまたたかせると、アナキアをまぶしそうに見つめた。

「何をぽかんとなさってますの」

「いや……」

「はじめてお目通りするのですから、むりもありませんわね。ククルカンさまのご命令で、わたしたち四人は、今日からあなたさまの許《もと》へ置いていただくことになりました。ふつつか者ぞろいですけど、どうか最後の日まで可愛《かわい》がってくださいませね」

アナキアは伏し目がちにいうと、ほかの乙女たちをかわるがわる紹介した。

それぞれに女神の名前をつけられているという彼女たちは、さすがはおおぜいの娘のなかから選びぬかれたというだけあって、ひとりひとりが個性的な美しい少女ばかりだった。

「何をぐずぐずなさっています？　ここは、あなたさまのお住まいじゃありませんの。……それでは、泉へご案内しますわ」

ほかの乙女たちと目顔でうなずきあったアナキアが、彼をうながした。

やがて導かれたのは、邸の裏手にある、セノテと呼ぶ水浴用の泉だった。

清潔好きなマヤ人は、貴賤《きせん》貧富を問わず、日に二度も三度も水浴をしたり、蒸し風呂にはいったりするのを習慣にしている。蒸し風呂は、かまどのような石積みの建物のなかで、たちこめる湯気のまわりに入浴者が坐るという方式で、石鹸《せっけん》がわりには、サポナリアの木を用いていた。

アナキアをはじめ三人の乙女たちは、まめまめしく立ち働き、全裸の彼の手取り足取りして、そのサポナリアの木で汗を流してくれた。

「まあ、なんてしなやかな肌、……ほんとうにどこを捜しても、シミひとつないわ」

テオカリの背なかを、洗い布でこすっていた娘の一人が、溜息《ためいき》をつくようにいった。

「それより、この均整のとれた体格は、どうでしょう」

「お顔立ちもすばらしい。これほど、ほれぼれするような方とは思わなかったわ」

べつな二人の娘も、彼の腕に頬ずりをしたり、腰をなでさすったりしながら嘆声を洩らした。

「あたりまえじゃないの。それが神人としての資格ですもの。今年のテスカトリポカのお祭《まつり》にあたって、ククルカンさまが、その二つの条件をかねそなえた若者に、自ら白羽の矢をおたてになったんですもの」

アナキアがたしなめるようにいった。

泉から上がると、娘の一人がさっぱりとした衣服を用意して待っていた。二色の派手な色を染めぬいたその屋内着は、高位の貴族や神官に匹敵する身分の服だということだった。

邸のなかは幾間《いくま》にも仕切られ、その中央の雪花石膏《アラバスター》を敷きつめた広間に、召使《めしつかい》の奴隷たちの手で、豪華な饗宴《きょうえん》の仕度がととのえられていた。おびただしい蜜蠟《みつろう》の明かりをともした宴席のまわりには金箔をちらした木の衝立《ついたて》をめぐらしてある。テーブルの上には、主食のトウモロコシ料理のほか、七面鳥、ウズラ、クジャク、野猪《やちょ》、鹿、イグアナなどの肉料理が、三十皿近くもところせましと並べられていた。しかも料理が冷めないよう、金銀の皿の下には、一つずつコンロがついているのだ。酒は蜂蜜に〝バルチェ〟という植物の根をまぜて発酵させたもので、そのほか、カカオの実をつぶして二年も三年も置いたチョコレートに、肉桂《にっけい》をまぜた飲み物もあった。

マヤ帝国では、チョコレートは王侯貴族の飲み物とされ、一般の民衆が飲むことは堅く禁じられていたのだ。

テオカリが椅子《いす》に腰をおろすと、召使の奴隷が瓢《ひさご》に入れた水を捧《ささ》げて持ってきた。彼がそれで手をすすぐのを待ちかねたようにして、アナキアが黄金の盃《さかずき》に酒を注《つ》いだ。

「今宵《こよい》は、あなたさまとわたくしどもの結婚の祝宴でございます。さあ、ぐっとお干しなさいませ。わたくしどももお相伴《しょうばん》致しますから……」

あでやかな笑顔でいうと、自らも酒を注いだ。盃を口にふくんだ。

テオカリの左右に席を占めた、ほかの三人の花嫁たちは、一人は彼の口に料理を運び、あとの二人は両膝にしなだれかかって、彼の手のなすがままになっていた。

宴《うたげ》がたけなわになると、醜怪な小人やせむしの道化師が現われ、歌や踊りなどを演じた。

長く修道院生活を送っていたテオカリは、強烈な酒のききめにたちまち酩酊《めいてい》したが、その酔いが力を与えたのか、彼は不審そうに訊《たず》ねた。

「アナキア、教えておくれ。神人とは何のことなんだ？　私がテスカトリポカの祭で、重要な役目を果たすということは教えられているが、それ以外のことは、何も聞かされていないんでね。神官とどう違うんだい？」

「大違いですわ。あなたさまは、神の次に位置するとうとい存在で、神官などよりもっと地位の高いお方なのです。くらべものになりません」

アナキアは首をふった。

「しかし、それならどうして、捕虜のなかから選んだのだろう？」

「そんな詮索はご無用と、付添いの戦士が申しませんでしたか？　いずれはっきりわかることです。いらざるご心配はなさらずと、この世の法悦をこころゆくまでご堪能なさればよろしいのですわ。……料理にお飽《し》きになったら、あちらへ参りましょう」

アナキアは、すっかり酔い痴れたテオカリを、隣室へ誘った。

隣室は寝間だった。天蓋のついた黄金のベッドを、窓からさしこむ月光が照らしている。

ベッドの床には、乾燥したトウシングサが敷きつめてあり、香り高い熱帯の花で埋めてあった。官能をくすぐるような甘い芳香は、窓外の庭園からもただよってきていた。

アナキアは、まるでそれが宴の一定のコースでもあるかのように、他の三人の花嫁たちにふたたび目配せし、自ら進んで白衣を脱ぎ捨てた。それを見た三人の花嫁たちも、次々に褐色の裸身をテオカリの前へさらした。

それからの数時間、テオカリは文字どおり夢幻の境に遊んだ。そうとしかいいようがなかった。

彼はまだ、その年になるまで、女の肉体を知らなかった。しかも、同時に四人の女と戯れるなどということは、帝王か貴族でもなければできない特権だった。それにもかかわらず、彼は選《え》りぬきの美少女たちを相手に公然と痴戯にふけることを許されたのである。

彼女たちの豊かな黒髪やなめらかな肌をなでるだけでも、ふるえるほどの興奮を感じたほどだから、ましてや愛らしい唇《しび》にかわるがわる接吻《くちづけ》し、ほっそりとして弾力に富むからだを抱きしめたときは、全身が痺れて気が遠くなったほどだった。ことにアナキアの、しっとりと潤うような肉体は、すばらしかった。文字通り、魂の蕩《とろ》けるような、快楽を味わったテオカリは、昼夜の見さかいなく、少女たちとの閨《ねや》の饗宴に溺《おぼ》れこんだ。そして愉悦の極みに達すると、きまって、そこから手をのばせば、すぐ届くところに、甘美な死が待ち受けていそうな恍惚感にとらわれた。

# 6

一か月がまたたくうちに過ぎ去った。

テオカリは、アナキアたち四人の少女たちとともに邸へ籠《こも》って一歩も外へは出なかった。まるで魔酒の甕《かめ》のなかに、どっぷり浸りきったような生活がつづいた。じっと坐っていれば、それですべて用はこと足りる。そばにつききりで侍《はべ》っている娘たちが、彼の手をわずらわせないのだ。水が飲みたいといえば、彼女たちの誰かが、口移しに飲ませてくれる。煙草が欲しくなれば、黄金のパイプを手渡してくれる。疲れて横になると、二人がかりで肩や手足をもみほぐしてくれた。

彼がすることといえば、片時も身辺から離したことのないあの骨笛を、興のおもむくままに吹きつづけるぐらいのものだった。

しかも、強烈な酔いをもたらす酒と珍味嘉肴《ちんみかこう》は、常にかたわらにあった。美食に飽き、腹がみたされると、快い眠気におそわれる。少女たちの髪からただよう、花飾りの芳香にうっとりとしながら、柔らかな膝を枕にまどろみ、目覚めると、ふたたび酒をあおった。肌が恋しくなれば、四人の少女とかかわるがわる合歓をともにすればよかった。

修道院での十か月の生活で、テオカリの心はシャーマンのごとく神がかり状態の人間に改造され、魂はすでに去勢されたも同然だったが、それに加えて怠惰な快楽を積み重ねていくうちに、彼の肉体も麻痺《まひ》しきった。

その朝、邸の表がにわかに騒々しくなった。ベッドの両脇にアナキアとべつな少女を臥《ふ》せさせ、女体のあいだに埋もれて寝《やす》んでいたテオカリは、あわただしい気配を察して、けだるげに身を起こした。

アナキアに様子を見にいかせると、まもなく彼女は、いつぞやのインディオの戦士を伴ってはいってきた。顔が白く蒼《あお》ざめていた。

「この方が、お迎えにこられましたわ。いよいよ、あなたさまが、今度の大祭で神になられるときが参ったのです」

語調には何の乱れもなかったが、瞳には涙が滲んでいるようだった。

「さあ、お仕度《したく》なさいませ」

テオカリは、蒸し風呂とセノテの泉でさっぱりと身を清められた上、カカオの実をつぶした脂肪で化粧させられ、金糸銀糸の縫い取りにヒスイ、紫水晶《アメジスト》、エメラルドなどの宝石をちりばめた、きらびやかな衣裳《いしょう》をつけさせられた。頭には花を編んだ冠をかぶせられた。

邸の表には、例の黄金色の輿とかつぎ手の奴隷たちが待ち受けていた。輿はほかにも四人分用意されていた。アナキアら四人の花嫁たちも、それに乗るらしかった。そういえば彼女たちも、美しい縫い取りのある、そろいの白衣を着て、ヒスイの首飾りや黄金の腕輪、耳飾りなどに装いをこらしていた。その輿の分の奴隷たちに加えて、今日は戦士も一人ではなかった。ジャガーの皮の胸甲に槍、剣、斧《おの》などで武装した護衛兵の一隊が、それらの輿をものものしく取りかこんでいた。

「神人さま、お笛を……」

行列が邸を後にすると、付添いの戦士がまた小声でいった。

テオカリは骨笛を吹いた。もうさんざん馴れ親しんだだけに、ひときわ澄んだ音色があたりに流れた。

村落をぬけて湖岸へ出ると、一隻の大型のカヌーが、水ぎわに用意してあった。赤、青、黄の絵の具で、奇怪な絵模様がえがかれ、美々しい装いがこらしてある。その背後には、村落の人間が総出で集まっていた。彼らはそろいの毒々しい樹皮の衣裳を身につけていた。年に一度の、テスカトリポカの大祭の装いなのだ。

テオカリと四人の花嫁を乗せたカヌーは、湖面に押し出され、逞しい奴隷たちによって漕ぎ出された。水に濡《ぬ》れた櫂《かい》が陽光にきらめく。どよめき声をあげて渚《なぎさ》へ駆け寄った村落の人間たちは、いずれもひざまずいてその出発を見送った。

カヌーは、波ひとつない、よどんだ湖面を進む。やがて、対岸に接近した。

巨大な岩の裂け目に、ウチワサボテンが密生している。それが、船着場の目じるしだった。カヌーから降りると、テオカリたちは、ふたたび輿に乗せられた。行列は前方のうっそうとした密林の茂みをくぐる。その森を出たとたん、そこに絢爛《けんらん》たるマヤ帝国の王都がひらけていた。

中央の広場にむかって、幅数メートルの石灰石の舗道がのびている。その両がわには、宮殿、神殿、天文観測台、球戯場などの、石造建築の建物が屹立《きつりつ》していた。そして広場の正面に、高さ十七メートルの大神殿のある巨大な方形の階段状ピラミッドが、高くそびえていた。

テオカリの輿が舗道にさしかかると同時に、各神殿からバクの皮をはった太鼓がいっせいに打ち鳴らされ、法螺貝《ほらがい》の音がひびきわたった。

沿道には、行列を迎えるための何千というインディオの群集が、人垣をつくってひしめいていた。王都の住民たちの服装は、さすがに村落の人間たちよりも、はるかに華美だった。ピラミッドの近くに居並んだ帝王や貴族たちは、羽のマントや、房でふちどりをした〝チルマトリ〟という綿織製の外衣を肩からはおり、首のまわりで紐《ひも》を結んでいる。腰には幅広の飾り帯をしめていた。女たちは、絞り染め、ろうけつ、刺繍《ししゆう》などで彩った、くるぶしにとどくほど長いスカートをはいていた。

人垣のところどころには、番兵が立って、群集が列を乱さぬよう、警戒にあたっていた。テオカリの輿がその前を通ると、熱狂した群集は歓呼の声をあげ、列をくずした。彼らはひとり残らず、舌なめずりせんばかりに、金属や、粘土を焼いた空っぽの器を握りしめていた。

そして、行列がついに、ピラミッドの階段の下に到着すると、群集は堰《せき》を切ったごとく沿道からあふれて、輿のまわりに殺到してきた。あわてた番兵が、彼らを威嚇して十メートルほど後退させたほどだった。

　頂上まで九十一段もある石段には、乾いたどす黒い血がこびりついていた。灼熱した太陽のひかりかがやく上空には、血の臭いを嗅《か》ぎつけたコンドルが数羽、舞っていた。

　テオカリは初めて、神人とは何であるかを知った。自分が大祭のために、今日までの一年間、大切に飼われていた家畜であったことを悟った。神事に必要な生贄だったのだ。だが、目前のピラミッドの、無気味な状景を見ても、彼はもはや何の恐怖感もおぼえなかった。否、むしろ群集たちの大歓呼に迎えられた彼の心は、待ちに待っていた日が訪れたような、錯乱した陶酔状態に陥っていた。

　輿をおりたテオカリは、そこでアナキアら四人の花嫁と別れさせられた。彼女たちはそれぞれ二人ずつの戦士に引き立てられ、ピラミッドの裏手にある〝いけにえの泉〟へ連れ去られていった。目に異常なひかりをたたえたテオカリは、口から涎《よだれ》をたらして、それを見送った。集まった群集は、彼が発狂したと思いこむ者もあった。

　テオカリは武装した戦士に両腕を取られて、一歩一歩石段をあがっていった。目は、頂上の神殿に釘《くぎ》づけになったままだった。その途中で、戦士の一人が彼に耳うちをした。

「花冠《はなかんむり》をお捨てなさい。そして笛を石段に打ちつけて砕くのです」

　彼は唯々として、いわれたとおり花冠を頭からむしり取り、腰にさした笛を力まかせにきざはしで打ち砕いた。笛は乾いた音をたてて、まっ二つに折れた。その笛は獣骨ではなく、前の年の生贄の人骨でつくったものだった。

頂上の神殿には、六人の神官が待ち受けていた。彼らは深遠な意味を秘めた絵文字や髑髏《どくろ》を浮き出させた黒衣をまとい、髪の毛は荒々しい乱髪だった。そのうち一人だけが、真紅のマントをつけていた。大神官のククルカンである。テオカリをジロリと見すえたククルカンは、彼を神殿へと案内した。

神殿内には、軍神ウイチロポチトリが祀《まつ》ってあった。ずんぐりとして顔が不釣合《ふつりあい》に大きく、歯をむき出し、目をギョロリとひからせた、悪魔のような巨像である。宝石をちりばめた神体には、黄金製の蛇が巻きつけてあった。

神殿内の祭壇には、食物、織り物、花、金銀細工などが供えられ、壁といわず、床といわず、赤黒くてらてらとひかっていた。しかも樹脂とゴムでつくった、コパルの香が焚かれているので、血の臭いと香の匂いがいりまじり、異様な臭気が漂っていた。そしてその前に、上部にくぼみのある高さ六十センチ、幅五十センチの巨大な碧玉《へきぎょく》の一枚石が置かれてあった。

五人の神官たちは、テオカリのからだからその豪華な衣裳を荒々しくはぎ取り、最後の一枚まで取り去って、その裸身を碧玉の生贄台の上に横たえた。それから、全身を青色の絵の具で染め、心臓の部分には赤色の絵の具を塗った。それがすむと、二人の神官がテオカリの両足を押《おさ》え、べつな二人の神官が両腕を押えた。

ぼんやり目をひらいたテオカリの視野に、まずギラギラかがやく太陽がまぶしく映り、次にかたわらで呪文を唱えるククルカンの姿がはいった。ククルカンの右手には、カミソリのように鋭い刃を持つ、黒曜石の短剣が握られていた。

呪文がおわるや否や、ククルカンはその短剣をふりかざし、切先《きつさき》を力まかせにテオカリの左乳首の下に突き立てた。彼の口からもの凄《すご》い絶叫が、ピラミッドにこだました。その瞬間、テオカリは、えもいわれぬ愉悦の絶頂に達して全身を痙攣《けいれん》させた。ククルカンの手が、すばやく肋骨《ろっこつ》のあいだを切り裂き、胸の切開口に差しこまれるのを感じながら、彼は恍惚として息絶えた。あふれた鮮血が、生贄台の中央に穿《うが》った、すり鉢状のくぼみにたまった。

ククルカンは、まだ動悸を打っている生温かい心臓を摑み出すと、容器に載せて、まず太陽に向かって捧げ、そのあとで軍神ウイチロポチトリの神像の前に供えた。器にたまった血を、神像になすりつけるのだ。

テオカリの死骸は、ほかの神官たちが頂上から階段の下に突き落とした。われさきに駆け寄った群集は、手斧をふるってたちまちその体をバラバラに切断し、切りきざんで奪い合いとなった。

テオカリの死の直後、掟《おきて》にしたがい、アナキアはじめ四人の花嫁たちも〝いけにえの泉〟に次々と突き落とされて殉死《じゅんし》させられた。

年に一度の、太陽神を崇めるマヤの大祭は、かくして終わった。

# 7

海を見おろす断崖の上に、あおむけに倒れた砂田圭二は、もはやピクリとも動かずに横たわっていた。胸が鋭く切り裂かれている。そのかたわらに、二つに折れた骨笛がころがっていた。死顔には、なぜかうっとりとした、夢見る表情が凍りついていた。

片ひざついたF医大の教授、賀川周作は、はげしく喘ぎながら、死体を呆然と見おろした。年のせいか、動悸は容易にしずまらなかった。汗ばんだ右手は、痛みをおぼえるほど力いっぱい、黒曜石の短剣を握りしめたままだった。左手は右手以上に血に濡れている。胸の切口に差し入れていたのを思わずハッとひっこめたからだ。

〈私は、すんでのところで、研究室でするように、この男の胸から、心臓を取り出すところだった……〉

我にかえった教授は、愕然《がくぜん》とすると、ふらつく足を踏みしめて立ちあがった。

殺人だけでは飽きたらず、なぜそのような残虐な行為を、発作的に加える気になったのか、自分でも理解できなかった。

殺意はあったのだ。早朝、東京から車を駆って、テオカリを連れにきた彼は、犬が昨夜から行方不明になっていることを知った。その直後に、リビング・ルームの陳列棚に飾っておいた、大事なマヤ文明の遺物が消えていることを発見したのである。麻子を激しく問いつめたところ、はじめは知らないといい張っていたが、ついに隠しきれずに、告白した。それを盗み出した犯人が、断崖の上にテントを張って、キャンプ生活をしている、ヒッピーの砂田圭二であることがわかったのだ。それればかりではない。麻子は、昨夜、彼のねぐらを訪ねて、二人きりの時間を過ごしたことも打ち明けた。

「圭二さんたら、笛を吹いているうちに、とつぜんわたしを抱こうとしたのよ」

そう聞いたとき、教授は思わず娘の頰を打っていた。

今までただの一度も、折檻《せっかん》などしたことのない彼が、顔面を紅潮させ、全身をふるわせて怒ったのだった。

教授は銀座や新宿などの盛り場でときおり見かけるヒッピーを生理的に嫌悪していた。あんな気違い連中を、現代の若者の先端あつかいをしているジャーナリズムにも、はげしい腹立ちをおぼえていた。

そのヒッピーに、大事なコレクションを無断であたえたばかりか、彼は娘にまで手を出したという。教授はむろん、麻子とその男とが、ただならぬ仲になったものと邪推した。

午後になって、東京から麻子の友だちが三人連れで遊びにくると、教授はそれをしおに別荘から抜け出した。断崖の上のテントを訪ねると、圭二はコンクリートの岩塊に腰をかけて、骨笛を吹いていた。教授が近づいてもふりむこうともしなかった。ふと見ると、圭二のかたわらに、黒曜石の短剣が落ちているのを発見した。

「君、それは私の大事なコレクションだ！　かえしたまえ！」

教授は一喝した。だが、圭二はその声も耳にはいらぬのか、何かに憑かれたような顔つきのまま、笛を吹くのをやめようとはしなかった。

憎悪と怒りの煮えつまった感情が、むらむらと殺意に変じた。彼は夢中で短剣を拾いあげると、圭二の肩を摑むなり、一気に胸もとめがけて突きたてたのだった。笛を取り落とした圭二は、おそろしい悲鳴をあげてのけぞり、両手で胸を抱くようにしてあおむけに倒れた。

だが、問題はその後である。教授は、断末魔に悶《もだ》える相手を見ても、なおも手をゆるめず、切り裂いた胸の切口に、手をさし入れようとしたのだ。それは、殺してもなお飽き足りぬ、憤怒《ふんぬ》のほとばしりのせいといえなくはない。あるいは、外科医としての、無意識の習慣があったかもしれない。

〈だが、自分は、ただの憎しみだけで、ほんとうにこの男を殺したのだろうか？〉

たしかに、動機は十分に説明できるし、自分でも、その通りだと信じている。それでいながら、教授の心の奥底に、なおかつ何か釈然としない、異様なわだかまりが残っているのだった。

蒼ざめた教授は、右手の指にへばりついたごとく握りしめている黒曜石の短剣に、充血した目をそそいだ。奇怪にも、今まであれほど長年、マニアとして執着を抱いてきたはずのマヤ文明の遺物に、殺人後、嘘のごとく関心が消えていることに気がついた。何の興味も何の価値も感じられない、ただの石片としか映らなかった。

教授は、路傍の石ころでも手にしていたように、いまいましそうな表情になると、黒曜石の短剣を惜しげもなく湖中に投げ捨てた。

そのとき、背後に、血相を変えた飯場の樵たちが、駆けつけてくる気配がした。彼らは圭二の無残な死にざまを見て、さすがにたじろいだが、すぐに湖水のほうを指さしながら、おののく声で報告した。

「大変だ！　先生……たったいま、お嬢さんとお友だちの乗られたボートが転覆して、四人とも湖のなかに……あのまんなかあたりは、人食い淵《ぶち》といわれていて、とても助かりっこねえ……」

真夏の太陽は、今日も巨大な溶鉱炉のごとく中天で燃えつづけ、強烈な陽光が、紺碧の湖面にきらめき、まばゆく照りはえていた。

（作中のマヤ文明の考証は、カーネギー研究所編小泉源太郎訳「失われたマヤ王国」「幻のアステカ王国」による）

# 短剣

# I

# 1

覆いをかけた裸電球の淡い光が、ベッドの上をまるく照らしている。

少年の目はまばたきもしないで、じっとうす暗い病室の天井を凝視していた。茶色の雨洩《あまも》りの斑点から、必死に何かを読み取ろうとするかのように、うるんだ瞳孔にときおり翳《かげ》に似たものがかすめた。

麻酔から醒《さ》めて二時間ほど経《た》つが、少年はいまだに一言も口をきかなかった。土気色《つちけいろ》をした顔を、あおむけに固定したままだった。

それは頑《かたく》なな意志のせいばかりでなく、肉体が許さないからに違いない。その姿は、ある種の苛《か》酷《こく》な拷問《ごうもん》を連想させた。

少年の鼻孔には、酸素吸入器の黒いゴム管が、両側から挿入されている。それを絆創膏《ばんそうこう》でとめてあるため、頬のあたりが歪《ゆが》んでいた。喉は白い繃帯《ほうたい》に痛々しく締めつけられていた。ベッドから力なくたれた右手の手首も、剣道の籠手《こて》をはめたように、繃帯でふくれていた。

リンゲルの点滴が、一滴ずつ正確に静脈に吸い込まれていく。

重苦しい沈黙を破っているのは、少年の不規則な呼吸の喘《あえ》ぎだけだった。

だしぬけに、少年の乾いた唇が、かすかに痙攣《けいれん》した。

「何だ、何かいいたいのか？」

ベッドのかたわらで見守っていた大塚《おおつか》部長刑事は、思わず身を乗り出したが、付添《つきそい》の医師に目顔で制せられた。

「無理ですよ。手術が済んだばかりで、まだ危険状態を脱していないし、神経も参っている。……ひとまずお引取りになった方がいいんじゃありませんか」

医師は小声でいって、脈を取っていた少年の左手を、ソッと掛布団の中に戻した。

「それで、今後の見込みは、どうなんです？」

「まあ、このまま安静にしておけば、容態が急変しない限り、命の方は取りとめると思いますよ。今夜から明朝にかけてがヤマですな」

「そうですか。それじゃ、おっしゃる通りにしましょう。訊問《じんもん》が可能になったら、さっそく署の方へ連絡してください」

大塚部長はあっさり頷《うなず》いて、椅子《いす》から立ち上《あが》った。

正直なところ、彼自身もこの少年のことにばかり、そうかかわり合ってはいられなかった。目下手がけている捜査の仕事は、山ほどある。管内に盛り場を持つS署には、事件が多かった。大塚部長が捜査係の主任になってから、もうかれこれ七年になるが、少年の犯したような無理心中のケースは、そう珍しくはなかった。たださいきんは、ハイティーンとかティーン・エイジャーとか呼ばれる年少者のあいだに、その種の殺伐な事件が増えているというだけだった。

砂田岳夫《すなだたけお》（十七歳）——それが今夜の九時頃、救急車でこの名倉外科医院に連び込んだ少年の名前である。

彼は腹部と頸動脈《けいどうみゃく》、それに左手首の動脈のあたりを、するどい刃物で刺して自殺を図ったのだ。

場所は渋谷区神宮通り一丁目の宮下公園内だった。公園といっても、渋谷駅から原宿駅に向う山手線の、線路下にある子供の遊園地である。そのあたりはガードをはさんで、国鉄の荷物受取所やデパートの配送所がかたまっているところで、夜になると寂しい場所になった。その公園内の土堤《どて》ぎわに設けたブランコのそばの暗がりに、岳夫が倒れているのを、パトロール中の警官が偶然に発見した。

幸い頸動脈と左手首の傷は急所をそれていたらしくて、一思いに死ぬに至らず、岳夫はジャンパーを血に染めて苦悶《くもん》していた。それでも、そのときはまだ助け起こした警官の問いに、答えるだけの意識は残っていた。

「おれが露子《つゆこ》を殺したんだ！　お願いだから、このまま死なせてくれよう……」

岳夫は肩で息をしながらも、警官の手を必死につきのけるようにして、泪声《なみだごえ》で訴えたという。

警官は直ちに救急車を呼んで岳夫を収容すると、教えられた場所に急行した。

岳夫が殺人を犯してから、被害者を溝川《どぶがわ》に捨てたという告白を聞いて、緊張したのだ。

その溝川は宮下公園から神宮通りに沿って、宮益坂《みやますざか》下の交叉点《こうさてん》方向に五百メートルほど行ったところにあった。通りの右手に並んだビル街の裏側を流れている掘割りである。わずかに百メートルほど川面が露出しているだけで、暗渠《あんきょ》から暗渠に通じていた。

島村《しまむら》露子（十六歳）の死体は、その露出した川面のちょうど〈八千代ビル〉という貸ビルの真裏にあたるあたりに、汚水に浸ってうつぶせの姿勢で浮かんでいた。殺人現場はビルとその隣りのT建設の資材置場のあいだにある路地で、犯人は犯行後死体を、路地の突き当たりの掘割りに投げ込んだものに違いなかった。

引きあげた死体は、胸部と腹部に滅多《めった》突《づ》きにしたらしい無残な傷痕が口をあけていた。また現場の路地には、なぜか細かく引き裂いた五千円札の紙片が散らばっていた。

さらに少女の死体を署に運んで検視を行なった結果、死の直前彼女が何者かと肉体交渉のあった事実が明らかになった。

着衣から、身許《みもと》もすぐにわかった。オーバーのネームとその下に着ていた白衣に、〈アイリス〉という美容院の名前が、縫取《ぬいと》りしてあったためである。アイリス美容院は、宮益坂下の交叉点近くに見つかった。八千代ビルからいえば、神宮通りをはさんで反対側になる。島村露子は、そこのマダムの従妹《いとこ》に当たり、美容師見習いをしていた。

そして、加害者の砂田岳夫の方は、アイリス美容院と同じ並びにある、〈宝来軒《ほうらいけん》〉という中華料理店の出前持の店員なのだった。

二人は、半年ほど前から恋仲にあったのである。現場の路地に彼らが激しく争った跡が残っている点から見て、愛情のもつれから起こった惨事《さんじ》であることは、ほぼ推測がついた。

型通りの現場検証がはじまると、大塚部長は途中で現場を脱《ぬ》け出して、砂田岳夫を収容した名倉外科医院に赴いた。

無軌道な十代の少年の単なる痴情犯罪とはいっても、殺人事件であることには間違いない。犯人の逮捕と事件調書を作成する義務が、大塚部長には残っていた。殺人動機の裏付と犯行の経過は、いちおう知る必要があるのである。

だが、犯人はすでに歴然としているばかりか、その身柄も病室に拘束してあるのだった。医師は、生命の方はまず大丈夫だと保証している。砂田岳夫の意識さえ回復すれば、すべての事情が即座に判然とするわけだった。その安心感があった。

これが犯人不明の殺人であれば、捜査に全力を挙げなければならないし、刑事としての情熱も湧いてくるが、こうしたホシ割れのケースは、どうしても張り合いがなかった。それより、ひと月前に発生した映画館の拳銃強盗事件が未解決のままになっているので、その方がよっぽど大塚部長には関心が強かった。

砂田岳夫の事件は、もう半ば解決ずみといってもよかった。

## 2

大塚部長が名倉医院からS署に戻ってくると、地下の刑事部屋には、一足先に聞き込みから帰った若い曾根《そね》刑事が一人で待っていた。

時間はもはや午前一時に近かった。

起番と呼ばれるその夜の当直員は、捜査係では彼ら二人だけなのである。事件の連絡を受けて、自宅から駈《か》けつけてきた署の捜査課長も、本庁から臨場した鑑識課員も、現場検証と検視が済むと、調べを早々に打ち切って、引きあげてしまっていた。後の処理は、大塚部長たちにまかされた恰好《かっこう》だった。

裏庭の車庫には、島村露子の遺体がまだ安置したままになっている。夜が明けたらその方の引取先も考えなければならなかった。

「どうでした？　病院の方は……」

と、オーバーを脱いだ大塚部長のそばに、曾根刑事が寄ってきていった。

「今夜は何も聞けなかったがね。まあ、命は何とか助かるらしいから、あわてることはない。……それより、君の方はどうなんだ？」

大塚部長は暖かく火の燃えたダルマ・ストーブを抱くようにして、椅子に腰をおろした。

「だいたいの情況は摑《つか》めましたよ」

曾根刑事は、現場からアイリス美容院と宝来軒の方をまわってきたのだった。

「まず美容院のマダムの話ですがね。……島村露子は、午後の七時頃、八千代ビルに使いをたのまれて、出かけたというんですよ」

「八千代ビルに……？　何の用があったんだね？」

「マダムのパトロンが、あのビルの三階に事務所を持ってるんです。河合昇造《かわいしようぞう》という変圧器メーカーの社長でしてね。その河合がアイリス美容院に寄った際、書類の入った紙袋を忘れたんで、それを届けてくれるようにという電話があったらしいんです」

「なるほど……すると、砂田はその使いの途中を待ち伏せして刺したんだな。ところで、宝来軒の方では、何といってるんだね？　店の主人なら、砂田の事件前の行動は、むろんよく知っているはずだろう？」

「それなんですが……」

と、曾根刑事はちょっと口を濁らせた。

「八千代ビルの河合から、午後八時頃にラーメンの出前の注文が、二つあったということなんです。砂田がそれを電話で受けて届けに行ってるんですよ。……ところが、まもなく蒼《あお》い顔をして戻って来ると、血相を変えて飛び出していったという話でしてね」

「ほう、じゃあ、犯行はその直後ってわけか……」

「それより、出前のラーメンの方が問題じゃありませんか」

「というと？」

「河合がラーメンを二人前注文しているという点ですよ。……砂田はそれを事務所へ届けに行って、何かを目撃したんじゃないかと思うんです」

「そうか。……君は河合と島村露子とのあいだに、そのとき情事が行なわれていたといいたいんだな？　砂田はそれを見て、カッとなって逆上した……」

「島村露子が使いに行った時間といい、そう考えればすべてのツジツマが合うんじゃないですかね。河合は本妻のほかにアイリスのマダムを二号にしているくらい、色好みな男です。マダムには内緒で露子に悪戯心《いたずらごころ》を起こして、強引に口説いたんじゃないでしょうか。ことによると、金《かね》で小娘の彼女を欺《だま》したのかもしれませんよ」

曾根刑事の推定は、確かにもっともであった。

そう考えれば、死体に肉体交渉の痕があったことも、また現場に五千円札の紙片が散らばっていた事実も納得がいくのである。砂田が露子の背信を責めて、腹だちまぎれに破り捨てたものに違いないのだった。

「どうやら、君の見込みが正しいようだな。……たぶん、真相はそんなところだろう。してみると、二人の仲はやっぱりうまくいっていなかったのか？」

「まあ、そういえるでしょうね。美容院の話では、前には公休日になると、よく二人揃《そろ》ってどこかに遊びに出かけていたのに、さいきんは露子の方が熱が醒めて、すっかり冷たくなっていたらしいですよ。砂田のことを毛嫌いして、避けていたということです。……なんでも二人には、何か同じような暗い家庭上の秘密があるそうでしてね。初めから健康的な恋愛とはいえなかったと、マダムも述懐してましたよ」

「近頃の若い連中の恋愛なんて、我々にはまったく理解ができんからな。愛情に対しての自覚や責任など、これっぽっちもない。ただ何となく動物的にくっつき合って、飽きればさっさと別な人間に乗り替える。その上感情が行動に直結して、どんな無謀なことでもやりかねない。彼らのすることには、はたして目的というものがあるのかね……？　それにしても、五千円であっさり肉体を提供するとはな。河合のような分別のある年輩の男の戯れも許せんが、十六歳の娘が易々《やすやす》とそれに応じるなんて、そら怖《おそろ》しくなってくる……」

「ともかく河合には、朝になったら署の方へ来てもらうよう、手配しましょう。彼に聞けば、事務所内での出来事ははっきりさせられますからね」

そういうと、曾根刑事はさっそく河合昇造の自宅に連絡するため、電話帳を持ってきてページをめくりはじめた。

その横で、大塚部長の方は前の机の上に載っている、油紙の大きな包みに目をやった。

それは、今夜の事件の証拠品だった。

彼が名倉外科医院の方に行っているあいだに、本庁の鑑識課員の指紋の検出や写真撮影などを済ませて、捜査係にまわしてきたものである。中には、被害者の着衣や現場に落ちていた靴の片方、五千円札の紙片、――それに肝心な兇器《きょうき》などが入っているはずだった。砂田が露子の殺害と、その直後自殺を企《くわだ》てた際の両方に使用したものなのだ。

だが、大塚部長はまだその兇器をよく見てはいなかった。匕首《あいくち》や飛出《とびだし》ナイフのたぐいではなく、こうした事件にはあまり用いられた例のない短剣だということは、発見者の警官に聞かされていたが、現場検証の途中で脱け出したため、手に取って見るのは、いまがはじめてなのだった。

大塚部長は油紙の包みを開くと、思わず奇異の目をかがやかせた。

実のところ彼は、短剣といってもおおかた登山などに使う、両刃《りょうば》の大型ナイフだろうぐらいに想像していたのだが、それはかつての海軍将校が腰に吊《つる》して闊歩《かっぽ》していた、あの桜花の飾りのついた短剣だったのである。

柄《つか》は鮫《さめ》で、黒皮の鞘《さや》におさまっている。ハンケチでその柄をくるんで、鞘から抜いてみると、中には本物の短刀の刀身が仕込んであった。鋼の匂いのする切先《きっさき》が、冷たい光を放って、鎬《しのぎ》に血痕が付着していた。彼には専門的な鑑定眼はないが、よほどの逸品であることが想像できた。戦時中予備学生などが持っていたのは、油焼《あぶらやき》の単なる軍服の装飾品に過ぎず、短刀を注文打《ちゅうもんうち》で仕込むのは職業軍人だけに限られていたのだ。

大塚部長も以前は海軍の下士官だったので、ふと郷愁めいた懐しさを感じないではいられなかった。だが、その懐旧の念の後にふとかすかな好奇心がこみあげてくるのをおぼえた。

終戦後に生まれて、戦争も軍人も知らない十七歳の少年と、その短剣の取り合わせが、ひどく異質なものに思えたからである。出前持の店員には、不似合《ふにあい》な物のせいもあった。今度の事件で彼の注目をひいた特異な点といえば、それだけだった。

〈こんなものを、どうして持っていたんだろう……?〉

大塚部長はいっしゅんの不審は抱《いだ》いたが、別にその場でそれ以上深く詮索する気にはならなかった。

どこでどうやって手に入れたかという疑問は、いずれ本人の口から確かめてみれば、それで済むことである。それに、兇器の種類は、犯人捜査の手がかりになる場合以外は、たいして問題になることではなかった。それが、旧海軍将校の短剣であろうと、飛出ナイフであろうと、今度のような事件の処理が、根本的にひっくりかえることは、まずないといっていい。

刑事としては当然のことかもしれないが、大塚部長には、その短剣はあくまで兇器としての概念の枠の中でしか考えられなかった。

そこに、今度の事件に対する根本的な考察の不足があったとしても、無理からぬことだったといえる。なぜなら仮に大塚部長が、その短剣と砂田の結びつきに、心理学者じみた詮索をしてみたところで、あるいは砂田自身の口から真実を打ち明けられたところで、――一人の孤独な少年と少女にとって、一本の短剣がいかに重大な意義を持ち、いかに彼らの愛の支柱の役割を果していたかなどということは、とうてい理解し得ることではなかったからである。

それは、この世でしょせん砂田岳夫と島村露子の二人だけにしかわからない、はかない秘密なのかもしれなかった。

大塚部長は、犯罪捜査にかけてのベテランには違いなかったが、それを理解するには、世代の断層があまりにもあり過ぎた。住んでいる世界が違い過ぎた。

## 3

中華料理店〈宝来軒〉は、いつ行っても客の混んでいないときはない。

北京《ペキン》料理や広東《カントン》料理などとうたった高級なところと違って、店先に赤いノレンのかかった、いわゆるラーメン屋に毛のはえたような店だが、盛り場ではこうした安直な店の方が、かえって繁昌《はんじょう》するのである。

それも若い客層に人気があった。宝来軒の自慢は、ラーメンとギョウザだった。それがほかの店より格段に安くて、おまけにたっぷりボリュームがある点が、評判になっていた。

昼間は、近くの会社のサラリーマンやＯＬ、デパートの女店員などがやってくる。夜になると、映画帰りなどの若いアベックの客が押しかけた。深夜営業もやっているので、バーやキャバレーなどの水商売の女たちも多かった。

だが、砂田岳夫が島村露子にめぐりあったのは、彼女を店に来る客の一人として知ったわけではなかったのである。そんな平凡な出会いでなかったからこそ、運命が二人を結びつける結果になったのかもしれなかった。

これまで岳夫は、恋人とか女友達というものは、まったく知らずに過ごした。相手を見つけようにも、暇と時間がなかったせいなのだ。宝来軒の住込《すみこ》み店員になってほぼ一年になるが、新米の彼は文字通り早朝から深夜まで、ろくに寝る間《ま》もないほど、店の仕事に酷使されていたのだった。

それでいて岳夫は、そうした過重な労働や孤独な生活に自ら甘んじて、何ら不満は感じていなかった。

ラーメン屋の住込み店員風情には大げさないいかたかもしれないが、彼には店に来る前から、生命を賭《と》したある個人的な目的の遂行があったからである。その決意があるために、女は避けようと固く心に誓っていたのだ。彼の公休日は、その目的のために費されていた。それはほかの店員たちの、誰も知らない秘密だった。

だから店に来るアベックがどんなに仲睦《なかむつ》まじくしていようと、岳夫と同じ年頃の少年少女たちのグループが、ギョウザの皿をつつきながらどんなに賑《にぎ》やかに談笑していようと、無関心でいられた。あくまで店員と客の接し方で割りきれた。水族館の魚を見るように、心のガラスを隔てて眺めていられたのだ。

　それでも、岳夫がセックスに関して内心でぜんぜん興味がなかったわけではなかった。閉店後、よく年上の店員たちは、店の女の子に淫《みだ》らなからかいをしたり、露骨な猥談《わいだん》にふけったりする。そんなとき岳夫は、黙々と調理場で丼や皿を洗いながら、熱っぽくかがやいた目をして、その話声《はなしごえ》に耳を傾けていた。客が置き忘れていったエロ週刊誌なども、いつのまにかこっそりと読んでいた。

　性欲が昂進《こうしん》して身をもてあますと、トイレの中や夜間の出前の際に、自瀆《じとく》を行なった。そんなときききまって妄想するのは、かつて垣間見た、母とあの男との忌《いま》わしい姿だった。その情景に嘔吐《おうと》をもよおすような激しい憎悪をかきたてられながら、それでいて彼の興奮は不思議と高ぶった。


　砂田岳夫が島村露子を知ったのは、半年前の夏のことである。

　その夜——宝来軒の店は、一時的に客がとだえて空白状態になった。調理場ではそのあいだに、外からの注文の分をこなす。それができあがるのを待って、出前の店員たちは、調理場と店の境にあるカウンターの前にかたまっていた。扇風機の風が、むし暑い空気を、かきまわしている。

　ランニング一枚になってその風に当たっていた彼らは、例によって時間つぶしに鄙猥《ひわい》な饒《じょう》

だ」

「いいか……だいたい乙にすまして、女に手も出せねえような臆病な野郎に、ろくな仕事のできるやつはいねえんだ。男が自分に勇気があるかどうかを試してみたかったら、女をやってみるのが一番なんだぜ。女はそういう男を求めておしめりをきかして待ってるものなんだ」

その後、彼らは卑しい声で笑い合った。

テレビの時代劇をぼんやり見ていた岳夫は、年上の店員たちのあてつけがましい視線がこちらにちらと向けられているのを知って、ドギマギとしたように席を立った。

すると調理場の奥から、店の主人が注文伝票を手に、せわしそうな顔をのぞかせた。

「おい、お前たちいつまでもくだらない油を売っていないで、さっさと仕事にかかるんだ。……岳夫は、アイリス美容院へ、冷しそばを二つ届けてくれ」

岳夫は黙って、ブリキ張りの岡持《おかもち》に、そばを盛った皿を二つ入れると、店を出た。

その夜に限って、何かが彼の体内で、いまにも爆発しそうに鬱積《うっせき》していた。年上の店員たちの卑しい言葉が、妙に彼の反撥《はんぱつ》を刺激して、耳の底にこびりついて離れなかった。

通りにはむれたような闇が、沈澱《ちんでん》している。岡持をさげて自転車で数百メートル行くだけでも、肌にじっとりと汗が滲《にじ》んだ。

閉店時間の早いアイリス美容院は、もうとっくに終業して、表にはシャッターが降りていた。ネオンの看板だけが、夜光の生物のように明滅している。

岳夫はいつものように裏口へまわるために、店の横丁へ入った。

電柱に白い影がもたれていた。その姿が幻のように思えて、彼はいっしゅんギョッとなった。それが島村露子だったのである。白衣を着た彼女は、夕涼みしている風ではなかった。まるで母親に叱られて家の外に出された子供のように、すねたポーズをしていた。

岳夫はそれまで、何度かアイリス美容院へ出前をしているので、マダムをはじめ美容師たちの顔は憶《おぼ》えていたが、彼女を見たのははじめてだった。

「宝来軒からきたのね……？　いいわ。わたしが上まで運ぶわ」

田舎娘じみた貧弱な容貌の露子は、ぞんざいないい方をして、ちらと二階を見上げた。なまめかしいピンクのカーテンにとざされた窓に、ほのかな灯《あかり》がともっている。岳夫が岡持から冷しそばの皿を取り出すと、彼女はそれを両手に持って裏口の中に姿を消した。

その後姿《うしろすがた》が、彼の脳裡《のうり》に強烈な印象を灼《や》きつけた。といってもそのときのそれは、恋とか一目《ひとめ》惚《ぼ》れとかいった感情ではなかった。もっと動物的な欲望が、とつじょ電流のように彼の全身を貫いたといった方がよかった。

宝来軒に戻ると、店は彼のいないあいだに、たてこんでいた。古顔の山崎《やまざき》や青木《あおき》も出前に出払っているらしい。

岳夫は住込みの店員たちが寝泊《ねとま》りしている階上の部屋へこっそり上ると、押し入れの中から彼の私物を入れたトランクを取り出した。トランクの底には、近い将来、彼の危険な目的を果すときに使うつもりで大切にしている短剣が、手拭《てぬぐい》で幾重にもくるんで隠してあった。なぜそんなものを持ち出す気になったかは、彼自身も無我夢中だった。ただ露子がアイリス美容院の裏口の外に、もう一度出ていてくれればいいという祈りに似た期待だけが、彼の頭をいっぱいにしていた。

だからアイリス美容院にとって返して、電柱の蔭《かげ》に佇《たたず》んでいる露子をふたたび発見したときの、彼の胸のときめきは、異常なまでに高ぶっていた。

岳夫は露子のそばへ寄ると、短剣の鞘を払った。

「何をするの！」

と、脅《おび》えた目を見はってたじろぐ露子の鼻先に、するどい切先を突きつけた。

「おとなしく、おれと一緒に来てくれよ」

露子は唖然《あぜん》としたように、岳夫の強《こわ》ばった顔を睨《にら》んだが、すぐに先に立って歩き出した。二人は無言で肩を並べて、宮下公園の方に向かった。だが、岳夫が彼女を公園の暗がりに連れ込むと、露子はにわかにサンダルの音を蹴たてて逃げ出した。

岳夫は線路の土堤下で追いついて、後からおおいかぶさるように彼女に組みついた。斜面の露をふくんだ草叢《くさむら》の中に、二人は折り重なって倒れた。雑草の青臭い匂いが鼻についた。頭上を通過する国電の轟音《ごうおん》が、耳を聾《ろう》して消え去った。露子の抵抗は凄《すさま》じかった。あおむけの姿勢で思いきり手足をもがく彼女の上に、岳夫は馬乗りになって、荒い息を吐きながら短剣を彼女の喉元に擬した。

「やらせるんだ！　やらせないと、殺すぞ！」

その声は威嚇というより、哀願に近かった。

露子の全身から、嘘《うそ》のように力が弛緩《しかん》したのは、その刹那である。彼の馴《な》れない手が白衣を剝《は》ぎ、スカートの下の下着を引きおろしても、露子は為《な》すがままになっていた。

岳夫は、易々と露子の未熟な肉体を犯した。嵐に似た粗暴な行為があっけなく了《おわ》るまで、彼女は息一つ乱さなかった。

だが、彼が身を起こそうとすると、それまで死んだようになっていた露子の手が、彼の腕を摑んで引き戻した。

「見つかるわ。じっとしていなくちゃ……」

岳夫は彼女の囁《ささや》きの意味を悟って、ハッとなった。

公園の入口に、いつのまにかパトカーが停《と》まっているのだ。懐中電灯を手にした警官が二人、ゆっくりとこちらに向って進んでくるのが、目に映った。公園内のパトロールに違いなかった。岳夫は露子の乳房に顔を押しつけて、息を殺した。警官は土堤下まで来たものの、草叢の中にひそんだ二人の姿には気がつかず、そのまま通り過ぎた。

それでも岳夫は、汗ばんだ露子の肌と身を合わせたまま、いつまでも動かなかった。彼にとっては、そのときがほんとうの意味での、露子との結合であった。彼は自らのタブーを破ったことに、いささかの悔いも感じなかった。

# 4

島村露子は、その夜以来岳夫の恋人になった。

それは、世間の常識では、とても通用しない関係だったかもしれない。確かに兇器で脅迫して強姦《ごうかん》を行なった犯人とその被害者とが、初めて出会ったその日に愛し合うようになるなどということは、人が聞けば、気違い沙汰というだろう。だが、あの奇禍のような出来事がきっかけで、十七歳の少年と十六歳の少女の胸に、ほのかな感情が芽生えたのは、まぎれもない事実なのだった。

「ねえ、今度はいつ会ってくれる？」

と、別れ際に露子の方から再会を求めた。

岳夫は次の公休日を教えた。宝来軒では週に一度——金曜日に店を閉めて、店員に自由な外出を認めてくれるのである。

「いいわ。……でも、お願いがあるの。わたしと会うときは、その短剣をいつでもかならず持ってきて」

岳夫は、露子がどうしてそんな突拍子もないことをいうのか、とっさには判断に苦しみながらも、承知した。

今度会う場所は、また同じこの公園内に決めた。彼女は夕方になれば時間をつくって、店を脱け出せるということだった。

二度目のデートの日――岳夫は約束の夕方の五時になるのを待ちかねて、宮下公園へ出かけた。まだ黄昏《たそがれ》て間もない公園の広場では、少年たちが野球をして遊んでいる。すでに先に来ていた露子が、ブランコに腰かけながら、彼の方に手を振っていた。

「お互いに、近く住んでいながら、こんな風に日を決めて会うなんて、おかしいわね」

と、露子は無邪気な声で笑いこけた。

そういえば岳夫は、あれから一週間のあいだに、三度もアイリス美容院には出前に行っているのだ。だが、なんだか露子のことをほかの美容師に知られるのが気恥ずかしい気がして、彼はいつも逃げるように店へ引き返していたのだった。

ただ一度だけ、露子がドライヤーのそばでパーマのカーラーを巻く手伝いをしているのを、表のガラス張りのドア越しに見かけたことがある。こちらをふり向いた彼女と顔が合ったとき、岳夫は柄にもなく赤面して、うろたえた。

「何もコソコソする必要はないのよ。あんたとのことは、もうマダムに喋《しゃべ》っちゃったわ」

露子もそのときのことを思い出したらしく、ケロリとしていった。

「だって、あの晩着てた白衣、あんたのために泥だらけにされちゃったんだもの。誤魔化《ごまか》せないじゃないの。……いいの。別にバレたってかまわないわ。マダムの方も宜《よろ》しくやってるんだから……今夜だって……」

「来てるのかい？」

「だから、今夜はゆっくりしてって、大丈夫なんだ。どうせ邪魔なんだもの……」

露子は首をすくめて見せた。

あの晩、彼女が裏口の外に佇んでいたのは、そのためだったことに岳夫は思い当たった。

「しかし、君だけがどうしていつも、外に追い出されなければならないんだい？」

岳夫は露子と並んでブランコに腰かけながら不思議そうに訊《き》いた。

「わたしはほかの美容師さんたちと違って、マダムと一緒の部屋に寝ているからよ」

彼女の郷里は山形市で、ついさいきん従姉のマダムをたよって上京したのだ、と、露子はいった。

「ねえ、わたしの身の上話聞きたくない？　わたしには、秘密があるのよ」

「秘密なら、おれにだってあるさ……おそらく君よりもっと深刻な秘密がね……」

岳夫は胸をそらせて、誇らし気にいった。

「あら、ほんとう？　それなら、その方を先に聞かせてよ。その秘密って、あの短剣に関係があるんじゃないの？」

「ああ……」と岳夫は頷いた。

「やっぱりそうだったの。わたしは、あなたがなぜあんな珍しい短剣を持っているのか、気になってたのよ」

「おれは、ある男を殺すつもりなんだ！　あの短剣で。あれは死んだ親父《おやじ》の形見なのさ」

岳夫の目は、急に燃えるようにかがやいた。

「その男というのは、お袋の仇《かたき》なんだよ。そいつを狙ってもう、何年も前から待ってるんだ。どうだい、驚いただろう」

「驚かないわ。……その話もっと詳しく話してちょうだい」

露子は何かの勇壮な物語に憧れる少女のように、熱心な表情になった。

「……おれのお袋は、この短剣で喉を突いて自殺したんだ……！」

それは、二年前の彼が高校二年のときの出来事なのだった。

戦時中職業軍人だった岳夫の父は、戦後彼が生まれるとまもなく病死したが、その後岳夫はずっと母親一人の手で育てられた。美人だった母は、新宿の盛り場にある有名な小料理屋の仲居をして、岳夫を高校まであげてくれたのである。その小料理屋で働いているときに、母は客の小泉《こいずみ》多平《たへい》という都会議員に思いをかけられたのだ。

そのころ岳夫母子は、上目黒のアパートに住んで、水入らずの生活をしていたが、ある夜
——岳夫が友達の家から遅く帰ってくると、アパートの室内で目を覆いたくなるような淫ら

な光景を目撃したのだった。彼が見たのは、酔った小泉多平に無理無体に犯された直後の、母の姿だったのである。母は身も世もなく泣き伏していた。

そしてそれから間もなく、彼女は小泉から忌わしい病を感染させられていることを知ったのだ。その恥辱と、恥ずかしい現場を息子に見られたというショックのために、母が亡父の形見の短剣で自殺したのは、その痛ましい出来事のあった数日後のことなのだった。

「しかし、小泉は汚職で逮捕されて、いまは刑務所に入っているのさ。だからおれは、高校をやめて働きながら、やつが出所するのを今日か明日かとじっと待ってたんだよ。やつの刑期は二年だから、もうまもなく出てくる。そのために、おれは公休日になると、やつが自宅に戻ったかどうかを、いつも確かめに行ってたんだ」

岳夫は、いままで誰にも洩らさなかったその過去の秘密を、露子に打ち明けることで、すっかり興奮しているようだった。

「あんたって、えらいのね。……じゃあ、あんたは、その小泉をつけ狙って殺すために、今日まで生きてたってわけね？」

「そうさ。その目的がなかったら、おれは生きる希望を失ってただろうな……」

「でも、あんたが小泉って人を殺すことは、――つまり、殺人でしょう？」

「おれが犯罪者になれば、軽蔑するっていうのかい？」

「とんでもないわ！」

露子はきっぱりというと、自分のブランコを降りて、岳夫のブランコの前にやってきた。

「犯罪者だって、それを目的に生きてる人は、何の目的もなくただ漫然と生活している人よりは、ずっと立派だと思うんだ。わたしがいったのは、そういう意味じゃないのよ」

「では、なんだ？」

「殺人を犯せば、その後警察に追われるじゃない。警察につかまれば、裁判にかけられてあんたは死刑になるわ。それでもいいの？」

「だから、目的を達したら、おれはつかまる前に、この短剣でいさぎよく死ぬ覚悟でいたんだよ。お袋のようにね……」

「そう。自殺するつもりなの……」

「おれが今日まで、女を避けてきたのは、そのことがあったからなんだ」

岳夫は背広のボタンをはずすと、露子にいわれて持ってきた短剣を、ズボンのバンドのあいだから取り出した。

彼の瞼《まぶた》には、その短剣を腰に吊って、実戦に参加している父の勇姿がありありとうかんできた。

その情景は一転して戦国時代の昔にさかのぼり、落城寸前の火焔《かえん》につつまれた天守閣の中の情景に変《かわ》った。上段の間にざんばらの髪の白装束の武将が、三宝を前にして坐《すわ》り、着物の襟をおしひろげて短刀を逆手に持っている。それと向い合って、同じく三宝を前にした死装束の姫君が、黒髪を長く床にたらして……。

その妖《あや》しい幻夢から醒めると、とつぜん彼はハッとなった。

目の前に、露子の思いつめたような顔が迫ってきた。その顔が、死装束の姫君とダブっていた。彼は唾をのみこんだ。

「じゃあ、君は……」

「ええ、あんたが死ぬんだったら、わたしも一緒にその短剣で死んであげるわ」

露子はいささかのためらいもなくいった。

「どうせわたしだって、あんたに似た境遇なんですもの。いつ死んだって、惜しくはないのよ」

今度は彼女が、過去の身の上を打ち明ける番だった。

露子はベニバナの集散地として有名な、山形市内の十日町に長く住んでいた。幼い頃両親をなくした彼女は、仏壇の製造師をしていた伯父《おじ》の家に引き取られて、育ったのである。その伯父は酔うと酒乱の癖があった。家財を手当たり次第に持ち出すばかりか、家族の人間に誰彼の見さかいもなく暴力をふるうのだ。それに女癖も悪く、露子は中学一年のとき、伯父に稚《おさな》い肉体を弄《もてあそ》ばれていた。

三月《みつき》前のある夜、いつものように猛《たけ》り狂った伯父は、伯母《おば》をさんざん打擲《ちようちやく》したあげく、商品の仏壇に火を放とうとした。それを見てカッとなった従兄《いとこ》が、いきなり鉈《なた》をふるって、伯父の後頭部を殴りつけた。伯父はその場で即死したが、従兄は殺人罪に問われた。その事件は、新聞に大きく報道されたため、残された家族はたちまち悲惨な生活に陥った。旧《ふる》い城下町のため、たとえ事情はどうあろうとも、犯罪者の家族に対する世間の目は冷たかったのである。伯父の一家は、十日町では暮らしたくても暮らせなくなり、離散した。

露子も仕方なく、東京で美容院を開いていた従姉をたよって上京したというわけだった。

「でも、わたしはしょせんお従姉《ねえ》さんにとっても、厄介者なのよ。……それに、いまから美容師の見習いをして、勉強してもこれから先どうなるっていうの？　結婚？　それとも、お従姉さんのように独立して、お店を持てるっていう確実な保証でもあるの？」

「……………」

「どちらにしたって、この先何年辛棒《しんぼう》しなけりゃならないかしれないんだわ。……でも、仮に結婚するにしても、わたしの過去を知ったら誰も相手にしてはくれないだろうし、お店を持つにしても、美人でもない女に、誰がパトロンなんかになってくれるもんですか。……わたしは、お店へパーマをかけに来るお客さんを見ると、いつも思うの。映画雑誌のグラビヤを見せて、ヘップバーンのような髪の毛にしてほしいっていう若奥様や、これからお見合いに行くのよって、張り切ってやってくるお嬢さんを相手にしていると、この世にわたしみたいな女がいるってことが、嘘のような気がするのよ」

「そりゃあ、僕《ぼく》だって同じことさ。店にラーメンを食べに来る若い連中には、未来がある。

でも、おれには未来がないんだ」

「でも、あんたには、復讐《ふくしゅう》っていう誰にも真似のできない素晴らしい目的があるわ」

「じゃあ、君はおれのその目的に殉《じゅん》じてくれるっていうんだね……？　有難《ありがと》う」

岳夫は思わず嬉《うれ》しそうに、露子の手を握りしめた。彼女は岳夫の膝の上に坐って、ブランコの綱を両手で握った。

「あら、お礼なんていうことないわ。わたしはあんたが好きなんだから、当然のことじゃない。……わたしは、前から一生に一度だけ恋愛がしてみたかったの。一度きりよ。……だから、大人が二度でも三度でも恋愛したり、浮気したりするのを見ると、たまらなくおぞましいって気がするんだ。わたしも大人になればああなるかもしれないってことが、凄《すご》くいやなんだな。そのためにも、わたしたちは早く死ぬべきじゃないのかしら。あんたを知った以上は……」

露子の言葉を聞いていると、岳夫にも死が少しも怖ろしいことには思えなくなってきた。むしろそれを前提とする悲壮感が、二人の全身を甘美な陶酔でつつんだ。その陶酔は、戦時中特攻隊の若者が敵艦に体当たりして散華《さんげ》するときの気持《きもち》にも、通じるものなのかもしれなかった。岳夫はさいぜん夢想した、落城の光景をふたたび思いうかべた。あの武将や姫君の白装束に、魅せられたような美しさを感じるのは、なぜであったろう。

そして二人にとってその死は、たとえていえば、目の前にはてしなくひろがる都会の夕焼《ゆうやけ》空《ぞら》の、茜色《あかねいろ》に染った雲の蔭に、ひょっこり隠れている別な世界のようでもあった。

「ねえ、その短剣をもう一度わたしによく見せてよ……」

岳夫の膝の上に坐っていた露子は、ゆるやかにこいでいたブランコを急に止めていった。

岳夫は短剣の鞘を払って、抜身《ぬきみ》を示した。二人の視線は、するどい白刃《しらは》に注《そそ》がれた。よく手入れをほどこした刀身は、まるでかけがえのない貴重な宝石か、何かの魔力を持つ護符でも見るようだった。その短剣は、いわゆる死の象徴であり、行動の象徴でもある。だが、一方ではそれは、岳夫と露子の愛の仲人役であった。そして、いつかは二人を永遠に結びつける絆《きずな》の役目を果してくれるものだった。

岳夫は、露子がなぜそれを持ってきてくれるようにたのんだのか、——そのわけがはじめてのみこめたような気がした。

# 5

宝来軒の年上の店員たちは、男が自分の勇気を試すには、女を犯してみるのが一番だといったが、岳夫にとっては露子を知ったことで、彼の本来の決意に新たな勇気が倍加したのを覚えずにはいられなかった。

その日以来二人は、奇妙なデイトを重ねるようになった。岳夫の公休日が来ると、二人は宮下公園で落ち合い、それから揃ってある場所に出かけるのだ。それは晴天の日だけに限られていたが、毎度日課のようにきちんと決《きま》っていて、ただの一度も変更されたことはなかった。その頃には彼らの関係を、宝来軒の店員たちもうすうすと感づきはじめていた。

「おい、お前は近頃アイリス美容院の女の子といい仲になってるらしいが、いつもどこへ出かけるんだ……？　映画館か？　それとも喫茶店かい？」

と、古顔の青木や山崎たちは、根掘り葉掘りうるさく聞きたがったが、岳夫は笑って答えなかった。

おそらく露子の方も、アイリス美容院のマダムに、しつこく詮索されていることだろうが、同じように固く秘密を守って答えないだろう。そう思うと、岳夫はおかしかった。それは二人だけが知っていればいいことなのだった。

岳夫は毎週金曜日が来ると、仲よく揃って吉祥寺《きちじょうじ》へ出かけていたのである。武蔵野《むさしの》市玉川東通りに小泉多平の私邸があるからだった。

それは大人の目から見れば、およそ無謀に近い馬鹿げた計画だったかもしれないが、彼らにはその意識はなかった。

中央線の吉祥寺駅で降りて、繁華な商店街を進むと、すぐ先に井ノ頭自然文化園の広大な森が見えてくる。そこを抜けて牟礼《むれ》に出、さらに玉川上水沿いに下高井戸《しもたかいど》の方向に二キロほど下ったところに、玉川東通りの町があった。

小泉多平の広壮な邸宅は、その通りに面していた。コの字型にひっこんだブロック塀の奥に門があり、塀の上はぐるりが築山風になって、その一部にグリーンに塗った車庫の扉が見えている。だがその邸宅は、いつ行ってもしんとしずまりかえっていた。きまって聞《きこ》えてくるのは、犬舎の中のコリーの鳴声《なきごえ》だけだった。

その家を訪ねるのには、ほんとうは井ノ頭線の三鷹台《みたかだい》で降りた方がずっと近いのだが、二人はわざと吉祥寺駅から井ノ頭公園を抜けるコースを選んだ。その方が途中の道の散策に、ずっと愉《たの》しさを味わえるせいなのだ。彼らは金曜日になると、きまってバスケットをさげ、中にはお互いの給料の中から出し合って買った、サンドイッチやチョコレートや果物をいっぱいにつめていった。

小泉の家に異常がないことを確かめると、その帰りに自然文化園の中の池のほとりへ行って、持参の弁当をひろげるのである。奇妙な話だが、岳夫と露子にとっては、それが一種のレクリエーションにもなっているのだった。

通りすがりの者が腕を組んだ彼らの姿を見かけても、おそらくピクニックに来たハイティーンのアベックとしか思わないだろう。

「何だか変な気持だわ。人の命をつけ狙う刺客《しかく》が、こんな愉しみ方をするなんて……これでいいのかしら……」

露子はさすがに眉をひそめることもあったが、それでも結構欣《うれ》しそうだった。

その日は十月に入って間もなくの頃で、いかにも秋日和らしい快晴に、朝から恵まれていた。二人にとって、駅から小泉の家までの道は、もうすっかり馴れきったコースになっていた。

「ねえ、今日は帰りに武蔵野博物館へ寄ってみない？」

すっかり紅葉した森の茂みをうっとり眺めながら、露子ははずんだ声でいった。

だが、二人が玉川上水沿いのアスファルトの道へ出ると、岳夫がまずおやと思った。背後から通り過ぎた車の中にモーニングを着た中年の紳士と、喪服姿の女が並んで乗っていたのだ。さらに小泉の家のある玉川東通りまで出たとき、そこの電柱や他家の塀などに貼《は》ってある貼紙《はりがみ》を見て、目を疑った。それは小泉家という文字と矢印を書き込んだ、黒枠の貼紙だった。

「小泉の家で、誰か死んだんだ！　行ってみよう」

岳夫は露子の手を引っぱって、駈け出した。見ると宏壮な邸宅のブロック塀に、造花の花輪が何基も立てかけてあり、門の前には、十数台の車がぎっしりと並んでいる。その先頭には、霊柩車《れいきゆうしや》が停っていた。喪服姿の大勢の男女が、その車のあいだを縫ってごった返していた。鯨幕《くじらまく》を張りめぐらした門の奥には、天幕《テント》の受付がつくられて、そこにも葬儀委員らしい男が右往左往している。その連中のざわめきがとつぜんしずまったので改めて見なおすと、いましも玄関から法被《はつぴ》姿の男たちの手で、柩《ひつぎ》が運び出されたところだった。

通りに集っていた近所の会葬者たちにそれとなく確かめた岳夫は、愕然《がくぜん》となった。霊柩車の中に納められたその柩の中には、小泉多平の遺骸が眠っていたのである。

近所の者の話によると、小泉多平はついさいきん刑務所内で中風の発作を起こして倒れ、そのため刑の執行停止を受けて数日前に帰されたが、昨夜脳出血のために遂に死亡したのだということだった。新聞に死亡記事が載らなかったのは、死んだ小泉が世間態をはばかる人間なので、外聞を恥じた家族の者が、特に新聞社に手をまわしたものらしかった。

岳夫は、新聞記事には毎日丹念に目を通して注意していたつもりだが、道理で気がつかなかったはずだった。

彼の受けた精神的ショックは、たとえようもなかった。無理もない。

復讐の対象が、とつじょ消えてしまったのである。

それは砂田岳夫という少年から、生きる目的を完全に奪い去ったことでもあった。

「どうしよう？　おれはこれで、死ぬこともできなくなってしまった……」

蹌踉《そうろう》とした足どりで、小泉の邸宅から自然公園の林の中に引き返すと、岳夫はコンクリートのベンチにくずれるように腰を落として、髪の毛をかきむしった。

その打ちひしがれた姿を、露子はいままでにかつて見せたことのないような、がらりと変った冷やかな眼差《まなざ》しで見おろした。

「弱虫！　あんたは、殺人を犯さなければ、自殺する勇気も湧いてこないの？」

「だって、おれはもう犯罪者になる必要はなくなったんだ。それなら、警察に追われることもないじゃないか」

「そう……つまり、昨日までのあんたではなくなってしまったってわけね。これからは、目的がなくても漫然と生きていける、世間並みの男の仲間入りをするってわけね。軽蔑するわ。そんなの……」

露子は口の奥で噛《か》みしめていたガムを吐き出すと、さっさときびすを返した。

「さようなら。なんだかあんたが急につまらなくなってきたみたい。断っておきますけど、わたしは、どこにでもざらにころがっているようなただの男と恋愛するのは、まっぴらなの。あんたとの仲も、これっきりよ。もう二度と会いたくないわ」

「ま、待ってくれ……」

露子のあまりにも急激な豹変《ひょうへん》ぶりに、岳夫はうろたえたが、彼女の姿は足早に林の茂みの向こうに消えてしまっていた。


彼女の宣言した絶交の言葉は、決して、一時の感情的なものではなかった。本気で彼を見限ったようだった。

その証拠に、宝来軒に戻った岳夫が、翌日改めて露子を呼び出し、もう一度話し合いをしようとしたものの、まるで取りつくしまがなかった。アイリス美容院へ出かけた彼は、諦めてすごすごと引き返さなければならなかった。露子は奥にひっこんだきり、頑として彼の前に姿を現わそうとはしなかったのだ。電話をかけても、かわりにマダムが応対に出て、すげなく断られた。それ以上うるさくすれば、警察沙汰にされるかもしれなかった。

岳夫には、露子の唐突な心変りによる破局の訪れが、なんとしても信じられなかった。小泉の不慮の病死が、二人の愛まで崩壊させたということが、どうしても納得がいかなかった。それが彼女のドライな性格なのだろうか。

それでも、まるで魂を去勢されたように、岳夫の中から何かが脱落したことは、事実といってよかった。

彼のそれまでの働きぶりは、店の主人も感心するほど勤勉であったのに、仕事に手がつかなくなった。調理場で雑用をしているときでも、ときおり放心状態になるらしく、主人の声もろくに耳に入らないことがある。閉店後、近くの屋台でこっそり酒を飲んでいる彼を見かけるようになったのも、それ以来のことだった。

年上の店員たちは、そんな彼に憐《あわ》れみと嘲《あざ》けりのいりまじった目をこもごもに投げかけた。

岳夫と露子にとって、かけがえのない宝であったあの短剣は、目標を失ってトランクの底にしまったままになった。それはもはや、二度と役に立つことはないように思われた。

事件の起こった夜の八時ごろ——岳夫は調理場の片隅で、青木や山崎といっしょに遅い夕食を食べていた。

店員たちは、出前の合間を見て丼飯をかきこむのだ。かたわらでは、主人がガスレンジの火にかけた鉄の大鍋に豚の脂肉を山のようにほうりこんで、ラードをつくっている。馴れた匂いのはずなのに、岳夫は妙に胸がムカムカして食欲がなかった。まっ先に箸《はし》を置いたところへ、電話がかかってきた。

岳夫が店との境にあるカウンターの受話器を取り上げると、八千代ビルの河合の事務所からだった。ラーメンを二人前、急いで届けてほしいというのだ。電話口に出て注文したのは、河合自身の声だった。八千代ビルは宝来軒のいい得意先である。だが、こんな時間の注文は、珍しかった。

「おおかた残業でもしてるんだろう。すまないが、手の空きついでに行ってきてくれないか。あのビルは、お前の受持だったからな」

主人はさっそく注文のラーメンを作りはじめた。

出前も一年近くやっていると、馴染《なじ》みの場所が方々にできる。岳夫にとっては、八千代ビルがそうだった。足繁《あししげ》く通っているうちに、ビルで働く人間の名前や顔は、あらかた知り尽《つ》くしていた。自然にそこが、彼の受持ということになってしまった。

河合の事務所にも、もうたびたび足を運んでいた。変圧器メーカーといっても、従業員が五人ほどしかいないちっぽけな会社である。その社長の河合昇造がアイリス美容院のマダムのパトロンであることを、岳夫は露子から聞かされていたので、特別な関心があった。だが、宝来軒にいつも出前をたのんでくるのは従業員たちばかりで、河合にはまだ一度も会ったことはなかった。河合がわざわざ電話で注文してきたのは、初めてだった。

岳夫は、ジャンパーを着込み皮の防寒帽をかぶると、岡持をさげて外に出た。

表はもうすっかり木枯《こがらし》の季節になっている。

八千代ビルに着いたときは、自転車のハンドルを握る手が、すっかりかじかんでいた。

河合の会社はビルの三階にある。階段を上ると勝手を知っているので、その事務所内に黙って入りこんだ。社長の部屋が事務所の奥にあることを知っていたからだった。事務所には、もうほかには誰も従業員の姿はなかった。

「宝来軒です。ラーメンを持ってきました」

ドアの前で声をかけて、ノブをまわした。

とたんに岳夫は目の眩《くら》むような光景を目撃して、戸口に立ちすくんだ。彼の手は思わず岡持を取り落としていた。

激しい音とともに岡持の蓋《ふた》があき、中の湯気のたつ丼をその場にぶちまけた。

暖房のきいた室内には、河合と露子がいた。河合は何食わぬ顔でネクタイを締めなおしていたが、露子は応接用のソファーにいぎたなく足を投げ出し、臆面もなくスカートをまくりあげて、下着をはいているところだったのである。岳夫が来る前に、その部屋で何が行なわれていたかは、一目瞭然だった。

「馬鹿者。何て粗忽《そこつ》なやつだ。すぐ新しいのを作りなおしてきたまえ」

河合はバツの悪さも手伝って、居丈高に怒鳴《どな》ったが、露子は岳夫の憎悪に燃えた視線をはねかえすようにそっぽをむいていった。

「もういいわよ。社長さん。わたし食べたくなくなっちゃったから……それより、その丼を早く片付けてもらってよ」

岳夫は夢中で丼と麵を岡持の中にかき込むと、河合の部屋を飛び出した。

全身の血がこうまで灼《あつ》く狂うものであることを、岳夫はそのとき生まれてはじめて知った。母の忌わしい情景を目撃したときですら、これほどの衝撃は受けなかったはずである。そしてその逆上した血が急速に冷却した後、岳夫の心に凝結したただ一つの意志が、――殺意だった。

岳夫はあの短剣をジャンパーの懐に秘して、宝来軒から八千代ビルにとって返した。店の者の驚きも、自分の顔色がどう変っているかということも、彼の意識にはまったくなかった。

八千代ビルとT建設の資材置場のあいだにある路地に踏み込むと、ちょうど裏口から出てきた露子にぶつかった。

美容院へ戻るところなのだろう。寒そうにオーバーの襟をたてて、急ぎ足に歩いてきた彼女の足が、釘づけになったように止《とま》った。路地は暗かったが、資材置場の常夜燈《じょうやとう》の明《あか》りは、血相を変えた岳夫の形相を、露子に認めさせるのに充分だった。そのただならぬ気配に、露子は本能的な恐怖を感じたらしかった。

「何よ。わたしに何か用でもあるの？」

「聞きたいことがあるんだ。……君は何だって河合と……」

岳夫は低いうわずった声をあげて、後じさりする露子につめ寄った。

「君はいつか、恋愛はただ一度きりのものだといったな。それなのに、よくも河合とあんなあさましいことが……」

「ふん、あんた焼餅《やきもち》を焼いてんのね。みっともない……」

露子は唇を歪めると、虚勢をはるように肩をそびやかせた。

「わたしの考えは、いまではがらりと変ってるのよ。恋愛なんて甘っちょろい遊戯は、飽き飽きしたんだ。それよりもっと大切なものがあるってことに気がついたの。これよ。お金よ……」

露子はオーバーのポケットから、裸のままの五千円札を取り出すと、わざと挑発するように、岳夫の鼻先に見せびらかした。

「あんたみたいな勇気のない男より、この方がずっと魅力があるわ。だから今夜河合の誘惑に応じてやったのよ。わかった……？　わかったら、そこをどいてちょうだい。あんたとはもう二度と会いたくないって、この前きっぱりといったはずじゃないの」

露子は、岳夫を押しのけて前へ出ようとしたが、その見くびり方が、岳夫の憎悪と怒りを爆発させた。

彼はやにわに短剣を抜き放つと、彼女のからだに体当たりするように、思いきりぶつかっていった。

「あッ、な、何をするの！」

喘ぐように叫んだ露子のからだは、岳夫ともつれ合うようにして、そのまま路地の奥の掘割りによろけていった。

「畜生ッ！　畜生！」

溝川のふちの石垣に押しつけた彼女の腹部を、岳夫の短剣は滅茶苦茶に突き刺した。

ぐったりとなった露子の唇が、かすかに何かを呟《つぶや》いたようだった。彼女の瞳に何ともいえない悲しげな泪が宿ったのは、そのときである。信じられないことだが、その一瞬の彼女の目の底には、なぜかあの公園で二人の孤独な魂が、結びついたときと同じ光が宿っていたのだ。

だが、それもほんの束《つか》の間で、血迷った岳夫の短剣は、致命的なひと刺しを露子の心臓部に加えていた。のけぞった露子のからだは、もんどり打って暗い掘割りの底に転落していった。

砂田岳夫が島村露子との愛の思い出の場所である、宮下公園内で自殺を図ったのは、その直後のことであった。露子を殺害した岳夫は、その興奮の醒めやらぬままに、何のためらいもなく彼女の血に濡れた短剣を、今度は己が肌に刺し通したのである。ただ、岳夫が前に思い描いた甘美な死の幻影は、現実的にはきわめておそろしい激痛と苦悶を伴うものであることを、彼は身をもって知らねばならなかった。

## 6

……岳夫はさっきからまばたきもしないで、じっとうす暗い天井を瞶《みつ》めていた。

意識が徐々に薄れていく。最前までは腹部の奥に火のように灼熱《しゃくねつ》して感じられたものが、いまはすっかり麻痺《まひ》したように知覚を失っていた。そのほかの傷の痛みも、まったく感じなかった。麻酔がまだきいているせいではなかった。体内にかろうじて点《とも》っている生命の灯が徐々に消えていく前兆であることが、岳夫には誰よりも一番よくわかっていた。あと何時間か——いや、何十分か後には間違いなく死の世界の人間になっていることだろう。

それでいい。それで心から満足だった。

最後まで気になっていたあの疑問がやっと解けたのだから、もう何も思い残すことはなかった。

それは、岳夫がこの病院に運ばれ意識が甦《よみが》えったときから、ベッドの中でずっと考えつづけていた疑問である。

掘割りの石垣に露子を追いつめて、狂ったような止《とど》めの一撃を加えようとしたしゅんかん、彼女はなぜあんな悲しげな目をしたのだろう？　あのとき露子は確かに訴えるような口ぶりで、何かを呟いたが、あれは何をいおうとしたのか……？

その謎が、皮肉にも思考力が減退していくに従い、少しずつ彼にはのみこめてきたのだった。露子のあの不可解なとつぜんの恋心や背信行為の意味するものが、はじめて理解できたのだ。ことによると、死に近づくことによって、透徹した彼の心に、露子の魂の囁きがじかに聞えてきたのかもしれなかった。

「わたしは、岳夫をずっと愛していたのよ。だから、わざとあんたを裏切ったんだ」

露子の魂の声は、そういっているように思えた。彼女が泪ぐんだ目で告白をしている顔が、ありありと見えるような気がした。

「……一生に一度だけの恋愛がしてみたい……そういったわたしの言葉は、決して嘘じゃないの。わたしは、あんたが小泉を殺して死ぬときは、一緒に死ぬって約束したわね。それはわたしたちがそうしなければたった一度きりのかけがえのない夢を守ることができないと思ったからなんだ。どうせ生きていたところで、未来の保証のないわたしたちには、それが一番倖《しあわ》せな結末だと思ったのよ。でも、あんたは小泉の病死のために、目標を失い、自殺する勇気も失った、ただのつまらない男になってしまった。わたしはそれが情《なさけ》なかった。

いいえ、ほんとうのことをいえばね。あんたがあの短剣でわたしを脅して、初めてわたしのからだを奪ったときの、あの獣《けだもの》のような猛々しい目。小泉に対する復讐を打ち明けてくれたときの、あの情熱にかがやいた目。そんな行動的な目を持ったあんたを、好きになったのにさ。あんたからそれが消えてしまったことが、とっても悲しかったんだ。だからこそ、もう一度あんたのそうした目が見たいばっかりに、あんな思いきった行動をとったんだわ。我と我が身にあんたの憎悪を向け変えることによって、その目的を果たそうとしたのよ……あんたがわたしを刺したときの目は、素晴らしかった。そしてそのおかげで、あんたはもう一度自殺する勇気を取り戻したんじゃないの。そうでしょう……？」

岳夫にだけしかわからない露子の声は彼の心にこだまするように聞えた。

露子が企てた罠《わな》に、自分がまんまとかかったことに、ひとりでに微苦笑がこみあげてきた。

岳夫は、満足そうに目をまたたかせた。

〈彼女はやっぱりおれだけの女だった……〉

そう改めてはっきり認識したとき、彼の意識はさらに一段とおぼろになった。その虚《うつ》ろな瞳孔には、もはや天井の雨洩《おも》りの斑点を識別するだけの視力はなくなっていた。呼吸が急に苦しくなってきた。手足が錘をつけられたように動かない。喉がつまり、首の重さに堪えられなくなった……。

その朝――大塚部長は、名倉外科医院からの電話で、宿直室の布団からはね起きた。

その電話は、砂田岳夫の容態が、明け方近くになって急変したという知らせだったのである。

彼は、曾根刑事に後のことをたのむと取るものも取り敢《あ》えず名倉医院に駈けつけた。医師が生命を保証するといった言葉を信頼しきっていただけに、なんだか裏切られたような腹立たしさを覚えた。

病室に入ると、ベッドに横たわった砂田岳夫の面《おもて》は、もはや白布でおおわれていた。枕元の床頭台《しょうとうだい》の上には、看護婦が供えたらしい手向けの花が、わびしく花瓶にいけて飾ってあった。

「申し訳ありません。容態がこう急に悪化するとは思わなかったんですが、どうも腹を刺した傷が原因で、急性の腹膜炎を起こしたのが、いけなかったようです。急いで手当てをほどこしたときは、もはや手遅れでした……」

医師もその看護で夜を明かし、一睡もしなかったのだろう。充血した目をしばたたかせ、重々責任を痛感しているような口吻《くちぶり》で説明すると、頭をさげた。

「これで、もう何もかも本人の口からは真相が聞けなくなったわけですな……」

大塚部長はちょっぴり皮肉まじりの言葉を浴びせると、岳夫の面をおおった白布を取り除いた。

蒼白《そうはく》なその顔は、死相を呈《てい》している。だが、少年の口元にはかすかな微笑が漂っていた。大塚部長は医師と顔を見合わせたが、むろんその微笑の裏に秘められた真因までは、察知すべくもなかった。

それより犯人が死んだ以上、いつまでも病院にいても仕方がなかった。訊問の仕事がなくなったことに、いささか拍子抜けを感じたことは事実だが、一方では手間が省けたという気もしないではなかった。

大塚部長が署へ戻ると、昨夜の曾根刑事の手配で、河合昇造が、参考人として刑事部屋に出頭してきていた。

すでに曾根刑事の手でいちおうの訊問は済んだらしく、茶飲み話の雑談をしていた河合は、大塚部長を見るなりてれ臭そうに頭をかいた。大塚部長が席に坐ると、彼の方からさっそく弁解がましく切り出した。

「いやあ、何ともお恥ずかしいことで……あの娘とのことは、ほんの出来心なんだから、大目に見てくださいよ。死んだ彼女のことを非難するのは何だが、近頃の娘の無軌道さには、まったく舌を巻きますな」

「河合さんのお話では、あの晩のことはやっぱり、島村露子の方から持ちかけたことだそうですよ。小遣《こづかい》欲しさに、向うから身を投げ出してきたらしいんです」

そばから曾根刑事が口を添えた。

「そればかりじゃない。ラーメンを食べたいから、宝来軒に注文してくれといったのも、彼女でしてね。……ついこのあいだまで恋人だったあの少年に、出前をさせて、わしらのことを見せつけるなんて、いったいどういう神経なんですかな。いやはや、十代の連中のすることは、ドライとも何ともわしらにはほとんど理解できませんよ」

河合は、大げさに溜息《ためいき》をついて見せた。

その理解ができないという点は、大塚部長も同感だった。

確かに島村露子の行為は、砂田岳夫の心にわざわざ火をつけたのも同然である。彼女はなぜそんな、自分で自分を殺すような愚かなことを敢《あ》えてしたのか——？　大塚部長のような古い頭の人間には、どうしてもわからなかった。

犯人と被害者の二人が死んだいまとなっては、事件の全貌を知るすべは永遠になくなったが、けっきょく無軌道な若者たちの犯罪として、処理するほかはないと思った。

大塚部長は、今度の事件のことを、家裁や練馬《ねりま》の少年鑑別所に報告して、今後の非行少年の犯罪捜査の参考に供する必要性を、痛切に感じた。

砂田岳夫の用いた兇器の短剣には、物証一号の札をつけて、関連書類とともに地検へ送付されることになった。

その短剣の刀身は、やがて——赤く錆《さ》びついて、光を失った。

# 天使

## I

……幼児らのわれに来るを許せ、止むな。神の国は斯《か》くのごとき者の国なり。われ誠に汝《なんじ》らに告ぐ。凡《およ》そ幼児の如《ごと》くに神の国をうくる者ならずば、之《これ》に入ること能《あた》わず。——ルカ伝第十八章十六節——

# 第一章　白い偶像

## 1

月姓聖名子《つきしようみなこ》は、文字通り天使のような女であった。

月姓という姓は、京都の堂上華族の出で、聖名子の父は長く宮内省の高官をつとめた男爵だったから、家柄としては申し分ない。しかも生《う》まれつき他に比類のないほどの美貌の持主で、戦前某カトリック系のミッション女学校を卒業したときは、さる宮家の若宮の妃《きさき》にもと、取《と》り沙汰《ざた》された事があった程だった。

だが、聖名子が人々から、天使のような女と噂《うわさ》された所以《ゆえん》は、彼女のその高貴な育ちのせいでも、また麗しい容姿のせいでもなかった。キリストは、マリアの胎内に聖霊が宿って生れたというが、聖名子は母がそのマリアを一夜夢に見て妊《みごも》ったのかもしれない。その証《あかし》でもあるかのように、偶然にも未年《ひつじどし》の聖母被昇天《ひしょうてん》の大祝日の日に生れた聖名子は、幼い頃から鏡のように澄んだ浄《きよ》らかな心と、春の陽差《ひざ》しのように暖い思いやりを持ち合わせた少女だった。

その心の鏡は、成長するに従ってますます磨きがかかるばかりだったし、彼女の博愛心は、母に倣《なら》ってイエズス会の教会で洗礼を受けてからは、なおいっそう情深さを増した。

聖名子の少女時代の日々の生活は、告解を受ける神父が驚歎《きようたん》するくらい、塵《ちり》ほどの穢《けが》れもない清浄無垢《せいじようむく》なものであり、彼女の唯一の生甲斐《いきがい》といえば、クリスチャンとしては当然のことながら、不幸な貧しい人々や、生物を、心から憐《あわれ》み愛することであった。誕生日に父から贈られた高価な品物でも、惜し気もなく下婢《かひ》たちに頒《わか》ち与えてしまう。変《かわ》っている点といえば、『堤中納言物語《つつみちゆうなごん》』の中の『虫めづる姫君』のように、醜い昆虫や獣《けもの》の類《たぐい》などを、とりわけ慈むことだったかもしれなかった。

聖名子が十一歳の頃、学校の帰りに会った白痴の傴僂《せむし》の少年に同情して、四谷《よつや》の屋敷内に伴い、家人に内緒で二日間も匿《かくま》ったため、危うく誘拐騒ぎにまでなりかけたのは有名な話である。

戦時中は赤十字の特志看護婦になって、傷病兵たちから白衣のお姫さまとして慕われた。戦後は近所の苦情も省みず、両親を説いて、屋敷の焼跡《やけあと》の一部をバタ屋部落の人たちに無償で提供して、その世話を自ら引き受けた。

都内の数多い慈善団体の中で、聖名子からなにがしかの寄付を受けなかったところは、一か所もなかった。それも売名を嫌って、いつも匿名だった。彼女と同じ年頃の娘たちが、恋愛や青春の享楽《きょうらく》に夢中になっている頃に、聖名子は孤児院や浮浪児の施設に送るための、毛糸の編物をせっせと編みつづけた。友人がお茶や料理などの花嫁修業に精出している暇に、点字の勉強に励んだりした。

聖名子は、二十五歳になると、一生を独身で通す決心を固めた。「人もしわれに従い来らんと思わば、己を捨て、日々おのが十字架を負いて、われに従え」という聖書の教《おしえ》を忠実に守って、神とキリストに、彼女の余生を捧《ささ》げる誓いをたてたのである。

だから、聖名子の親しい友人たちは、近い将来彼女が、北海道の修道院入りをするであろうことを、誰もが一様に信じて疑わなかった。

だが、聖名子は、周囲のそうした予測を裏切って、黒衣の修道女になるかわりに、もっと彼女らしい現実的な道を選んだ。当時——敗戦の生んだ国辱的な社会問題として、『GIベビー』とか『アメリカの落《おと》し物』とか、『後から来た勘定書《かんじょうがき》』などといわれた混血児の救済施設を、自らの手でやってみたいといいだしたのである。彼女は教会の信者たちの有志で、一日大磯《おおいそ》にあるその種の有名な収容施設を見学してきてから、深く感銘を受けてそういう考えになったようだ。

聖名子は見学から帰った夜に——家人にいった。

「ただ親に捨てられた孤児というだけでも可哀想《かわいそう》なのに、あの子たちはその上に、自分たちのからだに流れている黒い血を、一生呪いつづけて生きていかなければならないのよ。母親の無責任な快楽の犠牲になって、心までまっ黒に塗り潰《つぶ》されようとしているのよ」

昭和二十八年――厚生省の調査によると、全国には三千四百九十人（うち黒人は四百余人）の混血児がいて、そのうち児童保護施設に収容されているのは、僅《わず》か八十五人にすぎないという統計が出ている。

家人は、聖名子の決心を聞いて、はじめは眉を顰《ひそ》めたが、彼女の性格を知っているだけに、誰もとめる者はなかった。

一人娘だった聖名子は、戦後に亡《な》くなった父男爵から、かなり莫大《ばくだい》な額の遺産を遺《のこ》されていたので、さっそくその大半を擲《なげう》って、横浜の屛風《びょうぶ》が浦《うら》の小高い丘の上に、『聖霊ホーム』という名の混血児の収容施設を建てた。彼女の親しいイエズス会の日本管区長の好意で、元同会の司祭館だった御拝堂つきの建物と二千坪ほどの土地を、格安な値段で手に入れることができたのである。

引き取った子供は、すべて黒人兵と日本人の娼婦《しょうふ》とのあいだに生まれた、不幸なニグロの混血児ばかりだった。

しかも、聖名子を手伝う施設の職員には、彼女の従妹《いとこ》と父の代からの忠実な家扶《かふ》のほかに、管理人には刑務所帰りの元詐欺犯を、子供たちの面倒を見る保母の見習いには、売春婦上《あが》りの女を、賄婦《まかないふ》には麻薬の中毒患者だった女を、わざわざ使うことにした。警察や司法保護司などから紹介のあったもので、真剣に更生の道に踏み出そうとしている者を、彼女は特に選んだのである。

## 2

聖名子が、さながら聖女ベルナデッタの再来のように、教会関係者ばかりか、多くの人々の尊敬を一身に集めるようになったのは、その『聖霊ホーム』の仕事に、三十代の女盛りの情熱を一心に注ぎこむようになってからのことであった。

一口に混血児の世話といっても、その仕事は決して並大抵ではなかった。

彼らは、厚木や座間《ざま》、立川などの基地周辺の、腐った溝《どぶ》のような悪環境の中で育ってきているので、歪《ゆが》んだ泥まみれの心を持っている。学齢期の子供たちばかりなので近くの小学校へ通学させているが、頭の程度は低く、知能指数は五十から八十ぐらいしかない。しかも土地の悪童たちから、「やあい、黒ん坊の子……ニグロの子……」と、白眼視されるのが、何よりも身にこたえるらしく、彼らは揃《そろ》ってその皮膚の色に、子供とは思えないような卑屈な劣等感を抱いているのだった。

物心ついたときから、母親にさえ黒い肌の故に、どれほど邪魔者扱いをされてきたかしれないのだ。その点白人系の混血児の方が、どれほどましかわからなかった。彼らの中には、

この『聖霊ホーム』へ来る前にも、母親に連れられて、他の施設を経《へ》てきたものが多かったが、そのどこへ行っても、

「黒いのは、臭くて困りますな。ほかで白いのと取り替えてきたら、預《あず》かってあげますがね」

と、ケンもホロロに断られたのが、身に滲《し》みているからだった。

イソップの童話集の中には、新しく雇った黒人の召使《めしつかい》が、煤《すす》で穢《よご》れていると思って、洗い過ぎて背中の皮を剝《は》いでしまった少女の話が載っている。だが、彼ら混血児たちの最大の悩みも、いかにすれば自分たちの褐色の皮膚が白くなるかということなのだった。

入浴のときは、軽石で肌がまっ赤になるのも我慢して流し合う。陽に灼《や》けると、そこの皮膚がひとりでにむけるのを知って、むけた皮膚の下にはきっと別な白い皮膚があるに違いないと考えて、真夏の炎天下に身を晒《さら》しすぎて日射病になった子供もある。洗濯場の漂白剤が紛失したというので調べてみると、どこでどうその効果を教えられたのか、子供の一人が盗み出して、手足に塗ろうとしていたのだった。

御拝堂で、朝晩の礼拝のときのお祈りの言葉もきまっていた。

「エスさま。どうかお願いです。あすの朝目が醒《さ》めたら、ほかの家の子と同じように白い肌の子供にしてください」

彼らの中で、生みの親を恋しがる子は、誰一人としていなかった。

それだけに、そうした暗い孤独な魂を抱いた黒い子羊たちに、生きる希望と人並みな幸福

を与えてやりたいと希《ねが》う、聖名子の献身的な努力は、大変なものであった。家を引き払って、同じ『聖霊ホーム』の施設の中で、子供たちといっしょに生活をはじめた彼女は、彼らのためならどんな煩《わず》らわしいことも厭《いと》わなかった、——どんな犠牲も惜しまなかった。

ちゃんとした保母がついていながら、進んで子供たちの汚れた下着を洗い、洩《も》らした汚物の面倒までみる。夜は夜で洟水《はなみず》をたらした少年たちを、かわるがわる抱いて、笑しい声で子《こ》守唄《もりうた》を歌って聞かせる。殊《こと》に混血児たちの持つ、皮膚の色に対するいじけた劣等感には、何よりも心を痛めた。そのために彼女は、彼らの心を傷つけないよう、どれほど繊細な神経を使って、気を配ったかしれないのだ。

子供たちが黒と白の対蹠《たいしょ》的な色に、本能的に敏感であるのを知ると、それまで白のペンキ塗りだった施設の建物を、塗装屋を呼んで明るいクリーム色に塗り変えさせ、彼女自身の服装も改めて、夏でも修道女のような地味な黒っぽい服を着て、白のものは彼らの目に触れない下着とネグリジェだけに限った。

子供たちには、優しくこう説いて聞かせた。

「エスさまのお墓のあるエルサレムにはね、小さな小さな花が、黄に赤に青にさまざまな色彩で咲いているけど、それはみな神さまが、一つ一つ特有の美を引きたたせるために、異った色をおつけになったんだと思うの。あなたがたの皮膚の色だって同じことなのよ」

またそなえつけの図書にしても、『アンクル・トムス・キャビン』のようなニグロの奴隷が主人公の物語や、黒人が悪漢やギャングとして登場する漫画などは、ことさら省いた。来日中の『チョコレートのキング』と呼ばれたアメリカの有名なジャズシンガーから、特に慰問を兼ねた見学の申し出があったとき、それを鄭重《ていちょう》に断ったのも彼女である。

聖名子は、その話を取りついだ新聞記者にいった。

「あの子たちがもう少し大人になっていれば、ああいう黒人の偉い方たちに会うことは、将来の目標を与える意味でも、大変結構だと思うんですけど、いまは自分がどこの国の人間かわからなくなるような混乱を起《おこ》させたくないんです。養子にして引き取って、可愛《かわい》がってくださるというんでしたら、欣《よろこ》んで来ていただくんですけど……」

それというのは、こういうことがあったからであった。

近くの小学校で他の日本人の子供たちに、「お前は、アメリカ人かい。それともインド人かい？」とからかわれて、「違わい、おれだって日本人だぞお」と、ムキになって答えた園児の一人が、冬のあるうすら寒い霙《みぞれ》の夜、ホームから姿を消した。

気もそぞろにあわてた聖名子が、傘もささずに夜通し付近一帯を探し廻《まわ》ったあげく、明け方近く、施設から五百メートルと離れていない海浜の船具小屋に、犬ころのようにひそんでいる少年を発見したのだ。その子は、漁師の小船を盗み出して海に漕《こ》ぎ出し、自分の生れたほんとうの故国を探すつもりだったと、泣きじゃくりながら打ち明けた。

思わず、その少年のからだを抱きしめた聖名子の目にも泪《なみだ》が光った。髪にもオーバーにも氷雨が滲みこんで凍えきった彼女は、その夜急性肺炎に罹ったが、讒言にまで子供のことを心配しつづけた。

　それ以来聖名子は新しい入園児がくると、御拝堂へ連れていって、キリストの像を指して、優しくいい聞かせた。

「あなたは、今日からあのエスさまとわたしのあいだに生まれた子になるのよ。……わかったわね」

　子供たちは、はじめのうちは一斉に反撥《はんぱつ》して、頑《かたく》なな目をしたが、次第に本気でその言葉を信じるようになった。その証拠に、施設で働く大人たちは、聖名子のことを先生と呼ぶのに、子供たちはママと呼ぶ。二人の保母が手を焼くようなどんなひねくれた乱暴な子でも、聖名子には絶対的に従順だった。

　聖名子はそれを殊のほか欣んだ。混血児たちに甘えられ、彼らに慈愛の目を注ぐときが、彼女の人生の最大の幸福なときであった。

　といっても、別に子供たちばかりを盲愛して、それ以外のものを疎《おろそ》かにしたというわけではない。彼女が保母や賄婦として特に選んだ不幸な過去を持つ人間に対しても、平等にこの上もなく暖かく接した。心から信用して疑うということがなかった。

　いままで、世間の冷《つめた》い蔑《さげす》みと憎しみの目に石を投げられて、日蔭《ひかげ》の羊歯《しだ》のように卑屈に生きてきた彼らにとって、それはどれほど大きな駭《おどろ》きであり、感激であったことだろう。彼女のような美しく気高い聖女に信頼されたという、ただそれだけのことで、彼らは単純な感涙にむせんだのだった。しかも、聖名子の何の打算も、いささかの私心もない子供たちへの奉仕ぶりを見ると、彼らはひとりでに頭をさげないではいられなかった。

彼らは朝晩御拝堂の聖壇の前に跪《ひざまず》く敬虔《けいけん》な聖名子の姿に接するたびに、憬《あこが》れの念で知らず知らず胸がときめき、純白の雪にでも触れたように眩《まぶ》しく視線をそらせた。過去に瀆《けが》した罪の影が、厳しく彼らを鞭打《むちう》つのだ。

聖名子はこうして、混血児たちからも、施設で働くすべての大人からも、等しく愛され、等しく慕われた。

彼女は『聖霊ホーム』ぜんたいの一種の偶像であり、そこに住む人間たちの心を支える天使であった。

その天使に、神があのような残酷な死を課し給《たま》おうなどとは、いったい誰が想像してみただろうか……。

# 第二章　瀆された殉教

## 1

　後二週間余りで小学校の新学期がはじまる、昭和三十四年の八月十五日の朝のことである。その日は、聖母被昇天の大祝日の日であり、聖名子の誕生日にも当《あた》っていた。

　太い合歓《ねむ》の喬木《きょうぼく》が裏にあるところから、園内でいつしか『合歓の御拝堂』と呼びならされている、礼拝堂の鐘楼《しょうろう》の鐘が、さわやかな音をたてて鳴り出している。午前八時――子供たちと職員全員の朝の礼拝の時間であった。その鐘は、もと月姓家の家扶をしていた、今年六十八歳になる築井《つきい》源吉《げんきち》老人が鳴らしている。近くのセント・マース教会のファーザー・ゲマインダーの姿ももう見えていた。前に主任司祭としてここに住んでいたことのある神父は、特に朝晩の弥撒《ミサ》を無報酬で引き受けてくれているのだった。

　その時間になっても姿が見えないのは聖名子一人であった。

　こんなことは、かつてなかった。彼女の起床時刻は、午前六時のはずである。彼女はいつもそれから一人で礼拝をすませ、八時の弥撒までは、園内の花園か家畜小舎《ごや》のあたりを逍《しょう》遥《よう》するのが、習慣になっていた。そして、弥撒の後は、八時半から子供たちといっしょの朝食を摂《と》る。――この聖名子自身が定めた日課を、病気のときでもない限り、彼女がいままでに破ったことは、ただの一度もなかった。時間は常に正確だった。

聖名子の従妹《いとこ》で保母の露崎《つゆざき》美玲《みれい》が眉を顰めて腕時計を見た。

「おかしいわね。今朝はまだ誰も、園長の部屋に行ったものはないんでしょう？」

「しかし、園長が起きていたら、姿を見かけないはずはないんですがね」

と、施設の管理と事務をまかされている戌井《いぬい》靖夫《やすお》が首をひねった。

「きっと、気分が悪くて、寝《やす》んでらっしゃるのかもしれない。……あたいが見てくるわ」

美玲にむかってそういったのは、保母見習いの堺《さかい》ハルミだった。

その声は、ひどくツンツンしていた。ハルミは、聖壇の前のベンチに神妙に腰かけている混血児たちの方を、なぜか思いきり睨《にら》みつけると、プイと頰をそむけるようにして席を立った。その背後から、美玲のかん高い声が追いかけてきたが、ハルミの耳には入らなかった。

彼女の気分が朝からむしゃくしゃしているのにはわけがあった。

昨夜の子供たちの度の過ぎた悪巫山戯《わるふざけ》に対する鬱憤《うっぷん》と、それに関連した今朝がたの美玲の小言に対しての反感が、いまだに頭の底にしこりになって、こびりついていたからだった。

《あのことは、何がなんでも先生にいいつけてやらなけりゃ……》

ハルミは、今朝ほど聖名子に早く会いたいと気のせいたことはなかった。

『合歓の御拝堂』は、木造二階建の施設の本館と、渡り通路で棟つづきになっている。そして聖名子の部屋は、その本館の向《むか》って左手の、もっとも御拝堂寄りの角にあるのだった。その御拝堂の入口から出たハルミは、渡り通路を通って本館へ行くと、園長室の前へ立った。ドアを二、三度ノックしてみたが、返事はなかった。ハルミはおそるおそるノブに手をかけた。

「先生お寝みなんですか？」

そう声をかけてから、思いきってドアをあけてみた。だが、二つに仕切られた居間の方も寝室の中もからっぽで、聖名子の姿はどこにもなかった。

《何だ……先生はもう起きてらしたんだわ》

ハルミはとっさにそう思ったが、そのときふと妙なことに気がついた。聖名子の姿が見えないのにもかかわらず、スリッパだけがきちんと揃《そろ》えてベッドの下に置いてあるのだ。

ハルミの心にかすかな不安がこみあげてきた。

聖名子はいったいどこへ行ったのだろうか。考えられるところといえば、花園か家畜小舎しかなかった。だが、仮に聖名子がその辺を散歩しているのだとしたら、戌井のいう通り、職員や子供たちが誰も聖名子に会っていないというのは、変な話だった。第一、朝の礼拝時間を告げる鐘の音が聞えないはずはないし、聖名子がそれを忘れているとも思えない。

ハルミは、次第に異様な胸騒ぎを感じてきた。御拝堂へ戻って、ひとまずそのことをみんなに知らせるべきかどうかと迷ったが、ともかく念のために、先に花園を探してみようと思った。彼女は玄関に並んだサンダルの一つをつっかけると、表へ飛び出した。

施設の建った赫土《あかつち》の上からは、クリーム色にペンキを塗った柵に沿って緩かにカーブした坂道が、林を抜けてくだっている。その坂道を降りきったところに、小さなせせらぎにかかったコンクリートの橋があり、そこからさらにしばらく平坦な道を行くと、その向うはふたたび小高い丘になっていて、下の短いトンネルを潜《くぐ》った先が、門に通じていた。

聖名子が参観者にはかならず見せる自慢の花園は、その橋を渡って細い小径《こみち》を右に折れたところにあるのだった。戦時中に司祭たちが開墾《かいこん》して菜園にしていたのを、聖名子が自らスコップをふるって、花畠《はなばたけ》につくりかえたのである。ダリヤや鶏頭《けいとう》、サルビア、鳳仙花《ほうせんか》などの夏の花が、露に濡《ぬ》れて生きかえったように鮮やかな色彩を見せて、微風《そよかぜ》にそよいでいる。殊に巨大な硝子《ガラス》の宝石箱のような温室のそばの、聖名子の丹精の薔薇《ばら》畠は見事だった。いずれも四季咲きのプッシュで、クリームソン・グローリー、オフェリア、フロリバンダなどの種類の薔薇が、赤、黄、白の炎がいっせいに火の手をあげたように咲き誇っている。その強烈な芳香を慕って、もう蜜蜂や蝶《ちょう》がその上を飛び廻っていた。

ハルミは、急いで坂を駈《か》けおりたので、息ぎれがした。だが、その花畠にも温室の中にも、聖名子の影は見あたらなかった。

《それじゃ、家畜小舎の方かしら……》

彼女は、いったんもと来た橋を引き返すと、今度は花園のちょうど反対側にあたる、左手の櫟林《くぬぎばやし》の中の小径に入っていった。その櫟林のむこうに、子供たちが日ごろ野球をして遊ぶ小さなグラウンドと、家畜小舎があるのだ。家畜小舎は、木柵で囲われていて、養鶏舎、羊小舎、養豚舎の三つにわかれている。白色レグホーンの鶏《にわとり》を十羽と、ザーネン種の山羊《やぎ》を二匹、それにバークシャ種の黒豚を三頭飼育していた。

「先生……園長先生……」

ハルミは夢中で聖名子の名を呼んで、順々に家畜小舎の中を見ていったが、何げなく最後の養豚舎の中を覗《のぞ》くと、ハッとなった。

飼料の残飯と、糞尿《ふんにょう》で汚れた寝藁《ねわら》の、ムッとするような悪臭が密封されているうす暗い小舎の中に、何やら白いものが横たわっている。目を凝らしたハルミの足は、たちまちすくんだ。その白い影は、まさしく聖名子だった。餌箱《えさばこ》のそばの藁の中に、聖名子が裾の長いネグリジェ姿のまま、あおむけに倒れて死んでいるのである。黒豚の親子が、その純白のネグリジェの裾を踏みつけて、鼻を鳴らしながら嗅《か》ぎまわっている。しかも、聖名子の死にざまは、おそよ二目《ふため》とは見れないほど、凄惨《せいさん》なものであった。

三十五という年にもかかわらず、なお少女のように髪をおさげに編んだ聖名子の顔は、生乾きの石膏《せっこう》の面を手で押し潰したように歪み、断末魔の苦悶《くもん》が、さながらその一点に凝縮したかのように、両眼がいまにも飛び出さんばかりに見開かれている。喉もとから胸にかけては、両手で思いきり掻《か》きむしった痕らしく、血まみれになっていた。

ハルミは、その聖名子の喉に、無気味な人喰蘭《ひとくいらん》の蔓《つた》のように巻きついている、黒い玉のついた鎖のようなものを見たとたん、思わず「あれは！」と、口のうちで叫んだ。黒い鎖は、聖名子が日ごろ肌身はなさず持っていたロザリオだった。

銀の十字架のさがったそのロザリオで、聖名子は首を絞められているのだ。

〈……天使が殺されている……〉

やがてハルミは、激しいショックのあまり放心したような声を洩らすと、豚舎の戸口の前にへなへなと跪いた。

## 2

その殺人事件の連絡を、所轄の磯子《いそご》署が受け取ったとき、まっ先に「まさか！」といったのは、捜査係の緒方隆一《おがたりゅういち》部長刑事だった。

緒方がそうムキになって信じられなかったのも、無理はなかった。署の中では、彼だけが、誰よりも一番聖名子のことをよく知っていたからである。

緒方はつい三か月ほど前までは、少年係に所属していた。そのとき何度か聖名子には会っていたのだった。署で催した座談会や懇談会に出席してもらったこともあるし、彼の方からホームへ出むいたこともたびたびある。新聞や週刊誌の彼女の美徳に関する記事も、むろん読んでいた。

緒方は最初聖名子に会ったときから、その美しく気高い姿に心をひかれた。いかにも上流階級の婦人らしい、淑《しと》やかな言葉づかいにも敬意がはらえた。そして聖名子が自らの一生を犠牲にしてまで、不幸な混血児たちの救済に尽《つく》そうとしている、その尊い抱負を知って、深い憧憬すら覚えるようになった。

国際港の横浜をひかえている上に、近く横須賀《よこすか》の基地があるため、管内の売春婦の取締《とりしま》りには特に頭を悩ましている磯子署だけに、緒方自身も、混血児の対策には、以前から熱心な関心を抱いていた。若い正義漢の彼は、混血児というと不潔な動物扱いをして白眼視したがる世間に対して、どれほど義憤を感じていたかわからない。人一倍子供好きな彼は、管内に気の毒な混血児の子供がいると聞くと、じっとしてはいられないような気持になった。たまたまその子供たちが少年係の部屋へ連れてこられることがあると、同僚たちに笑われても、一日中その子の遊び相手になった。

それだけに聖名子に会ってからは、彼は『聖霊ホーム』が存在することを、誇《ほこり》にさえ思うようになったのだ。自分が刑事をやめたら、ぜひ聖名子のところで働きたいものだと、本気で考えたほどだった。現在、施設に収容されている混血児たちの何人かは、緒方が頼んで引き取ってもらった子供たちである。

独身の緒方は、非番の日になると、自分の乏しい給料の中から買った菓子や絵本を持って施設を訪ねた。そして、子供たちが実の母以上に聖名子を慕って甘えている光景を、目《ま》のあたりに見て満足した。いや、子供たちばかりではない。施設で働く、過去に暗い前科を持つものたちまでが、聖名子の感化を受けて、いかに明るい更生の道を辿《たど》っているかということも、彼自身の目で確かめてはっきり知ったのだ。

緒方は子供たちの幸福を固く信じていた。悪の泥沼と訣別《けつべつ》して、必死に立ち上ろうとする人間たちの、ひたむきな努力を信じていた。その信念は、彼が敏腕を買われて少年係から捜査係へ引き抜かれてからも変りなかった。

その矢先だけに、聖名子のとつぜんの死を知らされて、緒方の受けた衝撃は大きかったのである。呆然《ぼうぜん》となった彼は、事件が事実であることがのみこめてからも、聖名子が強盗か何かに襲われて殺されたとしか、考えようがなかった。

緒方は、彼自身の理想の偶像でもある聖名子を殺害した犯人に対して、心の底から激しい怒りがこみあげてくるのを覚えた。

## 3

《聖霊ホーム》は、京浜湘南線《けいひんしょうなん》の屏風が浦駅から一キロほど行った海岸沿いの一級国道から少しひっこんだ、Mカントリークラブのそばにある。

三浦半島の南岸を貫くその国道は、横須賀の基地へ向う駐留軍の海軍の車ばかりか、座間のキャンプからの軍用トラックも、しばしば通るところだった。朝鮮事変の際は、殊に黒人兵を満載した大型トラックが、ひっきりなしに通過した。

このところ炎天続きのために、舗装したアスファルトの表面が鉛のようにやわらかくなって、ギラギラ光っている。神奈川県警捜査一課の車と、磯子署のジープが、白い土埃《つちぼこり》をあげ、その国道をタイヤがめりこむばかりに凄《すさま》じいスピードで飛ばして、現場に到着したのは、事件の連絡があってから、約一時間後のことであった。

暑い日である。門をくぐると、トンネルのある丘の上の、椎《しい》や楢《なら》、山毛欅《ぶな》などの雑木林の上に、はや厳しい真夏の太陽が、その茂みの黒っぽい緑の色を溶かすように照りつけている。蟬《せみ》の鳴声《なきごえ》がそこかしこから喧《やかま》しく聞えてきていた。

発見者の堺ハルミから簡単な事情を聴取し終った、県警の嘱託の裁判医の手で、検視がはじめられた。刑事たちは、そのあいだじゅうそばにいて、立ち会わなければならないのだが、緒方は、死体の発見された場所が、豚小舎であることを知ったしゅんかん、体内の怒りが一時に爆発したような気がしたのだった。神の目から見れば、聖名子の死は文字通りの殉教といってもいいに違いないが、これはあまりにひどすぎる。緒方は、無残に汚《けが》された彼自身の白い偶像の死顔《しにがお》を、とてもまともに正視するに堪えられなかった。

彼は興奮した面持《おももち》の同僚たちの人垣を一人抜けると、よろめくように豚舎を出た。見ると、外に陽炎《かげろう》がたっている。彼はかすかな眩暈《めまい》を感じて足許《あしもと》の草叢《くさむら》に目を落とすと、ふと、おやと思った。

その雑草が、何かで踏みしだかれたようになっているのだ。それは人が踏みつけた跡というよりも、その向うの小径から、何か手押車《ておしぐるま》かリヤカーのようなものを、無理やり引っぱり込んだ跡といった方がよかった。そういえば、柵の丸木の入口の下あたりにも、たしかに轍《わだち》の跡らしいものがついている。

緒方は目をひからせた。だが、その跡をつたってコンクリート橋へ出ると、そこにも彼の注意をひきつけるものがあった。

橋の袂《たもと》には、県警の車や、いま彼が乗ってきた署のジープが停《と》めてあって、警官が立番をしているが、炎天に晒された砂利まじりの路上には、明らかにそのどちらのものでもない、別なタイヤの跡が明瞭に残っているのである。その方は、緒方には一目でわかるオートバイのタイヤの跡だった。

緒方はさっそくその跡も調べてみたが、奇妙なことにそれの残っているのは、橋を渡ったところまでで、その先はふっつりととぎれていた。しかも、橋の向うでハンドルを切ってターンした形跡までがあるのだ。

《変だな！》と彼は思った。

日照りのために道は白く乾ききっているから、何日も前からのものがいまだに残っているとは考えられない。そのタイヤの跡は、少くとも昨日のうちについたものだった。だが、『聖霊ホーム』にオートバイがあるという話は、ついぞ聞いたことがなかった。とすれば、外部の訪問者か、施設に食料品などの物資を運ぶ出入りの商人のものということになるが、それにしては橋を渡ったところで方向転換をして引き返しているのは、何のためなのだろうか。——解せなかった。

緒方はハンケチで額の汗を拭いて、道端の木蔭に腰をおろすと、その轍とタイヤの疑問が妙に気になって、考えこんだ。

すると——ふいに花園の方から、思いがけなくひょっこり人影が姿を現した。ランニングの上にはでなカッターシャツをひっかけた、三十ぐらいの男だった。手に園芸用の如雨露《じょうろ》を持っている。無精髯《ぶしょうひげ》さえはえていなければかなりの男前で、女好きのする顔をしていた。だが、その瞼《まぶた》は泪で赤く腫《は》れていた。

「何だ。戌井じゃないか……」

と、緒方はその男の顔を覚えていて、立ち上りながらいった。

彼は施設の事務員の戌井靖夫なのだった。以前には手形詐欺や結婚詐欺などの前科が何犯もある悪党だったが、三年前に模範囚として府中の刑務所を出所した男である。確か刑余者更生保護会からの斡旋《あっせん》でここへ来た男で、聖名子から『聖霊ホーム』の経理一切をまかされているのだった。

「まさか、緒方さんが来られようとは思っていませんでしたよ。……暑いのにどうも御苦労さまです」

「そんな改まった挨拶はいいが、こういう事件のときは、勝手にうろうろしてもらっちゃ困るな。……どこへ行っていたんだね？」

「薔薇畠に水を撒《ま》くのを忘れていたんで、やってきたんですよ」

「だが、花園の世話は源吉さんがやっていたんじゃなかったのかい？」

「もとはそうだったんですが、源吉さんには鐘撞番《かねつきばん》の仕事があるし、さいきん施設の裏に新しく菜園と果樹園をつくったんで、そちらの世話で手がいっぱいなもんですからね。三月ほど前から、花園と家畜小舎の世話は、僕《ぼく》が事務の片手間にやってるんですよ」

「家畜小舎の世話もやってるのか……」

緒方の顔は、急に引き緊《しま》った。

「そのことで、ちょっと訊《き》きたいことがあるんだがね。このホームには、リヤカーか手押車のようなものはあったかね？」

「ああ、手押車なら、ありますよ。家畜たちの餌や寝藁を運搬するのに必要ですからね。しかし、それについては変なことがあるんです。……あの手押車は、昨夜私が見たときは、確かに御拝堂の裏の合歓の木のそばにあったのに、今朝見ると、調理場の裏に置き変えてあるんですよ」

「ふーん……それに間違いはないんだね」

緒方は眉を顰めたが、ついでにもう一つの疑問の点も問い糺《ただ》した。

「それから……昨日、このホームへオートバイに乗って訪ねてきたものはなかったかな」

「オートバイですか。……いいえ……」と戍井は首をふると、意外にもきっぱりといった。

「昨日はそんなものに乗ってきた訪問者は、誰もありませんでしたよ」

「そうか。……それならいいんだ」緒方は不審な気がしたが、それ以上いま戍井にたずねることは何もなかった。

「後で改めて係長さんの訊問《じんもん》があるだろうから、それまでは施設から外へ出ないで待っていてくれ。いいね……」

「はい、みんなにもそういいます。……でも、緒方さん……」

緒方は家畜小舎の方へ引き返そうとして呼びとめられた。ふりむくと、戍井の目が真剣に燃えている。

「お願いです。先生を殺した犯人を、ぜひ一日も早くつかまえてください。……どこのどいつだか知らないが、神さまみたいな先生をあんな目に遭わせるなんて……」

「わかってるよ。この楽園に外部から侵入して、平和を踏み躙《にじ》った憎むべき毒蛇が一匹いるんだ」

緒方は、なおも何かいいたそうな戌井に別れると、ふたたび係官の右往左往する家畜小舎へ戻った。

聖名子の死体の検視は、ちょうどおわったところであった。警官が毛布で覆った担架を、豚舎から運び出していた。解剖のために医大へ送るのである。その担架の後から、県警の警部や裁判医といっしょに出てきたのは、磯子署の捜査係長、波多野《はたの》紘三《こうぞう》警部補だった。小窓一つしかない豚小舎の中は、蒸風呂《むしぶろ》のような暑さなのだろう。カンカン帽をかぶった鬼瓦《おにがわら》のようないかつい顔に、玉のような汗が滲《にじ》み出ている。肥満型の彼は、扇子で開襟シャツの胸に風をいれながら、フーッと苦しそうな吐息をつくと、緒方を見て、手招きした。

「隆《りゅう》さん……検視の結果わかったことだが、あのロザリオは兇器《きょうき》じゃなかったよ」

「じゃあ、何で頸《くび》を絞められたんですか？」

と、緒方は愕《おどろ》いて、波多野の顔を瞶《みつ》めた。

「裁判医の見解だと、索溝《さっこう》の模様から見て、あれよりもっと太い——たとえばロープのようなもので、思いきり絞めあげたものらしいということなんだ」

「すると、あのロザリオは何のために……」

「あれで絞めたように見せかけるための、犯人の浅はかな偽装じゃないのかな。偽装といえば、そればかりじゃない。実は殺人現場もこの豚舎の中ではなかったんだ。……私も最初からおかしいとは思ってたんだが、夢遊病者でもない限り、寝巻姿の被害者が、夜中に跣《はだし》でのこのこ豚小舎まで来るはずはないからね」

確かにいわれてみれば、その通りだった。

「では、犯人はどこか別なところで被害者を殺して、死体をわざわざここまで運んできたということになりますね」

緒方の頭には、とっさにいま見つけた手押車の轍の跡と、戌井のいった言葉とが浮かんだ。

波多野は、その報告を聞くと、目をしばたたかせて「ほう……」といった。

「やっぱりそうだったのか。その戌井の言葉がほんとうなら、犯人はその手押車を死体運搬に使ったことになるな」

「じゃあ係長……犯人はいったいどこで被害者を殺したんですか？」

「むろん、施設の建物の中だよ。……いや、もっとはっきりいえば、彼女の寝室の中と断定してもいいかもしれない。被害者が寝巻《ねまき》姿の上に跣だという点が、そのことをも物語っていると思うんだがね」

緒方は老練な係長の慧眼《けいがん》に感服はしたものの、一方では、そのときハッと犯人の可能性の問題に突き当ったのだった。

《係長は、もしや犯人が、ホームの関係者の中にいると考えているのではないだろうか？》

# 第三章　楽園喪失

## 1

施設の玄関を入るとすぐの廊下の正面の壁に、ティツィアーノの有名な『聖母被昇天』の油絵の複製画が懸《か》けられている。その絵は、昇天する聖母が踏まえているかがやく雲を、大ぜいの童形の天使たちが一心に支えている図を画いたものだが、緒方はそれを見ているうちに、その聖母と天使たちが、聖名子とニグロの混血児たちのような、錯覚を目に生じてきて、ならなかった。

そういえば、緒方が波多野や県警の鑑識係員といっしょに、保母の露崎美玲の案内で、聖名子の部屋へ入ると同時に、鐘楼のアンジェラスの鐘が鳴り出していた。カトリックの信者は、日に三度この鐘の音を聴くとともに、お告げの祈りをして、規定の小句と天使祝詞（アヴェ・マリア）を三度唱える。聖母を讃美し、キリストの託身を感謝するための鐘の音だったが、緒方の耳には今朝はそれが、聖名子の死を悲しむための、悼《いたま》しい弔鐘の音としか響かなかった。

司祭館時代、主祭長の部屋だったのを、別に改装もしないでそのまま園長室として使っている彼女の居間には、清浄な、それでいて重苦しい空気が漂っていた。それは、書棚にぎっしり並んでいる殉教者の受難史やカトリック聖人伝などの、沢山の宗教関係の書籍のせいかもしれなかった。

だが、埃一つ落ちてない磨かれた床にも、置かれたテーブルやソファーにも、特に異常な点は、何も見当らなかった。

ただ、隅の事務机の壁いっぱいに、幸福そうな園児たちのスナップ写真や、参観者との記念写真などが一面に貼《は》ってあるのが、変っているといえばいえた。野球のバットをかまえた男の子の得意そうな顔。オルガンの伴奏に合わせて唱《うた》う女の子たち。彼らが食前の祈りを捧げている食堂の風景――それらのスナップ写真は、取材にきた新聞社のカメラマンが、好意的に後から焼増しして、送って寄越《よこ》したものなのだろう。

それらの写真を微笑とともに朝夕眺めていた、聖名子の生前の姿を想像すると、それだけでも彼女がいかに子供たちを愛していたかがわかるようだった。

それでも、波多野には、そんな写真よりも、その聖名子の机の上に日課表とともに置いてある、日めくりの暦の方に、注意をひかれたようすだった。

「これを見ると、被害者は昨日、午後からは県の福祉事務所と中央児童保護相談所へ出かけ、七時からは、イエズス会の修道会の集りに出席して、ホームへ帰ったのは、午後十時頃ということになるな」

と、波多野は独《ひと》り言のようにいうと、すぐに戸口のところにつつましやかに立っている、露崎美玲の方をふりむいた。

美玲は、聖名子を除いては、この『聖霊ホーム』で働くものたちの中の、唯一のカトリック信者であった。

年はまだ二十五、六だが、聖名子とは血つづきでいながら、似ても似つかないほど不器量な顔をしている。まるで白粉気《おしろいけ》がなくて、度の強い眼鏡《めがね》をかけているから、なおさらだった。同じ熱心な信者でも、聖名子のように寛大な心の持主ではなくて、信仰に凝り固《かた》って一片の融通もきかない、石のような、そんなコチコチのタイプの女なのである。白のブラウスに、黒のタイトのスカートをはいた美玲は、頸からメダイのついた鎖をさげていた。

「昨夜、園長が寝《やす》まれた時間は、何時頃だったんでしょうか？」

と、波多野は、その美玲のよそよそしい態度にいささかタジタジとなって鄭重《ていちょう》に訊いた。

「そうですわね。いつもでしたら、九時にはかならず寝みますけど、昨夜は特別で遅うございましたわ。修道会から帰った後、戌井さんをこの部屋に呼んで、しばらく何かの相談をしていたようですから、実際に寝んだのは十一時過ぎてからのことじゃなかったかと思います」

波多野は頷《うなず》くと、

「それと、この園長室の鍵《かぎ》なんですが、これはいつもどうなっているんでしょうか？」

「園長は、昼間も、夜寝むときも、いっさい部屋に鍵をかけたことはありません」

「じゃあ、夜中に誰かが無断で出入りしようと思えばできないことはなかったわけですね」

美玲は頷いたが、その目は険しく尖《とが》っていた。

波多野はそれだけで質問をいったん中断すると、緒方や鑑識係員を促して、奥の寝室のドアをあけた。裏の雑木林に面している、正面の頑丈な鉄の棒のはまった窓の、レースのカーテンが、白いヴェールのように微風《そよかぜ》に揺れている。それでも、その窓が北向きのせいか、寝室内は陽当りが悪くうす暗かった。そのうす暗いたたずまいの中に、燦然《さんぜん》と光り輝いているのは、窓ぎわの小卓の上に置いた、十字架上の磔《はりつけ》のキリストの像だった。その横に燭台《しょくだい》と花園から切ってきたらしい矢車草とサルビアの花が、花瓶にいけて飾ってある。壁にはマリアが幼いキリストを胸に抱いたシャルダンの『聖母子』の絵と、耶蘇《ヤソ》が傴僂を癒《なお》している福音画が懸けられていた。

そのほかには、何の飾り気もない質素な部屋である。緒方は修道院の中は知らないが、たぶん厳しい戒律を守る修道女たちの寝室も、こんな風に簡素なのではないだろうかとふと思った。

寝台も鉄製の粗末なものが、窓にむかって両側の壁ぎわに、二つ向い合わせに置いてある。その一つは聖名子のものだが、他の一つは子供用のベッドだった。

　波多野は、その寝室の中を仔細《しさい》に点検すると、鑑識係のものに室内の撮影と、指紋の採集を依頼してから、

「見たまえ。やっぱり私の思った通りだったよ。隆さん……その被害者の寝台のわきの壁に、爪でかきむしったような跡が残っているだろう。この部屋で絞殺されたときに、被害者が無我夢中でつけたものじゃないだろうかね」と、緒方に向かって得意そうにいった。「これで、兇器のロープか何かが見つかれば、しめたものだよ」

「しかし、別に寝床は乱れてもいないし、室内は整然としていて、荒れたところは何もないじゃありませんか」

「それは、犯人が死体を運んだ後に、なおしておいたんだよ。この部屋の鍵はいつもかかってないそうだから、朝早く何喰わぬ顔で来て後始末をしておいたのかもしれんな。ともかく犯人としては、殺人の現場を誤魔化《ごまか》すために、死体を豚小舎へ運んだに違いないから、それくらいのことは当然やっただろうね。もっともそれにしては、死体を寝巻に跣のまま運んだりしたら、すぐにばれることに気がつかないなんて、ずいぶん不注意なことをしているが、そのときはよっぽどあわてていたんだろう」

「すると、犯人は被害者がこのベッドで就寝中を襲って、いきなり絞殺したんですかね……」

　緒方はそのときの怖《おそ》ろしい情景を想像すると、思わず背すじに慄然《りつぜん》としたものを感じない

ではいられなかった。

波多野は、さっそく仕事に取りかかった鑑識係員のそばで、なおも注意深く聖名子のベッドを調べていたが、とつぜんおやと呟《つぶや》いて、そのベッドの頭部の鉄の支柱を指差した。

「こんなところに女の長い髪の毛が巻きついているね。それに、支柱の一本が、鑢《やすり》か何かでこすられたようになっているが、なぜだろうな……」

だが、彼にもすぐにはその謎は解けないらしく、首をふりながら大股に横の窓の方に近づくと、緒方を手招きした。

その窓の外は、ちょうど御拝堂の裏に当っていて、刀状の房のような葉の茂った、合歓の喬木が見えるのである。もう花の季節は過ぎているが、その太い枝に梯子《はしご》がかけ忘れたままになっていた。

波多野は、その合歓の木を指差した。

「戌井の話では、手押車は、はじめあの木の下に置いてあったといったっけね」

「ええ……」

「犯人は、この窓からそれを見て、死体の運搬を思いついたんじゃないだろうか」

「しかし、窓は両方とも鉄棒がはまってるんですから、窓から外へ出すわけにはいきませんね。犯人は堂々と死体を部屋から運び出したんでしょうか？」

「むろん、そうだよ。……それから、死体を手押車にのっけて、それを押して坂道を家畜小舎までくだったんだろうな」

　波多野はそういうと、ふたたび居間に戻ってから、美玲を呼んだ。

「いま見たら、寝室の中に子供用のベッドが置いてありますね。あれはどういうわけなんですか？」

「ああ、あれは園長が、毎晩、園児たちを交替で一人ずつあの部屋に寝かせるんです。少しでも親身になって世話をしてやりたいという母親がわりの気持からなんですわ」

「じゃあ、昨夜も園長は、子供といっしょに寝てたんですか！」

　波多野は思わずハッとしたように緒方と顔を見合わせた。緒方には彼の愕然《がくぜん》とした表情の意味がすぐにのみこめた。

　重大な事実だった。昨夜、聖名子のそばに園児の誰かが眠っていたとしたら、とうぜん聖名子が殺されたときにもその場に居合わせて、殺人犯人を目撃したはずなのだ。その子は、いったいどうしたのだろうか。――緒方は急に異様な不安がこみあげてきた。

　だが、美玲は、それ以上はもう捜査のつき合いは御免だというように、固い顔つきでいった。

「わたしはこれから、ゲマインダー神父さまと、園長の葬式についての御相談がありますから、そのことでしたら、ハルミさんに聞いていただけませんか。彼女はわたしと違って、直接子供たちの面倒を見てるんですから……」

すぐにもその子供のことを知りたかったが、そうすげなくいわれると、それ以上彼女を引きとめて訊くわけにはいかなかった。波多野は美玲がそそくさと部屋を出ていった後、寝室の現場検証は鑑識係の者にまかせて、緒方を促した。

ちょうど昼食の時間が終ったばかりと見えて、廊下の角を曲《まが》った食堂の方から、混血児たちがガヤガヤ騒ぎながら駈け出してくるのにぶつかった。男の子たちは短いズボンにランニング姿で、女の子は洗いざらしの木綿のワンピースやデニムのスカートに、縞《しま》のメリヤスシャツなど、その姿はまちまちである。彼らは緒方たちのそばへ来ると、好奇心に燃えた目を光らせてジロジロ見ながら立ち止ってから、二階への階段をあがって行ったり、表の方へ散っていったりした。その子供たちの一人に訊くと、ハルミは、食堂のそばの遊戯室にいるということだった。

その遊戯室は、幼稚園のような二十畳敷きほどの板敷《いたじき》の部屋である。天井から紙の万国旗がさがっていて、壁には子供たちの図画が貼ってあるし、棚の上には工作の粘土細工や模型飛行機などが飾ってある。ハルミは、その隅のオルガンの前の腰掛《こしかけ》に、ぼんやり坐《すわ》っていた。死体を発見したときのショックがいまだに抜けきらないのだろうか。その途方に暮れた表情は、明らかに何かの心の支えを失った、喪神状態の女の顔だった。

波多野は、子供用の木の腰掛を持ってきて、彼女の前に坐ると、シガレットケースを出して、彼女に勧めた。ハルミは、暑さに萎《しお》れた雑草のように元気のない顔をあげると、警戒するような眼差《まなざし》をして首をふった。

「煙草《たばこ》は、もうやめたんですよ。ここでは、吸っちゃいけないことになってるんですもの」

「まあ、いいさ。我々が相手のときは、特別に大目に見てもらうことにするよ」

波多野のその気さくないい方につられて、ハルミははじめてニッと顔色をほころばせると、ケースの中のピースに手をのばした。もう爪にマニキュアなどはしていないが、さすがは売春婦上りの女だけあって、器用な指をした煙草の吸い方だった。

「いま美玲さんから聞いたばかりなんだが、園長の部屋には昨夜園児がいっしょに寝ていたそうじゃないか」と、波多野はさっそく切り出した。「その子は、いったい何という名前の子なんだね？　教えてくれないか」

「昨夜の泊《とま》りの番になっていたのは、ハロルドって六つになる男の子ですよ。でも、それが、どうかしたんですか？　係長さん……」

波多野は、自分も煙草に火をつけると、思いきったようにいった。

「実は園長が殺されたのは、あの家畜小舎の中じゃなくて、園長室の寝室の中であることが判明したからなんだ。だから、その子が昨夜どうしていたかが、我々にとって重大な関心事になってきたわけだよ。わかるかね」

ハルミはぽかんとした目つきのまま頷くと、にわかに何かを思いあたったような顔つきになった。

「じゃあ、ハロルドは、そのために昨夜はやっぱり夜中に、二階の部屋へ戻ってたんだわ」

「なに、二階の部屋に？」

「ええ、あたいは、ハロルドがてっきり一晩中園長室に寝ていて、朝になってから自分の部屋に戻ったもんだとばかり思いこんでたんですよ。でも、さっきその部屋を掃除してたら、ハロルドの寝床に昨夜眠ったあとがあるんで、おやっと首をひねってたんです」

「なるほど……だが、ハロルドがはたして殺人を目撃した恐怖で、部屋へ戻ったかどうかはまだ疑問だな。……夜中に部屋に戻ったのがいつだったか――？　その時間が問題なんだ」

「時間というと？」

「それによって、ハロルドが犯人を見たか見ないかがはっきりしてくるからさ。……つまり、園長が殺される以前に、何かわけがあって脱《ぬ》け出したのなら、犯人の顔を知らないわけだが、もしも殺人を目撃してから逃げ戻ったんだとすると、とうぜん犯人を知っていることになるわけだからね」

「でも、係長さん……」と、ハルミは口ごもるようにして不思議そうに二人の顔を見較《みくら》べた。

「そのどちらにしても、あの子はいったいどこから二階の部屋に入ったのかしら」

「なんだって？」

「いいえ、実はね。昨夜ほかの子供たちがあんまりあくどい悪戯をして、その上あたいのことを馬鹿《ばか》にしたもんだから、畜生と思って、お仕置のために、夜通しドアの外から鍵をかけておいたんですよ」

「じゃあ、ハロルドは、その二階の部屋の入口からは入ろうとしても入れなかったというんだね」

「そうなんですよ……」

と、ハルミは頷くと、昨夜の子供たちの悪巫山戯に対する腹だたしさが改めてこみあげてきたように、いまいましそうに顔を顰めた。それはハルミだけしか知らない不愉快な出来事であったのだ。

## 2

『聖霊ホーム』ができてから二年余りたった現在――この施設には男の子と女の子合わせて、ちょうど十人の混血児が収容されている。六歳から九歳までの子供たちで、彼らの寝室には、大きな戸棚を向い合わせたような、二段式のベッドがつくりつけになっていた。そのベッドに子供たちを毎晩寝かしつけるのが、保母の見習であるハルミの役目なのだった。

だが、聖名子にはあれほど子羊のように従順な子供たちが、ハルミに対しては、なぜかうってかわって露骨な敵意を示すのである。殊に昨夜就寝前の彼らの手の焼かせ方は、ひどすぎたのだった。

おとなしく一人で寝巻に着替える子は、誰もいなかった。ハルミが追剝《おいはぎ》のように穢れた服を脱《ぬが》して、無理やり胸に名札のついたパジャマを着せてやらなければならない。と、きまって鬼ごっこになる。そして、やっとのことで一人をベッドの毛布の中に押しこんで、次の一人を追いかけると、前に寝た子がもう起き出して、蝗《いなご》のように跳ね廻る。取っ組み合いの喧《けん》嘩《か》がはじまる。押し入れの中から、めいめいの着替の服を入れた行李《こうり》をひっぱり出す。あげくのはては、ドッジボールの真似をして、枕をはでにぶつけ合う。昨夜は聖名子が外出していて、寝る前のおやすみをいってもらえないせいもあるにはあったが、子供たちは異様に興奮して、ハルミの注意などにはまるで耳も貸さなかった。

ハルミは、とうとう癇癪《かんしゃく》を起こした。

「こらっ、いいかげんでやめないかっ。だから、ユーたちは、黒ん坊の子だって、みんなに馬鹿にされるんだぞっ」

聖名子から、どんなことがあっても、黒ん坊と呼ぶことだけは、絶対に慎まなければいけないといわれていた言葉だったが、ついわめきたくもなった。

すると——子供たちの騒ぎが嘘《うそ》のようにピタッとやんだ。激しい憎悪に燃える目が、蚕《かいこ》棚《だな》のようなベッドの四方八方から、ハルミの方に向けられた。縮れっ毛で褐色の皮膚をした、チンパンジーの子供そっくりの混血児たちに、白い歯をむき出されていっせいに黙視されると、ハルミはなぜかゾッとして背筋が粟《あわ》だった。だが、負けてはいられなかった。

「何だい。そんな目で睨んだって怖かあないよ。あたいのいうことを聞かないと、ひどいから……」

「へんだ。……お前だって、もとはパンパンじゃないか」

子供たちのあいだから、とつぜんするどい声が起こった。ジョニーという一番年長の九歳になる男の子だった。ハルミの顔色が変った。

「いったね！」

聖名子と施設の職員しか知らないその秘密を、彼らからあからさまに叩《たた》きつけられようとは、夢にも思いがけなかったからだった。

ハルミは、激しい狼狽《ろうばい》でカッと頭が血でのぼせた。彼女の方でも、子供たちの方でも、これほど激しくいがみ合ったことは絶えてなかったことなのだった。

二年前――この『聖霊ホーム』ができるとともに、聖名子から保母の見習いの仕事を与えられた彼女は、こうした手に負えない混血児たちの面倒を見ることに、もっと生甲斐を感じていたはずである。それは一つには聖名子の手に縋《すが》って、それまでの汚濁《おだく》の生活から脱け出そうと必死だったせいもあるにはあったが、もう一つには、古雑巾のように身も心も疲れきった彼女自身よりも、はるかに不幸な境遇にいる子供たちを発見して、憐れみを感じることができたからなのだった。

それが、なぜかわからないが、この頃ではときおり理由もなく、まるで禁断症状の発作のように、神経が苛《いら》だってならないことがあるのだ。突如として過去の忌わしい記憶が、生々しく蘇《よみがえ》ってくるのである。――中学三年生のときに、黒人兵のジープに無理やり乗せ込まれて、草いきれのムンムンする桑畑の中で暴行されたときのこと。それから家出をして、米兵相手の売春婦になって、厚木の基地の近くのハウスの一室で、初めて客に取った刺青《いれずみ》の伍長から、三千円の金《かね》を貰《もら》ったときのこと。ブルーのヘルメットのMPが立った宿舎の白い門……砂利道を土煙をたてて走る大型トラック……営倉の兵隊たち……スラングまじりの片言の英語……。そして、チーズ臭い金色の体毛におおわれた、ヤンキーたちの異様に白い裸体――それらの暗い思い出が、混血児たちを入浴させていて、その黒い肌に手を触れたときなどに、頭をかすめることが、さいきんひどく多くなってきているのだった。

混血児たちの方もそうした彼女に敏感に反応して、ことさら反撥しているのかもしれなかった。

だが昨夜のように侮辱されたのははじめてだった。

「ユーたちの母親だって……」と、よっぽど口から出かかったその言葉をのみこみはしたものの、ハルミの全身は、怒りのために小刻みに震えた。

「もう一度いってごらんよ。さあ、いってごらんたら！」

ハルミは、相手が幼い少年であることも忘れて、いきなりジーパン姿でふんぞりかえっているジョニーのそばへ近寄ると、靴墨を塗ったようなその頬に、思いきり平手打ちを食わせ

「獣《けだもの》っ！……黒豚っ！　あたしのからだは、どんなに汚れたって、ユーたちほどは黒くはないんだよ。ユーたちはさだめし天使さまにあこがれてるんだろうけど、天国にはね、黒い神さまもいなけりゃ黒い天使だっていやしないんだ。ユーたちはたとえ死んだって、白い翼をはやすことはできやしないんだよ。わかったかい」

横ざまに打ちのめされたジョニーは、はね起きると、ハルミのワンピースの裾にむしゃぶりついてきた。

「畜生っ！　畜生っ……！　ママにいいつけてやるっ！」

ジョニーの爪が、ハルミの脹脛《ふくらはぎ》に食い込み、血を流した。その爪の色だけが、気味が悪いほど白かった。ハルミはその手を邪険に払いのけ、突き飛ばすと、夢中で寝室を飛び出した。偶然手に触れたワンピースのポケットの中の鍵を、ドアの鍵穴にさし込んだ。

「いいかい。……泣いてもわめいても、今夜は一晩中出してやらないから……どうしても出たかったら、エスさまにでもお願いするがいいんだ！」

彼女は興奮のあまり、ドアの外からもさんざん毒づいた。

その売言葉《うりことば》に買言葉《かいことば》のあまりの悪態については、後から考えるとさすがに後《うし》ろめたい気もしたが、彼らを寝室に閉じ込めたことが行きすぎだったとは、彼女にはどうしても思えなかった。それくらいのお仕置は、あたりまえのような気がした。

だが、今朝早くハルミは、美玲に呼び起こされた。

「昨夜、子供たちの部屋のドアに、外から鍵をかけたのは、貴女《あなた》ね」と、美玲は冷たく非難するようにいった。

「あの子たちが、乱暴にドアを叩く音がするんで目がさめたんだけど……とんでもないことをするわね。貴女は……まさか、園長が定めた聖霊ホームの、聖《きよ》い信条を忘れたわけじゃないでしょうね。これが園長の耳に入ったら、何ておっしゃるかしら……」

園長という言葉を、わざと聞えよがしにいって、美玲は鍵束をガチャつかせながら、

「それとも、貴女は何かほかのことで面白くないことがあって、それで鬱憤晴しにやったんじゃないの?」

と、意味ありげな笑い方をして、子供たちの洗面の世話を焼きに、慌しく階下へ降りていった。

ハルミは、唇を嚙《か》んだ。彼女は美玲にはじめて会ったときから、虫が好かなかった。ちゃんとした正規の資格のある保母と見習いの違いがあるのだから仕方がないけれども、美玲はハルミよりも二つも年下なのに、聖名子の従妹であることを鼻にかけて、暗い過去を持つハルミたちに対して、露骨な蔑みの目を向けるのだ。殊に聖名子のいないところでは、いつも意地悪くハルミにあたった。

《あんまりだ……》と、そのときハルミは思った。

どう考えても、昨夜のことは、明らかに子供たちの悪巫山戯の方が悪質だったのだ。

# 3

「……だから、あたいは、意地でも今朝は、そのことを先生にいいつけて、あの子たちをうんと叱ってもらうつもりだったんですよ。それなのに、先生があんなことになってしまって……」

とハルミは、昨夜と今朝の模様を波多野や緒方にくどくどと話すと、よほど口惜《くや》しいのか、興奮のあまり、いきなり手ばなしで泣き出した。

波多野はその肩に手をかけてゆすぶった。

「そんなことといったって、まあ、たかが相手は子供じゃないか。園長に叱ってもらわなくても、あの子たちだって心の中ではすまないと思っているさ」と彼は慰めるようにいうと、

「ところで、これからそのハロルドって子にぜひ会ってみなくちゃならんのだが、その前に、あんた自身の昨夜の行動を話してほしいんだがね」

「まあ……係長さんまで、あたいのことを？」

ハルミはワンピースの膝のサロン前掛《まえかけ》で泪をふいてから、顔をあげると、心外そうにキッ

と目をすえた。

「いや、そういうわけじゃないが、あの豚小舎のそばでこれを見つけたもんだから、やはり一応はあんたの弁明を聞かんとな……」

声だけは穏やかな口調でそういって、波多野が開襟シャツのポケットから取り出したのは、ハンケチでくるんだ何本かのくしゃくしゃになった煙草の吸殻《すいがら》だった。

緒方は気がつかなかったが、波多野はいつのまにかそんなものを死体発見現場で蒐集《しゅうしゅう》していたのである。それは吸口に口紅のついた、フィルターつきの『サレム』の吸殻だった。

ハルミの顔色が変った。

「その吸殻が、あたいとどういう関係があるんですよ?」

「いや、朝からこのホームの関係者を注意してみたんだが、女の中で煙草を吸うのは、どうやら君だけのようなんでね。……といって、まさか、今朝あんたが園長の死体を見つけたときに、その死体のそばで一服したなどとは思えんじゃないか」

「じゃあ、この『ピース』も、あたいをテストするためにくれたってわけだったのね」

ハルミはとたんに吸っていた『ピース』を、いまいましそうに窓べりで押しつぶして、外に捨てた。

波多野は苦笑した。

「まあそう気を悪くしなさんな。私も職業柄、聞く必要のあることだけは、どうしても聞かなくちゃならんのだよ。正直なところ……あんたは昨夜、たしかにあすこへ行ったね。……その時間は？」

「子供たちを部屋に閉じ込めてから、その後のことだから。……さあ、十時をちょっと過ぎてたかしら……」

ハルミは、もう隠しても仕方がないと思ったのか、険しい目をしながらも、いわれた事実はあっさり認めた。

「でも、疑われるような疚《やま》しいことは何もしてませんよ。昨夜は子供たちのことで気分がむしゃくしゃしたもんで、いったんあたいの部屋に帰ってから、まもなく夕涼みでもするつもりで部屋を出たんですよ」

「その君の部屋というのは、二階にあるのかね？」

「ええ、子供たちの部屋の隣りですよ。六畳の畳《たたみじ》敷きでね。賄婦の富江《とみえ》さんと二人で寝起きしてるんです」

「その富江は、そのときどうしてたのかね？」

「そうね……布団に入って、婦人雑誌か何かを読んでたようでしたね……あたいは声もかけないですぐに飛び出しちまったから、よくは覚えてませんけど……」

「それから、君はすぐにホームから表へ出たんだな……」

波多野はたたみかけるように訊いたが、ハルミはかぶりを振った。

「すぐじゃないわよ。……階段を、下へ降りて行ったら、ばったり戊井さんに会ったんですよ。ちょうど園長先生の部屋へ呼ばれて行くところだったけど、あたいを呼びとめて、今夜豚の子が生れるかもしれないから、いっしょに手伝ってくれっていったんですよ、後からすぐ行くからってね……あたいはそれを真《ま》に受けて、家畜小舎で待ってたんだけど……」

「それで戊井は来なかったんだね？」

「その通りですよ。一時間近くもさんざん待ちぼうけをくわせられたあげく、すっぽかされたんで、あたいは頭に来ちまって、プンプンしながら部屋に戻って、すぐに寝ちゃいましたわ」

「ところで……戊井が昨夜園長に呼ばれた用は何だったか、聞かなかったかね？」

それは、そばにいる緒方もぜひ知りたいことであった。

聖名子が夜遅くにもかかわらず、戊井を呼んだというのは、よくよくの話なのに違いないからである。それに、考えてみると戊井は、昨夜聖名子に会った最後の人間なのだった。だが、ハルミが戊井から聞いたという聖名子の用は、別にそれほどたいしたものではなかった。

「なんでも、ニューヨークにある……そうそう、イエズス会の本部からね。四、五日前にホームあてに送られてきた、衣類や缶詰などの慈善物資のことでの相談とかいってましたよ」

「慈善物資というと……つまりララ物資のようなもんだな……」波多野は、不貞腐《ふてくさ》れたようにそっぽをむいているハルミを、微笑を含んだ横目で瞶めながら、ハンケチで額と頸の汗を拭いてから、「そのほかに何か君が特に気がついたことはなかったかね？　たとえばほかのものの行動で、変だと思ったようなことは……」

「別にありませんよ……あたいが昨夜話をしたのは、戍井さんぐらいのもんで、美玲さんや源吉さんは、そのときにはもうとっくに部屋で寝んだらしくて、姿を見せなかったんですからね……でも……そういえば、夜中に……」

「何かあったのかね？」

「ええ、……といってもそんなにたいしたことじゃないんですけどね……あれは確か三時半頃だったかしら……ふっと目を醒《さま》すと、横に寝ていたはずの富江さんの姿が見えなかったんですよ。でも、そのうちじきに戻ってきたから、それ以上は気にもとめずに、朝美玲さんに起こされるまで、ぐっすり眠りこんじまったんだけど……」

「だが、じきといっても、君が目を醒す前に、彼女はかなりの時間、寝床を抜け出していたかもしれないわけじゃないか。……いったい、そのあいだ富江は何をしてたんだろう……」

波多野がかすかに眉を顰めたとき、

「係長さん……ああ、ここでしたか……」

と、そういいながら、乱暴にスリッパの音をたてて入ってきたのは、白衣に白マスクをかけた県警の鑑識係員だった。その鑑識係員は、ハルミの方をジロリと見ると、波多野と緒方を、わざと部屋の隅の、童話の本や漫画の本などが並べてある本棚のそばへ誘ってから、小声でいった。

「やっと指紋の検出がおわりましたよ」

「それで、収穫はあったのかね？」

「いいえ……」と鑑識係員は、首をふった。「駄目でしたよ。はっきり検出できたのは、明らかに子供のものと思われる指紋だけでしてね。昨夜あの部屋にいっしょに寝ていたという園児のもんでしょうね」

「ハロルドの指紋か……」波多野は、そのときハルミが探るような眼差しでこちらを見ているのに気がついて、あわてて声を落した。「その指紋のほかに、肝心の兇器の方はどうだったね。殺人に使ったロープのようなものは見つからなかったかね？」

「それがまだぜんぜん見つからないんですよ」

と鑑識係員は申しわけなさそうに目を伏せた。

「じゃあ、あの部屋の中から、特に盗み出されたようなものは？」

「その点も、いま、戌井に立ち会ってもらって、調べてみたんですがね。別に何もないようです。ともかく室内を物色した形跡はまったくありません。第一、現金や預金通帳などをしまってある金庫は、園長室の向いの事務所の方に置いてあるんですからね」

「すると、……犯人の動機は、怨恨《えんこん》関係だけに絞ってもいいというわけだな。ところで……

そのほかに、これという手がかりは、何も発見できなかったのかね？」

「いや、一つだけありましたよ。係長さんが、さっきベッドの頭部の支柱に、何かでこすれたようなあとがあるといっておられたでしょう。……あれと同じ痕が、実は窓の鉄棒の一部にもあったんですよ」

「ふーん、窓の鉄棒にもね……」波多野は腕組みをして首をひねると「それじゃ、もしやその窓の外の合歓の木の辺に、犯人らしいものの足跡が残ってはいなかったかね？」

「それも、むろん調べておきましたがね、駄目なんですよ。何しろ子供たちがあの辺で鬼ごっこをはじめていて、さんざん踏み荒してしまっているもんですからね」

「そうか。……いや、御苦労さん。じゃあ、今度はひとつ調理場の裏へ行って、問題の手押車があったら、それに指紋が残っているかどうか調べてみてくれないか」と、波多野はそういい足して鑑識係員をひとまず遊戯室から去らせると、ふたたびハルミのところへ戻った。

だが、いまの会話は彼女に聞えないように、特に小声で密談したつもりだったのだが、ハロルドという言葉だけが、ハルミの耳には入ったようだった。そのせいか彼女は、二人の話がすむのを待ちかまえていたかのように、とんでもないことをいい出した。

「係長さん、……まさかハロルドが、先生を殺したんじゃないでしょうね？」

その真剣な目つきをした彼女の言葉があまり突飛《とっぴ》なので、波多野は一瞬ぽかんとしてから笑い出した。

「はっはっは、馬鹿なことをいうんじゃないよ。ハロルドという子は確かまだ六つのはずだろう。そんな幼児に、大人の頸を一気に絞め殺したり、死体を外まで運ぶなんて芸当ができるわけはないじゃないか。あれは、子供なんかに絶対にできる殺人じゃないよ。誰かこの施設の中にいる大人のやった仕業に違いないんだ」

彼自身の肚《はら》の中の嫌疑をうっかり口をすべらした、その軽はずみな言葉を咎《とが》めるように、それまで黙っていた緒方は、波多野の袖をひっぱった。

「まだ、犯人がホームの中のものかどうかは、はっきりきまったわけじゃないじゃありませんか。それよりともかく、一刻も早くハロルドに事実を聞き出してみるべきですよ。あの子が殺人犯を目撃したかどうかで、事件は一挙に解決するかもしれないんですからね」と、彼はひどく沈鬱な面持でいうと、「それはそうと、ハルミさん……そのハロルドの今朝のそぶりには、何か特に変ったようすはなかったかい？」

「そうね。……そういえば、何かに脅《おび》えたようにオドオドしているようでしたよ。いつもあんなことはないんだけど、朝の礼拝のときも、あの子だけは一人ポツンとみんなから離れていて、あたいが何か話しかけても口もきかないんですもの」

「で……そのハロルドは、いまどこにいるんだね？」

「さあ、まだ食堂じゃないかしら……園長の発案で、食器の後片付けの手伝いを、子供たちに二人ずつ交替でやらせてるんですけどね……確か今日のお昼は、ハロルドもその当番の一人のはずですよ」

緒方は口を噤《つぐ》むと、ほんのしばらくためらいを見せてから、思いきったように訊いた。

「これは、ハロルドとは無関係なことだがね。あんたは昨夜家畜小舎へ行ったとき、もしやオートバイに乗ってきたものを見かけなかったかい？」

「オートバイですって？」ハルミはいきなりいわれて面喰ったような顔をしたが、すぐにすげなく否定した。

「知らないわ。そんな人……だいたいこのホームへ、オートバイに乗ってくる人なんて、さいきんは見かけたこともありませんよ」

「そうか。君も知らないのか……」

緒方の顔には、ありありと失望の色が浮かんだ。

「いったい、何のことだね。それは？」

と、波多野がそばから訝《いぶか》しそうに訊いたが、緒方は口を濁《にご》した。

「そのことは、いずれ後ほど説明しますよ。……それより係長……さっそくハロルドを探しに食堂へ行ってみませんか？」

「そうだな。……彼女にももうこれ以上いま訊くこともないし……」

二人が揃って遊戯室を出かかったとき、何を思ったのかそれを遮《さえぎ》るようにして呼び止めたのは、ハルミだった。

「待ってちょうだいよ。係長さん……係長さんはいま、先生を殺した犯人が、この施設の中の人間だっていったわね。そのことで、あたい……係長さんだけにぜひ耳に入れたいことがあるのよ」

「ほう……」と波多野は立ち止って目をまるくすると、それではと足をとめて緒方に向いていった。「じゃあ、隆さん……ハロルドのことは君にまかせるから、すまないが君一人であたってみてくれないか。ついでに、賄婦の富江の方の調べもたのむよ」

緒方は無言で頷くと、波多野とハルミの二人を残して遊戯室を出た。彼の神経は、ひどく苛だっていた。それは、波多野がハルミにむかって不用意に洩らした言葉に対する、激しい反撥であったのだ。

# 4

波多野係長は、五十近い年でまだ一警部補でしかないが、もとは県警の捜査一課でたたきあげて、捜査歴二十五年を有するその道のベテランである。

事件の場数もむろん踏んでいるし、彼が逮捕した犯罪者の数も、いままでにかぞえきれないくらいいだろう。部下の刑事たちの誰よりも色の黒いその顔は、彼が過去に取り組んだ幾多《いくた》の難事件の、苦労の陽に灼けたものであった。彼の捜査上の勘のするどさは、定評があった。

その点は、県警の幹部たちも一目おいている。緒方は、少年係から捜査係へ転属してまだ日は浅かったが、波多野からは何かと教えられることが少くなかった。

だが、今度の『聖霊ホーム』の事件に関する限りは、緒方は聖名子を殺した犯人の見通しの点で、波多野の見込みには、頭から反対だった。波多野はハルミに、犯人はホームの関係者の誰かだとほのめかした。それは、彼がもはや胸中に、犯人の可能性をその範囲内に絞って、断定を下している証拠である。

だが、緒方は、波多野に何といわれようとも、この『聖霊ホーム』の中に、憎むべき犯人がいるなどとは絶対に思えなかった。

なるほど、この施設には過去に罪を負った人間が三人もいるが、あの天使のような聖名子に対して、殺意を感じていたものが、果《はた》してあっただろうか。――否といえる。その証拠に、戌井にしてもハルミにしても、聖名子の死を悲しむ口吻《こうふん》に、決して嘘は感じられなかった。彼の知っている限り、この『聖霊ホーム』の中には、誰一人として聖名子を殺す動機を持ってる人間はいなかったのだ。

それに緒方は、ハロルドのことについても、そのことに関連して、どうしても腑《ふ》に落ちない、彼なりの疑問があるのだった。

それは、ハロルドが昨夜、もしもほんとうに聖名子の殺されたその場に居合わせたのだとしたら、犯人がなぜ彼だけをそのまま見すごしにしておいたかという疑問である。ふつう殺人犯は、自分の身の安全を保つためからいっても、とうぜん顔を見られた子供をも、いっしょに殺してしまうのではないだろうか。殊に施設の中の人間だったら、なおさらのはずだった。——考えられることは、一つしかなかった。

《犯人は、ハロルドに顔を見られても、さして痛痒《つうよう》を感じなかった見知らぬ人間なのだ。ということは、明らかに外部からの侵入者ではないのか！》

緒方の頭からは、あのオートバイのタイヤの跡の疑問が、何としても去らなかった。そのタイヤの跡は、彼の脳裡《のうり》の乾いた白い道に、黒い一条の線となって焼きついていた。

昨夜オートバイに乗ってきた人間は、確《たしか》にあったのだ。それが絶対に犯人だという気がした。緒方の目の前には、映画『オルフェ』の中の死の使者のような、犯人の黒い影が浮かんできた。爆音とともに、疫痢《えきり》のようにこの楽園に侵入してきた犯人が、聖名子の寝室に忍び込んで、安らかな眠りのさなかの聖女のかぼそい喉を、残忍な笑いを浮かべてロープで思いきり絞めあげる、凄惨な情景がちらついてくる。

緒方はその彼自身の中の犯人の幻影に対して、激しい敵意を燃やした。そのオートバイの運転者を、是が非でもつきとめずにはいられなかった。だが、それにしても戌井やハルミは、なぜその事実を知らないといったのだろうか。誰かそれを目撃したものがいるべきだった。爆音だけでも聞いたものがあるはずである。

彼は希望を捨てなかった。戌井やハルミが知らなくても、まだ富江や源吉が残っていた。

いや、十人の子供たちに片端からあたってみてもいい。少くとも――ハロルドに聞けば、嫌でもそれを知らないわけはなかった。

　だが、廊下の突き当りの、窓をあけはなした明るい食堂の中には、ハロルドの姿はなかった。奥の厨房《ちゆうぼう》の調理台の前で、賄婦の菰田《こもだ》富江一人が、椅子《いす》の足許にバケツを置いて、せっせと馬鈴薯《ばれいしよ》の皮を剝《む》いていた。

　細長いテーブルを幾列も並べた食堂の壁の黒板には、その日の献立が、それぞれの栄養価を計算したカロリーの数字とともに、白墨で書いてある。県の福祉事務所からは、混血児一人当りにつき一日三十七円の食費と六円の副食費の補助しか支給してもらえないので、後は聖名子の自費や寄付金、慈善物資、それに園内の菜園の野菜などで不足を補っているのだ。

　食堂の中には、昼食の饂飩《うどん》の汁の匂いが、まだ残っていた。まだ朝から何も食べていない緒方は、急に空腹を覚えた。

　手拭いを姉さんかぶりにして、モンペにエプロン姿の富江は、どこか軀《からだ》の具合でも悪いらしく、だるそうな顔をして、庖丁《ほうちよう》の手をうごかしていたが、緒方の姿を見かけると、エプロンで手をふきながら食堂の方へ出て来た。

「ハロルドって子を探してるんだが、ここで後片付けを手伝ってたんじゃなかったのかい？」

　と、緒方は、部屋の中を見廻しながら訊いた。

「ああ、あの子なら、たったいままでいましたけどね。丼を運ぶ手伝いがおわったんで、出ていきましたよ。……二時からは午睡の時間になってるから、二階の部屋ででも遊んでいるんじゃないですかね」

富江は、氷で冷やした麦茶を、薬缶《やかん》からコップに注いで持ってくると緒方の前のテーブルの上に置いた。

「旦那も大変ですね。……でも、わたしたちも、あんな風にとつぜん先生に死なれて、これから先行きどうなるんだか、まったく目の前がまっ暗になっちまいますよ。このホームだって、先生がいなくなりゃあ、しょせんはどうにもやりようがなくなって、潰れるのがオチでしょうからね」

誰一人身寄りのない富江は、もうそんな取越苦労《とりこしぐろう》をしているようだった。

緒方は、この施設の職員とは、もう誰とも顔馴染《かおなじみ》だが、特に彼女のことは、直接よく知っていた。彼は富江が二年前——麻薬の中毒患者として、磯子署の保安係に逮捕されてきたときのことを思い浮かべた。ペイの常習者で、しかもその売人でもあった富江は、全身に無数の注射の痕があって、近くの精神病院へ強制収容したときは、激しい禁断症状のために、それこそ言語を絶する半狂乱の騒ぎを演じたものだ。それが、病院を退院してこの『聖霊ホーム』で働くようになってから、見違えるほど健康な真人間に生れ変ったというのも、すべては聖名子のおかげなのだった。そのせっかくの更生が、聖名子の死のために、またもとの木《もく》阿弥《あみ》にかえるようなことはないだろうか。と緒方はふと気懸《きがか》りになった。

　彼は冷い麦茶を飲み干すと、生き返ったような気持になった。

「まあ、園長が死んだからって、すぐにここからおっぽり出されることもないだろう。……そんな心配をするより、さしあたっては、園長を殺した犯人を、早くつかまえることに協力してもらいたいな」

「じゃあ、わたしもいろいろ訊問されるんですか？」

と、富江は緒方が長い木の腰掛の端に腰をかけたのを見て、不安そうに尻込みした。

「なあに、係長のかわりに僕からちょっと訊きたいことがあるだけだよ。ハルミの話では、昨夜あんたは夜中に部屋を脱け出したそうだが、どこへ行ってたんだね？」

　富江の顔には、狼狽の色が浮かんだ。

「昨夜はあんまり寝苦しくて喉がかわいたんで、この食堂へ水を飲みに来ただけですよ。でも、じきに部屋へ戻ったんだし、先生を殺したのは、絶対にわたしじゃありませんよ」

「誰もあんたが、犯人だといってるわけじゃないさ。ただ、園長が殺されたと思われる時間が、だいたいその頃なんでね。それで訊くんだが、二階から階段を降りてくれば、とうぜん園長室の前の廊下は見通しだ。そのとき、誰か怪《あや》しい人影を見かけやしなかったかい？」

「いいえ、別に……」

　富江はオドオドした口調でいった。緒方はカマをかけた。

「それじゃ、このホームの建物の中にいて、たとえば丘の下の――あのコンクリート橋の辺の、オートバイの音が聞えるようなことがあるかね？」

「………」富江の浮腫《むく》んだような顔が、いっしゅん複雑に翳《かげ》ったが、曖昧《あいまい》に口をうごかした。「さあね……そんなオートバイの音なんて聞いたことがないからわかりませんね」

結局は、戊井やハルミの場合と同じ返事だった。緒方はがっかりするとともに、不審な気がした。《彼らはオートバイのことを聞くと、いい合わせたように知らないふりをするのはなぜだろうか……？》まるで、そのことを脅迫されて口止めでもされてるようなそぶりなのである。緒方は何かあるなと思った。

すると富江は、彼の疑惑の眼差にぶつかって慌てたようにいった。

「そのことは、知りませんけどね。……ほんとうは昨夜、食堂から戻って床について、しばらくたって、妙なことがあったんですよ」

「妙なこと？」

「ええ、隣りの子供たちの部屋を、誰かが鍵であける音がしたんです。それで起き出してこっそりようすを見てみると……」

「誰を見かけたんだね？」

「保母の露崎さんですよ。あの人が、手に鍵束と懐中電灯を持って二階の子供たちの部屋へ入っていったんです」

　富江の話によると、美玲はそんな夜更けに何のためか、寝しずまった子供たちの部屋へ行って、十分ほどですぐ引き返したというのだった。しかも奇妙なことに、ドアを部屋を出るときに、御丁寧《ごていねい》にもまた鍵をかけていったというのである。おかしな話だった。ハルミが打ち明けたところでは、彼女が朝美玲に起こされたとき——美玲はハルミが昨夜子供たちを部屋に閉じこめたことを非難したばかりか、朝子供たちの騒ぎを聞いて、はじめてドアをあけてやったのだといったそうではないか。

《夜中に、子供たちの寝室へ行っているのなら、なぜ鍵をかけなおすようなことをしたのだろう……？》

　緒方は、疑問の上にさらに新たな疑問が重なるのを感じながら、富江の訊問はそれで切りあげて食堂を出た。出がけに窓の外をみると、鑑識の係員が問題の手押車を調べているのが見えた。

　緒方は、ハロルドの姿を探しに二階の子供たちの部屋へ上っていった。

　そこでは、混血児たちが三、四人——男の子と女の子がいっしょになって、夢中でメンコ遊びをしているさいちゅうだった。緒方が黙ってドアをあけて入っていくと、彼らは遊びの手をやめてふりむいた。だが、そこにもハロルドは見あたらなかった。パンツ一枚の裸になった七つくらいの男の子が、プロ野球の選手のブロマイドのメンコを手にしてニヤニヤして白い歯をむき出した。

「ハロルドなら、ジョニーたちといっしょに、裏の松林の中にいるぜ。おじさん……ラファエルのお葬《とむら》いをやってるんだよ……ラファエルって――ママの飼ってた猫の名前さ」

緒方は「ありがとう」と答えながら、ふとその子供たちの寝室の正面に厳然と懸かっている、大天使ミカエルの聖なる姿を画いた油絵を見たとたん、思わず喉がつまった。右手に剣、左手に黄金の秤《はかり》を持って、岩上で黒い翼のサタンを踏《ふま》えているそのミカエルの絵は、聖名子が子供たちの心を浄化し美と善の象徴を与える目的で、朝晩その目に触れるように懸けたものであろう。

だが、いま見ると、そのミカエルの神々しいまでに純白であるべきはずの両の翼が、いつのまにか墨でまっ黒に塗り潰されているのである。――混血児たちの誰かの、悪どい悪戯に違いなかった。

## 5

緒方は施設の建物を出ると、午後の炒《い》りつけるような苛烈《かれつ》な陽差を浴びて、教えられた松林の中に入っていった。

そこはちょうど、『合歓《ねむ》の御拝堂』の裏手にあたっている。赤土の上に落ちた建物の黒い影の先端が、とぎれたところにその松林はあるのだった。

林の向うは切りたった崖になっていて、海が近いので、松風は潮の香《か》を含んでいる。その風のせいと、樹木の斑《まだら》に錯綜《さくそう》した日蔭のせいで、その中はさすがにホッと一息つけるほど涼しかった。そのかわり蟬の鳴声は、他のどの場所よりも喧しかった。強烈な松脂《まつやに》の匂いが、緒方の鼻孔を刺激した。

見ると、林の中ほどの、くの字に彎曲《わんきょく》した太い枝がひときわ目だつ、一本の松の根方に、数人の子供たちが蹲《うずくま》っていた。

その中の一番大柄な少年が、スコップでせっせと穴を掘っている。他の子供たちは一様に膝小僧をかかえてその作業を見守っていた。穴のそばには、鼻と口にどす黒い血のこびりついた、白い毛のペルシャ猫が、既に四肢をコチコチに硬直させて、ころがっていた。

そのスコップで墓穴を掘っている大柄な少年が、一番年長のジョニーなのに違いなかった。

「ハロルドというのは、どの子だね？」

と、緒方は彼らの背後で、しばらくその微笑《ほほえ》ましい作業ぶりを眺めてから、声をかけた。

猫の墓つくりに夢中になっていて、緒方が近寄ったのも気がつかずにいた子供たちがその声にはじめてギョッとしたように立ち上った。彼らの無言の視線が、そろって一人の年少の子供に注がれた。さっきから洟水をたらしながら、すりむいた膝小僧の傷痕に、唾をなすりつけていた男の子が、ハロルドなのだった。他の子供たちは、いっせいにハロルドを庇《かば》うようにした。

「ちょっと、話があるんだよ。ほんのしばらくおじさんとつき合ってくれないかな」

緒方が優しくそういったとき、ふいに松林の右手の方角から、殺虫剤の噴霧器と竹籠《たけかご》をさげた老人が、慌しい足どりで近づいてきた。

大きなつばの麦藁帽子をかぶって、汗の滲んだ頸に手拭を巻きつけ、シャツの上からも毛のところどころほつれた腹巻をしている。そのいかにも植木職人のような恰好《かっこう》をした老人が、築井源吉なのだった。手にした竹籠の中には、よくうれた見事な天津水蜜《てんしんすいみつ》が入っている。彼がここへ来てから、温室ででも栽培したものなのであろう。

「亡《な》くなったお嬢さまは、これが殊のほかお好きだったんでね……。御遺骸が戻ってきたら、さっそく霊前にお供えしようと思いましてな」

築井老人は、目をしょぼつかせながら手にしたものを置くと、頸の手拭を取って汗をふきながら、子供たちの掘った墓穴と猫の死骸を見て、苦々しい口調でこぼした。

「まったく、こいつらときたらとんでもねえやつらですよ。お嬢さまがあんなに可愛がっていなさったラファエルを、こともあろうに昨日の朝――鐘楼の綱にぶらさげて、慰み半分に縊《くび》り殺しちまったんですからね。いまになっていくら墓を作って埋めてやったって、何で罪滅ぼしができるもんですか」

「鐘楼の綱で猫を殺《や》ったんですか……」

その綱という一言が、緒方の神経にピリッと触れた。源吉はいまいましそうに舌打ちをした。

「まさかそんな汚《けが》れた綱で、鐘を鳴らすわけにはいかねえんでね。さんざん怒鳴《どな》りつけて、さっそく新しいのに取り替えたんだが……その旧《ふる》い綱をあの合歓の木の枝にかけておいたら、いつのまにか見えなくなっちまってね。たぶん、こいつらが綱引でもして遊ぶつもりで持っていきやがったんでしょう。五メートルはたっぷりあるから、綱引にはもってこいですからね」

緒方はハッと胸騒ぎを感じた——もしやという気がしたのだった。

《その綱は、子供が綱引をして遊ぶのにももってこいかもしれないが、聖名子を絞殺した犯人の兇器としても、うってつけではないか！》

だが、そのとき源吉は、何を見つけたのか、その金壺眼《かなつぼまなこ》をもっと激しく怒らせると、「こらあっ！」と、わめくように叫んで、節くれだった逞《たく》しい腕をふりまわしたのだった。

見ると、十字架の尖塔《せんとう》のつき出た御拝堂の屋根の上に、さっき部屋の中でメンコをして遊んでいた、混血児たちの影が数人群《むら》がって、馬乗りになって、こちらを見ているのである。いくら子供のすることでも場所が場所なので、源吉が血相を変えたのも無理はなかった。その中の一人は、合歓の木によじのぼって、枝をゆすぶりながら奇声をあげている。

緒方は、源吉が彼らを叱りに駈け出したのを見て、苦笑しながら我にかえると、ハロルド一人を、少し離れた切株のところへ連れていって坐らせた。縮れっ毛の黒い顔がべそをかいたように歪んで、異様に白い目だけが脅えたようにまたたいている。

「ママが死んで、君もずいぶん寂しいだろうね？」

と、彼はハロルドの前に、かがみこむと、顔を下から覗きこむようにして訊いた。

それでもハロルドは、オドオドした視線を、膝小僧のすりむけた傷に落したきり、ムッツリと口を噤んだままだった。緒方は、その固い口を開かせるために、相当な根性がいるのを覚悟した。

「君は昨夜は、ママといっしょに寝てたんだから、なおさら悲しいはずだろう。おじさんは、君たちが誰よりも愛しているママを殺した犯人を、一日も早くつかまえたいんだよ。ね。……だから、君の知っていることは何でも教えてくれないか」

「…………」

「昨夜、犯人がママの部屋へ入ってきたとき、君はそばのベッドで目を醒していたんじゃないのかい？　そのとき、犯人の顔を、君は確かに見たはずだね……？　その犯人はどんな人間だったんだい？　怖しい顔をした男だったかね——？　それとも女の人だったかね？」

「し、知らねえ、……そんなもの……おれ、何も見なかったもん」

緒方が質問を加えるたびに、からだの震えが次第に小刻みに激しくなったハロルドは、とうとうたまりかねたようにいった。半ば泣声《なきごえ》のような口のきき方だった。

「ほんとうだよお。嘘じゃねえってば……」

「でも、君は夜中にあの部屋から逃げ出したんじゃないか。何も知らないで、何も見てないんだったら、なぜそんなことをしたんだね？」

「お、おれが目を醒したら、そのときはもうママが死んでたんだよ。そいで、怖くなって部屋から逃げ出してきたんだよ」

それは嘘だと緒方は思った。ハロルドの目の底には、明らかに何者かを怖れている恐怖の翳が窺《うかが》えるのだ。もしかすると、犯人から事実を喋《しゃべ》るな。と蔭で脅迫されているのかもしれない。と彼はとっさに直感した。緒方は質問の矢先を変えた。

「それじゃ君はどうやって自分の部屋に戻ったんだね。あのとき、君たちの部屋には、ドアに鍵がかかっていたはずだろう？」

「合歓の木から、屋根づたいに窓から入ったんだよ。枝に梯子がかけ忘れてあったろう。だから、わけなくのぼれたんだ」

「そうか。そういえば、梯子がかけてあったな」

緒方は納得がいった。

あの太い合歓の喬木は、御拝堂の屋根に枝の茂みが触れるほどすれすれに立っているから、まずその屋根に乗り移ることは簡単である。それからその御拝堂とホームの連絡通路の屋根を渡れば、二階の角にある子供たちの部屋の窓はすぐだった。ハロルドのような六つの子でも、楽々とその窓から入り得るのだ。

その証拠に、いましがた源吉が叱った子供たちも、御拝堂の屋根の上で遊んでいたではないか。

だが、その点は意外にすらすらと答えたハロルドも、肝心な犯人についての質問には、依怙地《いこじ》なほど「何も知らない」の一点張りだった。どんなに宥《なだ》めすかしても無駄だった。

彼は諦めて立ち上ったが、その背後にはいつのまにかジョニーが狡《ずる》そうな目をかがやかせて、白い歯をむき出して立っていた。

「おじさん、いいことを教えてやろうか、そのかわり、お駄賃をくんなくちゃ嫌だぜ」

「ああ、いいとも。……だが、何を教えてくれるんだにね？」

緒方は、たいした期待も持たずに、ジョニーが何をいい出すのかとその顔を瞶めた。

「昨夜の夕方、露崎先生のところへ、あの男から電話がかかってきたんだ。おれ、ぐうぜん事務所のそばを通りかかって、先生が電話で話しているのを聞いちまったんだよ」

「あの男って、誰のことなんだね？」

「さあ、名前は知らねえけど、よく夜になると、まっ黒なオートバイでやってくる男さ」

緒方の顔色が変った。

「それで、露崎先生はその男と電話で、どんな話をしていたんだね？」

「それが……おれ、ほんのちょっと立ち聴きしただけだから、よくはわからないけどさ。なんでも昨夜十時頃、その男がホームへ来るようなことをいってたようだよ」

# 第四章　蝮《まむし》の裔《すえ》

## 1

医大へ送られた聖名子の死体の解剖結果が判明したのは、その日の夕刻のことである。県警の嘱託の裁判医と医大の教授の両者立会いの上の執刀によって検案書が作成されたが、聖名子の死亡時刻が、死斑の模様や、死体の硬直度の弱い点からいって、昨夜の十二時から明け方の二、三時頃までのあいだと推定されたことと、現場検証の際の裁判医の見解通り、死因がロープのようなものを用いての絞殺による窒息死で、強度の力により一気に死に至らしめられたものであることが確認された以外は、これというたいした新しい事実は、何も得られなかった。

それでも、そのほかの点では、まる一日の捜査にしては、かなりの収穫があった。その第一は、ルミノール反応によって、あの手押車から、聖名子の血痕が微量ながら検出できたことであった。それは、聖名子が絞殺された際に、鼻腔《びこう》から出た鼻血か、苦悶のあまり胸をかきむしった際に流れた血のどれかが、死体を運搬したときに、付着したものに違いない。ただ、残念ながら犯人らしいものの指紋は、その手押車のどこからも、検出できなかった。そのかわり、捜査本部が沸きたったのは、兇器が、遂に見つかったことであった。その兇器は――やはり、あの鐘楼の鐘の綱だったのだ。それが、ホームの浴室の焚口《たきぐち》に押し込んであって、黒焦《くろこ》げになっていたのを、風呂番もかねている菰田富江が、偶然に発見したのである。

その夜、署の二階の訓授室で、九時近くまでかかって行われた幹部だけの捜査会議がおわって、波多野は疲れた顔をして二階から刑事部屋へ降りてくると、帰り仕度《じたく》をしかけていた緒方を呼びとめた。

「隆さん、……今夜これから家へ来て、いっしょに一杯やらないか。事件について、君と二人だけでゆっくり話がしたいんでね」

緒方は頷くと、波多野の後に従った。

本部の設けられた磯子署は、市電の浜停留所の真向いにある。額縁のような古めかしい装飾のついた窓が穿《うが》ってある、灰色のくすんだ建物で、そばには区役所や市の水道局の出張所、臨港タクシーの営業所などがかたまっている。区内では一番目抜きの場所なので、停留所の両側には、賑《にぎ》やかな商店街の灯が並んでいた。

波多野の住んでいる市営のアパートは、署と区役所のあいだの暗い道を、海岸の方へ向って入った、歩いて二、三分のすぐ近所にあるのだった。最近建ったばかりの三階建の鉄筋の団地アパートで、一階には消防署が同居している。彼の住《すま》いはその三階にあって、もう大学と高校へいく息子が二人もいた。

あらかじめ連絡してあったと見えて、細君が食膳を用意して待っていた。

「さあ、一杯いこう」

と、波多野は浴衣に着替えて、卓袱台《ちゃぶだい》の前にあぐらをかいて坐るなり、冷えたビールをコップに注《つ》いだ。肴《さかな》は冷奴《ひややっこ》の豆腐が、器の中に氷とともに浮いている。

「今夜は、隆さん……せいぜいくつろいで飲んでくれよ。明朝は、犯人の逮捕に君にもつき合ってもらうから、何かと忙しいからな」

そう切り出されるであろうことは、緒方も予期していた。

「係長さんは、やっぱり犯人が、あの施設の中にいるとお考えなんですね」と、緒方は、乾いた喉にコップのビールを一息に飲み干すといった。

「ああ、すべての情況から判断すると、そうとしか考えようがないんじゃないのかね」

「しかし、ぼくは、犯人があのホームの中のものだとは、どうしても思えないんです。怨恨だとしたら動機がありません。ホームの者は一人残らず、月姓聖名子を天使のように慕っていたんですからね」

緒方は、御馳走《ごちそう》になっていることも忘れて、強く逆らう口調になった。波多野にむかって、はじめて面とむかって口にする、心の中の対立の言葉だった。

「それなら、君は、犯人が外部の者だという、何か根拠でもあるのかね？」

と、波多野は、旨《うま》そうにビールの泡を口に含みながら、しずかに訊いた。

「あります。昨夜、黒いオートバイに乗ってホームを訪ねた男があったことを、ぼくはジョニーの口からやっとつきとめたんですよ」

緒方は、タイヤの疑問から発生した彼自身の疑惑の対象を、思いきって波多野に打ち明けた。だが、波多野は首をふった。

「なるほど、それは怪しむに足る事実には違いないが、その男のことを露崎美玲自身に会って、もっと詳しくあたってみたのかね？」

「それが……彼女は午後からずっと、ゲマインダー神父といっしょに被害者の葬式の打ち合わせで、ホームから外出してしまっていたんで、直接聞き出す暇がなかったんです」

「それじゃ、まだその男がどんな人間かは、わからんわけじゃないか、仮に露崎美玲とその男のあいだに、何か特別な関係があったにしてもだ。それだけでは、犯人の極《き》め手にはならんだろう。……それに、君がいま話した動機の点だが、かえって外部のものの方が、その可能性がないんじゃないのかね。君にいわれるまでもなく、私も、『聖霊ホーム』に出入りするものや、被害者の交遊関係は、ほかの刑事たちに命じて、徹底的に探ってもらったよ。だが、ホームに出入りしているのは、ごく限られた商人に過ぎないし、被害者の交際範囲は、修道会や教会関係のものだけに限られているんだ。その中に、被害者に恨みを持つようなものは、一人も見あたらない。ところがそれに反して、あのホームの中には少くとも過去に前科のある者が三人もいる！」

「過去の前科……じゃあ、係長は……」

と、緒方の口からは、激しい反撥の声が飛び出していた。せっかく食膳の冷奴に箸をのばしかけた手を、彼はひっこめた。

「それだけの理由で、あのホーム の中に犯人がいるとお考えだったんですか？」

「いや、むろん、それだけじゃないさ。ほかにも論理的な極め手があってのことだよ」

波多野は、首をふった。

「だがね。隆さん……」と、彼は細君の差し出した団扇《うちわ》で、せわしく胸をあおぎながら、先輩らしく諭《さと》すようにいった。「これは、私の長年の経験から生れた信念だが、私は過去に前科のあるものを、人間としていっさい信用していないんだ。犯罪者というものは、生れながらに悪人としての素質を持った異常な人間だと思っている。そうした人間の身に滲みこんだ悪の毒素は、たとえどんなに矯正してみたところで、消えるものではない。一度刑務所を出たものが、かならずといってもいいほど、二度三度と悪事を重ねるのも、そのためだよ。……だから、あのホームで働いている三人の中に、とつぜん犯罪意識が蘇ったとしても、決して不思議ではないという気がするんだよ」

「しかし、頭からそう決めてかかるのは、少し偏見すぎやしませんか」

「いや、私も君ぐらいの年のときは、そう思ったもんさ。それがだんだん変ってくる。……

失礼だが、君のその考えは、若さからくる一種の理想主義だという気がするんだがね」

そうだろうか。と、緒方はなおも反駁《はんばく》したかった。いくら尊敬すべき上司の言葉でも、その考え方には、何としてもついていけなかった。

今度の事件で——彼が波多野とまったく対立した犯人の追及のしかたをしているのも、もとはといえば、そのことの見解の相違から出発しているのかもしれなかった。

緒方は、犯罪者のタイプにも、いろいろあると思うのである。むろん、波多野のいうような生れながらの極悪人がいることも事実だ、彼はそうしたいわゆる悪の象徴に対しては、峻《しゅん》烈《れつ》にして呵責《かしゃく》のない憎悪を、人一倍感じる方だった。——だが、犯罪者の中には、社会の犠牲になって罪を犯すものや、環境のせいで泥沼に足を踏み込む、同情すべき哀れな人間もいる。あるいは、以前は悪党でも、本然とその悪に目覚めて、真人間に立ち戻ろうとして懸命に努力するものだってあるはずだ。彼はそういう人間たちの善意や更生への熱意は信じたかった。少くとも、『聖霊ホーム』で働く、戌井やハルミや富江に関しては、特にそう思いたかった。かれら三人の、かつては黒く汚れていた心が、聖名子の心に洗われて、日一日と白さを取り戻していることは、彼が目のあたりに見て、誰よりも一番よく知っている事実である。

だが、いまそんな論議を、いつまでもしてみたところで、はじまらなかった。問題は、波多野が、その三人の中の誰に嫌疑をむけて、犯人と見做《みな》しているかという点だった。

「それで、係長さんは……もう犯人の名前まで断定していらっしゃるんですか？」

緒方は、坐りなおすと、膝に両手をそろえて訊いた。

「なんだかまるで、弁護士につめ寄られてるみたいだな……」と、もう鼻の頭までまっ赤になった波多野は、苦笑してから、「明日の朝、判事さんに逮捕状を請求する人間は、事務員の戌井靖夫だよ。彼が月姓聖名子を殺害して、手押車で豚小舎まで運んだ容疑者だ！」

「その断定の理由は何です？」

「根拠は、四つある。その第一は、彼が被害者の生前に、最後に会った人間であるということ。第二は、裁判医の所見及び解剖の結果でわかる通り、被害者の死因が大の男の力で、力いっぱい絞めあげられたものらしいという点……。第三は、ほら、君も覚えているだろう。今日の昼間、堺ハルミが、遊戯室で、私だけに折り入って話があるといったのを……」

「ええ……、あのときハルミは、係長さんに何を話したんですか？」

「事務所で、戌井が被害者あての恋文を認《したた》めているのを盗み見したといったのさ。彼の部屋をガサったらそれが見つかったよ。……つまり戌井は、月姓聖名子を、ただ天使のように慕っていたというだけじゃなく、ひそかに恋慕の情を寄せていたことになる。その気持を、聖名子からはねつけられたとしたら、どういうことになるかね。昨夜、彼が夜遅く被害者の部屋に呼ばれたというのも、単に慈善物資の件についての相談だけじゃなくて、そのことを厳しく咎められたんじゃないだろうか」

「じゃあ、四番目の理由は？」

「彼が今朝の午前一時半頃に、何か重そうなものを乗せた手押車を押して、施設から出て行く姿を見かけたものがあるんだよ」

「それは、いったい誰です？」

「鐘撞番の簗井源吉だよ。……彼が昨夜夜中に目を醒ましたときに、窓から目撃したと、申し出てきたんだよ。もっとも賄婦の菰田富江といい、堺ハルミといい、または露崎美玲といい、戌井以外のものは昨夜の行動にも、怪しい節が多々あるから、あるいは彼との共犯関係にあるものが出るかもしれんが、……ともかく、あのホームの職員の中で、被害者を一気に絞め殺せるような男といえば、若い戌井以外にはない。……私はさっき、一課長とも内々で打ち合わせたんだが、明朝、ハロルドを戌井に面通しさせた上で、彼を逮捕しようと思っているんだよ」

そこまで、理路整然といわれては、緒方にも返す言葉がなかった。だが、彼には何といわれても、戌井が犯人だとはどうしても信じられなかった。今朝——現場検証の際に偶然会ったとき、泪で瞼を腫らしていた彼。緒方を呼びとめて、「先生を殺した犯人を、一日も早くつかまえてください！」と真剣な燃えるような目で訴えた彼……その戌井靖夫が、あのような冷酷無残な犯行を行った、憎むべき殺人犯だというのだろうか？

緒方は、波多野の細君に勧められるままに、何杯ビールのコップを空けたかわからないが、少しも酔えなかった。

「それじゃ、係長、ぼくは、これで失礼させてもらいますよ……すっかり、御馳走になってしまって……」

気まずい沈黙の後――緒方は座を立った。陶然とした顔の波多野は黙って頷いただけで、それ以上引きとめようとはしなかった。

彼は波多野の細君に送られて、アパートを出ると、急に夜の海が見たくなった。

アパートの横の暗い道を三百メートルほども行くと、その先は防波堤なのである。だが、その辺の海は、今年の春頃から、すっかり様相を変えていた。横浜と大船とを結ぶ根岸線の敷設のための、大がかりな杭打《くいうち》工事がもうはじまっているのだ。汚い溝川に沿った道のところどころに、『五号砕石』と立札の立った砂利置場や、『三千メートル、ケーブル、地下一メートル半』と記した標識や、根本を黄色く塗った杉の丸太が、山のように積んであるところがある。土砂を積んだダンプカーが、ひっきりなしに通る。そういえば『聖霊ホーム』のある屏風が浦の下の浜も、海岸線に沿った蜿々《えんえん》たる広範囲な地域に、埋立《うめたて》工事が行われていた。その工事現場は、鉄条網の柵が張られて、誰も立ち入れなかった。

緒方は潮風に吹かれながら、岸壁のふちに佇《たたず》んだ。

夜を徹して作業が進められているために、鉄槌《てっつい》の音やウインチやベルトコンベアーの音がうるさく耳につく。その音を呑《の》み込む目の前の暗黒の海は、油のようにどんよりと澱《よど》んでいた。巨大な腕をふりあげたような起重機や、機帆船の黒い影が、その先の堤防の向うに見えていた。彼は激しい失望を感じた。

二、三年前までは、横浜の海ももっと違っていたと彼は思った。同じ岸壁に立っても、晴れた日には、遠い勝が崎や観音崎《かんのんざき》灯台の辺の夜景が、夜の蜃気楼《しんきろう》のように、美しく眺められたものである。それが、いまはもう見られなかった。

緒方はふと、いままで『聖霊ホーム』が彼の心の中で、その美しい蜃気楼か夢の城のようなものであったことに気がついた。そして、聖名子は『聖霊ホーム』にとっても、緒方自身にとっても、灯台の光のようなものであったのだ。――その灯は、既に消えている。

## 2

翌《あく》る日、事件発生後二日目の午前中――ホームの中は、蜜蜂の巣のように人の出入りが慌しかった。

医大で解剖に付された聖名子の遺体が、その朝早く戻ってきたので、誰も彼もが通夜の準備に忙殺されていたからである。

青色の鑑識車からおろされた粗末な白木の棺《かん》の中の聖名子は、持ち受けていた露崎美玲をはじめ、ほかから駈けつけてきた近親者たちの手で、用意の柩《ひつぎ》に移し変えられ、カトリックの儀式に従って、白い大きな十字架のついた黒布で覆われて、玄関わきの応接間に安置された。その柩に移す際、微温湯《ぬるまゆ》で洗い浄められた聖名子の屍《しかばね》は、ローマ時代のストラのような純白の屍衣《しい》を着せられて、仰臥《ぎょうが》の姿勢のまま胸の上で組み合せた手には、銀の十字架を握らせ、彼女の頭は、清純な処女の証の花冠《かかん》で飾られた。花といえば、柩の中には、聖母の無原罪の象徴のように、白百合でうずめられたばかりか、通夜の場所に決められた応接間いっぱいにも、花園から切り取ってきた生花の香《かおり》が漂っていた。その指図は、すべてゲマインダー神父が行った。

次々と訪れた弔問客は、玄関に入ってすぐに目につく、例のテッツィアーノの『聖母被昇天』の絵を見て、新たな泪をそそられた。

午前九時――緒方が波多野警部や他の刑事たちとともにジープで到着したとき、戌井靖夫は、施設の玄関に設けたその弔問客用の受付と奥とを行ったり来たりしていた。

緒方は戌井をつかまえて、応接間の隣りの、人の誰もいない事務室に誘った。その事務所の隅には、四、五日前に届いたという慈善物資のボール箱が積みあげてある。それを横目で見ながら直接彼に殺人容疑の逮捕状を指し示したのは、波多野だった。戌井は、その逮捕状に書かれてある自分の名前を見て、はじめはキョトンとしたような目をして声を呑んだが、徐々にその顔が奇妙に歪んできた。

「冗談じゃない。警部さん……私が先生を殺したんですって……？　と、とんでもない濡れ衣だ。何を根拠に、私を犯人だなんておっしゃるんです」

　波多野は、昨夜——緒方に話した通りの容疑事実を、事務的な口調で簡単に述べていた。波多野の表情は、緒方もかつて見たことがなかったほど、冷ややかな司直の目つきをしている。彼は刑事の一人に、ハロルドを呼んでこさせると、その肩をこづくように戌井の前へ押しやった。

「さあハロルド……お前は、一昨日の夜中に、この男が園長先生を殺すところを見ただろう？　え？　どうなんだ！」

　だが、波多野がかなりの期待を懸けていたらしい、その面通しの結果、たいした効果は得られなかった。白い歯をむき出したハロルドは、ゴリラの子が暴れるように、腕を摑《つか》まれた刑事の手をふりきって逃げようとするばかりで、ろくに戌井の顔を見ようともしないのだ。むしろ刑事たちの方に脅えているらしい。波多野は舌打ちをして、ハロルドを連れ去らせた。

　戌井は、そのことに力を得たように、波多野のそばで終始沈黙をまもっている緒方にむかって食ってかかった。

「緒方さん、どうして何もいっちゃくれないんです。……私が先生を殺すような、そんな怖ろしい人間じゃないことは、緒方さんが一番よく知っているはずじゃありませんか？」

　それでも、緒方が相変らず唇を固くむすんだまま身じろぎもしないでいるのを知ると、今度は波多野の方に、気が違ったようにわめきたてた。

「警部さん、犯人は私じゃない。絶対に私は潔白です。お願いです。信じてください！」

「じゃあ、君は誰が犯人だというんだね？」

「先生を殺したとすれば、あの男の仕業です。あの男が殺《や》ったんだ！」

「その、あの男というのは？」

波多野は、するどく訊き返した。

「黒いオートバイに乗って、ときどきやってくる男です。黒塚健《くろづかけん》ていえば、御存知《ごぞんじ》じゃありませんか。桜木町の荒神《こうじん》一家きっての愚連隊ですよ」

緒方の顔にはじめて、激しい衝撃の変化が起った。波多野も明らかな狼狽の色を浮かべた。

黒塚健――その男のことなら、戍井から教えられるまでもない。やくざ仲間のあいだでも、『蠍《さそり》の健』というあだ名がついていて、殺人、傷害などの前科を何犯も重ねて、磯子署だけでも数回逮捕したことのある悪党中の悪党である。確かいまは、横浜で外人相手のパイラーを専門にやっていると聞いている。

「その黒塚がどういうきっかけで、このホームへ、やってくるようになったんだ？」

波多野の声は、震えていた。

「私が府中の刑務所にいる頃、あいつも同じ房にいたんで識《し》り合ったんです。それが、半年ほど前に、ひょっこり私を探しあてて、訪ねてきたんですよ……黒塚は、怖ろしい男です。美玲さんもあの男のために、裏の松林で無理やり犯されたばかりか、私もあの男にホームへ送られてきた慈善物資を横流ししろと、脅迫されてたんです。昨夜、私が夜中に手押車を押してホームから出たのも……実はやつに脅かされて事務所の物資を、温室まで運んだだけなんですよ。今夜も十時に、あのコンクリート橋のところで、会う約束になってるんです。だから、つかまえるなら、黒塚を逮捕してください。先生を殺すような悪党は、あの男以外には考えられません」

「余計なことはいわんでもいい！」

波多野は、苦々しそうに吐き出した。

「黒塚のことは、むろん調べておるが、だからといって、お前の容疑がはれたわけじゃないぞ。黒塚がたとえどんな男でも、彼が園長を殺したと思われる根拠は、目下のところは何もない。お前の容疑を覆すような新事実が出ない限り、やはりお前をいちおう月姓聖名子殺しの容疑者として逮捕する！」

「ああ……これだけいっても、信じちゃくれないんですか……」

戌井は絶望したように、両手で髪の毛をかきむしったが、その手首には、波多野に促された刑事の一人の手錠が容赦なく食い込んだ。

取り込みのさいちゅうであることを考慮して、事務所のドアは閉めきってあったのに、気がつくと、廊下の外には、いつのまにか弔問客や子供たちが集って、物見高く人だかりがしている。その人垣をわけて、戌井が悄然《しょうぜん》として連行されて行くと、後に残ったのは、緒方一人だけだった。

　緒方は、自分の確信と疑惑が正しかったことに、改めて自信を持った。波多野は、戌井に対してああはいったが、あれは体面上あのようにいわざるを得なかったからなのだ。《黒塚の名前を、戌井からぶちまけられたとき、係長は珍しくうろたえていた……》と、彼は思った。自分一人を残して引きあげたのも、今夜十時に現れるという黒塚を、張り込んでみろという、無言の指示に違いない。後は黒塚が聖名子を殺すに足る動機と、犯行を実証する手がかりさえ摑めれば、それでよかった。緒方は別に先輩の鼻を明かしてやりたいなどという対抗意識めいた気持は、毛頭持ってはいなかったが、それでもやはり全身の血が、沸きたつのを覚えた。

《それにしても、あのコチコチのカトリック信者の美玲が、黒塚に犯されていようとは、皮肉だったな》

　緒方が、玄関の外へ出て、坂道を土埃をあげてくだっていく戌井を乗せたジープを見送ったとき、ふいに後から「おじさん」とジョニーに声をかけられた。ジョニーは、緒方の腕をひっぱって、玄関のそばに停めてある弔問客の誰かの車の蔭へ連れていった。

　彼が昨日与えた、百円玉に、味をしめたのだろう。靴墨を塗ったようなまっ黒な顔をニヤニヤさせて、また何かこっそり知らせたいことがあるかのように、もったいぶった目の光らせ方をしている。

「おじさん……おれ、昨日の話より、もっといいことを知ってるんだけどなあ……」

緒方は、その狡賢そうな白い目をじっと瞶めると、無言でかくしから百円玉を取り出して、その手に握らせた。

「また、何か立ち聴きでもしたのかい？」

「ああ……おれ、あの晩ほんとうにあの男が訪ねてきたかどうか知りたくなって、寝る前に露崎先生の部屋の前へ行ってみたんだ。……そしたら、確かにあの男の声が聞こえたんだよ」

「それで、黒塚は何ていったんだね？」

「今夜、園長は、おれが殺してやるって！」

緒方は思わず息を呑むと、あたりを見廻してから両手でジョニーの肩を摑んだ。

「黒塚は、間違いなくそういったんだね？」

「嘘なんかいうもんか。それに、おじさんに教えてあげたい話は、まだもう一つあるんだ」

緒方は、また百円玉をもう一箇《こ》取り出した。

「そのもう一つの話っていうのは？」

「あの晩、夜中に、露崎先生が、おれたちの寝てる部屋へ入ってきたんだよ」

それは、緒方も既に富江に聞いていることだった。

「先生はハロルドの寝てるそばへ忍んできて、こういったんだ。——今夜見たことは、絶対誰にもいっちゃいけないって。うっかり喋ると怖ろしいことになるぞって……おれ、あの晩、ハロルドが窓から戻ってきてから、ずっと目を醒してたんで、寝たふりをして聞いていたんだよ」

《やっぱり、ハロルドは、蔭で脅かされていたのだ》と緒方は思った。

だが、その脅迫した人物が、美玲であったことは、意外だった。美玲はなぜそんなことをいったのか？　いや、それよりも、なぜ黒塚が彼女の部屋にいたのか……？　ハロルドは、美玲に脅され、その美玲はさらに黒塚に脅迫されているのではないか——？　それに違いないと緒方は確信した。

黒塚健こそ……月姓聖名子を殺した真犯人なのだ。ジョニーが耳にした言葉が、何よりの証拠だった。だが、彼は黒塚を逮捕するまでは美玲を先に追及することは避けた方がいいと思った。肌を許した女の弱味で、もしも事前に黒塚に連絡でもされて逃げられたりしては何もならないし、彼が、果して危険な罠《わな》の中に、ふたたびのこのこ現れるかどうかも疑問だった。

その夜——緒方は、コンクリート橋のそばの、楢林の中に身を潜めた。風一つない蒸し暑い夜であった。藪蚊《やぶか》がひっきりなしに襲ってくる。張り込みも、なかなか楽ではなかった。腕時計の夜光の針を見ると、十時五分前を指していた。緒方は『憩《いこい》』の袋を取り出して、一服つけた。いま時分、通夜の席ではゲマインダー神父の祈禱《きとう》と説教がはじまっているに違いなかった。

その煙草を半分近く吸った頃、門の方から凄まじいオートバイの爆音が聞えてきた。

《来たな！》と、緒方は武者震いをして、吸いさしの『憩』を足許の草叢に投げると、靴先で踏み躙った。

トンネルの闇の中から現れたそのオートバイは、コンクリート橋の手前で、爆音を停めた。黒塗りの二気筒エンジンのオートバイである。そして、それを運転してきた男も、まるで悪の化身のように、黒の風防眼鏡に黒いアロハシャツを着ていた。――まさしく黒塚健であった。

黒塚は、オートバイを乗り捨てると、風防眼鏡を取って、警戒するようにちょっとあたりを窺ってから、急ぎ足に花園の方へ向う小径に入っていった。緒方は急いでその影の後を追いかけた。

むせるような花の匂いが、あたりの闇に溶けて漂っている。その中のひときわ強烈な芳香は薔薇畠からのものだった。その薔薇が、夜目にも仄白《ほのじろ》く、無数の泡雪を散らしたように美しく咲き乱れているのを見ると、それをかきわけて立ち入っていく黒塚の後姿に、緒方の怒りは倍加した。黒塚が花園を荒す巨大な毒虫のように思えたのだ。

薔薇畠の奥の温室の前で、黒塚はとつぜん立ち止った。後から迫る緒方の跫音《あしおと》に気がついたらしい。黒塚はギョッとしたようにふりむいた。それからいまいましそうに舌打ちをした。

「てめえは、刑事だなっ！」

その手にキラリと飛び出しナイフが光ったのを見て、緒方は寸時の躊躇《ちゅうちょ》なく、猛然と躍りかかっていった。

「黒塚っ……貴様を殺人容疑で逮捕するっ！」

激しく肉体と肉体がぶつかり合った。緒方の全身から迸《ほとばし》る力には、他の犯罪者を逮捕するとき以上の、憎悪がこめられていた。二人は絡み合ったまま、薔薇畠の中をころげ廻った。

黒塚の手からは、飛び出したナイフがはね飛んだ。

だが、組み敷いた黒塚の花札の刺青のある手首に、やっとのことで手錠をかけおわって、緒方が喘ぎながら立ち上ったとき、その背後の闇に、いつのまにか幽霊のような女の姿が立っていた。

露崎美玲であった。

## 3

狭い深夜の調室の天井からさがった裸電球のまわりに、羽虫や蛾《が》がうるさく舞っている。

そのうす暗い光線のせいでよけいに、頬に斜めにするどい傷痕のある黒塚の横顔が、この上もなく陰惨で兇悪な人相に見える。窓もドアも厳重に閉めきった密室の中なので、彼の額にべっとりと汗が滲んでいた。ガタガタの木の腰掛に坐った黒塚は、与えられた煙草がちびるまで吸って、啞《おし》のように黙りこくっていたが、やがて最後の煙をふてぶてしく吐き出した。

「いったい、旦那方は、あっしに何をお訊きになりたいので……」

黒塚は、彼の両側をはさむようにして立っている波多野と緒方の顔を、かわるがわる見較べると、うそぶくようにいった。

「白ばっくれるな……！　お前も悪党なら悪党らしく、あっさり泥を吐いたらどうなんだ？」

「泥を吐くったって……あっしの口からは、せいぜいカスみたいなちっぽけな悪事ぐらいしか出ませんぜ」

「だが、ちゃんとネタはあがってるんだ。……お前があの晩、露崎美玲の部屋で、今夜園長を殺してやる。といっていたのを、ジョニーという子供が聞いてるんだぞ。それでもまだシラを切るつもりか……」

緒方は、苛だってするどい声を浴せた。

「ああ、あのことか……」黒塚は意外にも顔色一つ変えずにそっぽをむいた。「あれなら、美玲の方からその話を持ちかけてきたんですぜ、園長が死ねば、そっくりあの『聖霊ホーム』が自分のものになるからってね。……そうなれば、施設を売っぱらって、その金を山分けにするっていうから、それなら一つやってやろうかって、もののはずみで口がすべっただけですよ」

「出鱈目《でたらめ》をいうな……！　あの熱心なカトリック信者の露崎美玲が、そんな大それたことをいうはずがない」

「美玲がカトリック信者ですって？　あの女がね……ぷっ、こいつはお笑い草だ。彼女はね、旦那……おれが一度力ずくで抱いてやったら、すっかり参っちまいやがって、近頃ではおれの方がもてあますぐらい、あちらさんから夢中になってきてやがるんですぜ。おれの方は、はじめから慰み半分だったんだ」

「それで……お前は、口をすべらした通りに、あの晩実行したのか？」

そばから厳しくいったのは、波多野だった。黒塚は黄色い歯を見せてムキになった。

「とんでもない。それなら、今夜危険をおかしてまで、ノコノコ、ホームを訪ねるもんですか。……あの晩は、慈善物資の横流しの件で、戌井と大事な打ち合わせがあったんでね。あっしにとっちゃ、殺しなんて危い真似をするより、その取引の方がずっと関心があったんだ。だから、十二時ごろ美玲の部屋を脱出して、あの温室で一度、戌井のやつと会ったんですよ。それから後は、伊勢佐木《いせざき》町のバーにいたんだから、立派なアリバイがありまさあ……殺しの件は、今日の昼間、美玲から電話で聞いたんだが、戌井の仕業だったんじゃねえんですか」

そのとぼけたいい方が、緒方の憤怒《ふんぬ》をかきたてた。

「貴様というやつは！」と、彼は歯ぎしりした。「露崎美玲を暴行したばかりか、その上戌井まで、その物資の横流しのことで、教唆していたそうじゃないか。今夜、戌井に会う約束をしていたのも、そのことのためだったんだろう。……だが、戌井がつかまったのを知ってたのなら、なぜわざわざ出かけたんだ？」

「あいつがあの晩、夜中のうちに、温室まで運んだ物資を受け取るためですよ」

「つまり貴様は、戌井がつかまったんで、自分の身が、安全だと思ったんだな、だがどっこいそうはいかんぞ！」と、緒方は黒塚を睨みつけた。「殺しの犯人はやっぱり貴様だ……！あの楽園に侵入した毒蛇のような貴様が殺さなければ、いったい誰がやる。天使を殺すような残忍非道な悪党は、貴様以外にはないはずだ！」

「その天使のことですがね……」黒塚の唇の端が異様に歪むと、徐々に嘲《あざ》けるような笑いが浮かんできた。「旦那方は、なんにも御存知ねえんだな。その天使のおかげで、あのホームの連中が、だんだん堕落していったのを……」

「なんだって！」

「つまりね。あんな天使のようなものがそばにいると、まわりのものは自分自身の心の醜さを嫌でも意識しなけりゃならないんだ。息がつまって、生きちゃいられなくなってくるんだ。色だってそうじゃねえですか。黒い紙に墨を落したって目立たねえが、白紙に墨を落せばいっぺんで目立つ。それと同じこってすよ。……まあ、嘘だと思ったら、一度あの花園の温室の中を調べてごらんなさい」

「あの温室の中がどうだというんだ」

「まわりに美しい花の咲き誇っているあの温室の中が、実はホームで働く連中の、悪徳の公衆便所だったとしたら、旦那はどう思います？　ホームの者は、一人残らず、あそこをそうした目的のために利用していたんだ。たとえば、賄婦の菰田富江は、夜になるとあそこへ行って、あっしが手に入れてやった麻薬を打っているし、堺ハルミは、あっしが客を世話して、ときどき淫売をやっている。もっとも、ハルミは戌井に惚れていて、やつに冷たくされたヤケのせいもあるんですがね」

「じゃあ、その戌井も……」

「そう、旦那は、あっしが脅迫したようなことをおっしゃるが、事実はそうじゃねえ。あの男の方から、横流しの相談を持ちかけられて、あっしは単なるブローカーの役目をつとめるだけでさあ。もう半年も前からあの温室を取引場所にやっていることで、やつにはずいぶん儲《もう》けさせてやったんですぜ」

「しかし、まさか、鐘撞番の簗井源吉は……」

緒方の顔が徐々に血の気《け》を失っていくのに反して、黒塚の顔は、勝ち誇ったようにかがやいてきた。

「ところが、あの爺《じい》さんだって、御立派なことをやっているんだ。旦那が今夜、あっしをつかまえる前に、一目、あの温室の中を覗いてごらんになってりゃ、わかることだったんですがね」

「何が見られたというんだ！」

「あの爺さんは、変態でね。……あのとき、黒ん坊の子のジョニーを抱いて、お愉《たの》しみのまっさいちゅうだったんですよ。ジョニーは、爺さんから、その都度、百円玉をもらって、いうことを聞いてたんでさあ……」

緒方は激しい眩暈と嘔吐《おうと》を催した。彼は興奮のあまり、思わず黒塚の汗ばんだ胸ぐらを摑んでいた。

「この悪党！　獣《けだもの》っ！　何もかも、貴様のせいだ……！　あの楽園をめちゃくちゃにしたのも、せっかく更生しようとしていた人間たちを、ふたたび悪事に引き戻したのも……」

「何をいうんだ。刑事さん……」その手を振りはらった黒塚は、いままでの卑屈な態度と打って変って、まるで開きなおったように猛々《たけだけ》しい反抗的な面構えになっていた。「おれは、あいつらの悪徳の、単なるお手伝いをしてやったに過ぎないんじゃねえか。この世には、神さまなんかより、公衆便所の方が必要なことだってあるんだぜ。やつらにとっては、天使よりもおれの方が結局は有難《ありがた》かったんだ！」

わめきたてる黒塚の頰げたを、やにわに緒方は、狂ったように殴りつけた。波多野がもしもあわてて引きとめなかったら、床に鼻血を噴いて倒れた黒塚が半殺しになるまで、殴打しつづけ、叩きのめしていたことだろう……。

# 第五章　黒い鎮魂弥撒曲《ちんこんミサきよく》

## 1

緒方はその夜――署の宿直室に泊《とま》ったが、一晩中まんじりともできなかった。

黒塚健の怖ろしい暴露によって受けた打撃は、聖名子の死を知ったときよりも、はるかに激しく甚大だった。それは単なる『聖霊ホーム』の裏に隠された思いもかけない醜悪な腐敗の事実を、知らされたことのショックばかりではない。緒方自身のこれまでの信念や考えが、根底から覆えされ、微塵《みじん》に打ち砕かれたことに対する、呆然自失といった方がよかった。大人ばかりか、誰よりも信じていた子供たちにまで、裏切られようとは思わなかったのだ。それでも、彼にはもはや黒塚の挙げた忌わしい事実を反駁するだけの気力はなかった。むしろ、黒塚の言葉によって、いままで不明だったいくつかの疑点が、明らかにされたことの方が多かった。

戊井やハルミや富江が、オートバイのことになると、口を揃えて知らないといいはったのも、いまとなっては頷ける。事件当夜の関係者のそれぞれの怪しい行動も、黒塚にいわれたことを思い合わせれば、納得のいく点がずいぶんあった。ハルミが、戌井に誘われて豚小舎へ行ったというのも、実は彼女の方から誘ってふられたのかもしれないし、富江が夜中に起きて、食堂へ水を飲みに行ったというのも、そのとき、こっそり麻薬を打ちに行ったのかもしれないのだ。そういえば事件の翌る朝、戌井が花園から出てきたのも、温室の中の横流しの物資が見つかることを怖れて、それを隠しにいったのかもしれなかった。

《だが、それなら、聖名子を殺した真犯人は、いったい誰なのだろうか……？》

残念ながら、黒塚健のアリバイは、その夜のうちに証明された。

《とすると……現在、署に留置中の戌井か？　それとも他の者か？》

戌井でないとすれば、彼が横流しの物資を手押車で温室まで運んだ後に、聖名子の死体を豚小舎まで運んだ、誰かがいたわけだった。

緒方は、もう犯人は誰でもいいと思った。誰を信じる気も、もうなかった。ただ、刑事としての職業意識から、犯人を追求する義務感だけが、僅かに惰性のように残っているだけだった。

彼の頭には、とつぜん昨夜黒塚を逮捕したときに出会った、露崎美玲のあの幽霊のような顔が浮かんだ。

――

その美玲が、思いがけなく、彼女の方から署へ訪ねてきたのは、翌る朝の午前八時頃のことである。身には黒い喪服のワンピースを着ている。そういえば、その朝午前九時からは、あの『合歓の御拝堂』で、聖名子の葬儀の弥撒《ミサ》が行われることになっているはずだった。

宿直室から起きてきた緒方は、顔も洗わないまま、彼女を昨夜黒塚を取り調べた調室に通した。そのとき美玲の頸に、カトリックの信者だけが用いる、あのメダイのついた鎖が消えていることに、彼は目ざとく気がついた。

「昨夜、黒塚をお調べになって、もう何もかもおわかりのことと思います。……それで、わたくしの罪を改めて告白に参りましたの」

と、美玲は緒方の勧めた椅子に坐るなり、いった。

「罪の告白というと……？　じゃあ貴女《あなた》が園長を……」

「いいえ、でも、わたしにとっては殺人に匹敵するほどの、怖ろしい罪ですわ。破戒を犯した信者として、神の峻厳な裁きを受けねばならない身でございます」

「貴女の犯した罪とは、いったいどういうことなんです？」

「わたくしが、従姉の死骸を、手押車で豚小舎まで運びましたの……」

「なに、貴女が……」

緒方は、思わず硬い表情になった。美玲の膝の上の手が、小刻みに震えていた。

「黒塚とわたくしの恥《はずか》しい関係は、もう御存知と思いますけど、あの晩、彼が従姉を殺すと洩らしてたもんですから、不安のあまり、午前三時頃、園長の部屋へようすを見に参ったんですわ」

「それで、園長の死体を発見したんで、てっきり黒塚の仕業と思ったんですね」

美玲は頷いた。「それからは、きっと悪魔がわたくしの身に乗り移ったんですわ。あの晩、ハルミさんが戌井さんを、表での媾曳《あいびき》に誘ったのを知っていたものですから、そちらに嫌疑をかけようと思って、わたくし夢中で家畜小舎へ……」

「じゃあ、あのロザリオも、部屋の後始末も貴女のせいだったんですね？」

「その上、従姉の頸に巻きついていた鐘の引綱《ひきづな》を、浴室で燃したのもわたくしですわ。その後、ハロルドの姿が見えないことに気がついたものですから、子供たちの部屋へ参りましたの……でも、黒塚の仕業でないとすると、いったい誰が殺したんでしょう？」

「その……貴方が死体を発見したとき、何か特別に変ったことに気がつきませんでしたか。たとえば、その引綱の模様なんかで……」

緒方は、思わず身を乗り出した。

「わたしが見たとき、その引綱は、ベッドの死体から、窓の外の闇にのびておりましたわ」

「なに、窓の外へ……」

緒方の頭には、そのとき——園長室を調べた際に波多野が見つけた、あのベッドの支柱と窓の鉄棒の鑢でこすったような痕のことが頭に閃《ひらめ》いた。だが、事件に直接関した美玲の告白は、それでおしまいだった。

「わたくしのように、これまで信仰の道一筋に生きてきた女が、こともあろうにあんなやくざな男に心を奪われるなんて、自分で自分に愛想がつきますけど、わたくしのからだの中の血が、どうしてもいうことをききませんの。わたくし、いまでも黒塚を愛しています。あの男なしでは生きていけない女になってしまったんですわ」美玲は、我と我が身を責めるように唇を噛むと、急に哀願するような眼差しになった。「でも、刑事さん。どうせ、この身が罪に問われるのは、覚悟の上ですけど、一つだけお願いがございますの。罪に服する前に、せめて葬儀の弥撒《ミサ》にだけは参列させていただけないでしょうか？」

「いいでしょう。いちおう係長にも相談しなけりゃなりませんが……」

緒方は、それくらいは許してもいいと思った。

聖名子の葬儀は、その朝、彼も波多野の代理で参列することになっていた。彼は出署してきた波多野に、美玲のことを報告して、改めて許可をもらうと、若い刑事と二人で美玲を送りがてら『聖霊ホーム』へ向った。

## 2

三人を乗せたジープが門をくぐるころ、怪しかった空模様がくずれて、沛然《はいぜん》と驟雨《しゅうう》が降りはじめた。その激しい雨の中に、陰々とした鐘楼の鐘の音が響いてきていた。その弔鐘は、御拝堂から聖名子の柩が送り出されるまで、鳴りつづけるのであろう。葬送の朝にふさわしいその灰色に煙った園内の景色が、緒方の目には、昨日までとは打って変った荒寥《こうりよう》とした墓場のような昏《くら》いものに映った。正面に見える施設の建物も、雑木林も、花園も、すべてが黒い霧で覆われているようだった。

緒方は、若い刑事を途中でおろして、温室内の調査を命じると、まもなく施設の玄関前に着いたが、御拝堂へ行く前に、なぜかふと、二階の混血児たちの寝室を覗いてみたくなった。自分でもどうしてだかわからなかったが、あの子供たちの手で黒く塗り潰された、大天使ミカエルの絵のことが気になったのだった。

二階のその部屋には、子供たちの姿はなかった。もうみんな御拝堂へ行っているのに違いない。それでも、壁には、黒い天使の絵はまだ懸ったままになっていた。聖名子の事件が起ったために、そのことに気がついても、誰も子供たちを叱る余裕がないのだろう。

緒方は人気《ひとけ》のないその部屋の中にただ一人で佇んで、じっとその絵を瞶めたが、そのとき、だしぬけに稲妻が、開け放たれた窓の外にはためいた。つづいて窓硝子《ガラス》がわななくほどの凄じい雷鳴が、天の一角で轟《とどろ》いた。その気配に、何気なく窓の外を見た緒方は、ハッとなった。どしゃ降りの戸外に、したたかな雨脚《あまあし》に打たれて、濡れそぼれた跣のままの女がいるのである。ハルミだった。彼女は両手で顔をおおって、まるで天にむかって懺悔《ざんげ》でもしているかのように、身をわななかせて激しく慟哭《どうこく》しているのだ。

　すると、そのとき、後のドアがあいて、相棒の若い刑事が腕を摑んでひきたてるようにして、ひっぱってきたのは富江だった。

「いやはや、部長さん。あの温室の中ときたら、まったく予想以上にひどいもんですよ。球根や化学肥料を入れた大きな箱の中に缶詰、薬品などの物資が隠してあるし、麻薬のアンプルは植木鉢の中に埋めてあるし、私が踏みこんだら、ちょうどこの女が腕に注射をしようとしたところだったんで、連れてきたんです」

　刑事の横でうなだれている富江の顔色は、病的な土気色をしていた。明らかに麻薬の切れた中毒者特有の顔色だった。緒方は、そのことになぜもっと早く気づかなかったかと、内心で悔《くや》んだ。

「旦那、ほんとうに申し訳ございません。署のおかげで、せっかくこんな天国のような施設へ入れていただきながら、先生をはじめ旦那まで裏切ってしまって……」と富江は卑屈に何度も頭をさげた。「でもね旦那……わたしは、やっぱり薬とは縁が切れなかったんですよ。これをうたないと、とたんに変な幻覚を見たりするもんですからね」

「……幻覚？」

「そうなんですよ、あるはずのものが見えなかったり、ないものが見えたりめちゃくちゃなんです。いままで麻薬をうっているのがばれるので黙ってたんですけれど……あの事件の晩も夜中の二時過ぎに起きて、何げなく子供たちの部屋の鍵穴から覗くと、眠っているはずの

後から生れた。
その言葉が、緒方の頭を覚醒剤のようにハッとさせた。とっぴょうしもない疑惑が、その
「なんだって、あの晩、子供たちが寝室に一人もいなかったたって……」
子供の影が一人も見えなかったりするんですものね」

《まさか……》と彼は想《おも》った。それはあまりにも怖ろしい疑惑でありすぎた。だが、ひとたびきざしたその疑惑は、黒雲のように、彼の思考を侵蝕《しんしょく》した。緒方は孤独になりたくて、若い刑事に富江を連れ去らせた。目の眩《くら》むような稲妻がふたたび窓外で光った。雷鳴が彼の中で鳴った。——緒方はある事実につき当った。ハロルドのことだった。

ハロルドは、あの事件の夜——合歓の木にかけた梯子を昇って、屋根伝いに二階の部屋へ逃げ戻ったといった。だが、ハルミがドアに鍵をかけたのを知らないはずのハロルドが、なぜそんなことをしたのだろうか。誰かに教えられたに違いないのだ。

《聖名子を殺した犯人は、もしや子供たちだったのではないか!》と緒方は思った。なるほど、あのとき子供たちは部屋の中に閉じこめられていたかもしれないが、ハロルドが窓から入れたのなら、逆に外へ出ることもできたはずである。緒方の頭には、事件の翌る朝、御拝堂の屋根にあがっていて、源吉に叱られた彼らの黒い群像が浮かんだ。……彼らに縊り殺された猫のラファエルのこと。そして更に美玲が目撃した、ベッドから外の闇へのびていたという鐘楼の引綱のこと。

犯行を行ったのは、かれらの中の一人ではなかったのだ。十人の混血児たち全員が、犯人だったのではないか。聖名子が強力な力で絞殺されたという裁判医の見解から、幼い園児のことを、誰もが眼中に置かなかったのが盲点だった。確《たしか》に子供たち全員が力を揃えたら、大人以上の力になったはずなのである。緒方は、あの夜の彼らの行動を想像すると、慄然とした寒気を全身に覚えずにはいられなかった。

窓から次々と外へ出た子供たちが、跫音を忍ばせて、聖名子の部屋の外へ近づき、室内のハロルドを呼び起す。そして、合歓の木にかけてあった鐘楼の引綱の先を輪にして、ハロルドに聖名子の頸にかけさせ、他の子供たちは綱引でもするように、それを力いっぱいひっぱる。おそらく聖名子は、目を醒した瞬間に、彼女の首がベッドの頭の支柱にからまってどうすることもできず、一気に絞殺されたのであろう。その支柱と窓の鉄棒に残った鑢でこすられたような痕は、彼らが引綱をひっぱったときにできた痕に違いなかった。

だが――聖名子のことをあれほど実の母以上に慕っていた彼らが、なぜ突如としてそんな残酷な行動に出たのだろうか。

緒方は、目の前の黒く翼を塗り潰された、大天使ミカエルの絵を、ふたたびじっと瞶めているうちに、昨夜、黒塚が最後にうそぶいた言葉が、まざまざと脳裡に思い出されてきた。

この世に、天使が存在すると、周囲の人間は、己が心の黒さと醜さを、嫌でも意識しなければならない。と黒塚はいった。それは心ばかりでなく、混血児たちにとっては肌の色にもあてはまることではなかったろうか？　聖名子がそのことに対して、あれほど繊細に神経を使っていながら、彼女自身の汚《けが》れのない純白の姿と、子供たちの心を浄めるために飾った白い翼が、逆に鋭敏な彼らの神経に黒い肌のコンプレックスを呼び醒まさせることに気がつかなかったのだ。彼らが天使を慕っていながら、無意識には憎んでいることを知らなかったのである。しかも、ある晩、彼らはその天使の部屋に、閉じ込められたのだった。その上、ハルミの毒舌も、子供たちを刺激したに違いなかった。そのために彼等の心の底に鬱積していた憎悪と反感が、一時に爆発してミカエルの翼を塗り潰し、その天使の生きた像である、聖名子を無残に殺したのではなかったろうか？　彼らは黒い皮膚という共通の劣等感に結ばれて、一般の子供の心理では考えられないような異常な団結ぶりを示したのに違いない。

以上のことは、あくまでも緒方一人の推理に過ぎなかったが——天使というものは、しょせん絵の中の偶像、想像の世界の中だけの神聖の象徴なのだと、彼は思った。

人々は、心の中でその天使をどんなに崇拝し、どんなに憧れていても、それがいざ現実にそばに生きているとなると、たちまち息がつまってしまうのだ。聖名子のような女は、血の通った人間として存在してはならなかったのだ。現代の世の中では、多かれ少なかれ最小悪の方が、人の生きていくための必要なことなのかもしれなかった。

緒方はよろめくような足どりで、子供たちの部屋を出ると、何かに救いを求めずにはいられない気持で御拝堂へ向った。

# 3

赤色の聖体ランプがともった祭壇の上の聖櫃《せいひつ》に、燦然たる十字架が輝やいている。正面の彩絵硝子の外で、ときおり稲妻がはためくたびに、そこに画かれた極彩色の聖母子と寄進者の姿が、御拝堂の暗がりに一瞬照《て》らし出されて、世にも美しく荘厳に浮かびあがった。

その祭壇の前では、短白衣に黒のストラを着用したゲマインダー神父の手で、葬送の赦禱式の儀式が既に行われていた。

聖名子の柩は、カトリックの掟《おきて》に従って、信者が聖堂で祭壇に向って禱《いの》っている最中に、あおむけに倒れて息を引き取ったようにするために、足を祭壇の方に向けて据えられている。その柩の両側には、それぞれ三本ずつの燭台の大蠟燭《ろうそく》に灯が点《とも》されていた。その光は死者の信仰を顕《あら》わし、その焰《ほのお》は死者が天国を希望していることを示し、その熱は死者の天主に対する愛熱を象徴しているのである。

赦禱式はカトリックの葬儀の典礼の中でも、もっとも厳粛なもので、死者の霊魂がキリストの前で、天国か地獄か煉獄《れんごく》かのいずれかに行く判決を受ける、その審判のさまを偲《しの》ばせるための儀式であった。審判者たるキリストを示す副助祭が、柩の頭の方に十字架を持って立ち、その周囲には二人の従者のおのおの火を点じた蠟燭を持って立って、ゲマインダー神父は柩の足許に佇んで、聖水の香炉を持った侍者を従えていた。

神父の誦《とな》える抑揚のついたラテン語の祈禱の声が、御拝堂内に朗々と厳《おごそ》かに流れた。「主よ。主の僕《しもべ》に対して、審判を開き給う勿《なか》れ。それは、主にそのすべての罪を赦《ゆる》されずば、何人たりとも御前に正しきものとなる能わざればなり……」

緒方が、御拝堂の中に入っていったときは、ちょうどその祈禱の後に「主よ死せる僕の霊魂を憐み給え。キリストかれらを憐み給え。主かれらを憐れみ給え……」というキリエ・エレイソンが唱えられて、パイプオルガンの荘重な伴奏とともに、聖歌隊の合唱がはじまったところだった。グレゴリアン聖歌の中でも、もっとも悲痛な鎮魂曲とされている「リベラ・メ」が歌われている。

だが、その聖歌隊の少年たちを一目見たとたん――彼は思わず息をのんで立ちすくんだ。その聖歌隊はホームの十人の混血児たちだった。「主よわれを永遠の死より遁《のが》しめ給え……」彼らは黒人の血をひいた独特の美しい声を揃えて、真剣に唱っている。その顔も――いや、その聖なる歌声に聴き入る、美玲や源吉や富江の頰も、天使の死を悼む真実の泪で濡れていた。緒方の目には、その混血児たちの揃いの雪のような純白の式服と、神父が聖水を注ぎ香の煙をかける、漆黒《しっこく》の布で覆われた聖名子の柩とが、強烈な白と黒の対照的な色彩で灼きついた。

I

# 暗い独房

刑事部屋に向かいあっている捜査係の調室《しらべしつ》は、いつも空気が濁っていた。

だいたい警察のなかは、どこへいっても空気の流通のいい部屋というのは少ないのだが、せまい調室ともなると殊《こと》にそうで、毎朝小使いが鉄の火鉢におこしていく炭が粗悪なせいもあるのだろう。閉めきって報告書を書いたり、調書を読んだりしていると、頭痛がすることがしばしばある。

主任の佐山貫次《さやまかんじ》警部補は、自身のことよりこれから調べる被疑者への思いやりから、手をのばすと背後の窓硝子《まどガラス》を押しあけた。とたんに赤錆《あかさ》びた鉄格子のあいだから、冷たい爽かな空気が流れこんできた。

二月下旬のよく晴れた日である。陽差《ひざ》しはまだ弱々しいが、春の近いことを感じさせる。

その窓は署の中庭に面しているので、すぐ眼と鼻の先に、留置場に接続した金網ばりの遊歩場が見える。陽溜《ひだま》りに留置人が四、五人かたまって日向《ひなた》ぼっこをしていた。看守の見張に曝《さら》されながら、うまそうに煙草《たばこ》の廻《まわ》し喫《の》みをしている。その横の剣道場の屋根には、残雪が雲母《きらら》のように光っていた。

佐山警部補は視線を転じて、机の上の捜査書類に眼を落《おと》した。

まもなく部下の益子《ましこ》刑事が、一人の少年を留置場から連れ出してくることになっている。

檜垣紘一《ひがきこういち》――十六歳。

かれはその少年を待っているのだった。少年とはいっても、殺人の現行犯で逮捕した重大犯人である。さいきんあまりパッとした事件にぶつかっていないS署にとっては、久しぶりに扱った兇悪《きょうあく》事件だった。恩人の牧師の一人娘を少年が教会内で絞殺したなどという事件は、そうめったにあるものではない。幸い犯人がすぐつかまったから、署だけで処理できたものの、もしも逃げられでもしていれば、本部事件として捜査本部を設けて大さわぎになるところだった。

佐山警部補は、火鉢のふちに靴下の足をのせて、小刀で鉛筆を削りはじめた。犯人を調べる前に、いつもする癖なのだ。不器用にうごかすかれの指はゴツゴツとしていて、筋肉労働者のように節くれだっていた。巡査から叩《たた》きあげて二十五年――決して早い出世ではないが、その間ずっと刑事畑で過《す》ごして、何人かの兇悪犯人に手錠をかけた指である。部長刑事時代《でかちょう》、山貫とか鬼貫とかいえば、地元のやくざ者は怖気《おぞけ》をふるったものだった。その頃の手柄の名残《なご》りは、幾多の総監賞とともに、ごま塩頭の鬢《びん》にするどい傷痕となって残っている。だが、主任になって、若い刑事たちから〝親父《おやじ》さん〟という愛称で呼ばれるようになったいまでは、強情で強《したた》かものの犯人から、自供を引き出す――いわゆるホシを落とす方のベテランとして知られていた。どんな悪党でも、かれが懇《ねんご》ろに諭《さと》すと、涙ながらに罪を告白すると言われている。

佐山警部補は削りおえた何本かの鉛筆を愛用の万年筆と並べて、警視庁の官製罫紙《けいし》の上に置いた。そして檜垣少年がはいってきたら、できるだけ暖かく接してやろうと考えた。少年の殺人犯を調べるのだけは、はじめての経験である。

（十六歳といえば、自分より三十五も若い。ちょうど一番下の息子と同じ年齢だ）

かれは、高校へ通っている、その息子のことを、ちょっと思い浮かべた。将来野球の選手になりたいといって、せっせとスポーツに精出している三男。明るく円満な家庭――かれは眼鏡《めがね》の奥で微笑にうるんだ細い眼をしばたたかせると、ふと、いつだったか少年係の主任が、こんな風にこぼしていた言葉を思い出した。

「近頃の少年たちの犯罪を見ていると、まったくそら怖《おそ》ろしくなりますね。無軌道というか、非情というか、我々には理解ができませんな。……調室でもそうですよ。やつらはそれぞれに違った、自分たちだけの内面の世界を固く守っていましてね。我々を一歩もその中へいれまいとして、蠑螺《さざえ》のように殻を閉じてしまうんです」

その少年係の主任が言おうとしたのは、昔に較《くら》べて調書の作成に手こずるということであった。

警察では検察庁へ犯人を送検する前に、供述調書というものをつくる。それは誰でも知っていることだが、調書には、犯人の犯罪事実だけでなく動機や経歴や家庭環境なども、自供の形で書きこまなければならない。犯人がすなおに喋《しゃべ》ってくれる場合はいいけれども、頑強に黙否権を行使されると、刑事は手を挙げてしまうのである。また、かりに犯人の方から進んで自供してくれたとしても、少年犯罪には常識では考えられないような、気違いじみた事件がままあるものだ。たとえば少年の中に「僕《ぼく》はあの女が嚔《くしゃみ》をしたから、ハンドバッグを盗んだんです」と訴えるものがあるとしても、書類にそのままそう書くわけにはいかなかった。ほんとうは、金《かね》が欲しくて盗んだとか、怨《うら》みがあって刺したとか、いちおう誰が考えても納得のいく陳述を引き出せないと、調書の体をなさなくなってしまうのである。

檜垣少年の場合も、そうした厄介な事件の一つであった。かれの犯した罪は、文字通り無軌道で非情そのものの事件だった。神聖な教会内の礼拝堂で殺人を行なったというだけでも、世間は充分眉をひそめるに違いないのに、周囲の関係者を調べた限りでは、檜垣には牧師の娘木脇頼子《きわきよりこ》を殺すだけの動機が何もなかった。事件の発見者である信者の老婦人の話によると、檜垣は犯行を見つけられても逃げるどころか、頼子の頸《くび》から手を離しさえしなかった。しかも十本の指は、爪から血が滴《したた》るほど白い咽喉笛《のどぶえ》に食いこんで、実に凄惨《せいさん》な姿だったということだ。牧師も頼子もふだんから伝道者にふさわしい人格者で、檜垣はその牧師の好意で練馬《ねりま》の鑑別所から引き取られ、世話を受けていただけに、かれがなぜとつぜんそんな兇暴性を発揮したのか？　まったく判断がつかなかった。

予科練出身の血気盛んな益子刑事などは、単純な正義感から檜垣にはげしい義憤を感じたらしい。犯行後もいささかも反省の色を見せない檜垣を、教会からパトカーで署に連行してくると、頭ごなしに怒鳴《どな》りつけた。

「貴様のようなアプレは、少年院送りぐらいじゃ生ぬるい。……刑事処分にして刑務所へ叩きこんでやる！」

むろん警察官として、行き過ぎた言葉には違いなかったが、柔道三段の益子刑事は、昔だったら文句なく檜垣を、口のきけなくなるまで打ちのめしていたかもしれないのだ。

佐山警部補は、部下が悪を憎む気持は充分わかっていたが、頭から威圧的な態度をとることには同感できなかった。それだけ年をとったせいかもしれない。かれは、『罪を憎んで人を憎まず』という古い諺《ことわざ》を、老練といわれるいまの年頃になってようやくしみじみと考えるようになっていたのだった。

いくら世代が違うといっても、少年だって同じ人間である。たとえどんな兇悪な罪を犯したとしても、罪は罪として、その少年を少しでも理解してやろうという思いやりは、警察官にもあっていいはずである。せめて調室で向かい合っているときぐらいは、相手をいじけさせないよう、暖かい気づかいをしてやりたいものだ。そうすれば、調書をとる場合でも、気持《きもち》が相手に通じないわけはない。春の陽が氷を徐々に溶かすように、どんな頑《かたく》なな少年の心もほぐれるに違いない。――そうした人情味が人柄に自然に滲《にじ》み出るには、かれのような古参の警部補にならなければできないことかもしれなかった。かれは学歴こそ昔の高等小学校しか出ていなかったが、苦労人という点では誰にも負けなかった。だから益子刑事から、檜垣少年が留置場の独房に収容されて以来、唖《おし》のように口をつぐんでいる手に負えないやつだという報告を受けたときも、かれは一種の張り合いのようなものを感じたのである。

だが益子刑事は、かれのそうした考えを生ぬるいと思ったらしく頭から不服を唱えた。

「生意気なことをいうようですが、僕《ぼく》はあいつをまったくの精神異常者だと思うんです。主任さんもやつの逮捕歴はむろん御存じだと思うんですが、檜垣はあの年でいままで二回も殺人未遂を働いているんですよ。しかもそのどれもがこれといった動機は何もないのに、刺したり首を絞めたりしているんです。少年鑑別所の調査官から、やつが十四歳のときに、継母《ままはは》をガスで殺そうとして失敗して家出したという話を聞いたときは、さすがの僕も、ゾッとしましたよ。……その継母がやつを虐待したとでもいうのならともかく、実子以上に可愛《かわい》がったというのにその仕打ちですからね。檜垣には理性や良心なんてこれっぽちもありません。立派な気違いですよ。それなのに、やつから殺人の動機をひき出そうなんて、真面目《まじめ》に考えるのがそもそも馬鹿げていると思うんです。……やつにははじめから動機なんて何もなかったんですよ」

「ほんとうにそうだろうかね……」

佐山警部補は、いくらか感情的な口調になって答えたのを覚えている。

「私は、檜垣がそんな狂った少年だとは思えないんだがね。……まあやつが君のいう通り果たして精神異常者であるかないかは、専門の医者が判断してくれるだろう。ただ私としては、あれだけの殺人の裏に動機が何もなかったとは、どうしても考えられないんだよ。……私のカンが正しければ、案外単純な動機だと思う。私はそれを是が非でも知りたいんだよ。いいから、私にまかせてくれたまえ。……一度訊問《じんもん》してみて、何もひき出せないようだったら、あっさり兜《かぶと》を脱《ぬ》ぐよ」

廊下の奥で留置場の入口の錠をはずす音がして、まもなく草履《ぞうり》をひきずるような足音が近づいてきた。

佐山警部補はハッとして顔をあげた。そして庭の遊歩場の中から、他の留置人の視線が物見高くこちらに注《そそ》がれているのに気がつくと、いそいで窓を閉めた。すると殆《ほと》んど同時に、たてつけの悪い戸を押しあけて、益子刑事が檜垣少年の肩を押すようにして入ってきた。

痩《や》せて、極度に神経質そうな眼をした、見るからにひ弱な感じのする少年である。こんなみすぼらしい少年のどこに、人間一人を絞め殺すだけの力があったかと疑いたくなるほどであった。

留置場の規定で、バンドや紐《ひも》の類《たぐい》は一切取りあげられることになっているので、褐色の木綿のズボンがずり落ちそうになるのを、両手で押《おさ》えているさまが滑稽《こっけい》でもあり、よけい惨《みじ》めな恰好《かっこう》でもある。檜垣を逮捕したとき、むろん現場では会っていたが、そのときは眼のかがやきにもっと異様な熱っぽさがあったが、あれは気のせいだったろうか。それにしても、調室へはいってくるとき、これほど落ちつきのない脅《おび》えた表情の被疑者を見るのは、はじめてだった。

「おい。主任さんに手数をおかけすると承知しないぞ！」

益子刑事は、檜垣の両手に獣《けもの》の牙《きば》のように食いこんだ手錠をはずすと、佐山警部補の方に、背中をこづくようにして、

「こいつを独房からひき出すのが、大変なさわぎだったんですよ。毛布をかぶったまま、房の隅の壁に背中を押しつけてちぢこまってましてね。眼ばかりキョロキョロさせていやがるんです。何のことはない。鼠取《ねずみとり》にかかった鼠の図ですよ。ところがいざ看守が名前を呼んで出てこいというと、鉄格子にかじりついて動かないんです。まるでこれから絞首台にでも引き出されるような騒ぎでしたよ」

益子刑事は、檜垣一人をそのまま残していくのが気がかりででもあるかのように、少年と主任との顔を見くらべながら言った。

「もういいよ。しばらく二人だけにしておいてくれたまえ。呼ぶまでは来なくていいから……」

佐山警部補は、益子刑事をせきたてるように立ち去らせると、檜垣を机の前の椅子《いす》に坐《すわ》らせた。

「何もそう怖がることはないんだ。私と二人きりでゆっくり話し合おう。さあ、寒いだろうから火鉢のそばへ寄りなさい」

いつもなら、戸口のわきの机で事務を取っている部長刑事が、今日は身内の不幸で休んでいるのも、かえって都合がよかった。

檜垣は、椅子の背へ背中を押しつけるようにして、身をこわばらせていた。火鉢のそばへ寄れといっても寄るどころか、かえって火の気《け》のない方へ顔をそむけてしまう。視線をまともにむかせようと思っても、病人のように蒼白《あおじろ》い頬が、必死にそれを拒否している。そのくせ眼は室内のあらゆるところに、せわしく注意を働かせていて、ちょっとした空気の動きをも敏感に警戒しているようだった。なるほどこれでは益子刑事のいう通り、鼠のようなやつだ。警部補は腹の中で苦笑した。唇が半分開いて、ときどきひきつるような口で息をするのは、蓄膿症《ちくのうしょう》にでもかかっていて鼻がつまるのだろうか。そういえば檜垣のような神経質な少年は、薬品の反応も敏感で、ペニシリンなどを注射してもすぐショックを起こす特異体質の持主なのかもしれない。警部補は医者のような観察をして、妙なことを考えたりした。

五分ほど沈黙がつづいた後、

「もう、昼飯は済んだね……？　どうだい。量はたっぷりとあったかい？」

かれはその日の留置場の昼の献立が、麦飯に竹輪の四分の一の煮つけと、沢庵《たくあん》であることは知っていたが、さりげなく訊《き》いてみた。そして、机の抽斗《ひきだし》から昼食の残りのジャムのついたコッペパンを取り出した。

　ふつう留置人を房からひき出して調べるときには、調べの前にかならず差し入れの食物や、煙草を与えたりするのが例になっている。だが、檜垣には家族はいても誰もそんな心配をするものはなかった。十六歳の少年の腹が、小さな金属の椀《わん》に盛りきりの麦飯では、とても足りるはずはないのである。僅《わず》かの予算で賄《まかな》う副食物で、栄養のつくはずもない。

　かれは取り出したコッペパンを半分に割ると、その一つを自分も口にしてから、あとの半分を檜垣の眼の前に差し出した。

「残りでよかったら、いっしょに食べないか。……夜は親子でも取ってやるからね」

　食物などを与えて、被疑者の歓心を買おうとするのは、いかにも見えすいているようだが、実際はこれほど効果のある方法はなかった。娑婆《しゃば》にいるときとは違って、留置人の飢えは動物的である。煙草一本を与えたために、強盗の罪を自供した犯人さえいる。調べる側の思いやりをかれらにじかに通じさせるには、これらの充《み》たされないものを与えてやることが、何よりもてっとり早い方法だった。

　案のじょう檜垣はしばらくためらっていたが、かれの方を上眼づかいに見ながら机の上のパンにおずおずと手をのばした。ついいましがたまでは石のように口をきこうともせず、かれを白い眼で睨《にら》んでいたのに、他愛もないものだった。よほど空腹だったのだろう。

（こんな風に、いままで、人から情を受けたことがないのかもしれない）

そう考えると佐山警部補は、パンをほおばる檜垣が、なんだか哀れに思えてきた。

息子のことがまた頭に浮かんだ。かれは、昨夜夕食の団欒《だんらん》の時にも話題にした巨人対阪神の試合のスコアのことを雑談のように話した。また田舎の話もした。かれの田舎は、千葉県の勝浦《かつうら》――海に面した漁村だ。蒼々とした海。正覚坊《しょうがくぼう》を飼っている生簀《いけす》の話。鉾《ほこ》でマグロを仕止める勇壮な突棒船《つくぼうせん》の話――。

檜垣はパンを食べおわると、両手を机の端にかけ、突伏《つっぷ》すように額を机の上に押しつけた。肩が小刻みにふるえていた。――かれは微笑《ほほえ》んだ。敵のかまえをくずすことだけはまずできたと思った。

（この分では、思ったより簡単に打ちとけてくれるかもしれない）

かれは、益子刑事に単純な動機による殺人といったことが、やはり当《あた》っているような気がした。檜垣が家庭的に恵まれていなくて、それでだんだん荒《すさ》んだ生活に入っていく過程が、想像できた。――これは手がかりになる。

「……いいかね。そのままで私の質問を聞きなさい……いや、強いて聞きたくなかったら、耳を塞《ふさ》いでもいいし、喋りたくなかったら、いつまで黙っていてもいい。……また、答えるのが面倒臭かったら、はいとかいいえだけでもいいし、ただ頷《うなず》くか首をふるだけでもいいんだよ」

かれはそろそろと、本来の目的である訊問体勢にはいっていった。といってもすぐに事件の核心に触れたのでは、せっかくほぐれかけてきた少年の心が、たちまち硬化するおそれがある。遠廻しに檜垣の生いたちのことから、探りをいれていかなければいけない。催眠術師が徐々に施術者の心に暗示を与えていくのと同じ要領だった。

「じゃあ、はじめるよ、何度もいうように答えたくないことは、何も答えなくていいんだ」

檜垣はそれには、うんともいいえとも反応を示さなかった。肩のふるえが前よりちょっと目だった程度だった。

佐山警部補は、真白な罫紙を見つめると、ちょっと緊張した面持《おももち》で万年筆を取りあげた。それから角ばった行儀正しい字で、調書を書き出していった。

供述調書

本籍　東京都品川区大井倉田町××番地

住所　東京都世田谷区弦巻《つるまき》町××番地弦巻教会内

無職少年　檜垣紘一

昭和十四年六月五日生（当十六年）

右の者に対する木脇頼子殺害被疑事件につき、昭和三十一年二月二十八日警視庁S警察署調室に於《お》いて、本職はあらかじめ被疑者に対し、自己の意志に反して供述する必要がない旨を告げて取調べたるところ、被疑者は任意に左の通り供述した。

紘一は、調室に佐山警部補と二人きり取り残されたとき、かれ自身にしかわからない不吉な予感が、背すじを悪寒《おかん》のように走るのを感じた。

昼間でも電灯をともさなければならないような暗い独房の中にいたときの、あの幸福な和《やす》らぎが、いつかまた残酷に破られるであろうことは、うすうすと覚悟はしていたものの、その破られるときが漠然《ばくぜん》と近づきつつあるという不安が、かれを心の底から脅えさせた。固い冷たい椅子に腰をおろしたとき、眼の前に坐っている黒い制服の警部補が、柔和な眼差《まなざ》しの温かみのある声の持主であることを知って、どれほど失望したことだろう。留置場を出るとき、自分を調べるという人が以前につかまったH署の少年係の主任か、せめて益子刑事のようないかついタイプの男ならいいと、ひそかに希《ねが》っていたのに、期待は無残に裏切られたのだった。紘一の触覚のように鋭敏な神経は、佐山警部補が自分にある必要以上の関心を抱《いだ》いている人間であることを、いち早く感じ取っていた。

（なぜソッとしておいてくれないのか。なぜ。なぜ……？）

紘一はその言葉を何度叫びたいと、心の中で思ったかしれない。だが舌はいたずらに口の中でちぢんでしまい、それでいて逆に心臓や呼吸器などは、かれの不安を一歩一歩高めていく正確な計器でもあるかのように、かれを内部から圧迫しだしていた。

佐山警部補はコッペパンを食えといった。紘一はしばらくためらってから手を出した。それは何も飢えていたからではない。食欲などは、もう何日も前から失っていた。留置場内の三度の飯も、半分は残す。かれがコッペパンを食べたのは、椅子にじっと坐ったままでいることが、窮屈になってきただけのことだった。狭い部屋の中に一対一で向かい合っているとき、何もしないでいるということがどれほど苦痛なものか。紘一は無意識にその焦躁《しょうそう》から脱《のが》れたかったのだ。

佐山警部補はやがてつまらない話をくどくどとはじめた。自分に関係のない野球や海の話だから、紘一は何も聞かないでいた。そのあいだは、せめてもの救いの時間だった。そのうちに佐山警部補は、質問したいことがあると言い出した。それでも聞きたくなければ聞かなくてもいい。喋りたくなければ喋らなくてもいいというから、紘一はその通りにしようと思った。だが、自分にかかわりのあることを聞かないでいるなどということは、できなかった。また答えまいとしても、佐山警部補は一つの質問のあと、何らかの形で答えがでるまでは、沈黙をつづける。そんな気重な沈黙がつづくくらいなら、答えた方がまだ息苦しさから救われた。

「お前は――いや、君の家族は、大井の家に住んでいるんだったね。お父さんの良三《りょうぞう》さんは四十二歳。保険の外交員。お義母《かあ》さんの佐恵子《さえこ》さんは三十四歳。洋裁店の店員。妹の智佳子《ちかこ》さんは十三歳。中学の一年生。その三人家族だね？」

佐山警部補は眼鏡をちょっとずらせて、机の上の別な書類を繰りながら聞いた。

それには、参考人調書と書いてあった。自分を調べる前に、もうとっくに家族のものから、自分に関する必要なことは、訊き取ってあるに違いないと思った。紘一は頷いた。

「そうだ。君のほんとうのお母さんは、戦争中に亡くなったんだったっけな？　その頃君は四国の高知市に疎開していたんだね。お父さんは出征して潜水艦乗りだったから、君はお母さんの実家へいっていた。……高知市なら私も二、三度行ったことがある。蘇鉄《そてつ》があって、夏とても暑いところだな。そうだ。高知城の天守閣にも登ったよ。板垣退助《いたがきたいすけ》の銅像があった。それから仁淀川《によど》というのへも行ったよ。川の水がとても蒼く澄んでて、橋の上から鮎《あゆ》や鮠《はや》が泳いでいるのが見えたっけな。……終戦間際に空襲があったときは、君はいくつだったんだい？　そうか。五つか……それじゃとても、その頃の怖ろしい記憶はないだろうな……」

紘一はギクッとしたように、佐山警部補の顔を、はじめてまじまじと見つめた。

佐山警部補は確かに怖ろしい記憶といった。——では、あのときのことを知っているのだろうか？

眼鏡の玉の奥から、微笑を含んだ細い眼が自分を見ている。丸刈りの頭、ごま塩の無精髯《ぶしょうひげ》がはえた口元。ゴクゴクうごく醜い咽喉仏。黒い制服。金筋の階級章。……似ていた。そういえば、ほんとうによく似ている。

——黒い戦闘帽。黒い襟の警防団の制服をつけたあの初老の名も知らぬ男に——。

怖ろしい記憶——確かにそれは、紘一にとって死ぬほど怖ろしい記憶だった。

むろん五歳の頃のことだから、茫漠《ぼうばく》とした霧の中の出来事のようにしか覚えてはいない。だが、紘一はそのときの男のことも、そのときの恐怖のことも決して忘れはしなかった。いや、その悪夢のような幻影は一生つきまとうだろう。大げさにいえば、その男に会ったために、紘一はいまのような異常な少年になったといってもよかった。

佐山警部補のいう通り、紘一はその頃実母の実家に疎開していた。帯屋町という町で、疎水が幾条も道に沿って流れている美しい町だった。家は黒塀をめぐらした昔ながらの旧家で、陽のあまりさえない庭に大きな李《すもも》の喬木《きょうぼく》が植わっていた。東京からわざわざ疎開したくらいだから、昭和十九年の夏頃までは、大阪方面に向かって飛来するB29も上空を素通りするだけで、空襲に曝される心配はまずなかった。だが、戦局の熾烈《しれつ》化とともに、敵機は容赦なくこの南国の小さな市の上にも、焼夷弾《しょういだん》や小型爆弾をばら撒《ま》いていくようになった。そのため、俄《にわ》かに防空体制が強化され、紘一の家でもその李の木のわきに、大きな穴を掘って防空壕《ぼうくうごう》をつくった。といっても、母や叔母《おば》や当時中学生だった従兄《いとこ》たちは、警報が鳴ると、防火のために家の内外に待機するので、その防空壕にはいるのは、年寄った祖母と紘一、それにまだ赤ん坊だった妹の智佳子ぐらいのものだった。

紘一はその防空壕にはいることが、何よりも好きだった。戦争や空襲の怖ろしさを、大人ほどには感じない年頃だったせいもあるが、冷たい土の匂いがするまっ暗な穴蔵の中に冬眠でもするようにひっそりと入っていることが、このうえもなく愉《たの》しかった。耳まですっぽりおおう防空頭巾をかぶってじっと蹲《うずくま》っていると、自分だけの小さな世界にすっぽり浸ることができる。紘一は生まれつき人一倍無口で、人一倍孤独な性格の少年なのだった。

そういえば、まだ東京にいる時分に、こんなことがあった。子供が何か悪いことをすると、よく押し入れへいれられることがあるが、大抵の子供なら暗い中に押しこめられただけで、すぐワッと泣き出してしまう。ところが、紘一は入っていろといわれれば、一日中でもおとなしく入っていた。手足をまげなければ入っていられないほどの空間に身をちぢめて、壁や天井に触ってみたり、湿っぽい布団の中にくるまって、暗闇の中から襖《ふすま》の隙間の細い糸のような光線を見つめることが、ゾクゾクするほど嬉《うれ》しかったのだ。母親は襖をあけたとき、そこに梟《ふくろう》のように眼を光らせている紘一を見つけて、「お前はまったく変な子だね」と呆《あき》れたように溜息《ためいき》をついたものだった。

また紘一は、家の外へ出て近所の子供と遊んだことが一度もなかった。高知へ疎開してからも、親子が住むためにあてがわれた、離れの土蔵のように窓のない一室で、ひとりっきりで絵本を見たり絵を書いたりした。母屋にいる祖母や従兄たちのところへも顔を出そうとしなかった。祖母は可愛げのない子だと言って紘一を毛嫌いした。年の違う従兄たちも他人顔をした。母ですら妹の智佳子の方にちやほやして、紘一はまるでかまってもらえなかった。

紘一はそんな風に誰からも冷たくされることを欣《よろこ》んだ。——ますます自分だけの世界に閉じこもっていった。

全市が一夜にして焼けた大爆撃のあった夜のことである。

空襲警報のサイレンの音とともに、母親は紘一の手をひっぱって防空壕へ連れていった。その時分は、足腰の悪い祖母は、市から一里ほど離れた親戚の家へ避難していて、防空壕に入るのは、たいてい紘一一人だけだった。智佳子はモンペ姿の母親の背中におぶわれていた。

紘一はいつものように蠟燭《ろうそく》と配給のパンの紙袋とを手に持って中に入っていった。入口近くに杏《あんず》の実の腐ったのがいっぱい落ちている。中には茣蓙《ござ》が敷いてあった。紘一はいつも自分の場所にしている穴蔵の窪《くぼ》みのところへいって、小さな燭台《しょくだい》を置くと、膝小僧を両手で抱えこむようにして坐った。闇のひんやりした匂いがする。

無気味なサイレンの音が、野獣の咆哮《ほうこう》のように断続的に聞こえてきた。地響きのようにかすかな爆音も響いてきた。そのとき穴蔵の奥の方から人の気配がした。防空壕は奥行を深く掘ってあるので誰かが奥にいたことに気がつかなかったのだ。紘一はギョッとして蠟燭を小さな手に持ち直した。明かりの中に黒い戦闘帽をかぶった男の顔が浮かび上った。見知らぬ五十ぐらいの男の顔だった。

「坊やはここの家の人かい？　黙って勝手にこの防空壕の中に入ったりして御免よ。おじさんは、お城の近くに住んでいるんだけどね。用事でこちらの方にきたら警報が鳴っちゃったんで、つい、無断で入りこんでしまったんだよ。そこの裏木戸のところからこの防空壕が見えたもんでね」

男は人のいい顔にてれ臭そうな笑いを浮かべて弁解すると、肩からさげたズックの雑嚢《ざつのう》の中から竹の皮包を取り出した。

「ほら、純綿の白米の握り飯だよ。食べないか。……おじさんと仲良くしてくれるね」

やさしそうな、悪意のない人間であることはよくわかったが、紘一は、男が馴《な》れ馴れしく這《は》うようにそばへ寄ってきたのを見て、身が固くなった。

家族以外の他人から二人っきりの状態で話しかけられたのは、生まれてはじめての経験だった。心臓がドキドキしてしまった。自分のほかにこの狭い暗闇の中で呼吸をしているものがあるということが、紘一を動揺させた。

「なんだい。欲しくないのかい。……おや、震えているんだね。……おかしな坊やだね、あなんだ、空襲が怖いのか。そんなら、おじさんがそばにいるから大丈夫だよ。すぐに解除になるから、それまでおじさんがしっかり抱いててやるよ」

肩に手をおかれて、紘一は寒気がした。男はかまわず、「坊やはなぜ一人で防空壕に入ってるんだね？」とか、「お母さんや兄弟はいないのかい」とか、それからそれへとひっきりなしに話しかけてきた。紘一が唖のように黙っていると、「おじさん嫌いかい？」とか「どこか具合でも悪いのかい？」と言って無理に返事を強いるように顔をのぞきこんでくる。紘一はだんだん息が苦しくなってきた。

父親がまだ出征する前、暇があると聞かせてくれた話に、佐久間艇長《ていちょう》の話があった。明治四十三年佐久間艇長の指揮する六号潜水艇が広島湾で演習中沈没した、あの悲惨な事件である。潜水艦乗りだった父親は、よほどそのことに感銘が深かったのだろう。自分で自分の話に感動して、「あれこそは日本海軍軍人の亀鑑《きかん》だ」というような難しい言葉を一つ口調で繰り返すのだったが、むろん幼い紘一にその話を理解するだけの力は何もなかった。だが、何度も何度も同じ話を聞かされているうちに、その中の一つの情景が、幼い少年の潜在意識の中に焼きついて残っていたのである。

それは、海底に沈んだ潜水艇の内部の情景だった。電動機の故障で電気が消え、肩と肩が触れ合うほどせまい暗い空間に、十四人の乗組員が黙々として坐りこんでいる。酸素が次第に欠乏して、炭酸ガスが充満する。金魚のようにパクパクする口、眼玉が飛び出し、顔色が紫色になり、一人倒れ、二人倒れしていく……。

紘一はとつぜん――暗闇の中で、自分の小さな胸が圧《お》し潰《つぶ》されそうなほどの呼吸困難を感じた。横に坐っている男が何か話しかけてくる度に、まっ暗な防空壕の中の空気が少しずつ減っていく。男の吐く息がどんどん闇の中に、眼に見えないガスのようにひろがってくる。紘一は咽喉がつまった。息ができない。息ができない。その苦しさは、父親に冗談半分に洗面器の水に首をつっこまれたときの苦しさにも似ていた。溺《おぼ》れたらこんな風になるのであろう。恐怖が紘一をひき裂いた。紘一は夢中で逃げ出そうとした。すると、男はびっくりしたように紘一の腕をひきとめた。

「坊や、どうするんだね。いま外へ出たら危いよ。爆弾が落ちてきて、死んじまうぞ」

警報が解けて、母親が防空壕に現れたとき、紘一は引きつけでも起こしたように真白《まっしろ》な顔をして、男の腕の中で気を失っていた。


紘一は深い吐息をついた。――その母親は、それから三日後、反覆して襲ってきた敵機のために、焼夷弾で焼けた近所の家の消火作業中、煙にまかれて死亡した。

佐山警部補が身を乗り出してきた。

「君は、空襲のときの怖ろしさはおぼえていなくても、むろん、お母さんを亡くしたときの悲しみはおぼえているだろうね？　ほんとうにお気の毒だった。さぞかしやさしい、いいお母さんだったろうね」

心から同情するように、眼を伏せて言った。

紘一は頷いた。ほんとうは冷淡な母親だったから好きだった。といいたかったのだが、いいお母さんであることには間違いなかった。

「子供のときに死んだ母親というものは、なかなか忘れられないものだ。私の友達に六人もの子持の男がいるがね。その奥さんが亡くなったとき一番下の三つになる女の子が、母親が死んだことがわからなくて、毎日毎日家中の部屋を一つ一つあけて探していたそうだよ。君もいつまでもお母さんの面影を慕ったろうね。殊に君たち兄妹《きょうだい》はお母さんの死後、ひきつづきお祖母《ばあ》さんの家の厄介になっていたのだから、寂しさもひとしおだったろう。だから、お父さんが戦地から帰ってきて、新しいお母さんと再婚したとき、君はその新しいお母さんを憎んだんじゃないのか？」

「…………」

紘一は佐山警部補のいう意味が、すぐにはのみこめなかった。佐山警部補はすかさずいった。

「これは、君にとっては答えにくい質問だね。でも、ぜひ答えて欲しいんだ。私は君の気持がよくわかるといっただろう……？　君は死んだお母さんを愛するあまり、十四のときに新しいお母さんをガスで殺そうとしたことがあるね……そうだね？」

紘一は眼を見はった。その事実はあった。その出来事は、あの防空壕の中の恐怖につづく嫌な思い出の一つだったのだ。だが、違う。真相は佐山警部補のいうようなそんなことではない。

紘一ははげしく首をふった。佐山警部補はおやというように眼をまたたかせた。

「そうじゃないのかい……？　じゃあ、どんなことなんだ。話してごらん。私ならわかってあげられるよ。言ってごらん……」

佐山警部補は質問の合間に、小さなメモ帳に鉛筆でメモを取っていた。それを参考にして、ときどき万年筆を罫紙の上に走らせる。その鉛筆がメモ帳の上でとまっていた。紘一はするどく尖《とが》った鉛筆の芯に眼が吸い寄せられた。その先が答を促している。紘一が話すまでは、じっとしているぞ。と言っている。

紘一は、嫌でもまたあのときのことを思い出さざるを得なかった。二年前のことだから、高知市に疎開していたときに較べれば、それだけに記憶も生々しく鮮明である。

母親が死んで——というよりあの防空壕での出来事があってから五年ほどたって、父の良三が南方の捕虜収容所から復員してきた。紘一と智佳子の兄妹は、さっそく引き取られて、東京の大井に移り住んだ。紘一にとって、その父が帰るまでの、祖母の家での五年間の生活と、その後、父が新しい母の佐恵子と結婚するまでの何年間かのアパート暮《ぐら》しのあいだが一番平和な、何ものにも脅《おびや》かされることのない安穏な日がつづいた時期だった。

母が死ぬと、祖母や叔母や従兄たちは紘一兄妹を前以上にかまわなくなったし、高知市内の小学校へ通うようになってからも、別に紘一を不安がらせるようなことは何も起こらなかった。実をいうと、紘一は小学生になって新しい友達や未知の先生と接触するようになることをこの上もなく怖れていたのだが、いざ学校へ上ってみると、心配したほどのことは何もなかった。特定の友達をつくりさえしなければ、よかったからだ。それは、はじめのうちは、向こうから親しんでくる少年も何人かあるにはあったが、紘一が極端に人見知りをして口をきかないのを知ると、誰も相手にしなくなった。ただ一度、入学早々クラスのいじめっ子が紘一のことを生意気だといって校庭の隅で取り巻いたことがある。紘一はめちゃくちゃに殴られ、地面へギューギュー押しつけられて泥だらけになった。だが、紘一は泣きもしなかったし、普通の子供なら感じるような恐怖は何も感じなかった。紘一はそのときから、学校でも孤独を守ることができた。教室や校庭のようなほかの子供たちが大勢いるところにポツンといても、自分に関心のないものにかこまれていることは、少しも苦痛ではなかった。先生も祖母や何かから、話は聞いていたのだろう。授業のときに名指しして紘一を困らせるようなことはしなかった。放課になると、紘一は相変らず家へ帰って、おとなしく部屋へとじこもったり、気がむくと一人でお城へ遊びにいったりした。

東京へ転校してからも、その点は同じだった。

父親の良三は良三で、前から勤めていた保険会社に復職したが、酒飲《さけのみ》なので夜遅くでないと帰らなかった。妹の智佳子も自分だけの世界に没頭している。紘一は五歳のとき防空壕の中で味わったあの死ぬほどの恐怖を、あれ以後まったく経験することなしに過した。そうしたことがあったことすらも、殆んど忘れかけていた。

そんな波風のない生活に、新しい母佐恵子が加わったのはそれからまもなくである。二年前の晩秋のある晩、父親が珍しく早く帰ってきたと思ったら、粗いチェックのトッパーコートを着た健康そうな明るい貌立《かおだ》ちの若い女を連れて入ってきた。

「紘一、この人が今度お前たちの新しいお母さんになることになったからね。紹介しよう」

突然に何の相談もなく、いきなりそう切り出されて、紘一はうろたえた。父親は弁解がましく、半年ほど前に保険の外交で出むいた五反田の洋裁店で知り合い、ずっと交際してきたのだと説明した。佐恵子の方は、初対面から終始にこにこと微笑していた。紹介がすむと、持ってきた風呂敷包《づつみ》を解いて、洋菓子の箱を取り出した。子供たちとのお近づきの印という意味なのだろう。紘一は露骨な敵意を見せて、手も出さなかった。

それでも紘一の意志をよそに、親戚との話合《はなしあい》もすらすら進んで、父親はごく内輪だけの結婚式を挙げ、六畳一間しかないアパートに、親子四人が新しい生活をはじめることになった。婚期をずっと過ぎた年で結婚したせいもあるのか、成さぬ仲の紘一たちの面倒を見ることを、少しも厭《いと》う風を見せなかった。むしろ子供たちに何とかして愛されようと、精一杯の努力をしているのが涙ぐましいまでに感じられた。やさしいという点では、死んだ母よりずっと優っていたかもしれなかった。家の中が急に明るくなった。長いあいだ疎開生活を送って、辛《つら》い思いをしてきた妹の智佳子がまっ先になついた。

だが、紘一は佐恵子がきてから、日に日に落ち着きを失っていった。佐恵子が世間によくありがちな邪慳《じゃけん》な継母だったら、どんなにか気が楽だったかしれないのだ。佐恵子は食事のときでも、そばにつききりであれを食べろ、これを食べろと心配する。学校から帰ると、成績のことを聞く。夜は夜で布団をはねのけたり寝苦しい思いをしていないかと気を配る。体の具合が悪そうだと、すぐに医者や薬局へ飛んでいく。紘一は自分が今日まで守りつづけてきた世界に、他人の佐恵子が明らかに浸蝕《しんしょく》してくるのを感じた。父親の良三も智佳子も――いや、家の中の空気がすべて、佐恵子の存在を中心に変りはじめている。

怖れていた日がとうとうやってきた。それは、良三が妹の智佳子を連れて、二晩泊《どま》りで川崎の親戚の家へ遊びに出かけた夜のことだった。佐恵子は勤先《つとめさき》の洋裁店の仕事の都合で、紘一は風邪気味だったことで、二人だけがアパートで留守番をすることになった。冬になったばかりの寒い夜であった。

佐恵子が布団を二つ並べて敷いた。いつもは一つの床《とこ》に父親と佐恵子が、もう一つの床に紘一と妹の智佳子が、からだをくっつけ合うようにして寝る。それだけで狭い部屋はいっぱいになる。

「今夜は二人だけだから、ゆっくりと寝られるわね」

二人きり――その言葉を、紘一は布団の中で身を縮めて聞いた。佐恵子の寝巻に着替える気配が、紘一の背中を重苦しく圧迫してきた。

「電気を消しましょうね」

暗がりの中で、紘一は息をひそめて眼をひらいた。忘れていた防空壕の中の記憶がまざまざと蘇《よみがえ》ってきた。四角な闇。脅えた紘一の全身が冷く収縮してきた。そのときふいに佐恵子が、紘一の布団の中に身をすべりこませてきた。幼児に添寝《そいね》するときのあの身の寄せ方だった。あたたかい肌のぬくもりが伝わってくる。

「紘ちゃん。あなただけはどうしてそんなにわたしのことをわかってくれないの。そりゃあ、死んだお母さんほどにはいかないかもしれないけれど、わたしはあなたにいじけた気持を起こさせまいとして、どのくらい一生懸命になっているかしれないのよ。気にいらないことがあったら、何でもいってちょうだいよ。あなたのいいお母さんになるためだったら、どんなことでも厭わないわ」

十四歳の少年が、こんな場合に生理的に感じる戦慄《せんりつ》が全身を貫いた。ほのかな香水の匂いと、むせるような甘酢っぱい成熟した女の匂いとがまじり合って、紘一をやわらかく包んだ。大きな花に後から抱えられたような気持だった。紘一はもがいた。息ができない。闇の中に、みるみるひろがっていくその花の匂いが、紘一の口を塞ごうとするのだ。

「どうして黙っているの。そういえば紘ちゃんだけは、まだわたしのことをお母さんと呼んでくれないわね。なぜなの？」

紘一の首筋を佐恵子の涙が濡《ぬら》した。紘一は声にならない声で叫び、はね起きた。佐恵子がすごすごと諦めて自分の床に戻らなかったら、そのとき既にどんなことになっていたかわからない。佐恵子は泣く泣く眠ったが、紘一は彼女が寝入るまで部屋の隅にうずくまって、眼を光らせていた。

明け方近く、佐恵子は、シューシューという異様な音と、はげしい臭気に眼をさました。

台所のガス栓がひらきっぱなしになっていた。紘一の姿がどこにも見あたらない。危うく一命を助かった佐恵子があわててアパートの外を探してみると、暗い物蔭《ものかげ》で紘一が寒さに慄《ふる》えながら、立ちすくんでいた。佐恵子はゾッとした。

表の通りを、どこかの会社の宣伝カーが通るらしく、スピーカーから流れる大きな間《ま》の抜けた流行歌が聞えてくる。

長い沈黙の後――紘一は椅子の背に凭《もた》れながら眼をとじ喘《あえ》ぐようにして頷いた。その顔は奇妙に歪《ゆが》み、握りしめた拳《こぶし》が異様に汗ばんでいた。佐山警部補は満足そうに微笑んだ。

「うんというのは、私がいった言葉を肯定するという意味だね。……やはりそうだろう。そうでなくちゃな。君はお義母《かあ》さんがどんなにやさしくしてくれても、死んだお母さんのことを考えると憎かったんだ。だから殺そうとしたんだ。その証拠に君は、お義母さんがショックで半年ほど実家へ帰ってしまったあいだは、人が変ったようにおとなしくしていたってね。お父さんの陳述にはそう書いてある。いなくなってホッとしたんだね。……だが、お父さんはお義母さんへの遠慮から、君に辛く当るようになった。君は親の無理解さに反撥《はんぱつ》して、ひとり孤独に陥《おち》入った。そこへお義母さんが帰ってきたから、ヤケになって家出したんだ。家中のありったけの金《かね》を持ってね。ドヤを泊《と》まり歩いたり、海を見にわざわざ月島岸壁の倉庫や、横浜の野毛山公園へ行って夜を明かしたりしたね。人間は内心で罪に悶《もだ》えたり孤独になったりするると、放浪したり海を見たくなったりするもんだ。殊に夜の寂しい海をね。君は金が失《な》くなると、盗みを働いては同じような毎日を送った。……君は、一人ぼっちになった自分がだんだん惨めになってきた。人の愛情に飢えていった。お義母さんを殺そうとしたのも、実は亡くなったお母さんの愛情を慕うあまりであったことに、自分で気がついてきた」

佐山警部補の話し方は、低いまるで抑揚のない喋り方なので、紘一には気味が悪かった。

「その愛情に飢えたということが、反動的にあの新宿の盛り場での事件をひき起こしたんだ。君は半年前、若い愚連隊の一人に因縁をつけられ、持っていたナイフでかれを刺したことがあるね。それで署につかまり、練鑑《ねりかん》へ入れられたんだったね……？　その愚連隊の少年は、君と喧嘩《けんか》して大立廻《おおたちまわ》りの末刺されたんだと言ってたというんだよ。君は人に愛されたいと思うあまり、逆に暴力を憎んだんだ。……練鑑の中でも、君は確か同室の少年の一人に殴りかかっている……」

そうだろうか？　なるほどそういう事実もあるにはあった。だが。警部の下す推理と、紘一だけしか知らない真実とは、結局は永久に交わらぬ平行線みたいなものだった。

紘一は新宿の盛り場で愚連隊の少年に会いはしたが、その少年が、「兄《あん》ちゃん。仕事がないんなら、おれについてきなよ。世話するるぜ」と、好意を見せてつきまとってきたから刺したのだ。練鑑の中では、同室の少年がうるさく煙草を吸えとすすめたから、発作的に殴ったに過ぎない。

　紘一は幼いときから、他人から暴力をふるわれることには、ふしぎと何の苦痛も感じなかった。暴力には好意のような粘っこい関心は何もなかった。さらりとしている。第一、殴られるときは、黙ってそれを受けてさえいれば、いちいち口で応答する必要は何もなかった。

　小学校に初めて上って、いじめっ子に打たれたときがそうだった。あれほど気だてのやさしい佐恵子も、ガスで殺されかけたりしたときは、さすがに興奮して紘一の頬にヒステリックな平手打ちを食わせたが、紘一は甘んじてなすがままになっていた。H署につかまって、家庭裁判所から、練馬の鑑別所へ送られた最初の日も、集団室の中で古参の少年達から、「新入りの仁義を教えてやる！」と袋叩きに遭わされたが、別に恐怖も反感も感じなかった。

　だが、紘一は、もうどうでもいいという投げやりな気持になっていた。警察側の推理と事実とが矛盾しているとしても、それを訂正することに、いったいどういう意義があるのだろうか？　紘一が過去に犯した事件は、警察側から見ればなるほど犯罪かもしれないが、かれ自身にしてみれば、目的も何の意味もないただの『行為』に過ぎなかった。溺れかけたものが、夢中で水面に首を出そうとして必死にあがくように、ガスをひねり、ナイフで刺し、殴りつけただけなのに、警察はそれをなぜやったかと追求しようとしている。それに対して、ムキになって弁解してみたところで、それが何になるというのだろう。

　紘一は何の束縛も何の干渉もない、人の誰もいない世界へ行きたいと思った。そこで思いきり自由に空気を吸ってみたい。

紘一は焦《い》らだたしい思いで眼の前の、固く閉された赤茶けた色の窓硝子《まどガラス》を見つめた。その硝子は、外側の錆が長年のあいだにこびりついて、そんな異様な色に煤《すす》けているのだった。紘一はある危険な衝動が、もうどうにも抑えきれないところまでこみあげてきているのを感じた。狭い調室が眼に見えないガスのために濁りはじめている。そのガスの中から、佐山警部補の相変らず抑揚のない声が、かれを抑えつけるように聞こえてくる。

「愛情に飢えていた君にとって、弦巻教会の木脇牧師さんが鑑別所を訪ねたのは、一つの目覚めのチャンスだったわけだね。君は牧師さんの好意で教会に引き取られ、はじめて神の愛というものを知った。君は教会の中の温室を世話する仕事をいいつけられたが、花の世話だけは実によくやったと、牧師さんも述懐しておられたよ。……ところが一月前のことだ。アメリカに留学中だったお嬢さんの頼子さんが帰ってきた。頼子さんにはじめて会ったとき、君はどう思ったね？　美しい人だと思ったろうね」

「…………」

「天使のようだと思ったろうね？」

「…………」

「その頼子さんに気にいられたいと思ったろうね？」

「…………」

「君一人だけ特に愛されたいと思ったろうね？」

そのしゅんかん——紘一の脳裡《のうり》に、三日前の事件の生々しい恐怖が、現実のことのようにまざまざと呼び醒《さ》まされた。そしてそれとともに、かれは、いままでの自分の行為が、ある一つの原因にもとづいていることを発見した。木脇頼子を殺したのも、そのためだった——。そうだ。紘一は、人から好感を持たれたり愛されたりすると、いっの場合でも窒息したのだ！　それから脱れたかったのだ。

紘一が頼子にはじめて会ったのは、ガラス張りの温かい温室の中であった。その温室は、十字架の聳《そび》えた礼拝堂のちょうど裏手にある。中には四季咲きの薔薇《ばら》や、可愛い鉢植えのパンジーや、フリージャーやシクラメンなどさまざまな花が咲き乱れていて、一つ一つの花弁がまるで宝石のようにしっとりかがやいて露に濡《ぬ》れていた。その花は、毎朝早く切り取って、牧師の部屋や礼拝堂の祭壇や、付属幼稚園の遊戯室などの花瓶を飾る。紘一に与えられた仕事は、その花に如露《じょうろ》で水をやったり、土いじりをしたり、牧師の指示に従って新しい球根を植えたりすることだったが、紘一はその仕事が気にいって、殆んど一日中温室から離れたことはなかった。牧師が気を配って、わざとそこには信者も幼稚園の子供たちも滅多に近寄らせないようにしてくれてあったからだった。その牧師自身も、伝道のために外出しがちで、紘一はその温室にいる限り、教会の誰とも接触せずに済んだ。会うといえば教会の中の紘一の寝部屋に食事を運んでくれる老婆《ろうば》と、花を取りにくる幼稚園の保母さんくらいなものだった。

だから、アメリカから帰った頼子が、その日の午後ふいに前触れもなしに入ってきたときは、紘一は心臓が停《とま》るかと思ったほど驚いた。

頼子がこの上もなく清純で美しい少女だったことも、紘一の狼狽《ろうばい》をはげしいものにした。

「あなたが紘一さんとおっしゃるのね。お父さまから伺ったわ」

どこかのパーティへでも出かける前なのだろう。白鳥の毛のカクテルハットに、黒のスーツを着た頼子は、レースの手袋にハンドバッグを持って、にこやかに言った。紘一がドギマギしているのを見ると、すぐに踵《きびす》を返して、立ち去りしなに振りむいた。

「明日から私のお部屋に、あなたがお花を持ってきてちょうだい。そうね、何でもいいわ」

紘一は頰に火のようなほてりを感じた。それがなぜであるかはわからなかった。だが、その初対面以来頼子は、防空壕で会った男や佐恵子とは違った意味で、紘一の心を脅かした。

紘一は牧師から頼子という娘があることも、それが留学から帰ってくることも、聞かされてはいなかったので、欺《だま》されたような気持になった。頼子は熱心なクリスチャンで、アメリカのミッション系の大学を卒業した、紘一より十も年上の娘なのだった。次の日、紘一は約束を無視して花を届けなかった。すると、頼子の方からまたやってきた。その手にはバイブルと、美しい色刷りの日曜学校のカードを持っていた。

「あなたのこと、お父さまから詳しく聞いたわ。お母さんを殺そうとしたり、不良を刺したりしたことがあるそうね。……わたし帰ったらあなたみたいな人と一番の仲良しになることが念願だったのよ。……今日からわたしがあなたに、神さまというものがどんなものか教えてあげるわ。あなたがこの教会へ来たのは、信者になって救われたいという気持があったからでしょう」

　頼子はそうすることが与えられた使命であるかのようにはずんだ言い方をすると、翌《あ》くる日からほんとうに足繁《あししげ》くやってきては、呻の福音を熱心に説いた。基督《キリスト》の降誕の話。数々の奇蹟《きせき》の話。十二使徒の話。ゴルゴタの丘の受難の話。……頼子の説明によると、基督教の教義とは、善人であろうと悪人であろうと、ともかく他人を愛することだと言う。頼子は透き通るような美しい声で、讃美歌を歌った。

「わたしがこうして、あなたを何とかして真人間にしてあげようと思って一生懸命なのも、その愛のためなのよ。わたしは、あなたに興味があるの。あなたが信者として、立派に更生できる日まで、そばで見守っていてあげたいの」

　紘一はつい数日前までは、あれほど住み心地のよかった温室の中が一変して、絶望の花園に変ったように思えた。頼子の顔を見るたびに信仰の欣びどころか暗い不安が募った。紘一は教会から逃げ出す決心を固めた。雪の降りしきる夜だった。

　紘一は着のみ着のままで、教会の門を出た。だが、そこにちゃんと頼子が傘もささずに待っていた。紘一は慄然とした。咽喉に何かがつまった。だが、頼子に無言で礼拝堂の方を指されると、逆らえなかった。暗い人気《ひとけ》のない礼拝堂の中には、正面の説教台の奥に、銀の十字架が厳然と浮かび上っている。頼子はしずかに扉を閉めると、その前に紘一を連れていった。身を切るような闇の冷気が肌を刺した。

「さあ、懺悔《ざんげ》をなさい。神さまは、きっと恕《ゆる》してくださるわ。あなたは教会から逃げるつもりだったかもしれないけど、神さまからは逃げられないわ。神さまはあなたがどこへいこうと、どんな人間になろうと、死ぬまであすこから見つめてらっしゃるのよ。愛の眼であなたの一挙一動に関心をもってらっしゃるのよ。そうよ。愛の眼で……」

紘一の眼に獣のような兇暴な光が閃《ひらめ》いたのは、このときだった。

佐山警部補は右手を火鉢で暖めると、また万年筆をおもむろに取りあげた。

数多い少年事件のなかでも、とりわけ厄介な事件だと覚悟していたのに、檜垣少年の調べが意外なほどスムースに進んだことが、何だか嘘《うそ》のようだった。いささか拍子抜けがするほどである。だが、それは結局は、自分の訊問の仕方が巧みだったからだと思うと、かれは内心得意の微笑を禁じ得なかった。益子刑事に見せてやりたいくらいだ。

檜垣少年の供述調書は、もう八分通りうまっていた。あと僅か書き足すだけで仕上りである。家族の状況、犯罪歴、犯行事実――みな終っている。彼はちょっと思案してすぐ動機の項の筆をすすめた。それはきわめて単純な甘いものだった。佐山警部補は次のように檜垣の犯行心理を推察したのである。

「……では、木脇頼子をなぜ絞殺したのか？　その点について簡単に申しあげます。前にもちょっとお話しした通り、母の死後私は自暴自棄になり荒んだ生活を送っておりました。でも牧師さんにお会いするまでは私も人並みに誰かに愛されたい、という欲望があるのだといううことを、しみじみと考えたことはなかったのです。それが教会のお世話になり、神さまが愛であるということも少しずつ判《わか》ってきますと、私は心からそれを求めずにはいられなくなったのです。そして、同じ愛されるのなら頼子さんのような美しい天使に愛されれば、きっと私は救われるに違いないと思いました。私ははじめそのことを私一人の胸の中にだけそっとしまっておくつもりだったのですが、頼子さんが好きで好きでたまらなくなるとともに、それを思いきって打ち明けたいと思ったのです。私は、それを神さまの前で告白しようと考えました。事件のあった夜、私は頼子さんを礼拝堂に誘いました。でも頼子さんは私の求めには応じてはくれなかったのです。……その時でした……」

佐山警部補は一気にそこまで書き上げると、さすがに根をつめて仕事をした後の疲労がこみあげてきた。一服つけようかと思ったが、すぐにもう一息だと思いなおして、その項を檜垣の前で一句一句朗読した。それから最後のしめくくりを、ホッと肩の荷をおろしたような気持で、書き添えた。

右の通り録取し読み聞かせたところ誤りのないことを申立て署名捺印《なついん》した。供述人　檜垣紘一
昭和三十一年二月二十八日
警視庁S警察署捜査係
司法警察員警部補　佐山貫次

佐山警部補は出来上ったその調書に、檜垣の拇印《ぼいん》を押させようとして、ふと異変に気がついた。檜垣の顔色が貧血したようにまっ蒼《さお》で、額に脂汗が浮いている。吐く息も苦しそうだった。ただごとではなかった。かれは仰天した。

「どうしたんだ。気分でも悪いのか……ああ、そうか。窓が閉めきってあったから、火鉢の炭の一酸化炭素にやられて頭が痛くなったんだな。待ってろ。すぐにいい空気を吸わせてやるからな」

佐山警部補は眉をひそめてそう言うと、檜垣に背を向けて気さくに窓を押し開けた。また雪にでもなるのか、空には灰色の雲が重苦しく垂れこめている。いつのまにか時間が経《た》っていたとみえて、中庭の建物を夕闇がうっすらと包みはじめていた。遊歩場には留置人の姿も見えない。かれは家で待っている息子や娘たちの顔をさらに思い浮かべた。――そのときだった。

　やにわに檜垣が机の上の小刀を摑《つか》むと、佐山警部補の背中に向かって力いっぱい体当りした。ウッというめき声とともに、佐山警部補のすさまじい顔がふりむいた。

「何をするっ！」と眼をむいて叫んだが、そのまま上半身をがっくと机にもたせかけると、こらえきれずに崩れるように床へ転がった。どす黒い血が制服を染めて噴き出した。

　窒息寸前の檜垣の唇から、ホッと全身を弛緩《しかん》させたような深い荒い息が洩《も》れた。

# II

# 獅子

# 1

いつの頃からそうなったのであろう。——この広いローマ帝国のうちで、皇帝陛下の私室に、時間を問わず無断で伺候できるものは二人しかいなかった。すなわちかくいう侍従長の私と、宮城を守護する一万六千人の近衛軍団の隊長である、スパルタキュスの二人である。この習慣はさいきんになって特に厳しくなったようで、そのほかにはたとえ元老院の議員であろうと、どのように身分の高い貴族であろうと、火急の用件のさいでも、二人のうちいずれかを通じなければ、陛下は容易に謁見《えっけん》にならなかった。

すべては、この頃の不穏な内外の情勢のためである。忠実な臣下のように見えても、いつどのような方法で、陛下のお命を狙うものがないとも限らないからだ。つい半年ほど前にも、そうした不祥事件があったばかりで、陛下が円戯場《コロセシユウム》のうす暗い柱廊をぬけて、宮城にお帰りになろうとしたとき、通過を待ち受けていた一人の刺客が、抜剣して「元老院は、君に死を献上」と絶叫しておそいかかったことがあった。その不逞《ふてい》な陰謀はたちまち露顕《ろけん》して、刺客はむろんのこと、その首謀者も厳刑に処せられたが、それ以来陛下は、極度に神経質になられて、護衛兵を充分に配置した公式の行事のほかは、競技場や宮城内のいかなる宴《うたげ》の席にもいっさいお出ましにならず、後宮の寵姫《ちょうき》や美童達もお遠ざけになって、不安な日を送っておいでになられたのである。

畏れ多い話だが、国民はすっかり陛下から離れてしまっていた。先年のダニューブ河以北の蛮地における遠征の失敗。数年にわたる苛酷《かこく》な重税。あらん限りに帝権を濫用《らんよう》して、あらゆる領土から、三千人の美女と、同じ数の美少年とを容《い》れた、後宮での放逸な生活。しかも先帝のカリグラやネロの、あの毒蛇のような残忍な血をおつぎになっている陛下の、さいきんまでの御日常は、まったく狂気の沙汰というほかはなかった。幼時から保育にあたった一部の寵臣が『ギリシャのハーキュリーズが神々の列に加わったのも、いうなればニーミヤの獅子に対する勝利や、エリマンサスの猪退治《いのししたいじ》によるものである』とおだてたせいもあるが、陛下は御自身をローマのハーキュリーズにたとえられ、ネロの故智にならって、群集を前にした競技場に、しばしば寵愛を失った後宮の美姫を何人か引き出し、飢えた獅子を放ってさんざんに弄《いたぶ》らせた末、玉座から御自身の弓でその獅子を仕とめるゲームが殊《こと》のほかお好きであった。また、それにも飽きられると、今度は身分の極めて卑しい格闘士と御自身との武術の試合を、公衆の面前で披露することもお考えになった。試合とはいっても、むろん相手の格闘士の方には、はじめから練習用の、刃のついていない剣を手渡すのだから、出場したものはかならず陛下の名誉ある剣にかかって、血を流すことになっていた。しかも国民はその栄の試合をこぞって観覧することを強制され、観覧のあるたびに、莫大《ばくだい》な入場料が新税として陛下のふところに入る仕組みにもなっていた。

正直にいえば、陛下の御信任のきわめて篤《あつ》いスパルタキュスや私にしてからが、この君に本心から心服しているわけではなかった。前の例にもあるように、私なぞは軽率な行動が、万が一蹉跌《さてつ》した場合、即座に首が飛ぶことは必定なので、命惜しさに手が出ないだけで、もしも機会と力とに恵まれれば、私こそいの一番に、怖《おそ》ろしい反逆を企てていたかもしれなかったのだ。

スパルタキュスはスパルタキュスで、彼の生来の富に対する貪婪《どんらん》な欲望が、陛下への忠節の顕《あらわ》れになっていた。名君とうたわれたかのコンスタンチン帝やオーガスタス帝を除いては、歴代のローマ皇帝は陛下の近衛兵に対し必要上やむを得ず懐柔政策を取ってこられたようであるが、陛下はそれにも増して莫大な月々の給与とさまざまな恩典とを、スパルタキュス個人とその軍団とに対して賦与《ふよ》しておられたのである。元はといえば、ゴールの蛮族出身の成り上り者で、他の枢機に参画している、いわば生粋のローマ貴族である大臣顕官《けんかん》たちからは、常日頃侮蔑の眼で眺められているスパルタキュスは、それだけに富に対する執着が狂的であったのかもしれなかった。噂《うわさ》によると、城内の彼の邸宅には、いままでに蓄積した財宝が、そっくり、大理石の水浴用の池の中にかくしてあり、彼は朝晩それを取り出して悦に入るということだったが、それでもなお彼の欲望は、飽くことを知らなかった。陛下が新たな富を恩賞として彼に御命令下される限り、彼はどんな困難な任務でも、迅速《じんそく》にしかも忠実にやってのける男だったのである。同じ側近につかえるもの同士でありながら、私はどうもこのスパルタキュスという男を好きになることができない。醜い守銭奴であることも、その理由の一つだが、彼の陰惨《いんさん》な風貌に朝晩接していると、何かしらうす気味悪いものを感じずにはいられないのだ。彼は長身で、痩《や》せぎすで、その浅黒い死神のような顔には、眼が片方なく、頬にはするどい傷跡が、耳にかけてひきつって残っていた。右足はびっこを引いているし、左手の指は三本しかなかった。しかもその傷の一つ一つが、彼が誇るところの、武勲の数々なのであった。――たとえば彼の右眼は、先年護民官のカシウスを、陛下の御命令で暗殺した際に失ったものであるし、彼の右足のびっこは、前にも述べた円戯場《コロセシユウム》で陛下が刺客におそわれたとき、彼が陛下の楯《たて》になって受けた傷がもとなのであった。つまりスパルタキュスは、かけがえのない彼自身の五体を代償にしてまで、彼の求める富を購《あがな》っていたわけである。

その上、彼の冷酷無残さがまた、比類のないものであった。剣戯にかけては、ローマ随一の定評のある男だったが、彼がひとたび狙った相手は、どんなに哀れな境遇の病人であろうと、年老いたものであろうと、容赦はなかった。かりに彼自身の娘や肉親のものの生命を、陛下がお求めになっても、その恩賞次第では、彼は冷やかにその任務を遂行したかもしれなかった。この頃では、陛下がスパルタキュスと、四頭立ての戦車に同乗してたまに公式の祭典などにお出ましになると、鹵簿《ろぼ》の沿道を埋めた群集の中からは、必ずこんな口汚ない罵声《ばせい》が浴びせかけられる。

「見ろ、ローマのハーキュリーズと、あの片眼の軍団長が並んだところは双頭の人以上のいい組合せだぞ」——と。

さて、前置きが長くなったが、その夜陛下は深更にスパルタキュスを寝室にお召しになった。私には手短かに、

「かなり重大なできごとだ!」

と、仰せになっただけなので、その急なお召しの用向きが、どのようなものかは臆測の余地もなかったが、美食で豚のようにお肥《ふと》りになっておられる陛下のお顔の色がただごとではなく、さいぜん私が取りついでお渡しした帝室財務長官からの報告書と、諜報担当の送達吏からの報告書とを、両手に握られたまま寝所の周囲を行ったり来たりなさっているのを見ると、またひとつ陛下の身辺に、スパルタキュスをぜひとも必要とする変事が起こったのに違いないことは、容易に察しがついた。

「全能の神の御子たる聖陛下よ」

スパルタキュスがあわただしく参上していつもの型通りの挨拶をすませるまで、陛下の焦《いら》だたしさは、刻一刻と高まっていたようである。

彼の顔を見ると、はじめてほっと安堵《あんど》の色を浮かべられて、二頭のアフリカ産の豹《ひょう》が、だらしなく足もとに眠りこけている寝台の上に身をおやすめになった。私はこんな場合のしきたりで、重苦しくたれこめている絹の帷《とばり》の外にまで退って、侍立した。

「待ちかねたぞ。スパルタキュス……」

薔薇色《ばらいろ》に光る猫眼石と、碧玉《へきぎょく》の指輪に飾られた陛下のお手が差し出されたのと、近衛軍団の象徴である獰猛《どうもう》な黒の鷲毛《わしげ》の兜《かぶと》を、耳まですっぽりとかぶり、黒ずくめの鎖鎧《くさりよろい》と脛当《すねあて》をつけたスパルタキュスの後姿《うしろすがた》だけしか、私の立っているところからは見えなかった。

「何事でございます。陛下、火急の御用とは……」

「うむ、また一人、御苦労でもお前にあの世へ送ってもらわねばならぬ人間ができた」

「ともうしますと……」

「これだ……」

陛下はさっきの報告書の一通を、スパルタキュスの眼の前で、ガサガサと音をたててお開きになったようだった。

「これは、先刻、送達吏の一人からひそかに届いた密書だが、これを読むと、またまたあの馬鹿げた貴族どもの中に、朕《ちん》に謀反を企てているものの出てきたことが書いてある。知っての通り、明後日には、元老をはじめ、すべての重臣が朕の前に集って、月一度の重大な会議を開くことになっているが、今度の首謀者は、いままでにない大物で、勢力の強いやつだから、このままほうっておくと、どのような危害が朕の身に加えられるか、わかったものではない。そこでだ……」

「その首謀者を先手を打って暗殺し、禍根を絶てとおっしゃるのでございますな」

「その通り。……事は速やかに行えば行うほどいいというわけだ。……どうだ、やってくれるかな？」

陛下は枕元の小卓に載っている、チベル産の葡萄酒《ぶどうしゅ》の方へ、手をおのばしになった。

「御命令は、いつでも忠実に果たしております。ただ……」

「ふん、そうくるだろうと思っていたわ」

陛下は軽い舌打ちをなさると、

「どうだ。見事にやってのけた場合には、金貨十万セスタースをくれてやろう。……それでは不満かな」

「結構でございます、それなれば……」

「約束するな」

「はい、いかような人物なりと、陛下から直々お名指しをたまわれば……それで、その手段はどのようにすれば宜《よろ》しいので……」

「こうするのだ。明晩、先帝の執政官だったグラックス未亡人、アスパシャの屋敷で、カストル祭の饗宴《きょうえん》が開かれるのは知っておろうな」

「存じております」

「そのとき、何人かの元老院議員、執政官、将軍たちが客として集《あつま》ることになっているというのだ。むろん饗宴とは名ばかりで、朕を倒す謀議をこらすためだという。そこでお前は何《なに》喰《く》わぬ顔で、その屋敷に忍びこみ……」

　私は思わず耳をすました。

「はっ、もう一度仰せられますよう。誰を……」

「耳の悪いやつだ」

　陛下はそこで、スパルタキュスの耳に口を寄せられ、ぐっと声をお落としになったようである。私の膝が思わずガクガクとふるえ、嵌木細工《モザイク》の床に、不謹慎な音をたてたが、かんじんの暗殺される当の相手の名前を、遂に聞くことはできなかった。

「いいか、わかったな。そのものを見事に殺害できた場合は、証拠に右の耳を削《そ》いで持って参れ。きゃつの耳には朕にだけしかわからぬ傷がついているのだ」

　私がはっきり聞くことができたのは、もの憂そうな陛下のそのお声だけだった。

「かしこまりました。必ず明後日までに御満足のゆくように、やり遂げます」

　ああ、私は何という不覚者であろう。そのとき、もっと神経をとがらせて、陛下のひくいお声を少しでも聞き取っておいたら、あるいはあのような怖《おそ》ろしい事件を、未然に防ぐことができたかもしれないのだ。だが、――私の苦慮なぞ微塵《みじん》も御存知《ごぞんじ》ない陛下は、用件が済むと私をお呼びになって、いつもなら長官のペトロニウスを直接お召しになるのがしきたりなのに、今日に限って下役の帝室財務官からスパルタキュスに、十万セスタースの金を支給させる命令書をおつくらせになった。

スパルタキュスは、その証書を握って、意気揚々と猫のように足音もたてないで、御前から退出していった。冷く歪《ゆが》んだ微笑を、兜のきらめきにまで誇りながら……。

すると、陛下は、今度は私にも新しい御命令を下されたのだ。

「いいか、お前は百人長を連れて、明日の夜の饗宴に行き、スパルタキュスの行動を逐一監視して朕に報告せよ」

## 2

私は迷った。うわべは謹んでお受けしながらも、このことを明夜アスパシャの家に集る人たちに、ひそかに知らせたものかどうか判断に苦しんだ。知らせればむろん私は反逆者と通じた大罪を犯すことになろう。まかり間違って露顕すれば、私も一味とともに不名誉な磔刑《たっけい》に処せられるか、獅子の餌食にされて腐敗坑に投げ入れられることは、火を見るより明らかであった。しかし、スパルタキュスとは違い、私だけはたとえ彼等のうちの誰が犠牲者に選ばれたにせよ、黙って見過《みす》ごすことはできなかった。おそらく私のふだん仲のいい貴族たちも、何人かその中にまじっているに違いないからだ。

御前を退っても、私の気持は重かった。

宮城を出ると、天の大神ジュピターや、軍神マース、美の女神ヴィーナスなど、見上げるような台座の上の石像を、うす闇が包んでいた。壮麗な幾十段ものゆるやかな螺旋状《らせんじょう》をした石段の下には、いつものように私の従者《ずさ》が轎《かご》を用意して待っていたが、聖なる神々の眼に晒《さら》されたその階段を降りきるまで、私の耳には、足音の一歩一歩が、「裏切者！」「不忠者！」と叫んでいるような気がしてならなかった。しかし、轎がアポリニス区から、ポアリウム区を通り、軍神広場の前まできたとき、私の決心は決《きま》っていた。左へ行けば私の邸宅だったが、私は轎舁《かごかき》と従者に「財務長官、ペトロニウスの家へ……」

と、命じたのである。

　ペトロニウスの家は、私の父の代からの親友で、アスパシャとも特別親交があり、当然明夜の饗宴に招かれている、何人かの客の一人に違いないと思ったからだった。

　私の予想は当っていた。

　入浴を終わって、庭の泉水のそばで、涼みがてらギリシャ人の奴隷に爪を磨かせていたペトロニウスは、私の突然の訪問を、なぜかギクッとした顔色で迎えいれた。私が、

「気をつけろ。ペトロニウス。陛下は明夜アスパシャの家に、刺客をお放ちになるぞ！」

と挨拶もそこそこに切り出すと、彼の顔色はさらにいっそう白紙のように蒼《あお》ざめた。

「君はわざわざそれを知らせにきてくれたのか。その刺客というのは、いったい誰なのだ」

「いわずと知れたスパルタキュスさ」

「あの独眼の鬼めが……」

ペトロニウスの声は、恐怖とも憎しみともつかぬ戦《おのの》きでふるえた。

「そりゃあ、明日の夜は、私もアスパシャの屋敷に招かれていることはいるがね、……それは単なるカストル祭の饗宴の客として……」

彼はまだ私のことを警戒しているらしい。私はいった。

「心配するな、ペトロニウス。私がもしもだ君や君の仲間の貴族諸公を罠《わな》にかけるつもりなら、こんな危険なことをいいにくるものか。……私自身の首が危くなるものな、……そんなことより、陛下は送達吏からの報告で、何もかもお見通しだぞ。君たちが陛下を倒して、謀反を企んでいることまで……」

「そうか。秘密はもう筒抜けなのか」

ペトロニウスの唇から溜息が洩《も》れた。

「ただ、残念なことは、スパルタキュスが狙っているのがいったい誰なのか。その人間の名をうっかり聞き洩らしてしまったことなのだ。君には心当りがあるかね。明日集る人たちの中で、陛下から首謀者として睨《にら》まれるようなものの……」

「私にはさっぱり見当がつかないね。……もうへんな隠しだてをしてもはじまらないからいうが、今度の謀議に参画した四人の連中は、私も含めてその一人一人が首謀者といってもいいからなのだ。つまり四人が四人とも暗殺される可能性は、充分あるといっていい」

「その四人というのは？」

「元老院議員のチベリウス。イタリー駐在の第十二軍団軍団長、オイネウス。執政官のブラチウス。それに……」

「君というわけだな」

私はペトロニウスを除く他の三人も比較的よく知っていた。

チベリウスは、四人の中では最年長の老人で、かつてはローマ市の総督をつとめたこともあり、十年間の免税や不毛の地の開墾など、その仁政と温厚篤実な人柄は、ローマ市民のあいだに、長く圧倒的な人気を呼んだものだった。しかし、陛下から見れば、その人気と、元老院議員たちのあいだに、いまなお陰然たる勢力を持っていることが眼ざわりらしく、久しくお憎みになっている存在だった。またオイネウス将軍は、イタリーの駐屯地でしばしば赫々《かっかく》たる武勲をたて、夷狄《いてき》の民から鬼神のように怖れられている、生粋のローマ軍人だったが、生来曲がったことの嫌いなため、何度か陛下の暴挙をお諫《いさ》めしたことが、不興を蒙《こうむ》る原因になっていた。また執政官ブラチウスは、まだ二十歳そこその若さで、この前の円戯場での陛下暗殺未遂事件にも連座していて、当然死刑となるべき運命にあったのを、皇妃ジュニーさまの助命嘆願で、辛《から》くも一命を脱《のが》れて、何でもオイネウス将軍の許《もと》に、ひそかに身を寄せているという噂のあった男だったのである。

「しかし、ことによると、狙われているのは、あんがいこの私なのかもしれないぞ」

あたりを見廻《みまわ》して、急に声を落したペトロニウスの顔は、まったくこの世のものとも思えなかった。

「どうしてそう思うのだね」私はしずかに聞いた。

「なぜって、私は国庫の金を、ひそかに今度の謀反の準備資金として使っているのだからね。きっと陛下がそれをお気づきになって罰を下されるに違いないよ」

「いや、そうとも限るまい。陛下はついさっきもスパルタキュスに、今度の暗殺が成功した暁には、賞金十万セスタースを与えるとお約束なさって、その支払命令書を私におつくらせになったくらいだから……」

「何、十万セスタース？」

ペトロニウスは、啞然《あぜん》としたように叫んだ。

「そんな無茶な、国庫中の金を洗いざらいさらけ出したところで、その十分の一ももう残っているものか。陛下が例によって新たな名目で新たな税金をお取りたてにならない限り、いったいどこからその金を支出するというんだ。ローマ帝国の財政は、陛下の長年の浪費で、もうどうにもならない危機の限界にきているのを陛下は御存知ないのだろうか。……さっきも陛下の許に、その報告書を出したばかりだというのに……」

「じゃあ、あの報告書がそうだったのか」

私はやっと思い当った。

「すると陛下は、君の報告書だけは、まだお読みにならなかったということになるな」

「そいつはわからん、だが、あの守銭奴のスパルタキュスには、ざまあ見ろといいたくなってくるよ。やつが今度の仕事を、それこそ鐚《びた》一文にもならない骨折損だと知ったら、いったいどんな顔をするだろう……」

私も、さいぜんのいきおいこんだスパルタキュスのそぶりを思い出すとこの上もない小気味よさを感じたが、すぐに話を元に戻した。

「君は、四人のほかに、アスパシャだって暗殺される可能性があるとは考えないかね」

「アスパシャが、あの美しいアスパシャが……」

ペトロニウスは、暗然と眼を伏せた。――それも無理はなかった。それはもう何年前のことになるであろう。かつて陛下がアスパシャを後宮の寵姫としてお召しになろうとしたとき、彼女はこれを頑としてはねつけ、二十歳も年上のグラックスと結婚した。グラックスの死後、彼女はペトロニウスとひそかな恋に陥ちて、いまでは誰一人として知らぬものはない親密な関係になっていたのである。未亡人とはいっても、まだ三十をほんの少し過ぎたばかりで、その嬌艶《きょうえん》な美しさは、まだいささかも衰えてはいなかった。それだけに残忍で復讐心《ふくしゅうしん》の強い陛下が、みすみすこのままでほうっておかれるはずはなかった。しかも、明夜彼女の屋敷へ集る客が、謀反人ばかりとあっては、陛下はなおさら激怒しておられるに違いないのである。

「いったいどうしたらいいだろう。いまから使者を、アスパシャのところやチベリウス達四人の許にやって、明日の宴《うたげ》は中止させることにした方がいいだろうか」

「いや、そんなことをすれば、かえって君たちに後暗《うしろぐら》いものがあることを、立証することになりはしないか」

　私は反対した。

「それより、明日の夜は何喰わぬ顔で饗宴に出席し、盛大に騒ぎもするのだ。そのかわり、スパルタキュスが手も足も出ないように、屋敷の内外を厳重に監視することにしたらどうかね」

「護衛なら、オイネウス将軍が第十二軍団の兵の一部を連れてきているし、アスパシャは屈強の格闘士を十数人雇っているから、その連中を使えば大丈夫だとは思うが、しかし、まさかスパルタキュスは、堂々と素顔を晒して屋敷へやってくるようなことはあるまいね」

「まあ、変装してくるだろうな。やつが片眼を失うまでは、陛下も舌を巻かれたほどの扮装《ふんそう》の名人で、いままでの数多くの暗殺にも、何度か役立てていた男だ。ただ今度は、あの片眼と三本しかない左手の指をどのように胡魔化《ごまか》すかが見ものだが……」

「それなら安心だ。やつがどんな変装をしてきたところで、見破れないという法はない。私とやつとは、年も恰好《かっこう》も声もよく似ているが、私に変装しようたってそいつは駄目だよ。なぜなら、たとえ男の眼を胡魔化せても、女のアスパシャに、恋人の見分けがつかないっていうことはないからな。それに明晩の客は、みなアスパシャの親書を持っていかなければ、出席できないことになっているんだ」

その点は、私も同感だった。

スパルタキュスが果《はた》して、明晩どんな方法をとるかわからないが、アスパシャだけでなく、常に陛下の御前で顔をつき合わせているこの私に、見抜けないはずはないと思った。ただ問題は、スパルタキュスと同様、この私もアスパシャにとっては、招かれざる客の一人であるということであった。

「ペトロニウス、これはぜひ聞いてもらわなければならんのだが……」

私は声に力を入れた。

「私のことを、こっそりアスパシャやチベリウスたちに、事前に話しておいてもらえないだろうか。……明日は私もその宴会の席へ出たいのだ。これはひょっとすると、君たちの誤解を招くことになるかもしれないが、陛下は私にも、明日は百人長を伴って、スパルタキュスの行動を、終始監視するよう、命令を下されているのだよ」

「よし、わかった。それは私が責任をもって請け合うことにしよう。今夜の君を信用することにして……」

ペトロニウスは、私の眼をじっと見つめながら、大きく頷《うなず》いた。

私はそれから間もなく、ペトロニウスに別れを告げた。ふたたび輴の人になったとき、やっぱり今夜すべてをペトロニウスに話しておいてよかったという気がした。それはいままでともすると逡巡《しゆんじゆん》しがちだった私の心を、はっきり一つの方向に踏み切る決心がついたことと、陛下ばかりではなく、あの卑しい守銭奴の成り上がり者に対する、私の憎悪と反感が、いまはじめて最高潮に達していることを知ったからである。

陽はとっくにチベル河を越えて、ジャニクルム丘の向うへ沈んでいた。

だが、ペトロニウスの屋敷の前の舗道を、市の公議所《フォラム》の方へ出ようとして、私はあっと声をあげた。私の轎の横を轣轆《れきろく》とはげしい轍《わだち》の軋《きし》る音をたてて、疾風のように通り過ぎた、一台の二頭立の戦車が、確《たし》かに私には見覚えがあったのである。それは何から何まで黒ずくめに塗ったスパルタキュス専用の戦車だった。私のとっさの思い違いだったかもしれないが、その戦車はペトロニウスの屋敷の方に向って、薄暮の薄闇のかなたに、全速力で消え去って行ったのだ。

## 3

翌《あく》る夜――ローマ郊外の、アグリッパ湖畔《こはん》にある、アスパシャの屋敷の周囲は、巨大な白銀の甲虫がひしひしと取り巻いていた。一眼でそれはオイネウス将軍麾下《きか》の軍団の中でも、選り抜いた一隊の将卒であることがわかったが、近衛軍団の見るからに獰猛な黒毛の兜に対して、ローマ帝国正規軍団の象徴である、真紅の毛のついた彼等の兜が、ときならぬかがやかしい火の手をあげてざわざわと揺れ動いていた。それはアスパシャの屋形の正門に、新たな客の輔や戦車、それに今夜の宴に余興として招かれた道化師、手品師、歌手、楽師などが着いたしるしだった。

警戒は厳重を極めていた。門の前は馬のいななきや、ガチャガチャいう彼等の剣の触れ合う音でざわついていたが、ペトロニウスがもう既に、オイネウス将軍と、今夜の宴の手はずを整えてあるのだろう。この精悍《せいかん》な焔《ほのお》を頭上にいただいた甲冑《かっちゅう》武者たちが、幾重にも屋形の周囲を固めている限り、いかなる怪《あや》しい者といえども、その環を突破することは、不可能に近かった。私が部下の百人長を従えて、定刻過ぎてからあたふたと訪ねたときも、

「待てっ！」

とするどい怒声とともに、一隊の将兵がばらばらと私達の周囲に駈《か》けつけ，眼の前にギラギラ光る槍を交叉《こうさ》させて、行手を阻んだ。しかし既に話が通じてあったらしく、鎖のついた門番の奴隷がすぐに現れて、私たち一行を鵲《かささぎ》が籠《かご》に飼われている控室に案内した。

そこには、いかめしい髯《ひげ》と、逞《たくま》しく陽に灼《や》けた顔とを、いま石から彫り出したばかりのように冷《つめた》くこわばらせた男が、武装姿で私を待っていた。

「ようこそ。閣下。……オイネウスです。三年前に宮城でお会いして以来だから、久しく御無沙汰しておったが……」

オイネウスは、がっしりした手を私の方に差し出してきた。

「将軍こそ、御壮健で何よりです」

私も固苦しい挨拶を返すと、

「ときに、ペトロニウスから詳しい話は？」

「昨夜のうちに、使いの者の口から伺いました。もうお気づきになったと思うが、如何《いかが》ですかな。私の部下の番犬どもの警戒ぶりは……」

「予想以上なので驚きました。まさに蟻《あり》の子一匹洩らさぬとはこのことですな。これでは、いかなスパルタキュスでも……」

「死を賭《か》けねばとても忍びこめますまい。やつの近衛軍団と私らの正規軍団とは、御存知のように昔から犬猿のあいだがらでしてね。それだけでも私の部下は、スパルタキュスと感づいたらただでは通すはずがありません。屋敷へは一歩も踏み込まぬ先に、彼等に食いつかれて八つ裂きにでもなるのがオチでしょうて……」

「ところで、ペトロニウスはどうしたのです」

私が来たのを知ったら、すぐにでも出て来そうなペトロニウスが、姿を見せないのに気がついて、私は訝《いぶ》かった。

「それが、昨夜のうちに大変なことが起こってしまったのですよ」

「えっ、ペトロニウスの身に、何か……」

「まだ御存知なかったんですか。昨夜スパルタキュスが通り魔のように彼の屋敷を襲って、ペトロニウスに大変な怪我《けが》を負わせてしまったのを……」

「す、するとスパルタキュスは今夜を待たずに手っ取り早くもう……」

「いや、それが暗殺の目的かどうかは、ちょっと疑問の点があるのですがね。別に生命に別状があったというんじゃありません。ただ右の眼と左手、それに右の足を……」

「それじゃ、まるでスパルタキュスの傷と同じじゃないですか」

私は愕然《がくぜん》として嚙《か》みつくようにいった。

「そこにやつの巧妙な事前工作があったのかもしれませんね」

オイネウスは腕組みをしたまま、ギョロリと眼をむくと、

「やつは、今夜この屋敷に忍びこむために、自分とそっくり同じ傷をした人間を、もう一人つくったとは考えられませんか。変装に役立てるため、人眼につく自分の傷を、少しでも胡魔化すためにです」

「それだけのことで、昨夜のうちにペトロニウスを襲ったんでしょうか」

しかし、将軍はそれにはなぜか沈黙してこたえなかった。

「それで、いまペトロニウスはどこにいるのです。その怪我のために、今夜の宴の席には、まだ来られないでいるのですか」

「いや、もう来ています。正直にいって、たいした傷じゃないんですから……アスパシャが奥で介抱していますよ。御見舞いになるなら、御案内しましょう。庭の方ですから……」

私は百人長をその場に残すと、腰に吊《つる》した分厚い剣の柄頭を右手で抑えながら、黙々とし

て先に立つ将軍の後について、控室を出た。

亡くなったグラックスが、愛するアスパシャのために贅《ぜい》を尽《つく》して建てたといわれるこの邸宅の、宏壮な庭園は眼を見はるばかりである。松、糸杉、橄欖《かんらん》、楊梅《やまもも》などが、いたるところに繁茂し、そのところどころに、当代の一流の彫刻家にさまざまなポーズで彫らせた、アスパシャの彫像が白く隠蹟し、池の周囲の薔薇の茂みには、満開の花が噴水の水飛沫《しぶき》に濡れている。池には銀色の白鳥が数羽、その薔薇の飛沫をときおり啄《ついば》みながら、しずかに遊弋《ゆうよく》していた。

常春藤《きづた》や忍冬《すいかずら》でおおわれた四阿《あずまや》の近くまで来ると、そこには橄欖油《オリーブ》を塗ってぴかぴか光る逞しい裸身を晒した巨人像《コロス》のような男が二人、抜身の剣をさげて、油断なく周囲に気をくばって立っていた。四阿からは声高な話し声が聞えている。オイネウス将軍は、その中に私を導いて、

「ペトロニウス、侍従長閣下がおいでになったぞ」

そう呼びかけると、それまで早口に何人かの男女が喋《しゃべ》り合っていたのが、ぴたりと止《や》んで、木製のベンチからいっせいに人影がこちらをふり向いた。

ペトロニウスは、昨夜会ったときとは打って変わって痛々しい姿になり果てていた。顔面は右の眼を血の滲《にじ》んだ繃帯《ほうたい》でおおっているので、左半面がわずかにうかがえるだけだった。左手の指も純白の布で包まれていたが、その布を後から後から噴き出す血潮が、どす黒く染

めていた。御丁寧《ごていねい》にどうやら足にまで、かなりな傷を負っているらしかった。そしてその背後に、彼自身よりも蒼ざめた顔をして、アスパシャや元老院議員のチベリウスが立っていたのである。

「昨夜は失礼、とんだ不覚をとってお恥《はず》かしいが……」

思ったより元気なペトロニウスの声の後から、「ようこそ、侍従長さま。お出迎えにも出ませんで……」と、アスパシャが、必死に動揺を抑えたつつましやかな挨拶をした。

「いや、御招待のお礼はいずれゆっくり申し述べさせていただくとして、ペトロニウス、大丈夫なのか。怪我の具合は……」

「なあに、見かけほどじゃないんだ。医者にも見せたが、これくらいの傷なら、十日も経《た》てばなおるといっている。まあ、今夜の宴会に出席するくらいなら、差しつかえはなさそうだよ」

彼は苦痛をこらえながら強いて微笑してみせると、それでも血のしたたる左手の布を私に見せるために、解きにかかった。

ベリベリと布をはがす音に、アスパシャが呻吟《うめき》のような声をあげて、顔をそむけた。ペトロニウスの左手の指は、中指と人差指の二本が見事に切断されて、生々しい血を後から後から噴き出していたのである。私はいった。

「ペトロニウス、詳しい話をしてくれないか。昨夜スパルタキュスは、いったいどうやって君のところに現れたんだ。私の見たあの戦車は、やはりそうだったのか……」

「戦車だって……」

私は、昨夜私の轎のそばを通り魔のように飛んでいった、黒ずくめの戦車のことを話してやった。

「侍従長もごらんになったんですか……」

ペトロニウスにかわって、そばから元老院議員のチベリウスが、話を引き取った。

「何でもスパルタキュスは、昨夜十万セスタースの金を暗殺の仕事の前に先取りしようとして、陛下の御親印のついた令書を持ち、ペトロニウスの家を訪ねたらしいのです。……そうだったね」

ペトロニウスは無言で頷いた。

「つまり、陛下が果して約束を実行なさるかどうか不安になったというわけですね」

「そうとしか考えられませんね。……そこでその足許を見込んだペトロニウスは、思いきって我々の陰謀を打ち明け——どうだ。もしも陛下のおいいつけに背いて、我々に加担してくれたら、五万セスタース即座に出そうといってみたのです」

「何っ、陰謀の件を、やつに……そんな無茶な！　こちらからわざわざ……」

「しかし、どうせ陛下にも、彼自身にも、我々の企みは、とくに露顕していることじゃないですか……。いまさら隠してみたところで、どうにもなるものではない。当って砕けろ、とペトロニウスは考えたのですよ。ということは、前から我々のあいだに、スパルタキュスをできることなら、一味に引き入れたいという計画があったからなのです」

「あんな賤《いや》しい男を。……あんな守銭奴の成り上がり者を、あなたがた生粋のローマ貴族の仲間に……ですか」

「仕方ありません。彼の背後には、何といっても近衛軍団というものが控えているのですからな。その力を無視することはできませんよ。我々はいまローマ市内にいるのですからな。ローマ市内に……」

そういったのは、オイネウス将軍だった。

「それに、昔から一時の方便という言葉だってあるじゃありませんか。我々の計画が成就しさえすれば、即座にやつを死刑にして、約束の金なんぞびた一文も払わなければ……」

「なるほど、空手形で釣《つ》るというわけですか」

そういわれてみれば、私も沈黙せざるを得なかった。

「それでやつは承諾したのかね。その提案を……」

ペトロニウスは首をふった。

「とんでもない。承諾したら、僕《ぼく》だってこんな怪我をするもんか。第一今夜のこのものものしい警戒だって……」

「そうか、やつは、君の申し出を拒否したしるしに、君にこんな傷を負わせたのか。……五万セスタースより、十万セスタースの方に魅かされて……」

私が苦々しく唾とともに吐き出したとき、奴隷の一人が、今夜の宴の客として、まだ顔を見せていなかったブラチウスを案内して入ってきた。

「やあ、遅くなってどうも……」

美貌のブラチウスはよほど急いできたのか、秀でた額や、惚《ほ》れ惚《ぼ》れとするような美しい鼻《び》梁《りょう》にうっすらと汗をかいていたが、眼ざとい私は、彼の憂愁詩人のような、鳶色《とびいろ》の眼がなぜか殺気だっているのを、見逃がさなかった。彼はペトロニウスの惨《みじ》めな姿に愕《おどろ》くより、彼自身の若さの方がまず先に爆発してしまったのだ。

「諸君！　諸君はもう御存知なんですか。この屋敷を護衛している第十二軍団の将卒のさらに外側に、その何倍という近衛軍団の兵隊どもが取り囲んで屯《たむろ》しているのを……」

# 4

それは確かに一大事に違いなかった。オイネウス将軍の護衛兵は、何といってもほんの少数で、その数は三百人とはいないのである。力と数を誇る近衛軍団が大挙して押し寄せれば、この屋敷などひとたまりもなかった。しかし私だけは、近衛軍団がそのような暴挙に出ることは、まずあるまいという確証を持っていた。なぜなら陛下が、今度の謀反の首謀者たちすべてを、みな殺しにするおつもりがないのも、その原因はひとえに民心を刺激することを極度に怖れておいでになるためである。国民に人気のあるチベリウスやオイネウスやペトロニウスを、一挙に葬ったことが明るみに出れば、各地に暴動や反乱が続発して、手がつけられない状態に陥ることは明白だった。だから私は、近衛軍団が出動したことは、単なる威圧にすぎないだろうと考えた。いいかえるならば、スパルタキュスがもう既にこの屋敷内に潜伏しているという証拠でもあり、そのことの方が私にはずっと怖ろしくもあり、無気味でもあった。

　こんなことをいうのは、私だけの妄想かもしれないが、そんな私の不安は、ある事実にぶつかって、とほうもない疑問を抱きはじめていたのだ。――スパルタキュスが、いったい誰に変装して、この屋敷内に侵入しているかということである。私はペトロニウスの負傷に、何か解せないしこりのようなものが感じられてならなかった。なるほどスパルタキュスにしてみれば、彼自身に背丈や声や年齢などが似ているペトロニウスに、あらかじめ自分と同じ傷を与えておけば、変装に都合のいいことは事実である。もしも彼がペトロニウスに変装したとすれば、二人の同じ恰好の人間のうちどちらがどっちか解らないようにする事も可能だった。と、すると、いま私に傷を見せたペトロニウスが果たして本物であるかどうかわからなくなってくる。……しかし、そう思うのは私だけで、アスパシャやチベリウスやオイネウスが、彼に何らの疑点もさしはさんでいないのだから、にわかに断定することもできなかった。

私は部下を呼んで、問題の人達一人一人の行動を、絶え間《ま》なく注意しているように命令した。私にとっては、陛下からむりやり部下に押しつけられた百人長も大変な負担だった。彼等は私などとは違い、陛下の御命令には絶対に服従することを、長年のあいだにたたきこまれ、信じて疑わないのだから、その愚鈍で単純な彼等の前では、私もまた陛下の無二の忠臣であることを装わねばならない。まかり間違えば、私の怪しい行動を陛下に密告され、首が飛ぶことにもなりかねないのだ。

さて、今夜の宴の開かれる大広間は、夜の湿気を防ぐため、天井に紫色の羊毛の布を張りめぐらし、その明るさは昼間のようであった。舟や獣や、鳥や彫像の形をした灯が、葡萄の蔓《つる》が巻きついた円柱の一本一本に灯《とも》されて、ぜんぶで二十も燃えていた。しかもそのいずれにも香料入りの橄欖油を充たした壺《つぼ》がついていた。燈器《とうき》は雪花石膏《アラバスター》や大理石や、金をかぶせたコンクリート青銅から作られた立派なものである。私たちが卓につくと、まずギリシャ人の奴隷頭が、没薬《もつやく》と月下香《なつすいせん》の餌料とを撒《ま》いてある牝羊《めひつじ》の頭で飾った三脚台と、石炭を入れた大《おお》青銅器とを運んできた。その後から奴隷の群がひっきりなしに、さまざまな酒を充たした大甕《がめ》や、あらゆる珍味佳肴《かこう》を盛った大皿を持ってつづいた。

カストル祭というのは、天の大神ジュピターとレダのあいだに生れた、双生児ディオスクロイを祀《まつ》る祭で、毎年七月の十五日に各地の神殿で行われる習慣になっている。アスパシャの家でも、近くの神殿に犠牲《いけにえ》を捧《ささ》げ、巫女《みこ》をたのんで祈禱《きとう》を行わせていた。

「今夜は幸い、お酒も食物も充分に用意してございますし、面白い余興も何かと取り揃《そろ》えてございますから、せいぜい歓を尽して、大いに気焔《きえん》をあげていただきますわ」

私たちの前へ、衣裳《いしょう》を改めてしずしずと現われたアスパシャの美しさは、かがやくばかりであった。さっきはペトロニウスの傷の方に注意を奪われていて、充分な評価を下す暇がなかったが、いま見ると、その容姿の婉《あで》やかさは、どうひかえ目に値ぶみしても、ヴィーナス以下ということはなかった。頭の後で当世流に渦巻型に編んだ金髪は、彼女の年齢を十も若く見せるほど初々しく、純白の袖無着と紫の刺繡《ししゅう》をほどこした白い草履《ぞうり》は、彼女の姿を女神のように気高いものにしたてている。

アスパシャは次々と私たちに酌をしてまわった。しかし、当の客人たちの方ではいくら歓を尽せといわれても、羽目をはずして騒ぐ気には、とてもなりきれなかった。彼等四人は、ただ黙々と、肴を口にしていたが、ぶきみな死の使者が徐々に近づくのを待つ焦だたしさから か、近衛軍団の眼に見えない威圧感のせいか、時が移っても誰も酔いの顔へのぼったものはいなかった。

やがて、私からは少し離れた卓で、チベリウス、オイネウスが額をつき合わせ、ぼそぼそと話をはじめた。現在駐屯地で蛮族と交戦中の第十二軍団の主力がローマに到着するのは、いったいいつになるかという打ち合わせらしい。将軍は早くとも明後日になるだろうと、こたえていた。それまで時を稼ごうというわけである。

そのとき、急にあたりが賑《にぎ》やかになった。六絃琴や竪琴や角笛、太鼓などの音とともに、今夜の余興に招いた楽師、軽業師、踊り子などの一隊が、身ぶり手ぶりもおかしく繰り込んできたのだった。そのそうぞうしさに、ふとブラチウスとの話を止めて、顔をあげた私は、いまのいままでまめまめしく接待につとめていたアスパシャの姿が見えないのに気がついた。私はハッとして、外に待っていた百人長を呼ぶと、宴会場の方の監視は彼にまかせて、さっそくアスパシャを探しに出かけた。彼女の身に何か間違いが起ったのではないかと、とっさにそんな不吉な予感がしたからである。

しかし、それはやはり私の単なる杞憂《きゆう》で、アスパシャは料理場で、新しい豚の料理を宴会場へ運ぶため料理人を指図していたところだった。その足許にはいま屠《ほふ》られたばかりの、何頭かの豚がころがっていたが、彼女は料理人にてきぱきと何かを命じると、

「まあ、閣下、どうかなさいましたの?」

と、私の方へ寄ってきた。

「いや、あなたの美しい姿が急に消えてしまったんで心配したんですよ。何事もなくて幸いだった」

「それはそれは、とんだ御心配をおかけして。わたくしは今夜は、皆さんのおもてなしに眼が廻るほど忙しいんですのよ。これから、皆さんのお泊りになる寝室の準備もしなければな

りませんの」

「あの四人の連中は、今夜はここへ泊るのですか？」

「ええ、その方がようございましょう。皆さんを別々なところにお帰しして、もしものことがあってはいけませんから。厳重に護衛兵がお護《まも》りしているこの屋敷にお泊めした方が……」

「それなら、失礼ですが、その寝室というのを、私にも見せていただけませんか。念のために……」

「もちろんですわ。さあ、どうぞ。御案内いたしますから……」

アスパシャは、黄金の燭台を手に取って、しとやかに腰をかがめた。

彼等四人の泊る寝室というのは、この本館とは柱廊一つでつながっている別棟の建物である。私がいちおうその検分をすませて戻って来ると、宴の席ではちょうどシリヤ人の娘たちがバッカスに捧げる踊りを踊っているさい中だった。それがおわると、今夜の宴会も幕がおりたと見えて、芸人たちはいっせいに帰り仕度《じたく》をはじめた。

私は、ひどく落ち着きのないそぶりで、席を立ったチベリウスたちの中に、ペトロニウスの姿が見えないのを発見した。

「どうしたのだ。ペトロニウスは？」

私は大広間に残しておいた百人長をつかまえて、噛みつくように聞いた。

「何か傷がひどく痛むとおっしゃって、たったいま、ペトロニウスさまだけお先に、寝室の方へおいでになったのですが……」

「それじゃ、入れ違いになったんだな。よし、すぐに確めてこい。間違いなく寝室に入ったかどうか……」

「はい、かしこまりました」

百人長は、すぐさま私の命令通りに寝室の方へ立ち去った。そこへ、別の一人があわただしく報告に戻ってきた。

「閣下、この屋敷の中には、ペトロニウスさまのほかには、どこにもスパルタキュスさまらしい三本指の男は見あたりません」

「召使や、奴隷の数は調べたな」

「はい、いずれも以前からこの屋敷で働いているものばかりです」

「それじゃ、後は芸人たちだけじゃないか。それも駄目なら、もうこの屋敷の中には、スパルタキュスはおらんことになるが……」

私はいささか拍子抜けがして、吐き出すようにいった。

屋敷の正門、裏門へ再度走らせた百人長は、すぐ確めるだけのことは確めて戻ってきた。

「今夜、この屋敷に参った芸人は、せんぶで二十三人だったはずなのですが、帰りのときに勘定すると、二十四人になっているのです」

その百人長は、ふしぎそうに首をひねりながら口ごもった。

「二十四に!?　すると、一人ふえた勘定じゃないか」

「はい、閣下、歌手の夫婦に一組怪しいのがいたといえばいたようですが……」

「ふーむ」

と、私はすぐ考えこんだ。

「門を固める兵士どもは、それを難なく通したんだな」

「はい、ですから、その中にスパルタキュスさまがいたとは思えません。おおかた護衛兵が、さいしょに数を間違えたのでしょうが……大丈夫でしょうか、スパルタキュスさまは、陛下の御命令を……」

意地悪く突っ込まれて、私は、彼等のてまえ、怒鳴《どな》った。

「無礼なことをいうな！　あいつのことだから、万々やり損じることはあるまい。それより、彼等四人を見張って、もしも何か変なことがあったら、すぐ私のところに知らせるんだ」

「しかし、実際妙ですな、陛下の御命令がどうしてこんなに筒抜けになっているのか……」

私は内心ギクリとした。彼等が私の内報に気づいたのかと怖ろしくなった。しかし、一方スパルタキュスに対しての不安は、急速に消えていった。彼がいくら暗殺の名人でも、こうまで警戒が厳重では、手も足も出ないでいるに違いないのだ。いまとなっては、さっきペトロニウスを怪しんだことさえ、ばかばかしくなってきた。ほかにもう一人のペトロニウスがいない以上、やはり彼は偽物ではなく、本物に違いないのである。

私はそれでも念には念を入れて、再度別棟の寝室や庭を調べ、見張りの格闘士や兵士たちが怠りなく番をしていることも確認して、私自身の寝室へ引き取った。このまま明日の朝まで、何事もなくすんでくれるように心から祈った。何だか無事にすみそうな気がした。

しかし、私のその考えは、やはりどこかに大変な隙があり、甘さがあったのである。

極度の神経の緊張と、疲れとで知らず知らずに眠りにおちた私は、それからどのくらい時間が経ったのか、先ほどの百人長のために、激しく揺り起された。

「閣下、大変です！　アスパシャさまの姿が見えません」

「何っ！」

私はガバとはね起きた。

「そ、それは、いつのことなんだ。彼女は恋人のペトロニウスの部屋にいるのではないのか」

「いいえ、見張りのものに聞くと、ペトロニウスさまは、一人でおやすみになっているというのです。しかも、アスパシャさまが見えなくなったのは、もうだいぶ前のことらしいですよ。……そういえば、三時間ほど前に、そう……芸人たちが帰りかける頃ですか。ペトロニウスさまのお部屋へ水甕を持っていかれてから、次にブラチウスさまの部屋へ入られるあの方の姿を、私が見たのが最後でしたが……」

「なぜ、なぜ……それを早くいわないんだ！　ブラチウスだと！」

口汚く罵《ののし》ると、私は血相を変えて寝台から飛びおりた。

そのときだった。

どこから聞えてきたのか、あたりの静寂さを破って、私も百人長も思わずゾッと背筋が寒くなるような「ギャーッ」という凄《すさま》じい人間の悲鳴を耳にしたのである。それは、男とも女ともつかぬ、はらわたの底からしぼり出したような、断末魔の叫び声だった。

「やったな！」

ニヤリと笑った百人長を、私は突き飛ばすように押しのけて、部屋から飛び出した。

柱廊を一気に駈け抜けて、別棟までたどりつくと、四つの寝室の前では、ギラギラ光る槍を手にした見張りの兵士たちが、何事もなかったようにうす暗い燈火に照されて、相変わらず直立不動の姿勢で張番をつづけている。部屋の順序は、彎曲《わんきょく》した廊下に沿って左から順にペトロニウス、オイネウス、ブラチウスのはずだった。

「いまの悲鳴は、どの部屋からだったんだ。君たちは聞かなかったのかね？」

「はあ？」

と、兵士の一人は間の抜けた返事をした。

「悲鳴ですって？」

「何をいってるんだ。この廊下を誰も怪しい者は通らなかったのか」

「通りません。私たちが見ていた限り、誰一人として、四人の方の寝室へ入ったものはありませんでした。まして悲鳴なんぞ……」

扉の前に立っている兵士ばかりではない。別棟の中央をU字型にくり抜いてある中庭の入口や柱廊からの通用口を固めていた格闘士たちも集ってきて、異口同音に訴えた。彼等は私が夢を見ているのではないか、というような変な顔だったが、ふしぎなことに、各寝室からも騒ぎを知って飛び出してきたものはなかったのだ。

私はものもいわずに、一番端のペトロニウスの部屋の扉に手をかけた。扉は誰か外から鍵《かぎ》をかけたものがあるらしく、びくとも動かなかった。

「この戸は、いつからかけてあったのかね」

「もうだいぶ前ですよ。アスパシャさまがおかけになったのです」

「アスパシャが……どうしてまたそんなことを……」

しかし、こんなところで愚図愚図やり合っていたところではじまらなかった。

私は中庭に向って飛び込んだ。

いちおうそこは、確めてみる必要があると思ったからである。

ぽっこりと天が抜けて星空の見えるむしむしする夜の底に、白々としたサフラソや薔薇の花の強い芳香が澱《しず》んでいた。そのどこにも、異常な空気は感じられなかった。庭から見ると各室の窓の灯は消えて、あたりはぶきみなほどしーんとしずまりかえっている。

私はひとわたり見廻して、すぐに引き返そうとした。入口のわきの大理石の牧羊神の彫像の前を何の気なしに通り過ぎようとして、足が何かに滑りよろめいた。私はハッとして足許を見た。おびただしい鮮血がそこに流れている。私の足はそのために血だらけになっていた。血の海の中から、何かが私をじっと睨んでいるのだ。私はわっと叫んで飛びのいた。

「眼玉だ！　剜《えぐ》られた人間の眼玉だ！」

気が違ったような叫び声をあげた私の背後から誰かが力いっぱい棍棒《こんぼう》のようなものを私の頭上にふりおろした。

## 5

それから、誰がどうやって私をアスパシャの屋敷から宮城まで運んできたのかは、すべてが混沌《こんとん》とした謎である。

おそらく私が思うに、もう監視の必要もなくなった百人長が、私の身に危険が加わることを怖れて、私を手早く輀に乗せて宮城まで引きあげてきたのではなかろうか。

気がつくと、あたりには黎明《あけ》の光がいっぱいさし、私のそばには陛下の侍医が二人も附き添って私の脈を診ていた。私が寝ていたのは陛下の寝室のすぐ近くの、いつも廷臣たちが何か上奏する場合に、取り継ぎを待つ控室だったのである。

「やっとお気がつかれたようでございますな。……御安心なさいませ。もう朝でございますぞ」

「朝……」

私はハッとして、寝椅子の上から起き上がった。まだ頭の芯がズキズキと痛んでいたが、そのするどい痛みは、あの撲《なぐ》られた直後に感じた痛みとあまり変わりはないようで、いつのまにそんなに時間が経ったのかと思うほどであった。

「朝なら、こうしてはいられない。もう間もなく御前会議が開かれる頃ではないか」

「さようでございます。そろそろそのお時間でございましょう」

侍医は抑揚のない声で、いかにもあたりまえのことのように、ぼそぼそと答えた。

「私の部下の百人長はどうした」

「次の間で、あなたさまのお気がつかれるのを待っております」

「それじゃ……スパルタキュスは？」

そのことが、何よりも一番気がかりなことだった。

「スパルタキュスさまなら、陛下の御前へ、たったいま何やら御報告を持って伺候されたようでございますな」

「何っ、たったいま陛下の許へ……」

私ははじかれたように寝椅子から立ち上がった。じっとしてはいられなかった。

「あの、どちらへ行かれます？」

「そのお怪我では、もうしばらく静かにしておいでないと……」

二人の侍医があわてて取りすがろうとするのを無視して、私は手早く礼衣に着替えて陛下の寝室へ急いだ。

帷の中からは、陛下の高らかな笑い声が聞えてきて、まず私の足を釘《くぎ》づけにした。戸口でおそるおそるお目通りの声をかけようとした私の舌もたちまち封じられた。陛下は帷から首をのばして、ちらと私を一瞥《いちべつ》されたようだったが、すぐに咫尺《しせき》の間に侍立しているスパルタキュスの方へお向きになって、

「よくやった。よく約束を果してくれた。これで朕は安心して今日の会議にも出られるというわけだ。……朕がたのんだ証拠品を持って参ったな」

「これでございます」

スパルタキュスは、何やら布ぎれで包んだ小さなものを、陛下の前へ差し出した。

「右の耳でございます。よくごらん下さい」

「うむ……」

陛下はその気味悪い品物をしげしげとごらんになってから、

「疑うわけではないが、おまえの剣も見せてくれ」

と仰せになった。

私はゾッと背すじに冷《つめた》いものを感じた。彼が引き抜いたギラギラ光る剣の刃に、べっとりと血痕がこびりついているのをちらと見てとったからである。血といえば彼のいかめしく武装した黒の鷲毛の兜にも、鎖鎧や脛当にも蘇芳《すおう》を浴びたように、べっとりとどす黒い血がこびりついていた。陛下の眼がキラキラかがやいて耳と剣とを何度も見くらべられた。そしてしばらくじっとスパルタキュスの顔を見つめてから、私の方に何かを求めるような眼差しを向けられたが、

「侍従長、お前の報告は後で聞くとしよう。この場は二人だけにしておいて、お前は元老院の議員や重臣どもがあらかた揃ったかどうか、至急見てきてくれ」

かんじんなところで、私は追いたてられるように早々に退出しなければならなかった。私は何とかして知りたかった。スパルタキュスの刃に塗られた血が誰のものであるか、その哀れな犠牲者の名前を一刻も早く知りたかった。しかし、彼の口から聞き出せない以上、残された方法はたった一つきりしかない。

見事な大理石の円柱と、天井にアポロとダイアナを乗せた四頭馬付の戦車の図が彫ってある大広間には、すでに立錐の余地もないほどの貴族たちが集っていた。広く縁どったガウンに、新月をつけた草履をはいている元老院議員、ローマの都城総督、護民官、執政官、そして一般の貴族たちが、ざわざわとざわめきながら、正面の燦然《さんぜん》たる玉座の方を見守っている。ローマ全軍団の最高の象徴であり、軍旗でもある黄金の鷲を背の上にいただき、二頭の獅子

が咆哮《ほうこう》するさまを両腕に刻んだその玉座を……。

私はその玉座のかたわらに立って、彼等の一人一人を片端から首実検していた。しかし百人に近いその人数の中から、チベリウスたちを探すのは、容易ではなかった。

焦だつだけで、何も目的を達しないまま、徒《いたず》らに時間だけが過ぎ去り、うろうろしているうちに突然瀏亮《りゅうりょう》たる喇叭《らっぱ》の音が大広間いっぱいに響きわたった。一同は粛然と襟をただした。私もあわてて、所定の位置についた。近衛軍団の兵士たちの吹奏する『国歌』が流れ、それが止むと玉座の背後から、スパルタキュスのいつものしゃがれた先触れの声が起こったのである。


「大元帥陛下の臨御！」

## 6

重苦しい正面の垂幕を左右に開いて、玉座の背後から現れたのは紫衣を纏《まと》った全能の神の子たる皇帝ではなかった。いや、皇帝は皇帝でもたったいま切り落としてきたばかりらしい鮮血のしたたたる生首だけが、銀の大皿の上に坐《すわ》り、スパルタキュスは、それを恭々しく捧げ持っていたのである。

「おお陛下！」という誰かの押しつぶされたような声とともに、度胆を抜かれて、いっせいにざわめきたった重臣たちの動揺ぶりは見るも哀れなほどだった。まったく為《な》すところを知らず、ただわけのわからない言葉を呟《つぶや》いて、玉座の方を指差すだけだった。

　スパルタキュスを捕えようにも、彼の後には、屈強の近衛軍が槍をかまえていて、手出しのできるどころではない。

「陛下はたったいま、私が弑《しい》し奉った。御異存のある方は、遠慮なくおっしゃっていただこう。……しかし、勝手な振舞いをなさると容赦はしませんぞ！」

　スパルタキュスは、銀の大皿を嵌木細工《モザイク》の床に擲《なげう》つと、陛下の生首を三本の左手でつかんで高高と差しあげ、大音声に呼ばわった。

「畜生！　裏をかかれたのだ！　こんなことと知ったら、やつの申し出を受けいれるのではなかった。我々一同がやつのいうなりに、芝居などをするのではなかった」

「裏切者め！　我々をペテンにかけおって……」

　私はふと、そんな増悪に充《み》ちた罵り声が、一言も反撥《はんぱつ》する勇気のないいくじなしの重臣たちのあいだで、わずかに呟かれるのを聞いた。

　私はふりむいてその声のした方を確めた。

　さっきは円柱の蔭にかくれて気がつかなかったのだが、そこにはチベリウスとオイネウス将軍が立っていたのだった。いや、それから少し離れたところに、ブラチウスも蒼白《そうはく》な美貌をひきつらせて、歯ぎしりしているのが見えた。ペトロニウスの姿だけが欠けている。私はスパルタキュスに気づかれぬように、彼らのそばへ寄っていった。いまこそすべての謎は解けるのだ。

「やあ……閣下でしたか」

と、チベリウスは、私と知るとドギマギして赤面した。

「閣下には、何とお詫《わ》びしたらいいか。これもひとえに閣下をお欺《だま》しした報いというものです」

「報い。……それはどういう意味です」

私は面喰らった。なぜそんなことをいうのか、よくのみこめなかったのである。

「そ、それより、ペトロニウスはどうしました」

「ああ、あれなら昨夜アスパシャと二人で、難を避けて遠い旅に出ましたよ。歌手の夫婦に化けて、芸人たちといっしょに屋敷を出たのですが、お気づきになりませんでしたか」

「あの歌手の夫婦が……」

私は唖然とした。

「なぜ、そんなことをしたんです。いや、そんなことは信じられない。ペトロニウスは、あのとき一足先に寝室へ引き取ったじゃありませんか。それからは一歩も外へ出なかったはずです。……第一あんなに怪我をしていたのに……」

「ペトロニウスは、どこにも怪我はしていませんでしたよ。閣下……」

チベリウスは複雑な表情で首をふった。

「怪我をしたと見せかけて、ペトロニウスに化けていたのは……あれこそ、スパルタキュスだったのですからな」

「そ、それじゃ、やっぱり……」

「そうです。スパルタキュスは、自分の古傷を、堂々と見せびらかしていただけのことです。むろん指などは、自分でわざと傷をつけて、新しい血を流してみせたのです。つまり変装の逆の手を、彼は巧みに利用したに過ぎません」

「しかし、それを知っておられながら、なぜあなたがたは……」

「はじめから、彼とそういう約束になっていたからですよ。閣下を欺いたというのもこのことなのです。この前に私が四阿でお話ししたことを覚えておいででしょうか」

「スパルタキュスがペトロニウスの家を襲ったときの模様ですね」

「そうです。そうです。あのときの話は、実は半分が本当で、半分は嘘でした。閣下はスパルタキュスがなぜペトロニウスの家を訪ねたのだと思います？」

「十万セスタースの金を、事前に受け取るためではないのですか」

「それもあったかもしれません。しかし、陛下が彼に暗殺をお命じになった相手というのが、ほかでもないペトロニウスだったからなのです」

「ペトロニウスが……」

私は愕然とした。まさかその殺そうとした相手に彼自身が変装していようとは、誰が思うだろう。皮肉な話だった。

「彼は陛下の御命令をお受けしたものの、その相手が帝室財務長官だと知ると、それを殺してしまって果たして陛下とお約束した賞金が、ちゃんと手に入るだろうか心配になってきたのです。陛下がはじめからそうしたことまで計算にいれた上での御命令だとも知らずに。そして……ペトロニウスの口から、国庫にはすでにその十分の一の金も残っていないのだと聞かされて、なおさら愕然としたのでしょう。彼はしばらく考えた上、陛下の御命令を放擲《ほうてき》して、我々に加担することを承知しました。ここがこの前の話とは違うところですが、彼はそのときこういう申し出を我々に持ち出したのです」

「つまり我々には内緒にしろということですか」

「ええ、閣下というより、閣下の部下の百人長の眼が怖ろしかったのです。陛下に反逆のばれることが怖ろしかったのです。そこで敵を欺くには、まず閣下自身をも欺かなければという彼の考えに、我々が協力して、表面はあくまでアスパシャの家で何事かが起こったように見せかけるため、我々が揃って芝居をしてみせたのです。彼がペトロニウスに化けたのも、何もかも承知の上で……」

「そのとき、当のペトロニウスはどうしていました？」

「さっきもいったように、歌手に化けて宴の席に出ていました」

「それじゃ、あなたがたの中には、被害者は誰も……」

「ありませんでした」

チベリウスは、玉座の方をちらと盗み見てから、かすかな自嘲の笑《わらい》を浮かべた。

「あなたがごらんになった血潮も眼玉も、アスパシャが料理場から豚の血とくり抜いた眼を小甕に入れてスパルタキュスの部屋に運んでおいたのですよ。それを彼がさらに窓から中庭に出て、牧羊神の彫像のところに、捨てておいたり、悲鳴をあげたり、あなたを昏倒《こんとう》させたりしたのです」

「しかしなぜその部屋の扉に、アスパシャは鍵をかけておいたのでしょう」

「スパルタキュスを、全面的に信じられなかったからです。我々にうまいことをいっておいて、もしも陛下の御命令通りのことが行われたら、困ると思ったからです。だから、態よく監禁するためでした。……何もかもそれでうまくいくはずだったのです。ところが……」

私たちはもう一度、玉座の前に仁王立ちに立っているスパルタキュスの方をうかがった。

私には、ふと彼がとてつもない英雄か怪物のような気がしてきた。チベリウスやオイネウスの裏を見事にかいて、先手を打ったのも見事だが、つい昨日までは誰からも蛇蝎《だかつ》のごとく卑められ馬鹿《ばか》にされていた彼が、いまでは帝王の位を左右する身になってしまったからである。彼はローマ帝王の位を、重臣たちの前で、自ら要求してもおかしくはないのだ。

しかし、当のスパルタキュスは、我々のその最後の推測をも鮮やかに裏切った。

彼の一挙手一投足を呆然《ぼうぜん》と見つめていた重臣たちの前で、さっきから冷やかな微笑を浮かべて、行ったり来たりしていた彼は、突然左手の陛下の首を、大広間の窓から城外へむぞうさにほうり投げると、玉座に駈け上がって叫んだのだ。

「大ローマ帝国を、今日ただいま競売に附《ふ》する。誰でもいい。諸卿のうちで、私に二十万セスタースの金を即座に出せるものに、私と私の麾下の近衛軍団はローマ皇帝の称号を送り、忠誠を誓うであろう」

彼はゆっくり鷲毛の兜を脱いだが、その下から現れた彼の右の耳は無残にそがれて鮮血が滴り落ちていた。

# II

# 暴君ネロ

# 1

溺者《できしゃ》が必死に水中から首を出そうとするかのように、闇をかきわけるようにして、その夜、円戯場《コロッシアム》に姿を見せたのは――ネロであった。

「松明《たいまつ》を貸せ！」

四頭立ての黄金の戦車から降りると、この詩人の帝王は、侍臣の一人に向って性急《せっかち》に促した。

ネロは右手に焔《ほのお》をふりかざすと、その火《ひ》明《あか》りのおよぶかぎり、これまでにかれを苦しめたあるひとつの懐疑を、いっきょに解決しようと意気ごんだ。

かれは、少数の家臣のほかに、まったく人気《ひとけ》のない巨大な擂鉢状《すりばちじょう》の建物の底を、憑《つ》かれたような眼をしてうろうろとうろついた。

焔の舌が地面を這《は》うたびに、照《てら》しだされるものは、悉《ことごと》く無残に生命を絶たれた屍《しかばね》ばかりである。かれの麾下《きか》の禁衛軍の手で逮捕した数千の基督《キリスト》教徒のうち、今日の昼間処刑をおえた処女《おとめ》たちが、いま眼の前に累々として横たわっているのだった。

その殆どが、かれの異常な芸術的感興を満足させるために選んだ、十四才から十七才までのユダヤ人の少女たちだった。

あるものは、鋭い三叉戟《さんしゃぼこ》で両の乳房のあいだを刺し貫かれ、地面に縫いつけられていた。あるものは、二頭の悍馬《かんば》に引き裂かれた両腿《もも》をおびただしい鮮血で染め、その傷口から臓腑《ぞうふ》がはみ出ていた。

あるものは可憐《かれん》な首を刎《は》ねられ、あるものは全裸のまま焼け焦げていた。またあるものは――これは、おそらく姉妹なのであろう、二つの骸《むくろ》が一本の矢で射通され、折り重なって死んでいた。

そうして、それらの血なまぐさい死体の上には、薔薇《ばら》の花やサフランや百合や、各種の草花が撒《ま》かれ、明朝早く新たな競技の前に、奴隷たちの手でとり片付けられることになっていた。だが、ネロは、そのひとつひとつの骸に、極度に近眼な眼を近づけるごとに、呻吟《うめ》くように同じ言葉を繰りかえしつづけていた。

「なぜだ……？　いったいなぜなのだ？」

そのしゃがれ声は、狂おしいほどだった。かれは、どうしてもわからなかったのである。

それは虐殺された処女《おとめ》たちの死骸が、他の多くの基督教徒たちと同様、いやそれ以上に、安らかであったからだけではない。円戯場《コロッシアム》を埋めたローマの群衆たちの喝采を博するため、好色な彼が特に工夫をこらした自慢の趣向を、彼女たちが揃いも揃って裏切ったからであった。

その日――単に殺伐なだけの処刑には、いささか飽き飽きしていたネロは、これまでの獅子の餌食や、磔刑《たつけい》や、焚殺《ふんさつ》にかわって、若い娘の教徒ばかりが演じる新たな見せ物を、見物の観覧に供する計画を樹《た》てた。

彼女たちは殺される前に、獣の毛皮を纏《まと》った逞《たく》ましい格闘士たちの手で、一人一人が、この上もなく恥《はず》かしい姿態で凌辱《りようじよく》を受けることになっていた。そのために、かれはわざと、教徒のなかの無垢《むく》な汚《けが》れのない処女《おとめ》ばかりを選んだのであり、彼女たちが荒くれた格闘士たちに追いまわされたあげく組み伏せられ、思う存分に蹂躙《じゆうりん》されて、苦痛と屈辱に泣き叫ぶ声が円戯場《コロツシアム》いっぱいに満ちあふれる光景を、心ひそかに期待していたのである。

だが、事実はその逆だった。

格闘士たちが舌なめずりをして襲いかかると、哀れな基督教徒の娘たちは、まるで仔羊《こひつじ》のように柔順だった。かぼそい腕を鷲摑《わしづか》みにされ、ことさら挑発的に装わされていた薄物の衣裳《いしよう》を、荒々しくひき剝《はが》されても、本能的な恐怖に戦《おのの》いただけで、それ以後彼女たちは悲鳴一つあげず、抵抗らしい抵抗は何もしなかった。

真夏の脂ぎった太陽の直射と、群衆の息をのんだ卑猥《ひわい》な視線に晒《さら》されながら、娘たちは従容として、髯《ひげ》だらけの男たちのなすがままに身をまかせていた。

観客席から見ていると、格闘士たちが群衆を熱狂させるために、わざと砂場に押しつけた少女たちの固い乳房を長い時間かかって弄《もてあそ》んだり、雪花石膏《アラバスター》のように白々とした肌をおしひろげて、ありとあらゆる恥しめを加えるさまが手に取るようにわかった。

彼女たちは、その中の最年少の処女《おとめ》すらが、蕾《つぼみ》を引き裂かれるそのしゅんかんまで、ある一点に眼を注《そそ》いだまま人形のように微動だにしなかった。

群衆たちは、期待した犠牲がまるで抗《あらが》うことをしないのを見て、興を失って、いきりたった。しかし天をあおいで死んだように身を横たえた彼女たちの唇が、やがて一様にかすかにわななきはじめたのを知ると、ハッと固唾《かたず》をのんだ。

処女《おとめ》たちは身を犯されながら、讃美歌をくちずさんでいるのであった。はじめは低く歔《すすり》欷《なき》のようにしか聞えなかったその聖なる歌声は、しだいしだいに高まってくると、円戯場《コロツシアム》のすみずみにまで響きわたる荘重な大合唱になった。

「基督《クリツスス・レグナ》は治め給う……」

玉座にいて、仔細《しさい》にそのさまを見物していたネロは、思わず手にした緑玉鏡をとり落した。綺羅を飾って居並んでいた元老院議員や貴族、執政官、それにヴェスタの巫女《みこ》たちも互いに顔を見合わせた。いや、観衆の誰もかれもが驚きのあまり騒然となった。

歌声が最高潮に達したとき、処女《おとめ》たちの蒼白《そうはく》な顔に、恍惚《こうこつ》とした喜悦の色があらわれているのが、人々の眼に映ったからである。

場合が場合だけに、ネロにはその歌声が、少女たちの肉体からほとばしった快楽の呻吟のように思えた。そして、実にその刹那――彼女たちの歓喜に燃えた視線が、なぜ一様に観覧席のひときわ高いある一点に注がれているかのわけを彼は真先《まつさき》に発見したのだ。

広い場内を圧するような厳かな重々しい声が、その席から突如として雷鳴のごとく轟《とどろ》いたのは、そのときであった。

「処女《おとめ》たちよ。誇りを持ちなさい！　御身《おんみ》たちの肉体に加えられた屈辱に感謝しなさい。いまこそ主イエズス・キリストは、御身たちを受けいれ給《たも》う。……天国は御身たちの頭上に輝やかしき門を開いているのですぞ！」

ネロは、むろん基督教徒の唱える神とか、天国とかいうものがどんなものであるか、何も知ってはいなかった。彼が愕然《がくぜん》となったのは、その一言で百人にあまる娘たちを、さらにいっそう陶然とさせたその男が、緑玉鏡で確《たしか》めると、赤鼻で厚い唇はねじまがり、禿《は》げた頭をちぢれた捲毛《まきげ》が両方からおおっている、見るからに醜い四十男だということであった。それにもかかわらず、すべての娘たちの眼差《まなざ》しが、まるで愛する恋人でもふりあおぐように、その男に魂を奪われているのだ。

全世界に君臨する大ローマ帝国の帝王でさえ、権力に物いわせなければ、いまだかつて受けられなかったものを、そのみすぼらしい男が当然のことのように心得ている。

ネロは、その名もない男から明らさまに自尊心を傷つけられた憤りで、たちまち唇を慄《ふる》わせて激昂《げっこう》した。

「何者だ！　きゃつは……すぐさまひっ捕えい！」

かれの合図で、武装した禁衛兵が観覧席に割りこんでいき、逃げようともせずに、中断された処刑のさまをじっと見おろしているその男を、荒々しくひきたてていった。

かれは侍臣たちのなかに、その男の名前を知っているものはないかと、うるさく訊《たず》ねた。とばっちりを怖れてか、知っていると答えたものは、だれもなかった。が——やがて、その名前は、禁衛軍司令官から直々報告されてきた。

使徒タルソのパウロ——基督の十二弟子の中の一人である。

## 2

ネロはユダヤ人でありながら、ローマの市民権をもつその男に、なぜかうす気味悪いものを感じた。ただならぬ男のように思えた。

かれが教徒の処刑のさまを見て、これほどまでにはげしい焦《いら》だたしさに襲われたのは、はじめてのことだった。自ら不世出の詩人、叡智《えいち》の権化のようにうぬぼれているかれも、さすがに今日の奇蹟《きせき》に等しい少女たちの眼の色だけは、何としても理解しえぬ謎だったのだ。

——いったいその男のどんな力が、娘たちに死をも恥しめをも怖《おそ》れさせぬ勇気を与えたのか？　いや、あれほどまでに陶酔させ得たのか？

単に死をも怖れない——というだけなら、他の殉教者《じゅんきょうしゃ》たちも同じだった。

一人残らず苛酷《かこく》な刑罰に堪え、嬉々《きき》として死についていた。そのときからネロは、内心ある驚異を感じてはいたが、別に衝撃《ショック》を受けたほどではなかった。

いやそれどころか、かれは連日大量な数の犠牲者を見ても顔色一つ変えず、彼等の死に急ぎするさまを、冷酷なまでに黙視していたほどであるが、今日のは、それとは何か違うような気がした。彼女たちとその男にだけ通じる、ある神秘な暗号みたいなものがありそうな気がした。かれはそれが、何であるかを確めたかった。

ネロは家臣に命じて、さっそくパウロを牢獄から曳《ひ》き出させた。そして、言葉するどく問いつめた。すると、不敵な面魂《つらだましい》をしたその使徒は、かれを憐《あわ》れむような眼差しで見下していた。

「それは愛の力なのです。陛下……しかし、あなたのような方には、それがどれほど崇高で、どれほど想像を超えた不可思議な力のあるものか、まるでおわかりにはなりますまい。主は仰せられました。汝《なんじ》の隣人を愛せよ、と……またこうもいわれました。汝の敵を愛すべし、と……彼女たちは、その教えに従ったにすぎません。神の教えに殉じたものがいかに祝福されるか。それを身をもって示したにすぎないのです」

ネロは唖然《あぜん》とした。この男は気が狂っているのではないかと思った。パウロが諄々《じゅんじゅん》として説いた言葉は、何らかれの疑問を納得させなかったばかりか、あまりにも荒唐無稽《こうとうむけい》な思想過ぎてとまどったのである。

そもそも愛とは何なのだ？　ネロはそう思った。キューピッドの矢がとりもつ男女間の愛、そして肉親愛、――それが、神から人間に与えられていることは、かれもよく知っている。

しかし、それは、しょせん本能的なものであった。しかも、そうした愛でさえ、ときと場合によっては憎悪とうらはらなことさえあるのだ。かれがかつて、妃《きさき》のオクタヴィアを追い、母なるクロディウス帝の妃アグリッピイヌを毒殺したときのように……にもかかわらず、パウロのいうようなそれ以上の愛、それ以外の愛――隣人を愛し、敵を愛するような愛がこの世にあり得ようはずがあろうか。

ネロは、パウロが自分を侮るため、わざとそのような世迷言《よまいごと》をいったのだと思った。もはや、それ以上聞く耳をもたなかった。かれはパウロが皇帝の尊厳を傷つけた罰として、家臣に厳しい拷問《ごうもん》を命じると、この上は自分自身で確かめるほかはないと考えた。

そのために、ネロは深夜ひそかに宮殿を脱《ぬ》け出すと、わずかな侍臣だけを伴って、この円戯場《コロッシアム》まで戦車を駆ったのである。

だが、すでに魂を失った少女たちの屍は、物いわぬ石塊《いしくれ》ほどにも彼を満足させてはくれなかった。

ネロは、両手を血だらけにすると、熱病患者のような異様な眼をひからせて、死体の一つ一つをひっくり返してみたが、冷《つめ》い死の感触がかれをふるえあがらせただけで、彼女たちの永遠の眠りを妨げることはできなかった。

それでもかれは、次から次へと松明の焔で、彼女たちの面《かお》を照して見ることをやめなかった。その姿は鬼気迫るものがあった。二頭の白馬の手綱を握って待っている侍臣たちは、星一つない闇のなかを人魂のごとく焰がさ迷うたびに肌に慄然《りつぜん》としたものを感じた。ものの小半刻もたつと、ネロは疲労とともにやりきれない孤独感に襲われてきた。

自分のしていることが、何の意味もない馬鹿《ばか》げた行為であることがわかってきた。すると、だしぬけに少女たちの死体がいっせいにさやさやかな笑い声をあげて、かれの敗北を嘲《あざけ》ったような気がした。

その笑い声の中から、パウロのあの鋼をもはねかえすような底力のある声が聞えてきた。ネロは腹の底から、煮えくりかえるような憎悪が湧き上ってくるのを感じた。それまで基督教徒は、かれにとっては、自ら犯した最大の悪業たる、ローマを大火で灰燼《かいじん》に帰させた罪をなすりつけるための単なる方便的存在にすぎなかったが、いまこそかれは教徒ぜんたいが、かれの仇敵《きゅうてき》であるような憤りをおぼえた。

そして、当然のことながら、その憎悪の念は、教徒の煽動者《せんどうしゃ》ともいうべきパウロただ一人に向けられたのだ。ローマの公民である男が、かれに反逆したという一事だけでも、許してはおけなかった。

ネロは、かたわらに打ち伏した少女の骸を、思うさま足蹴にすると、わななく声でつぶやいた。

「うぬ！　どうしてくれよう！」

ネロは、嫉妬で身を焼き焦していたのである。

## 3

その夜、ネロは明け方近く宮城に帰ると、牢獄の長官ドミティウスをすぐ伺候させるよう、百人長に命令した。

ドミティウスは、かれの父クロディウス帝の解放奴隷で、数多い廷臣のなかでも腹心中の腹心だった。若いころ毒蛇に足を嚙《か》まれ、その毒のために哀れな跛《ちんば》になったが、それ以来肉体ばかりか、心まで不具《かたわ》になったこの陰惨《いんさん》そのもののような家臣を、ネロはこの上もなくたよりにしていた。

教徒たちの手を変え品を変えたさまざまな処刑の方法も、半ばはドミティウスの奏上した腹案によるものが多かったのである。

ネロは、長年飼いならして、骨の髄までかれの性格をのみこんでいるこの爬虫類《はちゅうるい》のような男に、今度もまた、憎むべきパウロの始末をつけさせてやろうと思いついたのだった。

ドミティウスがやってくるまでのあいだ、ネロは、かれの好きな詩神エウテルペの青銅像が置いてある寝室のなかを、額をおさえながら、いらいらと行ったり来たりした。

黎明《あけ》の光がさしこんで、ほの白くなった大理石の床よりも、かれの顔色の方が、はるかに蒼白《あおじろ》かった。

　かれは、パウロを、いったいどのような残忍な方法で処刑したら自分の鬱憤《うっぷん》を晴らすことができるだろうかと、そればかりを思案してじりじりしていたのだ。——苛酷な刑罰ならいくらもあった。ドミティウスに申しつければ、火刑柱《セマキシイ》であろうと磔柱《はりつけ》であろうと、即座に用意することだろう。

　だが、他の教徒たちと同程度の殺し方ではどうしても飽き足らなかった。

　パウロを肉体だけでなく、心の底から屈服させるような刑でなければならなかった。

　こうして一睡もしないで、ただ歩きまわってばかりいるネロを、寝台の隅の帷《とばり》の蔭《かげ》に控えていた奏者は、かれがいつものように即興詩の想が浮んで、苦吟しているとでも解したらしかった。恭々しく竪琴《たてごと》をさし出したが、ネロは不機嫌そうに一喝すると、早々に追い払った。

　そのとき、俄《にわ》かのお召しに泡を食ったドミティウスが不具の足をひきずり、あわただしく御前に伺候した。

「陛下よ、何事でございます。何か私めに落度《おちど》でもございましたか」ネロは、親友でも迎えるように両手を差し出していった。「いや、お前を呼んだのはほかでもない。朕《ちん》の威信を著しく傷つけおった、あのパウロというユダヤ人のことだが……獄内でのようすはどうだ？　朕の申しつけた拷問は、少しはあの男の傲慢《ごうまん》を打ちひしぐ役になったかね？」

「それが、強情な男でございまして、いっこうにへこたれたようすを見せませぬ。御命令通り拷問台に縛りつけ、釘抜《くぎぬ》きで足を締めつけ、焼鏝《やきごて》をあてさせたのでございますが、おとなしく奴隷の足に接吻《せっぷん》しただけで、最後まで瞑目《めいもく》したまま呻吟声《うめきごえ》一つたてないのでございます。いやはや、驚きいったやつでして……何でも教徒のあいだでは、ペテロ、ヨハネなどと、並び称される長老格の一人だそうでございますが……」

「それが、やつらの手なのだ。……痛い目にあわせればあわせるほど、光栄だの、神の試練だのと申して苦痛に堪えることを誇りにさえ思っておる。……それであの男は、拷問から解かれた後、獄中で何か申しておったか？」

「はい。同室の教徒たちを集めて、基督がかれ自身を嘲った十字架上の盗人をも宥《ゆる》したという例をひき、基督の教えは愛なのだとしきりに説いておりました」

「また愛か……」

ネロは忿怒《ふんぬ》のあまり、その一言をさも汚《けが》らわしい言葉でも口にするように吐き散らした。

「いまにその口を、朕が封じてやるぞ！」

かれは身をふるわせていった。

「ドミティウス。朕はあの男を、いままでにない新しい趣向で、腸《はらわた》の底まで苦悩を味わせてやりたいのだ。……何かよい方法はないか？」

「さようでございますな」

跛《びっこ》の忠臣は、どのようにいえばネロの歓心を得る事ができるかと、しばらく卑屈な老顔をしばたたかせていたが、やがてはたと膝をたたいていった。

「それでしたら、よいことがございます。陛下……あの男に、苦痛のかわりに快楽を与えたらいかがでございましょう？」

「なに？　快楽だと？」

「はい……」

と、ドミティウスは、にこりともしない陰惨な顔でうなずいた。

「陛下は今日まで、教徒どもにありとあらゆる苛酷な刑罰をお課しになりました。しかし、いまも仰せられた通り、彼等にとっては苦痛が増せば増すだけ、それが喜びであり快楽でさえあるのでございます。ですから、今度は逆に肉体の快楽を与えてやれば……」

「それが、あの男を懲らしめることになるというのか？」

「はい、そうではございませんか。……昨日の処女たちの処刑は、彼女たちに凌辱を加えることで、精神的な苦痛を与えるのが目的でございました。ところが彼女たちはそれを裏切って、歓喜で報い、ために陛下の御威信を傷つけるような結果になったのだと存じます。——それは彼女たちが女だったからでございます。しかし、これが逆に男であれば……」

「男ならどうだというのだ！」

「肉体の快楽は、凡夫の業でございます。自然の理であります。たとえかれが、そのために歓喜の呻吟声《うめきごえ》をあげたとしても、それは神の愛でも光栄でもございません。かれが真に基督の教えを奉ずるものなら、そのような快楽は逆説として怖ろしい苦痛でなければならないはずではございませんか？」

「するとあの男は、嫌でも苦しみもがかなければならないというわけだな……」

「苦しんでも苦しまなくとも、どちらでもよいのでございます。歓喜の叫びを発すれば、そのときはそのときで、陛下はあの男を思いきりお笑いになってやればよいではございませんか。基督教では愛のない肉の交《まじわ》りは、この上もない罪悪ということになっているのでございますから……」

「うまい！　お前のいう通りだ。それであの男に、彼等の神の教える愛などというもののあり得ないことを思い知らせてやることにもなろうというものだ。……さすがは、ドミティウス。お前は朕が眼をかけておるだけある。だが……」

と、ネロはふと、手放しのその喜びに水をさされたように、語気を改めていった。

「その相手の女はどうするのだ。まさか、基督教徒の娘は使えまいが……」

「教徒でしたら、陛下の御命令を容易に肯《がえん》じないでございましょう。……ですが、ちょうどあの男にふさわしい恰好《かっこう》の女がいるのでございます」

ドミティウスは、はじめてニヤリと北叟笑《ほくそえ》んでいった。

「陛下もあるいは御存じかと存じますが、先年、護民官のカシウスの息子を殺害して逃亡していた、ギリシャ人の解放女奴隷レダ……あの女が先月、逮捕され、公議所《フォラム》の審問もおわって、同じマメルチネ牢獄に投獄されているのでございます。彼女であれば……」

「大丈夫だと申すのか？」

「ローマの公法では、ローマに市民権のある処女を死刑に処する場合は、諸神の禁忌を怖れて、まずその処女を奪ってから処刑することになっております。ですからその娘に、代償として助命を陛下からお約束になれば……」

「……うむ、いかにも約束しよう！」

ネロは鷹揚《おうよう》にうなずいた。美食で瞼《まぶた》のたるんだその眼は、異様にかがやいていた。

# 4

おなじ地下の牢獄のなかで、レダのいれられた房は、パウロの投じられた房のちょうど真向《まむか》いにあった。

どちらも一人ずつだが、その周囲の房には、後から後からと兵士たちに逮捕されてくる、夥《おびた》だしい数の新たな基督教徒の群れでひしめきあっていた。

そして、パウロが繋《つな》がれた房も、昨日までは円戯場《コロツシアム》の砂場を血で染めた殉教者たちが入れられていて、最後の夜を明したところだった。

ムッとするほど暑い牢内には、怖ろしい疫病が蔓延《まんえん》していた。汗と糞臭——屍臭と寝藁《ねわら》の匂いのいりまじった異様に澱《よど》んだ空気がたちこめるなかで、囚人たちは虫のように蠢《うごめ》いていた。

粗布をかぶって壁際の壁にもたれ、ぐったりと眠っている重病患者の老婆《ろうば》があるかと思えば、獄の真中《まんなか》にすえてある大きな鉄の水鉢に這いよろうとする、熱にうなされた男もあった。子供の泣声《なきごえ》、それを叱る母親の声——臨終のきわに最後の祈禱《きとう》を捧《ささ》げる声——呻吟声《うめきごえ》一つたてないで、長い時間ころがっているものがあると、番兵が来て肌に焼鏝をあてて死を確めた上、腐敗坑へ運び去ってしまう。処刑場へひき出されるのがまだしも幸いなくらい、その中の光景はまさに地獄であった。

だが、信徒のなかで、誰一人としてそれにくじけて自暴自棄になったり、番兵に改宗を申し出て、憐れみを乞《こ》うたりするものはなかった。疫病にかかったものを除いては、ほとんどのものが虐待にじっと堪えて、互いにかばい合いながら黙々と生きていた。

殊《こと》にパウロが捕えられてきてからは、暗い牢獄のなかには一時に光明がさしたように、信徒たちの明日をも知れない生活にも生気が漲《みなぎ》ってきた。

彼等は使徒とともに、たとえほんの一日だけでも、神の栄光を讃《たた》えながら語り明かすことができることを身にあまる光栄と感じているようだった。讃美歌を唱える声にも張りあいがでてきた。

パウロのほうでも、そうした熱心な彼等の求めに応じて、羊たちの魂に救いを与えるべく、例の人の心に迫る厳かな口調で説教をつづけた。かれは独房から、周囲の房に群る信者にむかって、朝となく夜となく切々として基督の福音を説いた。

「信仰をお持ちなさい、信ずるものは幸いです。ゴルゴダの丘にのぼられた主は、御自分の血と苦悩とをもって、この世の罪を贖《つぐな》い給うた。――主におできになったことが、あなたにできないわけはありません。刑場の砂は血で浸され、谷は死骸で埋まるかもしれないが、悪の力を怖れることはない。……迫害者を愛するのです。人を愛せよ、という基督の教えは、悪を憎めという命令より遙《はる》かに尊いのです」


レダはそれらの光景を、向いの房から、まるで別世界の人種でも見るように、冷《ひや》やかに眺めていた。

おなじ鉄格子ははまっていても、彼女のいるところは、教徒たちのそれとは比較にならないほど広くゆったりとしていた。寝具にしても、彼等の家畜並みな藁とはちがって、まがりなりにも褥《しとね》らしいものが揃《そろ》っていたし、食物にも差別がついていた。

番兵の扱いも違っていた。だからレダは、自分だけは別格なのだということを、ことさら彼等の前で見せつけて、教徒たちのことを蔑《さげ》すんでいた。

子供の頃から、典型的なヘレニズムの洗礼をうけて育った彼女は、ローマの諸神と異《こと》なる神と教義を信奉する彼等異教徒の民に、本能的な反感を抱いていたのだ。

彼等がたとえどのように残酷な仕打《しうち》を受けようとも、それは当然のことだと思っていた。いささかも憐れむ気にはなれなかった。パウロと目の前に接するようになっても、頭から無視していた。第一彼女には、そんな心のゆとりなどなかったのである。

レダにとっては、他人の身に同情するよりも、目前に迫った彼女自身の死を嘆くことで頭がいっぱいだった。

教徒たちの虐殺のおかげで、幸か不幸か彼女の処刑は延ばされているものの、いつかは冥府の神が彼女を連れにやってくることは避けられなかった。

レダは死が怖しかった。自分が哀れでならなかった。

教徒たちがパウロの説教に耳を傾けているとき、彼女は高い獄窓の外の澄みきった蒼穹《そうきゆう》をぼんやり眺めながら、むなしく過ぎ去った懐しい過去の思い出にふけるのだった。

レダは、あの忌わしい事件を起《おこ》すまで、護民官カシウスの館の客付奴隷《ノメンクラトール》をしていた。

奴隷とはいっても、母親の代から解放されて市民権を獲得していたから彼女の身には何の束縛もなかった。それに主人《あるじ》のカシウスが彼女の美貌を愛して、掌中《しようちゆう》の珠《たま》のように可愛《かわい》がっていたので、レダはまるでその娘であるかのように美しく装うことができた。贅沢《ぜいたく》も思いのままだった。そして、当然のことながら、彼女は恋にも恵まれていたのである。

カシウスがかつて、ローマ軍の軍団長をしてた頃の部下で、たまたま客として訪ねてきた若い青年将校と、レダは一眼ではげしく愛し合うようになった。

かれはまるで、ヘラクレスのように逞ましい筋骨をした、見るからに凛々《りり》しい美青年だった。最初に会ったとき、かれはレダのことを精女《ニンフ》と呼んでくれた。つぎに来たとき、かれは、レダの純白の衣裳に合うようにといって、清らかな匂いのする白菖《マートル》を捧げてくれた。

彼女にとっては夢のような幾月かであり、逢瀬《おうせ》だった。

レダはいまでも、まざまざと思い出すことができる。

館近くの——薄荷《はつか》や麝香草《じやこうそう》のあいだを、蜂がうなり戯れている丘で見た、夕映えの赫々《かつかく》とした照りはえを。……月光がさやかにさした庭園の絲杉《サイプレス》の木蔭に憩《いこ》うて、はじめて唇を許したときのことを。……そのとき、かれは興奮のあまり激情に駆られて、彼女の露に濡れた花の蕾をも手折ろうとしたが、レダはそれをはげしく拒んだが、なぜ思いきって許さなかったのだろう……。と、レダはいまになって身も世もなく後悔している。

かれはそれから、旬日もたたないうちに、国境警備に召集されて、ゴールの蛮族との交戦であえなく戦死してしまったのだった……。

レダは、もはや二度と還《かえ》ってこないその思い出をうっとり胸に懐しむときは、きまってさめざめと涙を流した。

その夢に浸っているあいだは、死の恐怖も囚《とらわ》れのわびしさも忘れて幸福《しあわせ》だった。が、その唯一の夢を、教徒たちの高潮した祈りの声や、讃美歌の歌声がかき乱すようなことがあると、彼女は涙に光る眼に怒りをこめて、思うさま教徒たちを罵った。

「やめて！　よさないか……お黙りったら……」

その後きまって、彼女は、向いの房にいるパウロの悲しげな物いわぬ眼差しとぶつかった。

## 5

そのレダが、パウロにある特別な関心を払うようになったのは、ネロが宮城内で、ドミティウスと例の謀議をこらした日の翌《あく》る夜からであった。

その夜、彼女が早めに眠りにつきかけていると、ふいに番兵たちのものものしい足音の近づく気配と、鉄格子の閂《かんぬき》のガチャガチャ鳴る音が聞えた。

見ると、獰猛《どうもう》な黒毛の兜《かぶと》をかぶり、楯《たて》と槍《やり》を持った何人かの番兵が一人の基督教徒の娘をパウロの独房に移そうとしているのだった。

「どうだ。娘、嬉しいだろう。あんなにも願っていた、この男といっしょになることができて……」

番兵は、娘をその房に押しこめおわると、髯面を鉄格子に押しつけて、猥《みだ》らな笑い声とともに云った。

「ドミティウス様のお情けだ……。せいぜい可愛いがってもらうがいいぜ」

当のパウロはその声が耳に入ったのか入らないのか、壁にもたれてじっと瞑目《めいもく》をつづけていたが、娘が膝近くにじりよるのを知って、はじめてそれと気づいたように眼をひらいた。

娘の酔ったように薔薇色に上気した頰が、番兵たちの単なる慰みで、無理やりそうした仕儀にさせられたのではないことを物語っていた。

いや、それどころか娘の面《かお》には、あるひたむきなものさえこめられていた。

パウロもそれを知ると、さすがにとまどったらしく、怪しむように、

「どうしたのかね？」と、やさしい声で聞いた。

「教父さま。わたくしはあと三日の後に、父や弟たちとともに競技場で処刑されることに決《きま》りました」

娘は一息に云った。

「ですから、それまで、教父さまのおそばで過《すご》させていただきたいのでございます。そしてもしも叶う事でしたら、教父さまのお情けをいただきたいのでございます。さぞかしはしたないとお思いでしょうが、わたくしは神父さまに許婚者《いいなずけ》と結婚の式を挙げていただいた夜、捕えられて二人ともこの獄に連れられて参りました。許婚者はその日に殺されてしまいました。……わたくしはまだ娘のままなのでございます」

「それで、そなたは、このわたしを夫のかわりにしたいというのかね？」

「神さまは、教父さまでしたらお許し下さると存じます。わたくしはせめて死ぬ前に、結婚したことの喜びのしるしを、この身に刻みつけておきたいのでございます」

「いや、ならぬ！　神はそのようなことをお許しになるわけがない」

パウロのきっぱりとはねつけた一言が、その夜に限って聞くともなしに耳をそばだてていた、レダの心をひきつけた。

娘がすぐに訊《き》いた。

「なぜでございましょう。教父さま……」

「そなたの操《みさお》は、天国で夫と結ばれるために、神がわざと娘のままでおかれたからです。私は使徒として基督の名においてそなたにいいます。永遠の世界を信じなさい。御国《みくに》の来らんことを希《こいねが》いなさい。そなたの夫は、ヘブロンの百合のように清らかなそなたを、エリジアの野辺で待ち焦《こが》れているのです」

だが、レダが、およそ信じられないほどの驚きをパウロに感じたのは、その言葉だけではなかった。

パウロのいる房は、一人でいても窮屈なほど狭かった。処刑までの三日間——かれの意志にかかわらず、その娘との起居をともにせざるを得なかったのだが、かれは娘の露わな肌とじかに身を接して眠りながら、いささかも心を迷わせることがなく、翌る夜も、その翌る夜も淡々として孤高を通しつづけていたからだった。

レダはかつてこのような志操堅固な男を、一人として見たことがなかった。彼女の知っている男は、すべてがすべてといってもいいほど、一皮むけば野獣のような男たちばかりだった。

彼女はその意味で、男という男を心の底から憎んでいた。あの忌わしい記憶もまた、それにつながっていたのである。レダはそのときのことを、憶《おも》い出すたびにゾッとした。――彼女はそのために、カシウスの息子を殺したのだった。

永年地方の徴税吏をしていて、館を離れていたその息子が、久しぶりに任を解かれて帰ってきた晩、レダは寝室で一人眠っているところを襲われた。

酒臭い男の喘《あえ》ぎを、ふいに顔の上に感じて、レダは必死に抵抗した。が、女の悲しさで、固く閉《とざ》した身をあわや押し開かれそうになった。そのとき幸か不幸か、右手が、のしかかってきた息子の腰の短剣に触れた。

彼女は夢中で、それを引きぬいて、理不尽なその息子の胸を、柄も通れと突き刺した。レダは愛する恋人のために身を守ったのだった。

だが、その恋人も、結局は男であることに変りはなかった。愛の究極として、やはり彼女の肉体を求めてきた。レダは、男は誰しもが、しょせんそういうものなのだ――と思っていた。それが、パウロだけは違っていた。かれの体内には、男の血が流れてはいないのだろうかと、レダは怪しんだ。

その日以来、彼女は、この容貌魁偉《かいい》な使徒に、なぜかしだいに注意をひかれるようになった。パウロが生《うま》れながらの聖人ではなく、もとはユダヤ教の教徒で、基督教徒にこの上もない迫害を加えた男だったと知ると、彼女はますます彼のことがわからなくなってきた。

## 6

その頃、ドミティウスの口から、パウロが教徒の娘と二人きりで房をともにしても、何ら動揺を示さなかったと聞くと、満面に残忍な微笑を漂わせて、いまに見ろ！　とつぶやいた。

「せいぜい思いあがっているがいいのだ！」

かれは赤髯をいたぶりながら、うそぶいた。

パウロが禁欲主義者《ストイック》のように謹厳であればあるほど、最後の土壇場で吠面《ほえづら》をかかせてやることができるのだという快感で、かれはゾクゾクしてくるのだった。

他の教徒たちは、その後も連日、彼のたてたスケジュールにしたがって五十人、百人というように集団で円戯場《コロッシアム》にひき出されて処刑されていったが、パウロはいつまでたってもその中には加えられなかった。

使徒に対する刑は、ローマ市民の復讐《ふくしゅう》の心を満足させるためのものではなく、ネロ個人の鑑賞用に、最後までとっておかれたからである。パウロは人知れず、マメルチネ牢獄のなかで、死にまさる屈辱を与えられた上、カピトル丘上のジュピターの神殿のわきで逆磔《さかさはりつけ》にかけられることになっていた。

そしてネロは、かれの異常な芸術的感興をなおいっそうそそらんがために、パウロの相手をさせるレダにも、ぎりぎりのしゅんかんまで、事を秘密にしておくようドミティウスにいいつけた。

その日の午後――レダは、番兵たちがいつになく緊張した面持で、房に入ってきたのを見て、いよいよ自分の死の順番が来たのだと、けなげにも覚悟をきめた。

向いの房のパウロは、早朝に兵士たちにどこかへ引きたてられていったまま戻って来なかったから、彼女は使徒が自分より一足先に殺されたのに違いないと考えた。

例の娘は、もはやとうの昔にその房から姿を消していた。二日前に親と弟ともども焚殺されて、刑場の露と消えていたのだった。レダは死の準備をするまで、しばらくのあいだ時間をくれ――と番兵たちにたのんだ。だが、番兵は彼女の鉄の足枷《あしかせ》をはずすと、

「ドミティウスさまの急なお召しだから……」

と無愛想に首をふって、早々に房から出るように促した。

レダはわけがわからなかった。彼女が、二人の番兵に両側から護衛されて、連れていかれたところは、刑場でも、新たな牢室でもなく、番兵たちが控えに使っている獄の入口に近い小部屋だったのである。

そこには、何人かの女奴隷が待ちうけていた。そして、あっけにとられるレダの獄衣をぬ

がせると、かわりに肌が透き通って見えるような菫色《すみれいろ》の薄物の衣《ころも》を着せ、櫛《くし》で髪を梳《す》きなおし、手足にはアシビア産のゆかしい香料を塗り、匂いたつばかりに化粧までほどこしてくれたのだった。

それがすむと、レダはふたたび番兵たちに地下の岩窟に案内され、ふだん拷問部屋に使っている一室の入口の前で、そこの番兵にひきわたされたのである。

重い鉄の格子戸がひきあけられ、さらにその奥の扉《ドア》が開かれて、一歩中へ入ると、とたんにレダはアッと眼をそむけた。

番兵のかかげる松明の焔が、その部屋に置いてある数々の陰惨な拷問道具を照しだしたからではなかった。その部屋の中央に、黒塗りの樫《かし》の十字架が横たえられ、その上に、一糸も纏わず裸にされたパウロが、手足を釘づけにされて死んだように瞑目しているのが見えたためだった。

しかも、そのパウロのちょうど頭のむこうに、番兵とはまるで身なりの違う、見るからに身分の高そうな男が二人、影のようにじっとたたずんでうごかずにいた。

レダは、そのうちの一人が跛のドミティウスであることに気がついたが、他の一人は暗さのために、とっさに誰であるか分らなかった。

すると、ドミティウスが、いきなり番兵の手から松明を受取《うけと》ってレダの方へ突き出した。

レダはその明りで、もう一人の男の頭《こうべ》に月桂の冠があるのを知った。彼女はハッとひざまずいて、畏れ戦いた。

「皇帝陛下であらせられる」

ドミティウスが同時に、威厳をこめた声でいった。

「レダ。……その方は、むろん一命が惜しいであろうな」つづいてネロが、それがいつもの癖のもの憂そうな口調でいった。

「助命してほしくば、いまその方の眼の前に横たわっている男に、そちの無垢な肉体を与えてとらせい。――その方は美しい娘だ」

レダは耳を疑った。というよりも、いっしゅん呆然《ぼうぜん》として、その言葉の意味がのみこめなかった。何のため自分に、そういう命令がくだされたのか。――あまりにも思いがけなさすぎて、彼女は言葉もろくに出なかった。

が、やがてレダは、オヅオヅとパウロの方を見た。パウロは相変らずあおむけに両手をひろげたまま、微動だにしないでいた。その姿は赤裸々だった。彼女はしだいに、処女の恥らいを忘れて、その姿に惹《ひ》きつけられていった。

長い伝道で、自然に鍛えぬかれた厚い胸。たび重なる迫害を堪えぬいてきた腕の筋肉。強い線でくびれた腰。鞣皮《なめしがわ》のようにたるみのない皮膚――それらが松明の赫々とした明りの中に浮きあがっている――。

レダは、そこに使徒としてのパウロを見たわけではなかった。一人の男としてのパウロを見たのだ。逞ましい巨人としてのパウロを。——彼女の肉体にはふしぎな感動が湧きあがってきた。

「早くせい！　そちはこの男の体に、必要な火を感じさせるのだ！　この男をお前の火で焼くのだ！」

ネロにせきたてられて、レダは、眼に見えぬ糸にでも吸いよせられるように、パウロの肉体にむかって手を差しのべた。彼女は、自分の生命がそのために助かるのだという打算など、まったく忘れていた。

彼女自身にもわけのわからないある神秘的な力に、知らず知らず肉体が誘われたのである。レダは、着ている衣を脱ぎすてた。はちきれそうな胸のふくらみと、何のおおうものもない女の谷間を惜しげもなくさらけ出した。

そのとき、レダの近づくのを待ちうけてでもいたかのように、パウロの両眼がカッと見開かれた。かれの顔は彼女がいままで見たこともないほど、蒼く血の気《け》を失っていた。かれは、まずネロとドミティウスの二人を、彼等が思わずたじたじとするような鋭い眼で睨《にら》みつけると、それからレダに向い、十字架から必死に起き上ろうとして身をもがきながら叫んだ。

「娘よ。神を怖れなさい。……あなたがいましようとしている事は、この世のどんな罪科よりも悪《あ》しきことです。……あなたの燃している火は、あなた自身を焼き腐らせていることに気がつかないのか……火を消しなさい。あなたの淫《みだ》らなものを、あなたの眼から隠すのです。

そして神に祈りなさい。この恥ずべき霊を救い給えと……」

だが、悲しいかな。その鞭打《むちう》つような厳しい言葉を裏切って、かれの肉体の上に予期もしないような現象が起った。かれの股間の筋肉がレダの裸身が近づくにつれ、みるみる血を吸ったようにふくらみ、力強く首をもたげはじめていたのである。

パウロは狼狽《ろうばい》のあまり、声につまって額から蠟《ろう》のような脂汗を流したが、それを抑えることはできなかった。

レダもまた喰《く》い入るように、その変化を見つめた。次のしゅんかん彼女は低い声をあげて、夢中で白い裸身をその上に投げかけていった。パウロの顔が、苦痛とも歓《よろこ》びともつかない奇妙な表情でゆがんだ。かれははげしく身をよじって醜い欲望と闘ったが、そうすることはかえって、かれの官能の方もかき乱すことになった。

乳房をぴったり押しつけられたかれの胸は、しだいに大きく波打ち、その波は鞴《ふいご》のような息吹とともにやがて腰から腿に移り、おり返してまた胸にかえってきた。

とつぜんレダは、全身をひき裂かれるようなするどい痛みに、叫び声を発して身をのけぞらせた。それとほとんど同時に、パウロのカサカサに乾いた唇からも、快楽の頂点に達した呻吟声《うめきごえ》が吐息のように吐き出された。ネロとドミティウスは、それを見とどけるや否や勝利の快感に酔ってこおどりした。

# 7

彼等が立ち去った後、その拷問部屋には、息もたえだえなパウロとレダの二人だけがとり残された。

相変らず戸口は番兵に監視されていたが、暗い岩窟内には、異様な死の静寂が闇に溶けて漂っていた。そのなかでパウロは、眼をむいたまま、怖ろしい罪の苛責《かしやく》に身をさいなまれていた。

いまにも天の審判が下るに違いない――とかれは怖れた。この身が粉々に打ち砕かれ、天の業火で灰になるまで焼かれればいいと、かれは思った。かれは我れと我が心をズタズタにして、血みどろになりながら神のゆるしを乞うたのである。

――主よ。私は堕落しました……。

だが、そうしたパウロの身も世もない苦しみを知ってか知らずか、かたわらでやおらむっくりと身を起したのは、レダであった。

彼女は虚脱したように、しばらく肩で息をしていたが、やがてその眸がたとえようもなく、いきいきとかがやいてきた。彼女はふしぎなものでも見るように、しげしげと己が裸身を見つめた。

さっきのあの苦痛を境《さか》いに、何かがすっかり変ってしまった彼女の肉体のなかに、いままで夢にも考えたことのなかった、あるひとつの新鮮な感情が、芽ばえてきているのを知って、驚いたのである。

それは愛であった。レダは、パウロを女として愛しはじめていることを悟ったのだ。だしぬけに彼女の唇からは、ひとりでに、自分でも意外な言葉が流れ出た。彼女はうっとりした声でいった。

「教父さま。わたしを、今日から教徒の一人にしてくださいませ。わたしは神の恩寵《おんちょう》も主の聖《たっと》も知りませんが、教父さまといっしょに死にたいのでございます」

それからレダは、急に自分のあられもない姿が恥しくなってきて、身をおおうべき衣を探した。そして十字架に釘づけにされて、血を滴らせているパウロの手や足を、狂おしいばかりに接吻《くちづけ》した。

パウロは愕《おど》いたが、その燃えるような灼《あつ》い唇に逆《さから》うだけの気力は、もはやかれには残っていなかった。かれはこの信じることのできないような娘の言葉に、何とこたえていいかもわからなかった。

かれはただ、ひたすら主の教えを待って祈った。が、基督は、使徒の頭上にいかなる霊験をも下し給わなかった。パウロは絶望して喘ぎながら、力なく首をふりつづけた。

「私にはできない。私にはもうそなたに洗礼を授ける資格はない！」

すると、レダは使徒の胸に縋《すが》って、世にもすがすがしい声でいった。

「いいえ。教父さまは、わたしの身に洗礼を授けてくださいました」

その後に、彼女は獄内でいつのまにか覚えた、ひとつの言葉をつけ加えた。「父と子と、精霊の御名《みな》によりて……」


その日の夕刻。カピトル丘上のジュピターの神殿のわきに、二本の磔柱が並んで立てられた。一本は文字通り、身を以《も》ってこの世の罪を購うた使徒タルソのパウロであり、もう一本はかれへの愛に殉じたギリシア娘レダのものだった。レダの頭上には薔薇の冠が、パウロの頭《こうべ》には常春藤《きづた》の冠がかぶせられていた。

ネロは、レダが自ら死を希望したと聞いて半信半疑な面持になったが、もともと少女一人の生死など虫けらほどにも問題にしていなかった彼は、それ以上の詮索をすることもなく、ただ勝手にするがいい——と吐き捨てるように命じただけだった。

憎むべきパウロに打ち克《か》ったことで、狂気じみた酔いかたをしていた彼は、彼女の心の秘密などわかるはずはなかったのである。

宮城内に設けた豪華な饗宴《きょうえん》の席で、かれがあまたの寵姫にかこまれ、竪琴を弾じて勝利の頌歌《しょうか》を口ずさんでいる頃、レダはその宮城や、軍神広場、ポンペイの劇場など、ローマ市内のありとあらゆる大廈《たいか》高楼《こうろう》を見おろす小高い丘の上で、美しい夕陽を全身に浴びながら讃美歌を唇にしつつ息絶えた。

# II 疫病

# I

その日、テッサリオのオリュンポス山頂にあるゼウスの宮居では、月に一度の天界の神議がもよおされた。

大神の召集に応じて、地上から、水中から、冥府《ハデス》から、神々は陸続として参集された。天馬《ペガサス》の曳《ひ》く二輪車《チャリオット》の轣々《れきれき》たる轍《わだち》の音は、天《あま》つ空に時ならぬ雷鳴となって轟《とどろ》いた。宮殿の雲の門を護る四季の女神たちも、いつにないその数の多さには駭《おどろ》かれたくらいである。

定刻――天堂の大広間に揃《そろ》われた神々たちは、たまさかの集いをたいそう欣《よろこ》んでおられるかのように見えた。気高い貌《かんばせ》は、いずれも若やぎ、麗しくかがやいておられた。

ただ一人、十二柱のオリュムポスの主神のうち、美と恋の女神のアフロディーテの御姿《おすがた》だけが、まだ欠けていた。

実をいうと神議の議題は、女神の冤訴《えんそ》を謀るためのものだったのだが、お住《すま》いのキュプロス島からの距離《みちのり》が遠く、遅参しておられたのである。

神々たちは、女神の到着を待つあいだ、それぞれに統治しておられる領分について、よもやまの話を交された。

そして、ほどなくゼウスが妃《きさき》のヘラを伴って黄金の王座《みくら》に臨御になると、ただちに饗宴《きょうえん》がはじめられた。ヘバイトスの手になる三脚器《トライポット》は、神々たちのあいだをひとりでに動いて、神食《アンブロシャ》や天人果の果実を次々と運んだ。神酒《ネクタル》は、女神へべの酌で廻《まわ》された。下界から香ばしい匂いをもって立ち昇ってくる犠牲《いけにえ》の牛や仔羊《こひつじ》を焼く紫色の煙と、供物を捧《ささ》げる人々が祭壇に注ぐそれらの獣の生血、濯《と》ぎ代《しろ》などは、殊《こと》のほか神々の嗜好《しこう》にかなったようであった。毎度のことながら、神議の前には、こうした享楽のひとときがつきものなのである。

宴がたけなわになると、エロスはニンフに戯れられ、興にのったアポロンは竪琴《リーフ》を奏でられた。芸術神《ムーサイ》たちは立ちあがって、ヘーシオドスの神系譜《テイオゴニアー》とピンダロスの頌歌《しょうか》を吟唱された。

ゼウスはというと、ヘラの目を偸《ぬす》まれては、美童のガニューメデースとの接吻《くちづけ》を愉《たの》しまれるのに余念がなかった。

大神をはじめ神々たちは、このところきわめて刺激に飢えておられたのである。トロイアの長い戦《いくさ》がおわってからというもの、地上には久しく神々たちを狂喜させるような事件に乏しかった。アルテミスは、山野を、ポセイドンは海を、アテナーは城郭都市《アクロポリス》を、アレースは戦《いくさ》を、デメテールは穀物を——というように、森羅万象ことごとくが、相変《あいかわ》らず神々のたゆまぬ支配にゆだねられてはいたものの、評議の俎上《そじょう》にのぼる出来事といえば、いつもとるにたらぬつまらぬことしかなかった。天界の物議をかもすようなことは、何も起こらなかった。

人間たちの祈りにしても、——「葡萄《ぶどう》や蒜《にんにく》がよく育ちますように」とか「妻が早く死にますように」とか、「悪事が露顕《ろけん》しませんように」とか、「オリュンピアの千歩競走に優勝して、月桂冠《げっけいじゅ》を授け給《たま》え」というような他愛もない小事ばかりだった。

神々に君臨して天候に関するすべての現象を司るゼウスにしてからが、「本日はプルギュア地方に稲妻をはためかさせ、ミュレートスに雨を、東風はイオニヤ海に激浪をたたせろ」という御命令を、その日その日にくだしておられれば、こと足りる始末だったのである。

神々はすっかり退屈なさって、評議はともすると流会になることが多かった。

それだけに、今宵《こよい》のアフロディーテの訴えに対する期待は大きかったのだ。

女神が西風《ゼファー》を先達にして、白鳥《キユクノス》の曳く車駕《しやが》で宮居に着かれたのは、神々があらかた神酒《ネクタル》に酔い痴《し》れられた頃であった。

霞《かすみ》の帳《とばり》をひらいて現れた女神の姿を、神々は歓呼とともに争って迎えられた。この典雅な女神の前には、他の不死の女神たちの容色も色褪《いろあ》せ、青銅《からかね》を敷く天堂の大広間は、にわかに明るさを増したかのように思われた。彼女の神衣の腰には、黄金の糸を刺繡《ぬいとり》した、かの有名なケストスと呼ぶ恋情の帯が、燦然《さんぜん》としてかがやいていた。それでも、いつもはつきせぬ泉のごとく魅惑をたたえておられるその双眸《そうぼう》が、なぜか激しい憤りの焔《ほのお》に燃えておられたのだ。その眦《まなじり》にもただならぬするどさが窺われた。

息神のエロスをはじめ、他の神々たちも、女神の血相の凄《すさま》じさに驚いて、互いに顔を見合わされた。

大神ゼウスは、待ちわびた愛娘《まなむすめ》の到着に、盃《さかずき》を置いて玉座から身を乗り出された。

重々しい咳《しわぶき》の音が、神々たちのどよめきを制した。

「静粛に！　静粛に願いたい！」

ゼウスは、アフロディーテが玉座のわきに進み寄られると、見事な美髯《びぜん》をしごいて一同を見まわされた。

「これより、さっそく評議に移ることにするが、本日諸神にお集まり願ったのは、余の儀ではない。ここに参った我が娘が、我らの家畜にも等しい地上の一凡夫のために、この上もない恥辱を蒙《こうむ》ったからなのじゃ。汚名は濯《すす》がねばならぬ。それに、このことは単に我が娘の問題だけにとどまらず、我らオリュンポス諸神すべての神威にもかかわる重大事であるからじゃ」

「父上。それはどういうことですか？」

諸神を代表してアポロンが、声高にお訊《き》きになった。

ゼウスは、頭《こうべ》をふり向けられて、アフロディーテをお促しになった。

「娘よ。話すがよい。そなたの受けた屈辱の数々を、委曲をつくして諸神に語るがいい」

それまでじっと唇を噛《か》んで、抑えきれぬ憤怒《ふんぬ》の波に身をわななかせておられたキュプロスの女神は、諸神に向って立ちはだかられると、両手の拳を呪咀《じゅそ》するようにひしとお組み合わせになった。

「御稜威高き天の君主たる父神さまも、誓いの証人たる流れ下るステュクスの川の水も御照覧あれ！　その憎むべき地上の男は、不遜にも美の女神であるわたしを冒瀆したにとどまらず、おお、何という大それたこと。万物の統治者たる神の絶対を否定しようとしているばかりか、神に対して反逆をさえ試みんとしているのです……！」

## Ⅱ

──その島の名を、キュテーラと呼ぶ。

エーゲ海のまっただなかに浮かぶ、ラコーニヤの南の小島で、人口わずかに八千。キュプロス島やレスボス島と同様に、アフロディーテ信仰の聖なる島の一つであり、スパルタの植民地でもあった。

当時ギリシア随一の陸軍国として知られていたスパルタは、僭王《せんおう》アゲシラオスが治世していて、小アジアでペルシアと戦いのさなかにあった。この年──オリンピアス暦九十五回年（紀元前三百九十七年）には、王みずから軍をひきいて出征している。

本土のペロポネスス半島は戦雲につつまれていたが、この島だけは平和そのものといってもよかった。

カリクラテースは、島内のはずれに近い一邑《いちゆう》に住む、神像師であった。

まだ今年二十六才の若者ながら、彫刻にかけては天稟《てんぴん》の才に恵まれていた。ドーリス派とイオニヤ派の長所を融合した独特な作風で、その名声は、スパルタばかりかアテナイやコリントスにまで聞え、彼の彫りあげた三嬌女神やアレース神像、ポセイドン神像などは、名工エスコパスさえしのぐほどだと、噂《うわさ》されていたくらいだった。

神像師は、各地の神殿から依頼された神々の像を、金や青銅、象牙、白大理石などに刻むのだ。

その業《なりわい》のせいもあって、カリクラテースはもともと、人一倍忠実で敬虔《けいけん》な神の信奉者にほかならなかった。アフロディーテの逆鱗《げきりん》に触れ、ゼウスをはじめ天界の他の神々までも怒りの坩堝《るつぼ》にひきこむような、そんな不遜な思想の持主ではなかった。神への大それた反逆心など、夢にも抱いたことはなかった。それは、いまでも変《かわ》りはないと思っている。

ただ、カリクラテースにとって不運だったのは、強烈な夏の陽差《ひざ》しのごとく彼の身に注《そそ》ぐ、女神の秋波に気づかなかったことだったかもしれない。

彫刻家というより、詩人と呼ぶ方がふさわしい憂愁をたたえた鳶色《とびいろ》の目と、格闘士のように凛々《りり》しい面《おも》ざしと、みずから己の肉体に鑿《のみ》をふるったのではないかと思われる、逞《たくま》しい筋肉をもつこの美青年に、色好みな女神は、深く焦《こが》れておられたのである。それというのも、キュプロスなるパポスの社殿で、ヴェヌスの宵祭がひらかれた日——たまたまその宮居に詣でたカリクラテースを一目見て、女神はたちまち御自身の体内に、恋の炎をやどしてしまわれたのだった。それでも、イーデーの嶺《みね》においてアンキーセスと睦《むつ》ばれたときのように、かるがるしく天上人の御姿を、彼の前にお現しになるわけにはいかなかった。またゼウスに倣《なら》って、人間以外の生物《いきもの》に化身されることもできなかった。男神《おとこがみ》ならともかくも、至上の美の象徴である女神だけに、それはかなわなかったのだ。その上、息子神エロスの黄金の箭《や》も、神と人間のあいだでは通用しなかった。

悶々《もんもん》の情に悩まれたアフロディーテは、巫女《ピチア》を媒介《なかだち》にしてカリクラテースの心をうごかそうとなさった。神託をおくだしになって、御自身の大理石像を、彼に彫刻させようとお命じになったのも、そのためだった。その聖なる像は、キュテーラ島の小高い丘の上に、新たに築かれた神殿に祀《まつ》られることになっていた。

だが、カリクラテースは、アフロディーテの思召《おぼしめ》しを単なる女神の慈愛、女神の恩寵という風にしか受け取らなかった。あまつさえ彼は、いっこうに鑿も槌《つち》も手に取ろうとはしなかった。指定された期限から半月以上も過ぎ、神殿の大尼僧ロードぺから矢のように厳しい督促を受けながらも、制作は遅々として進まなかった。工房に入ることは入っても、ただなすところもなく、いたずらに時を空費しているだけだった。

神の尊厳を傷つけられたアフロディーテの激しい憤りや嫉妬も道理――カリクラテースは神意に反して、この世でもっとも貧しくもっとも身分の卑しい十八才の少女に盲目《めしい》となっていたのである。

少女の名は、リネダといった。

ポイニーキヤ生まれの奴隷娘で、ついさいきんまで遊女屋《デクテリオン》の娼婦《しょうふ》として、春をひさいでいた女であった。

# Ⅲ

カリクラテースがリネダを知ったのは、三月前の春のことである。運命がふとした偶然で彼女を引き合わせたといってもよかった。

その日はちょうど正式に神像制作の依頼を受けてから数日たったある日の宵で、カリクラテースは神殿からの帰りに親友のフォアオンの館に立ち寄った。フォアオンは詩人だったが、島の有数の由緒ある貴族でもあった。新婚早々の最愛の妻を思わぬ事故で喪《うしな》ったばかりで、悲歎《ひたん》の泪《なみだ》のかわきもやらぬときであったので、不幸な友を慰める気もあって、カリクラテースは、訪ねてみたのだった。

フォアオンは豪華な居間の片隅で、紙草《パピルス》にむかい詩作にふけっていた。亡き妻を忍ぶ、哀悼の詩をものしていたのに違いなかった。彼の妻のドリーラは、舟遊びに出かけた際にあやまって海に落ち、溺《おぼ》れて死んだのである。そういえばその居間は、彼の妻が生前に使っていた居室だった。

　折しも夜が更けかけた頃で、赤味をおびた大理石の壁や簸木細士《モザイク》の床には、灯火飾《ともしかざり》の明《あか》りが、まだらな影をつくって揺れている。中央の噴泉のある水盤には、天井の露店窓から差し込む冷やかな月光が、飛沫《しぶき》に溶けて光っていた。そして、周囲の濡れた苔《こけ》のあいだに咲きほこるアネモネや百合や菖蒲《あやめ》の花は、清らかに夜風にそよいでいた。

　カリクラテースが奴隷頭に案内されて居間に入っていくと、フォアオンは水盤のかたわらの臥榻《がとう》から身を起こした。

「ようこそ。よく来てくれた」

　と、彼は欣《うれ》しそうにいい、手招きしてカリクラテースをその臥榻の横に坐らせた。

「お察しの通り、妻への手向けの悲歌をひねっていたんだが、どうもうまくいかん。オルペウスがエウリュディケーを慕って、冥界へ赴いたように、おれもなろうことならと、そんな文句を連ねてはみたんだがね」

「気の毒に。あんなに優しく美しい奥さんは、またとなかったからな。……だが、災害といえば、去年はおれの親父《おやじ》の牧場《まきば》が、嵐のためにめちゃめちゃにされたんだ。誰にでもあることさ。だから、そういつまでもくよくよするなよ。不幸があれば、そのかわりに神はきっと別な幸運も授けてくださる」

「まったく、災厄は予期せぬときに舞い込むというが、ほんとうだな。これも神の配慮とあれば、やむを得んが……」

フォアオンは、手にした紙草を力なくくるくると巻くと、沈んだ声でいった。

「ドリーラが生きてさえいてくれたら、あるいはこんど君が制作する、女神の像のモデルをつとめることができたかもしれないがね。……ともかく、君は羨《うらや》ましい。当代きっての彫刻家というだけではなく、噂によるとアフロディーテ御自身の君に対する嘱目もたいへんなものだそうじゃないか。どんな傑作ができるかと、島中の人間はみんな期待しているよ」

「実は、そのことの相談もあって寄ったのさ。あの新たに築かれた神殿は、単に神への崇拝のしるしだけではない。スパルタぜんたいの守護神でもある女神に、ペルシアとの戦いの勝利を祈念するため、アゲシラオス王みずからが浄財を寄進したと聞いている。それだけに、おれに課せられた責任は重いわけだ。女神の恩寵にこたえるためにも、精魂こめた像を刻みたいが、残念なことにおれの意欲をかきたてるにふさわしいモデルがいないんだ」

「げんざい島に住んでいる女の中には、見当らないというわけか？」

「いや、おれはここへ来てからまだ半年たらずで、何しろ日が浅いからね。いかなる女性がいるものやら、とんと見当がつかない。だからその点は、君の方がよく通じているんじゃないかと思って……」

カリクラテースは立ち上がって、水盤のふちのエロスとプシュケの青銅像に手をかけながらいった。

固く抱擁して、可愛《かわい》らしい二つの口から二条の清水を噴き出している、その愛の結合の像は、彼が虁をふるってフォアオンとドリーラの結婚の際に、祝いとして贈ったものであった。

「そうだな。おれの知っている範囲内の美人の娘といえば……」

と、フォアオンは、菫の花弁を水盤の泉に一輪ずつむしっては捨てむしっては捨てして思案した。

そのときである。

さっきカリクラテースをこの居間に案内したヌミデア人の奴隷頭があわただしく駈《か》け込んできた。

そして彼の後を追って、肉の大樽《おおたる》のように肥満した醜い男が、息を切らしながら入ってきた。手に皮鞭を握ったその男は、カリクラテースも顔を見知っている、ヴァシレスという名の札つきの因業な高利貸しだった。表向きは海運業を営んでいるが、強欲《ごうよく》と吝嗇《りんしょく》で有名な男なのだ。

「どうしたのだ？」

と、フォアオンが駭《おどろ》いて身を起こすと、ヴァシレスは突き出した腹をなでなで、贅肉《ぜいにく》のたるんだ頰を朱に染めてわめいた。

「これは、フォアオンさま。……リネダはどこにいます！　あれは、わしが飼っている奴隷娘だ。さあ、即刻かえしていただきましょう」

「藪《やぶ》から棒に、ぜんたい何が起こったというのかね？」

　フォアオンは呆《あき》れて、するどく訊いた。

　奴隷頭の答は、こうだった。

「ただいま、御門を閉めようとしましたら、その娘が救いを求めて、疾風のように飛び込んできたのでございます。何か事情がありそうなので保護しましたところが、入れ違いにこのヴァシレスさまが、気違いのような見幕で怒鳴《どな》りこんでこられて……」

「あたりまえだ。あの犬畜生めは、わしの手から逃げたのじゃ」

　ヴァシレスが奴隷頭を押しのけて、そばから引き取った。

「こともあろうに、執政官アルゴスさまの館へ送り届ける途中の轎《かご》から、とつぜん抜け出しおって！」

「アルゴスの館へ？」

「そうですじゃ。フォアオンさま。……御承知のことと思いますが、今宵あのお館では、アルゴスさまの誕生日を祝う祝宴がひらかれております。その余興のために、リネダを差し出すことになっていますのじゃ」

「なるほど。あの宴には、おれたちも招かれていたな……」

　フォアオンとカリクラテースは、顔を見合わせた。

　キュテーラ島に住む知名士のうちでも、特に名のある二人は、むろん賓客として招待を受けていたが、傲慢《ごうまん》な領主であるアルゴスとは、日頃からソリが合わぬため、二人とも揃って欠席していたのである。

「だが、余興になぜその奴隷娘が必要なのだ？」

フォアオンは、不審そうに眉をひそめた。

ヴァシレスの口元に、ニヤリと猥《みだ》らなうす笑いが泛んだ。

「アルゴスさまは、うら若い娘と牡豚を交《まじわ》らせて、お客さまがたの見世物にしたいとおっしゃいましたのじゃ。あの方もなかなか面白い趣向を思いつかれるではございませんか」

「それで、お前は彼にたのまれて、その娘を斡旋《あっせん》したのか？」

「はい。ほかならぬアルゴスさまの仰せでございますからな。……それに、わしが自分の持物をどう扱おうと、それはわしの勝手。だいたいリネダは、遊女屋《デクテリオン》でさんざん身を汚《けが》され、おまけに不具同然の獣のような卑しい女ですじゃ。豚と睦び合うのが分相応というものですわい」

ヴァシレスは口汚く悪態をつくと、ふたたび強談判《こわだんぱん》につめ寄ってきた。

「さあ、あの娘を出してもらいましょう。いかなフォアオンさまでも、れっきとしたわしの奴隷を、無断でお匿《かく》まいになる権利はありますまい」

「そのリネダとかいう少女を、ここへ連れてこい」

フォアオンは、奴隷頭に命令した。

まもなく、召使いの奴隷二人に両腕をとられた少女が、身をもがきながらその場にひきたてこられた。彼女は手に古びた竪琴をさげていた。――それが、リネダであった。

「厭《いや》っ！　厭っ……！　絶対に行くのは厭！」

彼女は奴隷の手をふりきってかなきり声で叫んだが、急に全身からがっくり力が凋《しぼ》むと、夢遊病者のように喪心した表情になった。

「だって、この竪琴が許してくれないんですもの……」

リネダは歌うようにいうと、さも愛《いと》しそうに竪琴に頬を押しつけた。

その瞳孔には、虚《うつ》ろな光しか宿っていなかった。フォアオンは、彼女が精神に異常をきたしていることに、はじめて気がついた。そういえば、唇も呆《ほう》けたように濡《ぬ》れ、うすくひらきっぱなしだった。手にした竪琴も、糸が切れている。

リネダは、哀れな白痴だったのだ。

ヴァシレスは、憎々しげな目で彼女を睨《にら》みつけると、肩を摑《つか》むなり荒々しく突き倒した。リネダは、後生大事にこわれた竪琴を抱きしめて床に打ち伏した。ヴァシレスの足が、彼女の背中といわず腰といわず、踏み砕かんばかりに足蹴にした。その上さらに、彼はこれでもかこれでもかというように鞭をふるった。そのために、彼女の身にまとった薄物の軽羅《キトン》は裂け、ころがり出た白い乳房に、たちまち血が滲《にじ》んだ。アルゴスの気に入るよう、ヴァシレスが特に念入りに化粧をほどこさせたらしい肌が苦痛にもだえた。額の矢車草の花冠も、無残にしだかれた。

ヴァシレスは唾を吐き散らして罵《ののし》った。

「この恩知らずめ！　遊女屋から購《あがな》って、今日まで飼育してやった礼が、この始末か。飼犬に手を嚙まれたとは、このことじゃわい」

狂気の沙汰に等しいその振舞《ふるま》いに、フォアオンはさすがにたまりかねて彼の折檻《せっかん》を制止しようとしたが、それより早くカリクラテースの手から、ヴァシレスの足許《あしもと》に投げ出されたものがあった。ズシリと重そうな皮袋である。その口から黄金色の金貨がザラザラと音をたててこぼれた。ペルシャ貨幣のダリクだった。当時ギリシャには、アイギナのドラクマ銀貨しかなく、金貨は珍らしかったのだ。

「こ、これは……」

ヴァシレスは、呆然《ぼうぜん》として目をしばたたかせた。

「それをお前にくれてやるから、持っていけ」

カリクラテースは、かすれた声でいった。

「それまで痛めつければ、どうせもうアルゴスの許へも届けられまい。それより、その娘をおれに譲ってくれないか」

「ほう、貴方《あなた》さまが、お買いになる……」

ヴァシレスは駭きの色をうかべたが、それ以上にフォアオンは面喰《めんくら》ったようすだった。

「君はまた、何だってそんな酔狂な真似を……」

だが、そういいかけて彼はその声をのみこんだ。

カリクラテースの目が異様なまでにかがやいて、リネダの姿に釘《くぎ》づけになっていたからである。しかも彼は、化石したように立ちすくんだままなのだった。

「どうだ。それだけあれば、不足はないだろう。お前が遊女屋からいくらで買ったかは知らんが、たぶんお前の支払った額の何倍かはあるはずだ。決して損な取引ではあるまい。アルゴスのところへは、別な奴隷娘を連れていけばすむのじゃないか」

「し、しかし……」

ヴァシレスはとまどいを見せて唸《うな》ったが、それはほんのいっしゅんのことに過ぎなかった。人一倍胴慾《どうよく》で有名な彼は、目の前の莫大《ばくだい》な金《かね》には、目が眩《くら》んだようだった。彼はいきなりその場にかがみこむと、あさましくふるえる手で、散らばった金貨をかき集めた。

「よろしゅうございます。それほどまでにおっしゃるのなら、リネダはお売りします。カリクラテースさまにお譲りしましょう」

ヴァシレスは、一枚残らず金貨を皮袋におさめると、息もたえだえに横たわっているリネダにはもう目もくれず、コソコソと逃げるように立ち去っていった。

それを見送ったフォアオンは、しばらくはあっけにとられて口もきけなかった。カリクラテースがなぜそんな大金を投じて、その娘を救う気になったのか、彼の真意がとっさには理解できなかったからである。カリクラテースの親友でもあり、詩人でもあるフォアオンではあったが、この天才彫刻家の衝動的な心の秘密を読み取るには、いささか感受性が不足していたのだった。

カリクラテースがリネダのために惜し気もなく金を投げ出したのは、単なる憐《あわれ》みや気まぐれからではなかった。

それどころか、彼はリネダを目にしたしゅんかん、息もとまるばかりの激しい衝撃に打たれたのだ。何かに取り憑《つ》かれたようにその姿に魅せられてしまったのである。ヴァシレスの言葉を借りれば、畜生同然の奴隷に、アフロディーテの心さえ惑わせたこの美青年が、一目で恋に陥ちてしまったのだ。

「フォアオン。笑わないでくれ。何とも不思議だが、おれはこの娘をどうしても手に入れたくなったんだ。……こんな気持になったのは、生れてはじめてだよ」

カリクラテースは、召使いの奴隷がリネダの介抱をするのをぼんやり眺めながら、夢から醒《さ》めたようにいった。

それでもその頬は、まだ興奮のためにほてっていた。

フォアオンははじめて納得顔になったが、すぐに気づかわしそうに眉をひそめた。

「しかし、君はまさかこの娘を、女神の像のモデルにするつもりじゃないだろうな？」

「とんでもない。いくら何でも、そんな大それたことはするものか」

カリクラテースは、首をふった。

だが、彼は自らの恋を購ったその大金が、――実はその日神像製作のための報酬として神殿から受け取った金を、そっくり投げ出したものであることは秘していた。

## Ⅳ

これこそ、運命の皮肉な悪戯《いたずら》というほかはないかもしれない。

彼ほどの名声とすぐれた容貌の持主であれば、どんな高貴などんな富裕な家の娘であっても、我がものにできたであろうし、事実カリクラテースはアポローンやヘルメース神にも劣らないほど、島中のすべての若い女の憬《あこが》れの的であったにもかかわらず、よりにもよって卑しい娼婦あがりの白痴娘を愛の対象に選ぼうとは、周囲の誰もが予期しなかったことであった。しかも、エロスが軽はずみに放った黄金の箭先は、意外にするどく、彼の胸を傷つけてしまったのである。

カリクラテース自身も、なぜリネダにこんなにまで激しく心を奪われたのか、自分でも理解ができなかった。

だが、恋は盲目とか思案のほかとかいわれるだけあって、理屈でたやすく判断し得るものでもなければ、数学の公式のように割りきれるものでもない。

あれから三月――リネダはいまでは、カリクラテースの館の召使いになっていたが、彼の恋慕の情は、日毎夜毎につのる一方だった。熱病に蝕《むしば》まれたように、文字通り常軌を逸した溺《おぼ》れ方といってよかった。

彼はリネダに対しては、いかなる桎梏《しっこく》も何らの身分の差ももうけなかった。他の婢僕《ひぼく》とは別にして、彼にとっては何よりも神聖な場所である工房にも、自由に出入りさせた。ヴァシレスの館にいたときみたいに、鎖につながれて酷使されることもなく、牛馬のごとく鞭打たれることもなかった。

それでも当のリネダは、以前とは比較にならないほど恵まれた扱いを受けながら、少しも欣しそうな顔を見せなかった。そういえば、ヴァシレスにすんでのところでアルゴスの館へ拉致されそうになったあのときですら、カリクラテースの救いの手に、何の感謝の色も示さなかった彼女なのだ。智能ばかりか、喜怒哀楽の情をまったく欠除しているのだから無理もなかったが、それにしてもあまりにも感情の反応がなさすぎた。

夜——閨《ねや》でカリクラテースの腕に抱かれるときも、そうである。狂おしい彼の激情の息吹きを、彼女は決して拒もうとはしなかった。娼婦時代からの悲しい習性《さが》のせいか、それとも、しょせん奴隷は、主人の意のままに従わねばならぬという諦念が身に滲《し》みついているせいか、カリクラテースが求めさえすれば、すなおに軽羅を脱ぎ、しなやかなからだをひらいた。だが、彼のなすがままに肌をゆだね、その肌が濡れそぼれ、褥《しとね》の上でしどけなく四肢をからませて、唇から切なげな喘《あえ》ぎを洩《も》らしている最中《さなか》ですら、彼女の表情からは微塵《みじん》も感動が窺《うかが》えなかった。それでいてリネダは、ときおり彼が驚くような大胆な姿勢で応じることがある。それを見ると、カリクラテースは、彼女がかつて辻々の階段《きざはし》の蔭《かげ》で、神殿の柱廊の片隅で、媚《こび》を売っていた頃と錯覚しているのではないかと思えて、かえって味気なく感じられるのだった。

いつ何時でも、思うがままに肉体を自由にし得るだけに、その肉体がむなしい脱殻《ぬけがら》であることが、カリクラテースを焦《いら》だたせた。どんなに愛しても、何の反響もない佗《わび》しさが、彼の心をかき乱した。いままで彼がこれほど自尊心を傷つけられたことはなかったろう。甲斐《かい》のない努力とは知りながら、彼は意地でも、リネダの肉体に焰をかきたたせたかった。その底に睡《ねむ》っている魂をゆすぶり起こしたかった。愛の木霊《こだま》が——その確証が得たかった。そして、そのことがなおいっそう彼の恋情に油を注ぐ結果になったのだ。

「リネダ、お前はなぜおれを愛そうとはしないのだ！　どうしておれの気持に応えてはくれないのだ！」

焦躁《しょうそう》のあまり、彼はリネダのかぼそい肩を荒々しく摑んで、問いつめたことがある。するとリネダはさも不思議なことを訊《き》かれたというように、あどけなく小首をかしげた。

「愛……？　愛するって、どういうことですの？」

カリクラテースは絶望を感じたが——それでもたった一つ、彼以外に彼女の魂を動かすものがあることを知っていた。

それは、例のこわれた竪琴である。リネダがたどたどしい言葉で打ち明けたところによると、唄《うた》い女《め》をしていた死んだ母親の形見だということだったが、昼間彼女はそれを片時も離したことはなくて、音が出るはずがないのに、切れた弦をかき鳴らしてみたり、何も聴《きこ》えるわけがないのに、飽きもしないで何度も耳を押しつけているのだった。そうしたときの彼女の目は、びっくりするほど清らかに澄んで、夢見るように恍惚《こうこつ》としていた。

カリクラテースは、そのときほどその竪琴に嫉妬を覚えたことはなかった。

〈あの竪琴だけが、彼女の心を支配しているのだ！〉

彼は、リネダがそれを大切にしている秘密を、何とかして解きたいと思った。そのことが解ければ、彼女の心の扉をひらき、魂に滲透《しんとう》する方法《すべ》が得られると思った。だが、しょせんエディプスがスフィンクスの謎を解いたようには、簡単にいかなかった。

カリクラテースがその竪琴のことで忘れることができないのは、一月ほど前の出来事である。

リネダには、たった一人の弟があった。アルゴスが所有している牧場《まきば》の牧童をしている奴隷だったが、それが羊を十頭ほど盗み出した罪に問われ、轢殺《れきさつ》の刑に処せられたのだった。

わずか十六才にしかならないその少年は、神殿の裏の競技場《ギムナジオン》の広場に引き出され、大勢の観衆の面前で処刑された。四本の杭《くい》にあおむけに手足を縛られ、獰猛《どうもう》な鷲毛《わしげ》の兜《かぶと》をかぶった兵士の操る二頭立の戦車に轢《ひ》き殺されたのだ。

カリクラテースはリネダを伴い、観衆の中にまじって、その死の情景を目撃した。アルゴスがリネダを横奪《よこど》りされた腹いせにやった仕業だとはわかっていたが、少年の罪は罪である。リネダのために何とかして救ってやりたいとは思いながら、これはかりは彼の力でもどうすることもできなかった。

戦車の轍に轢断され、広場の白砂を血で染めた少年の死のむごたらしさに、彼は思わず目をそむけた。ところがリネダは、実の弟が姉の名を呼びながら殺戮《さつりく》されるのを目《ま》のあたりにしながら、顔色も変えずに最後まで見まもっていた。彼女の眼差《まなざ》しは、遠く何かを探し求めるように模索していた。そのときも、彼女は竪琴を胸にかかえていた。そして弟の恐怖につんざ裂《ざか》れた断末魔の叫び声が響くと、竪琴に頬ずりして、それから悲しそうに首をふった。

「聴えないわ。……何も聴えないわ」

カリクラテースは、リネダという少女が、まったくわからなくなった。彼女の中の未知の分野は、彼の手が届きそうになると、急に身をひるがえして羽撃《はばた》きとともに翔《と》び去っていくような気がした。

彼は彼女のすべてを自分のものにしたいという欲望と、それを為《な》し得ないもどかしさに頭の中を攪拌《かくはん》されて、思考といえばそのことだけでいっぱいだった。懊悩《おうのう》のあまり食欲も失い、日一日と憔悴《しょうすい》の度がひどくなっていった。とても仕事どころの騒ぎではなかった。女神の像を刻むためのモデルを探そうという積極的な意欲は起こらず、義務的に鑿を握ってはみても、何の情熱も湧かなかった。

親友のフォアオンは、そうした彼の煩悶を見るに見かねて、忠告にやってきた。

「君ともあろうものが、いったい、どうしたというんだ？　――君が、あの奴隷娘にうつつを抜かして、大事な神像制作の仕事を怠っているという噂は、島中にひろがっているぞ。君は、女神の恩寵を忘れたのか」

うす暗い工房の中で、さまざまの未完成の大理石像や金牙像《クリセレファンチノーズ》に取り巻かれながら、カリクラテースはまっ昼間からピブロ産の葡萄酒に酔い痴《し》れているところだった。

しばらく会わないあいだに、カリクラテースはげっそりと痩《や》せ、頰肉のこそげた髯面《ひげづら》に、目ばかりが炯々《けいけい》として光っていた。

「それをいわれると、八つ裂きに遭ったように心が痛むが、どうすることもできないんだ」

フォアオンを迎えたカリクラテースの声は、力がなかった。

「女神の許しを乞《こ》うために、明日にも神殿に犠牲《いけにえ》の小鳩《こばと》でも捧げに行こうかと思っているところだよ。だが、おれはどうしてリネダをこんなにまで愛してしまったのか、いまだに自分で自分の気持が、何としても摑めないでいるんだ」

「たかが端女《はしため》一人じゃないか。――といっても、おれは別に君の恋を妨げようというんじゃない。あの娘を思いきれといいに来たわけじゃない。君が彼女をどんなに可愛がろうと、それを咎《とが》めだてはせんが、そのことと仕事とは別問題だろう。彼女を愛しながらも、神像の制作には打ち込めるはずだと思うがね。……君ほどの天才が、女のために仕事を放擲《ほうてき》するなんて、おれにはどうしても信じられないんだよ」

フォアオンが諄々《じゅんじゅん》として説く言葉は、いちいちもっともだった。なるほど、恋と彫刻の仕事は、混同すべきではなかった。

カリクラテースは、もう一度決心を新たにして畢生《ひっせい》の大作に取り組んでみようという気になった。

フォアオンも彼に協力して、美の女神のモデルにふさわしい女を、キュテーラ島の島内はおろか、スパルタの本土にも人をやって集めてくれた。その中には、有名な舞姫や唄い女や高級娼妓《ヘテイラ》たちもまじっていた。いずれも美女という点では、選り抜きの女ばかりだった。妍《けん》を競った彼女たちの婉《あで》かさは、さまざまな宝石を一堂に揃えたように、彼の工房を絢爛《けんらん》と彩った。

カリクラテース自身も、伝説の王アイゲウスの建立と伝えられる、名高いアテナイのウーラニアー社をはじめ、各地の神殿をまわって、他の工匠たちの鋳《い》たアフロディーテの神像を、参考のために調べてきた。

だが、それでもなお、彼の芸術家としての血は、何ら沸きたたなかった。どのモデルの女を目の前にしても、あの痺《しび》れるような感動におそわれなかった。制作の欲望が、何としてもこみあげてこないのだ。彼は己の才能をさえ疑った。自信をまったく喪失した。何もかも投げ出してしまいたかった。

そして、どうにもやりきれない孤独に苛《さいな》まれると、やはりリネダを求めずにはいられなかった。

工房の中は、ふたたび酒の香に荒れはてた。館の召使いたちは、人が変ったようにすさんだ主人の乱行ぶりに戦《おのの》いた。

V

神殿の使者が最後の督促のために訪れたのは、彼が再度鑿を捨ててから、旬日を経《へ》てのことである。

大尼僧ロードペの正式な代理としての身分を示す親印を携えたその宦官《かんがん》は、厳然として彼女の言葉をつたえた。神殿を司る大尼僧の命令は、島の領主たる総督や執政官のそれよりも、はるかに権威があり、重味があった。オリュンポスの神々は、彼女たちを通じてのみ、予言や神意を下界の人間にお告げになるからである。

「畏れ慎んで聞くがよい。ロードペさまの仰せでは今朝がた女神さまの御神託がくだされたとのことですぞ」

使者の宦官は、抑揚のない口調でいった。

「御託宣は、女神の花たる神殿の桃金嬢《マートル》の葉のそよぎをもって、お示しになられた。――それによると御慈愛深きキュテーラの女神さまは、特別の御寛恕《ごかんじょ》をもって、後一週間だけ期限を御猶予くださるとのことじゃ。有難《ありがた》き女神の御配慮と心得て、今度こそ是が非でも御神像を完成し奉るように。……くれぐれも申しておくが、これが最後の通告じゃ。期日には、ロードぺさま直々お越しになって、神像を御見分になる！」

「それで、もしも期日までに、像ができなかった場合は？」

カリクラテースのかすれた声を圧するように、宦官はギョロリと目をむくと、昂然《こうぜん》としていい放った。

「その際には、女神のお怒りを鎮めるために、お前さまの心を迷わせている、あのリネダという奴隷娘を屠《ほふ》って、祭壇の犠牲として供えるようにとの、きつい仰せじゃ！」

使者が立ち去った後――カリクラテースは、工房の中で呆然として我を失った。それは即《すなわ》ち、美の女神アフロディーテの意志であり、命令そのものでもあった。彼が愕然となったのは、使者の宦官が、冷やかに断言した一言である。

峻烈《しゅんれつ》なロードぺの達しが、耳鳴りのように鼓膜の底にこびりついていた。

〈女神が、リネダの血を求めておられる。獣のかわりに、最後の恋人を、犠牲にせよ！　と

おっしゃっておられる。……そんなことがあるだろうか〉

カリクラテースは、信じられなかった。

女神の期待に背き、今日まで徒《いたず》らに日数ばかり空費して、神像を刻み得ない、という怠慢な行為に対しては、確かにいかなる神罰がくだっても、しかたがなかった。だが、それはあくまで彼の責任であり、罪なのだ。人間としての意識や感情に欠けた、哀れな不具者であるリネダには、何の罪もないことであった。

それに、当時スパルタでは、アフロディーテは軍神としての方が重きをなしていたが、もともとは美と愛欲の司神《つかさがみ》なのである。その上、コリントスでは遊女の護神としても深く崇《たた》われているではないか。

〈その女神が恋人を奪おうとなさるとは！〉

カリクラテースの頬からは、みるみる血の気《け》がひいた。灼熱《しゃくねつ》した鉄枷《てつかせ》で、胸を絞めつけられたようだった。期日までに神像を彫りあげることができなければ、リネダをむざむざと見殺しにしなければならないのだ。二つに一つの切羽つまった難題だった。といって、神像を完成させる自信は、まったくなかった。

〈女神も酷《ひど》い仕打ちをなさる……〉

カリクラテースは、アフロディーテを心の底から怨《うら》まずにはいられなかった。

リネダの生命は、何とかして救わなければならない。――ハッと我に返った彼は、リネダの姿を探した。

召使いの一人に聞くと、さっき裏山の泉に、水浴びに出かけたということだった。彼は館を飛び出した。

折しも、ヘカトンバイオーン月の十五日（八月初旬）で、酷暑の候である。

表へ出たとたん、目も眩《くら》むような強烈な陽差しの洗礼を浴びた。午後のその陽差しは、公議所《ブーレウテリオン》や公会堂《プリュタネイオン》、記録所などのある役所街《トロス》・住宅区《アゴラ》の家屋・市場《エンポリウム》・公衆浴場などの白亜や陽焼練瓦《ひやきれんが》の建物に照りはえて、路上に黒々とドーリヤ式建築の美しい影をやきつけていた。陽炎《かげろう》が、並木のプラタナスや糸杉《サイプレス》の葉の緑を溶かすようにゆらめかせている。蟬《せみ》がそこかしこで喧《やかま》しい鳴声《なきごえ》をたてていた。

泉は、競技場《ギムナシオン》の横の坂道をのぼった、小高い山の上にある。頂の一帯は、広々とした牧場や共同墓地《ネクロポリス》のあるところだが、その一画だけは断崖の近くにあって、深い喬木《きようぼく》の森におおわれていた。そこからは、海や港を一目で見おろすことができるのだった。泉には島の娘たちが、飲料水を汲《く》みに行ったり、水浴びをしに出かけたりするのだ。

カリクラテースはあまり急いだため、寛衣《トーガ》もチュニックもぐっしょり汗が滲んでしまっていた。鞋《サンダル》をはいた足の指も、小石のために傷ついた。

森に一歩足を踏み込むと、かすかな歌声が樹間をつたう微風とともに聞えてきた。リネダの歌声だった。

――酒宴《うたげ》の中にて歌うらく
花に額を飾りたて
アナクレオンの歌う歌
恋と酒とに酔い痴れて
愉悦に心奪わせて

娼婦時代に口真似でおぼえたらしい、アナクレオンの小唄である。むろん詞句の意味は何も理解しないままくちずさんでいるのだろうが、唄い女だった母親の血をひいているだけあって、彼女の声はよく澄んでいた。はずんだ歌声は、泉から牧場の方角へ飛ぶように尾を引いていった。

カリクラテースは、その歌声を追って、リネダの姿を探しあてた。

牧草のあいだに薄荷《はつか》や麝香草《じゃこうそう》が咲き乱れた陽のあたる野原に、彼女は腰をおろしていた。虻《あぶ》や蜜蜂や蝶《ちょう》が、灼《い》りつける陽差しに翅《はね》を光らせて、そのまわりを飛び戯れている。彼女の背後には、数頭の牧牛が、のんびりと草を食《は》んでいた。

リネダは、たったいましがた泉で水浴びをおわったばかりと見えて、純白の軽羅を身につけたその繊細な姿は、もぎたての果実のようにみずみずしかった。蒼白《あおじろ》く透きとおった顔には、つぶらであどけない瞳が、貝殻のような耳が、形のいい鼻が、真白な歯ならびのひそむ薔薇色《ばらいろ》の唇が、造化の神の巧緻な細工のように鏤《ちりば》められている。彼女は首を傾けて濡れた髪をしきりに真田に編んでいたが、白い指がうごくたびに、その漆黒《しっこく》な髪はなだらかな肩をすべって、なかばむきだしたままの、ふくよかな乳房の下で波うっていた。なめらかな肌は、ところどころまだ滴《しずく》がこびりついて、つややかにかがやいていた。

やがて、リネダは髪を編みおわると、ぼんやりと海の方を眺めた。斜面になった牧場の下は断崖の底で、飛沫をあげて激浪が岩を嚙む磯になっていた。その場所は、冥界にある号泣の河にちなんで、コーキュートスと呼ばれていて、彼女の弟の死骸が投げ込まれたところでもあった。海の色は、そのあたりだけ特に蒼黝《あおぐろ》く、暗い淵となってよどんでいた。リネダの目は、じっと岩と岩とのあいだの逆巻く渦潮に注がれていた。遠い潮騒の音に、耳を傾けた。彼女は足許の草叢《くさむら》に置いた例の竪琴を取りあげると、ふたたび歌いはじめた。

――もの皆は、露の命
死の影は、夙《と》く追いつかん
賢人も、吾《われ》らとともに
その日歓《よろこ》ばん　いとなみ急ぐ
恋せよ　恋せ　人の世の春

やがて死の　冬ぞ来らん
憂の氷　とざさぬ間《ひま》と
恋せよ恋せ　人の世の春

カリクラテースは思わず立ちすくんで、その姿に見とれた。すぐには声をかけるのをためらった。

彼はいまだかつて、これほど陶酔した目で、リネダを見たことはなかった。いや、これほど清純なリネダを目に触れたこともなかった。神殿に奉仕する斎女《いつきめ》の中にも、彼女くらい可《か》憐《れん》で無《む》垢《く》な処女はいないであろう。リネダの肉体はまるで、奇《き》蹟《せき》の泉につかり、魔法の水に洗われたかのようだった。

これまでに算《かぞ》えきれないくらいのあまたの男に肌身を許し、本能のおもむくままの獣のような生活を送っていた、娼婦あがりの少女だというのに——この矛盾は、なぜなのか……？

カリクラテースは、とつぜん、何かの啓示のようにその疑問が解けたような気がした。それは、彼女が魂の虚《うつ》ろな白痴娘だからであった。彼女の中には、思考も感情も存在しない。道徳も戒律も無関係である。だからこそ、たとえ肉体は穢《けが》れはてても、精神の汚濁にはまみれずにすんだのだ。この世の人間は、うわべはどんなに装いをこらしても、精神に毒されていないものは、一人としてなかった。欲望や憎悪や邪心や悪徳や嫉妬を臓器として持ちながら、なおかつ虚飾の仮面をかぶっている。そしてその醜い毒素の吹出物《ふきでもの》にすぎない肉の仮面を臆面もなく美と称しているのだ。

それは、人間ばかりではない。人間と同様、神にも意志や感情がある以上、オリュムポスの神々とても同じであった。

カリクラテースは、はじめて知った。卑しいリネダが、いまなおニンフのような浄《きよ》らかさを失わずにいるわけを……虚飾の仮面よりも、自然の姿の方がはるかに崇高であり、はるかに数等倍優ることを……。

野山の牧歌的な風景や植物や鳥や蝶が、そのありのままの姿で価値があるのも、それ故ではないか。

これこそ、彼が探し求めていた美そのものだと思った。

彼は自分がなぜ一目でリネダに恋をしたのか。——いままで解き得なかった疑問が、彼女の美に打たれたためであったことを悟った。アフロディーテの像を刻む情熱が何としても湧かなかったのは、そのせいであったことを悟った。思えば、彼がこれまで神像を彫りつづけてきたのも、神に対する崇敬の念も、彫刻家として神の美に心酔し、憧憬を感じていたからにほかならなかった。それが、今度に限って、それ以上のものが目の前に存在したために、創作意欲を感じなかったのだ。

カリクラテースは、夢中でリネダのそばへ駈け寄ると、彼女のからだを力いっぱい抱きしめた。

「リネダ、お前は美しい……！　アフロディーテよりも、いやすべての神々よりも美しい！」

彼の心が、勃然として鑿を取る衝動に駆りたてられたのは、そのときだった。

# Ⅵ

それから一週間――カリクラテースは、リネダとともに工房へ閉じ籠《こも》ったきり、一歩も外へ出なかった。

召使いに日に一度、パンと水を戸口まで運ばせる以外は、フォアオンさえも面会謝絶で、誰も寄せつけなかった。原形に使う陶土をこねるのも、鞴《ふいご》の火を起こすのも、人手は借りなかった。彼の目は、貪婪《どんらん》にリネダの四肢のすみずみまで貪《むさぼ》り、気がすむまで何度も彼女の裸身に触れて、その肢体の線を、じかに手の感触でうつしとった。まず塑像《そぞう》ができると、いよいよ本像にとりかかった。バロス島からわざわざ取り寄せた白大理石に鑿をふるう音は、夜を徹して響いた。カリクラテースの熱情は、リネダの若々しい生気の一滴までも吸いつくさんばかりに燃えつづけた。工房の中の空気は、日が重なるにつれて、息苦しく澱《よど》んでいった。

制作に没頭した彼の頭には、もはや神殿の宦官がいい残していった残忍な予告なぞ、もうまったく念頭になかった。

　像が完成したのは、約束の期日の早朝である。カリクラテースが最後の一鑿を加えおわると、工房の窓から、黎明《あけ》の光が鮮《あざや》かに差しこんできた。その爽やかな朝日を浴びながら、彼はさながら渾身《こんしん》の力を使い果した格闘士のように、像の前へ虚脱してくずれおれた。極度の神経の消耗と疲労のために、陥ちくぼんだ両眼はかすれ、顔からは精気が抜けて、腕や指先の感覚もまるで失いきっている。七日七晩というもの、監禁状態でモデルをつとめたリネダも、死んだように昏々《こんこん》と眠りつづけていた。

　ただ、彼が彫りあげたばかりの石像だけが、にこやかな微笑をたたえて生きていた。寝食を忘れて打ちこんだ作品だけに、文字通り彼の心血が注がれていた。その女人像は、燦然として光りかがやいていた。誰が見ても、神々しいまでに麗しい、美の女神としか見えなかった。

　だが、その日の午後――かねての予告通り、自ら神像の検分と受取りのために赴いた大尼僧のロードペは、工房に入ってその像を一目見るなり、サッと顔色を変えた。

　鎧《よろい》と楯《たて》で武装して、足許の台座にヴェールと枷を置いた軍神《いくさがみ》としてのアフロディーテの構図を注文したはずなのに、いま目の前にあるのは、竪琴を膝に抱え、楽の音に聴きほれている少女の姿なのである。

　レスボス島の王家の出である、由緒正しいこの高貴な老女は、被衣をひるがえすと、キッとした眼差しで、大理石像を指差した。名状しがたい憤りのために、彼女はほとんど卒倒せんばかりだった。

「これが、アフロディーテさまの神像か？」

「はい。……精魂こめて彫りあげました、女神の像でございます」

カリクラテースは、憔悴のあまり肩で息をつきながらも、誇らしげに胸をはって挑むような口調でいった。

ロードペの皺《しわ》一つないつややかな頬が、たちまち痙攣《けいれん》した。

「黙れ！　ここな神威を蔑《なみ》する不埒者《ふらちもの》……！　女神とは、よくもぬけぬけと申せたの。その像は、そこの卑しい奴隷娘をうつしたものではないか！」

「いかにも、これはリネダです。しかし、これこそ、美の象徴だ。……私は、これまでのどの神像に表現されたアフロディーテよりも、このリネダの方がはるかに優っていると感じたからこそ、彼女の姿を彫ったのです。霊感を覚えないのに鑿を取ることは、私の良心が許しません。私は彫刻家として、当然のことをしたまでです！」

「女神さまよりも……、その卑しい娘の方が、美しいと……？　おお、何という大それた不敵な暴言！　そなたは、気でも狂ったのか……」

「いいえ。私はこの像を、神殿に祀《まつ》っていただきたいとさえ思っているくらいです。女神の御期待に添うためにも、私の自信のある作品でなければならない。アフロディーテさまも、きっとその方がお欣びになる。私の芸術を理解してくださると、信じています」

カリクラテースの熱のこもった言葉は、ロードペの威厳の前にも屈しなかった。

「よくも、よくも、そのような怖《おそ》ろしいたわごとを……」

ロードペは、身をわななかせて、彼を睨んだ。

「申しつけた神像とは、似ても似つかぬそのような奴隷娘の像を刻んだばかりか、その大逆を罪とも思わずに、かえって臆面もなく高言するとは！　許せぬ！　断じて神罰を蒙らしめねばならぬ。……さあ、アフロディーテさまのお怒りを鎮めるために、そのリネダを犠牲《いけにえ》に差し出すのじゃ」

そうわめくようにいい放つと、いきなりそばの鉄砧台《かなしきだい》の上に載っていた鉄の大槌を取りあげて、石像めがけて振りおろした。

その一撃のために、カリクラテースが心魂を傾けた彫像の顔面は、無残に砕けて石片が飛び散った。リネダの姿を生《いき》うつしに、精緻をきわめた鼻が、耳がぶざまにそがれて欠けた。なめらかな喉もとから乳房の谷間にかけても、幾筋もの亀裂がはしった。像はその場に、音をたてて倒れた。

いっしゅんの間の出来事であった。

あまりにも予期せぬ発作的な振舞《ふるまい》だったために、カリクラテースは自失してそれを見まもったが、みるみる彼の心は憤怒の坩堝《るつぼ》と化した。ロードペは神の冒瀆と称して、彼の仕事を厳しく非難した。それはいい。それは痛痒《つうよう》を感じないが、彼の生みだした美を、芸術を破壊した行為は、絶対にそのままにしてはおけなかった。こみあげた怒りは、殺意に変じた。

「うぬっ！　何をするかっ！」

カリクラテースは、とっさに腰に差した鑿を引き抜いて、冷笑をたたえて立ちはだかっているロードペにぶつかっていった。

するどい刃先は、柄の握りのところまで、大尼僧の柔《やわら》かな胸の溝のあいだを貫いた。絶叫に近い悲鳴が、彼の鼻先ではじけた。異様に生あたたかい鮮血が、鑿を引き抜いた後の傷口から、ほとばしった。恐怖が凝縮して、急激に硬ばったロードペの顔面から、生命の影が消えた。見ひらかれた瞳孔が、翳《かげ》ったように濁った。身を護ろうとして反射的にふりあげた腕はそのままに、ロードペはカリクラテースのいきおいに押し倒されるようにして、あおむけにのけぞった。彼女は、未完成のニオベの娘たちの群像にいったんもたれたが、すぐにずるずると崩れ折れた。カリクラテースの手には、弛緩《しかん》した肉の手ごたえだけが残った。

おびただしいロードペの血は、ニオベの娘たちを染め、さらにリネダの像をも、点々と汚点で穢した。

カリクラテースの余憤は、容易にしずまらなかった。ロードペの死を見とどけても、まだ飽きたりないくらい憎悪の灰燼《かいじん》が残っていた。彼は荒い息を吐きながら、醜く朽木のように横たわった死骸を見おろして、いつまでも鑿を握ったままでいた。

それでも、やがて――精神の一種の空白状態におそわれて、その鑿がポトリと床に落ちると、彼は漸《ようや》く興奮から醒めた。理性がよみがえるとともに、自分が逆上のあまり犯したことが、とりかえしのつかない大罪であることが、のみこめてきた。約束の神像を彫らなかったばかりか、神の託宣を司る、神殿の大尼僧を殺害してしまったのだ。発覚すれば、ただではすむはずがなかった。いかに彼が名声の高い彫刻家だといっても、神に対する不敬の上に、国家に対する忠誠も疑われて、スパルタの元老院は、とうぜん彼を本国に召喚して、王アゲシラオスの名で死を課すであろう。いや、彼ばかりではなく、リネダもともども極刑に処せられるに違いない。彼の脳裡《のうり》には、この前彼女の弟が戦車で轢殺されたときの、あの酷《むご》たらしい情景がうかんできた。自分の身はどうなっても悔いはないが、リネダをあのような無惨《むざん》な目に遭わせたくはなかった。

カリクラテースは、からだの芯が冷たくなった。小刻みな震えが、次第にとまらなくなってきた。

〈どうしたらいいだろう……〉

館の表には、ロードぺの従者たちが、輌を用意して待っている。時がたてば、いずれはその者たちも、変事を悟るのにきまっていた。そうなれば、万事窮すだった。

〈何とか、彼女だけでも、逃さなければ……〉

カリクラテースは、悪夢に漂白されたような蒼ざめた顔をして、ロードペの死骸のそばから後ずさりした。

その背が、柔かな肉の立像にぶつかった。甘い香料の匂いに、ハッとしてふり向いた。彼はリネダのことで頭をみたしていながら、彼女が工房内にいたことを、すっかり忘れはてていたのだった。

リネダの清冽《せいれつ》な目は、まばたきもしないで、じっと彼を瞶《みつ》めていた。彼女はさっきからそこに立っていたのである。

カリクラテースはむろん気づかなかったが、リネダは彼がロードペを刺したときもその場を動かずに、あの無神経そのものの平静な表情で、彼の犯行を最初から最後まで、目撃していたのだった。

だが、いま彼女の眼底には、カリクラテースがいまだかつて見たことのないある変化が生じていた。これまでに彼に対してただの一度も示したことのなかった、彼女自身の意志が、――感情が、虹彩に滲み出していた。それはまさしく、歓喜の閃《ひらめ》きといってよかった。

「……わたしのために、犠牲《いけにえ》を捧げてくださったのね……」

リネダは、呟《つぶや》くようにポツンといった。それから彼女の方から両手を差しのべて、抱擁を求めてきた。

罪の不安に意識が奪われているときだけに、彼女の身に起こった変化と言葉の意味が、とっさにはのみこめなかった。半ばとまどいながらカリクラテースは、その不思議な現象を受け入れた。だが、じきに彼は了解した。神様が異常に冷却しているさなかにありながら、甘美な感動がこみあげてきた。それは、彼の心がはじめてリネダの心に通じたという感動だった。――リネダだけは、殺人を、彼女のための最大の贈物《おくりもの》として、受け入れてくれたのだ。皮肉にも、この世の最大の罪悪行為が、愛する彼女の心をゆすぶる振鈴として役立ったのだ。

カリクラテースの唇には、リネダの唇が、いつになく灼く燃えて感じられた。奇妙な陶酔が、彼に束の間の忘我を与えた。

「リネダ……お前は」

と、喘ぐように呻《うめ》いたその背後で、だしぬけに工房の扉のひらく音がした。彼はギクッとして、首をねじむけた。

## Ⅶ

あわただしく入ってきたのは、フォアオンだった。

凄惨な情景と、血溜《ちだま》りのかたわらで固く抱き合っている二人の恋人の、ちぐはぐな構図に混乱して、彼は戸口でしばしたじろいだが、――リネダから離れたカリクラテースのそばに、すぐに歩み寄ってきた。

「まさかとは思っていたがね。……やっぱり……」

フォアオンは、あらかじめこの悲劇を予期して来たかのように、沈痛な溜息《ためいき》とともにいった。

「君が彼女と二人きりで工房にとじ籠ったと聞いて、あれ以上はもう何をいっても無駄だと考えて、諦めていたんだ。……ただ、憂うべきことが起こらなければいいがと、ひそかに祈っていたんだが、来るのが一足遅すぎたようだ……」

「君はわざわざそれをいいたいために、やってきたのか？」

「いや、いまさら君を責めてる場合じゃない……それより、問題は、この事態をどう切り抜けるかだ。……君は知っているかね？　アルゴスが部下の兵卒をいつでもこの館に派遣できるよう待機させているのを……」

「アルゴスが、部下を？　何のためにだ？」

「君が大尼僧の命に違反した場合、犠牲《いけにえ》のリネダを、神殿の祭壇に引きたてて供えるためだよ。ロードぺから依頼を受けているんだ。……それでなくてもアルゴスは、この島で君の名声の方が彼より高いのを妬《ねた》んでいる。君がリネダの引渡しを拒否したりすれば、それをもっけの幸いにするつもりなんだ。何か事があれば、君を失脚させようと望んでいるんだよ」

「じゃあ、ロードぺが殺されたことを知ったら……」

「むろん、君を即刻に逮捕するだろう。君がスパルタの本国で裁かれて刑に処せられれば、彼は領主として君の莫大な財産を没収することもできるんだからな」

「畜生っ……！　このままでは、みすみすやつの罠《わな》に陥ちるだけか」

カリクラテースは口惜しそうに歯ぎしりしたが、急に力なくうなだれた。

「もうどうすることもできない。おれは、どうしたらいいんだ！」

「まあ、待て、絶望するのは、まだ早い。そんな弱音を吐いて、どうするんだい。君らしくもないな」

腰掛がわりに、手近《てぢ》かな石材に腰をおろしたフォアオンは、励ますようにいった。

「まだ、ロードぺの死体が発見されたわけでもないじゃないか……実をいうと、おれは万一の場合を予想して、君のためにすでに手を打ってあるんだ。君たち二人を、この島から逃そうと思って、例のヴァシレスを利用したんだよ」

「あの、物欲の権化のような高利貸をかい？」

カリクラテースが顔をしかめたのを見て、フォアオンは頷《うなず》いた。

「そうだよ。たしかに君のいう通り、あいつは金のためなら、何でもする節操のない男だ。儲《もう》け仕事となれば、アルゴスの側にもおれたちの側にも、どちらにでもつく。だからこそ、やつの手を借りたのさ」

「いったい、どんな風に……」

「あの男の表向きの商売は、海運業者だろう。やつが目をむくほどの大金を投げ出してやったら、おお欣びで持船の中の小舟を一艘《そう》つごうしてくれたよ。その舟は、明朝出港できるよう、船頭も手配してくれることになっている。それに乗って、アテーナイかクレタ島にでも逃げれば安全じゃないか。……なあに、ヴァシレスには、あくまでおれの個人的な用で必要だといってあるから、絶対に君が疑われるようなことはあるまい」

「有難う。君の好意には、何といって感謝したらいいかわからんが、……ただ……」

と、カリクラテースは、首をふった。

「それまでの長い時間を、どうしてたらいいんだね。第一おもてには、ロードペの従者たちが、首を長くして待ちくたびれている。もう一時間もたてば、とうぜんロードペの身に何か間違いが起こったんじゃないかと、騒ぎ出すに違いない。そうなれば、おしまいじゃないか」

「その前に先手を打って、やつらを欺《あざむ》き、いったん神殿に引き取らすんだ。問題は、それからだよ。……肝心の死体さえ見つからなければ、大尼僧の身に変事が起こったという証拠は何もない。いくらでもいいのがれは、できるんじゃないかね？」

「じゃあ、君は彼女の死体を、この館のどこかに隠せというのか……？　庭に埋めるとか、床下に……」

「いや、そんなことをしても、アルゴスの兵に家宅捜索をされるようになったら、じきに発覚することだ。それより外に運び出して、誰の目にも触れさせないようにする、うまい方法はないもんかな……たとえば、あの断崖から、コーキュートスの淵にでも、投げ捨てるとか……」

「館の外に運搬する……」

しばらく思案していたカリクラテースの眼差しが、とつぜんするどく変った。

思わずゾッとするような、気違いじみた光がやどったのを、フォアオンは見た。カリクラテースの面は、徐々に陰惨な笑いで歪んできた。

「ある……！　うまい方法を思いついたぞ！　この老尼僧にふさわしい、完全に死体を消滅させる手段を……」

フォアオンが一足先に館を去ると、カリクラテースはさっそく召使いに命じて、ロードペの従者たちに、こう伝えさせた。

――アフロディーテ女神の神像は、いちおう完成はしたが、仕上げのために今夜一晩、工房内に安置して手を加え、明朝神殿までお届けする。また大尼僧は神像を検分中にわかに気分が悪くなられて昏倒されたので、目下、医師を呼んで手当中である。それゆえ、後刻当方で鄭重《ていちょう》にお送り申しあげるから、ひとまずお引取りを願いたい……。

まことに勝手な口上である。しかもいかに急病とはいえ、とうぜん従者を館内に呼び入れて、しかるべきであった。

それなのに、炎天にさらされながら、午後から夕方まで、数時間近くも表に待ちぼうけをくわされた従者は、その断りを聞いて不審も抱いたろうし、唖然《あぜん》ともしたらしいが、それでもしぶしぶと空《から》の輴を擁して、引きあげていった。

神殿ではむろんそんな言葉を信用するはずがなく、折り返し何らかの反応があるに違いなかった。

カリクラテースは、工房内に犯行の痕跡を何一つ残さぬよう、血痕や兇器《きょうき》や、ロードペの着衣などをすべて始末した。それから、長年忠実に働いてくれた奴隷頭を呼んで、他の召使や館内の道具類や家畜など、彼の全財産の処分を一任した。老奴隷頭は彼の命令を聞いても、それほど愕《おどろ》いたそぶりは見せなかった。うすうすとこの日の来るのを予期して、かねてから覚悟していたことのようだった。

その夜——カリクラテースは、リネダと腹心の召使い二人を連れて、ひそかに館を脱《ぬ》け出した。

ふところには相当な額の金貨の皮袋を所持していたが、彼もリネダも、身なりだけはわざとみすぼらしい恰好《かっこう》だった。

彼らの後に従った二人の召使いは、いずれも生まれながらの唖《おし》で、四肢を上にしてさかさにゆわえた牡牛を、棒で担いでいた。その見るからによく肥えた大きな牛は、出がけに家畜小屋から引き出して、屠ったばかりのものなのだ。一行が歩くたびに、石畳を敷きつめた路上には、点々と生々しい血が滴った。

灰色の雲のたれこめた空には月も星もなく、いまにも夕立でも一雨きそうな、むし暑い夜である。肌に蜜のようにまつわりつく闇は、深くあたりを包んで、どこまでもはてしなくひろがっていた。

三人は、黙々として丘の上の神殿に向かった。

役所街《トロス》にさしかかると、立ち並ぶ石造の建物が、黒布におおわれた巨大な柩《ひつぎ》のように、死の静寂の中に眠っていた。聳《そそ》り立つ円柱が林のようにつづき、その上部の壮麗な三竪筋絵模様《トリグリフ》や浮彫擬人像などの装飾が、影絵のように浮き出している。その林の中には、方形の合唱隊記念碑があって、その円錐状の屋根の上の三脚杯は、彼の彫刻にかかるものだった。

公議所《ブーレウテリオン》まで来たとき、前方から炬火《たいまつ》をかかげた一群の人影が、足音を蹴たてて駈けてくるのを発見した。ものものしく武装した数十人の兵士の一隊だった。アルゴスの部下の兵卒たちに違いなかった。

カリクラテースはいそいで、リネダや二人の召使ともども、そばの水時計を装置した風塔の蔭に身をかくした。

兜の黒毛をさかだたせ、青銅の鎧に、山羊皮楯《アイギス》を手にした彼らは、そうとは知らずに疾風のように通り過ぎた。ギラギラ光る剣や槍の穂先の触れ合う音が、目の前で響いたときは、さすがに生きた心地がしなかった。彼らの中には、神殿の宦官も何人かまじっていた。引き返した従者の語を怪《あや》しんで、きっそくカリクラテースの館に急行するところに違いなかった。

間一髪のところだった。

だが、もしもすれ違いざまに彼らに見つかったとしても、すっぽりと頭布《ずきん》で顔をつつんだカリクラテースとリネダは、これから神殿に犠牲《いけにえ》を捧げに行く、貧しい若夫婦と見誤られたであろう。

「まずまず、一難は免れた……」

カリクラテースは、ホッと胸をなでおろした。

そこから神殿までは、特に誰にも怪しまれることはなかった。

昼間と違って、聖なる丘の上には、参詣人の姿はまったく見あたらない。山門《プロピレイオン》から高い石段を進むと、鬱蒼《うっそう》と茂った樫《かし》の大樹の梢《こずえ》を抜いて、社殿のテラコッタの屋根瓦や破風《ペジメント》が見られた。

さすがはスパルタの王アゲシラオスが、莫大な財を投じて築いただけあって、海を見おろすその大理石の殿堂は、アフロディーテの宮居にふさわしく、夜目にも白々とかがやいて、闇の一画を統治している。ドリス式建築の粋をきわめた基壇や広い廻廊《かいろう》。その両側に臼型《うすがた》の石を積みあげて上部にゆくに従い細まっていく、幾条もの縦みぞを刻んだ十二本ずつの列柱。女人の群像を刻んだ天井側面の妻《テイムペナ》。切石積みの壁には女神へのさまざまな奉納物が懸けられ、礼拝堂中央の大祭壇の前には、犠牲の鳩が数十羽、紐《ひも》で結んで供えてあった。その祭壇の火爐《かろ》には、犠牲を焼くための焔が、炎々と燃えさかっていた。

リネダは、すんでのところで、そこに生身のまま投げ込まれるところだったのである。

「さあ、早く犠牲《いけにえ》を捧げるのだ！」

カリクラテースは、宦官や斎女《いつきめ》たちが、奥の神庫の方へ行って誰もいない隙を見すますと、召使いたちをせきたてた。

二人の召使いは、なぜだか顔一面に恐怖の色をうかべて、しばしためらったが、――やがて担いできた牡牛を、はずみをつけて火爐の焔の中にほうりこんだ。たちまち皮が焦げ、肉が炙《あぶ》られ、凄まじい紫色の煙が、堂内一面にたちこめた。その煙は、異様な悪臭を伴っていた。ただの獣の焼ける臭いではなかった。それもそのはずであった。

カリクラテースは、屠った牡牛の腹を割き、臓物を取り除いて、かわりにその中にロードペの死体を詰めこんだのである。こともあろうにアフロディーテの神殿で、女神に奉仕する聖なる大尼僧を、牡牛ごと犠牲《いけにえ》に捧げたのであった。

## Ⅷ

「諸神よ。わたしの激しい憤りも、決して故のないことではありますまい。この彫刻家は、おこがましくも己の少しばかりの才能と名声に慢心して、神像の制作を果さなかった上、神巫《ピチマ》を殺し、あまつさえわたしの神殿をも血塗ったのです。……人間としてこれ以上の不遜な罪がありましょうか。たとえそれは許せるとしても、あの卑しい奴隷娘の方が、わたしよりも——いいえ、神々よりも美しいなどと豪語したその一言は、断じて膺懲《ようちょう》に価《あた》いします。天に唾するとは、まさにこのこと……。わたしは、わたしの恩寵に仇《あだ》で報いたカリクラテースが、憎い！　彼を迷わせたあの娼婦の娘が呪わしい！」

アフロディーテの糾弾の声は、天堂の大広間を震撼《しんかん》させ、集まられた神々たちも、その語気の凄まじさには、たじたじとなられたほどだった。

ただ一人、ゼウスとマイアのあいだの御子《みこ》である、永遠の青年神ヘルメースだけが、おだやかななかにも皮肉まじりの口調でこういわれた。

「しかし、アフロディーテ、貴女《あなた》のカリクラテースに対する非難は正しいが、貴女はもともと地上の人間どもの恋の司神であり、特に神婢《しんぴ》と称する神殿の娼婦たちからは、守護神として崇められているではないか。アプロディーシアやアドーニアの盛大な祭儀も、彼女たち賤《せん》業《ぎょう》の女が、色情や官能に関するあらゆる願いごとを、貴女《あなた》に託するための祭だと聞いている。その貴女が、どうして、そのリネダという少女だけを、そうも目の敵《かたき》にされるのかな。二人の愛に関しては、もう少し寛大であってもいいと思うがね」

アフロディーテは、他の神々の手前、カリクラテースに対する恋心と、煮えくりかえるような嫉妬の思いだけは、さすがに秘しておられたが、かつて雲上で女神と同じ臥所《ふしど》を共にされたことのあるヘルメースだけは、彼女の本心をいち早く見抜いておられたのである。翼のある兜をかぶり、翼のついた靴をはき、手に二匹の蛇の捲《ま》きついたカドゥケウスと呼ばれる神杖《しんじょう》をお持ちのこのゼウスの使神は、いつの神議の際でも、無責任な揶揄《やゆ》を飛ばされるので有名な神なのだった。

「ただいまの女神の話を耳にした限りでは、娘の罪まで鳴らすのは、少し酷な気がする。正直なところは、貴女《あなた》の私憤がだいぶまじっているのではないかね……。母の形見の竪琴を、命よりも大切にしているという健気な一事だけでも、私は彼女の弁護をしたいな」

そういえば、ヘルメースは、亀の甲羅に牛の腸を七筋はって、その竪琴をはじめて創られた方でもあった。

それに対して、アフロディーテは麗しい眉根を険しく寄せて、反駁《はんばく》なさった。

「神々もお聞きあれ。わたしは、ヘルメース神のいわれるようなそんな大人気ない気持で、あの娘を譏《そし》っているわけではありません。わたしが腹だたしいのは、彼女が白痴だという事実です。ほかの女たちはどんなに卑しくても、我らオリュンポスの神々を、崇め敬う心を持っているのに、彼女だけは頭の中に神という意識が、まったく存在しないのです。精神が肉体の檻《おり》の中にとじこめられているのです。……アテナイでも、コリントスでも、すべての遊女《せん》たちが、男に媚を売って稼いだ金の中から、神殿に捧げものをしたり、その何割かを賽《さい》銭としておさめたりして、信心のほどを披瀝《ひれき》しています。ところが、あの奴隷娘ときたら、殆《ほと》んどの男に無償で肌身を許しているのです。むろん賽銭などは、びた一文も寄進したことはありません。つまりわたしは、彼女が生まれながらに神を認めていない点に、カリクラテースに対すると同様の憤りをおぼえているのです」

「たしかに、それはこの上もない墜落ですわ。女が愛もなく、何らの報酬も得ずに男と交って、淫《みだ》らな快楽に耽《ふけ》るということは……」

月の女神と狩猟の司神であり、気高い処女神でもあるアルテミスがアフロディーテに同調して言葉をさしはさまれた。

オリュムポスの神々たちの中でも、特に貞潔の象徴といわれているこの女神は、それまで彼女に卮従していた二頭の牡獅子《おじし》のたてがみをなでながら、しずかに瞑目《めいもく》してアフロディーテの訴えに耳を傾けておられたのだった。彼女はしずかに語をつがれた。

「そんな腐れはてた肉の持主に、カリクラテースが誑《たぶら》かされたことが、そもそもの原因とすれば、彼女は彼をそそのかしたも同然です。しかも彼をして、我ら神よりも美しいといわしめ、殺された斎女《いつきめ》を犠牲《いけにえ》と呼ぶなどとは、何という僭越《せんえつ》しごく。……わたしは、カリクラテースともどもリネダを罪に問うことに、賛成しますわ」

その一言で、ヘルメースは沈黙された。

「私は芸術の護神《まもりがみ》として、できることならカリクラテースをかばってやりたいと思ったが、妹のいまの話を聞くに及んで、その気持も失せ去った。……自ら工房を血で穢し、神殿の美をも冒したとあっては、弁護どころではない」

つづいてアポロンも、賛意を表明された。

他の神々たちの多くも、アフロディーテの訴えをもっともと思われて、次第に激してこられたようだった。それでなくとも神々たちは、カリクラテースが牡牛の腹の中にロードペの死骸をつめて、祭壇の焰に投げ込んだことには、はなはだしく不快を感じておられたのである。かつてギリシャの僭王《せんおう》の一人に、鉄製の牛の腹に人間を入れ、それを蒸焼《むしやき》にして、その口から洩れる呻き声が、本物の牛の咆哮《ほうこう》に似ているかどうかを試した暴君があったということだが、彼の行為はそれ以上に神々たちを不興にした。せっかく地上の各地の神殿から立ち昇る犠牲の煙に快く酔っておられるところだったのに、その中にまじる異臭が、酒宴《うたげ》を台無しにしてしまったからだった。神々の中には、嘔吐《おうと》をもよおされた方もあった。

「どうやら、これ以上の議論の余地はなさそうだな」

それまで、神々の評議にまかせて、意見を述べるのをさしひかえておられたゼウスが、はじめて、玉座《みくら》の上から厳かに発言された。

「わしが思うに、これは神議の冒頭にも述べたごとく、神威にかかわる重大事である。それというのは、今度のことは一人カリクラテースのみの問題にとどまらない。さいきん地上には、エピクロース学派などと称する不逞《ふてい》の学者どもが現れて、神の批判をするものが著しく増えてきた矢先だからじゃ。彼らは、神の配慮が足りぬとか、神の存在理由は何かとか、

——不逞な学説を唱えて、その説を人間どものあいだに流布しはじめようとしている。もしもそうした思想が地上にひろまって、人間どもがことごとく我らに不信の念を抱きだしたとしたら、どうなるか……？　新たに神殿を築くものはなくなり、犠牲《いけにえ》も減少して、我ら神はことのほか餓《う》えなければならなくなるであろう！」

ゼウスのその最後の一言が、天堂の大広間にひしめく神々たちに、激しい動揺をおよぼした。

「静粛に！　大神のお言葉をお聞きなさい！」

妃のヘラの叱声《しっせい》がなければ、評議の席は収拾のつかないほどの混乱に陥っていたかもしない。

黄金の笏《しゃく》を手にしたゼウスは、一段と声を高らかにして、どよめきのしずまった神々たちにするどい視線を注がれた。

「……したがって、そのものたちへの見せしめのためにも、カリクラテースをこのままに放置してはおけぬ。いまこそ我らは一致結束して、神の威信を断乎《だんこ》として示さねばならぬのじゃ……！　諸神よ。あの男の瀆神の罪をどのように審《さば》かれるか！」

「雷《いかづち》で打ち殺せ！」

「殺人坑に落せ！」

「奈落《タルクロス》に落せ！」

「巨人族《ギガンテス》の許へやれ！」

神々たちは、殺気だって、いっせいに興奮した叫び声をあげられた。

トロイアの戦いのときには、二手に別れて相争われたものだが、今度ばかりはゼウスの意向に、揃って従う決意を固められたのだ。日頃はたがいに仲の悪い方々でさえ、そのことはすっかり忘れておられるかのようだった。

とりわけ責任を痛感しておいでのエロスは、カリクラテースの胸に改めて鉛の箭を射こんで、彼に失恋の痛手を与えてはどうかと、熱心に申し出られた。

だが、ゼウスは重々しく首を横にふられた。

「諸神の提案は、いちいちもっともではあるが、それではあまりに単純にすぎ、まだまだ苛《か》酷《こく》に欠けているような気がするのじゃ。それよりもっと時間をかけてあの男を苦しめ、神の威力を充分に知らしめる制裁の方法はないものかな。彼を心底から屈服させることができるような峻烈《しゅんれつ》で残酷な手段が……」

「しかしカリクラテースは、目下下界では、島の執政官アルゴスに追われている身なのです。あの男は小賢《こざか》しくも、ロードペの死体を焼却して殺人の堙滅《いんめつ》を行ない、友人のフォアオンの助けを借りて、島から脱け出すつもりでいますが、私の見るところ、そううまくはいきますまい。ほどなくつかまるでしょうが、そうなれば彼とあの奴隷娘は、人間の手で裁判に付され、処刑されてしまうではありませんか。愚図愚図していると、われわれの方が後手を踏んでしまいます」

不満そうにそういわれたのは、予言の司神でもある、アポロンだった。

ゼウスは、玉座の背にもたれて鷹揚《おうよう》に頷かれた。

「なるほど……それでは成り行き次第で、さっそく手を打つとしよう。我らの罪人を人間どもに勝手に料理されるのは、好ましくないからな。いったん彼らの手から取りあげて、それからおもむろにあの二人の上に下す、神罰の方法を考えるのじゃ」

アフロディーテをはじめの十二柱の主神のほかに、審判の神ミーノスや復讐《ふくしゅう》の女神エリーニュース、死の神プルートン《ハデス》などの冥界の神々たちも、この謀議を助けられることになった。

# Ⅸ

アポロンの不吉な予言は、見事に適中した。

危険を冒したカリクラテースの脱出の望みも、しょせんは徒労にすぎなかった。フォアオンのせっかくの配慮もむなしかった。アルゴスの部下の兵卒たちの目をうまく眩《くら》まし、宦官や斎女《いつきめ》たちに気どられぬよう、祭壇でロードペの死骸を始末するところまでは成功だったものの、その後の思わぬ事態が、彼の計画を狂わせてしまったのだ。さいしょの予定では、その夜は、フォアオンの計《はから》いで港近くの人目にたたぬ漁師小屋で一夜を明かし、明方《あけがた》にヴァシレスから手に入れた小舟で、島を抜け出すつもりでいたのだが、いざというときになって、その目論《もくろみ》は挫折《ざせつ》した。

神殿を出ようとして、いつのまにかリネダの姿が見えないのに気がついた。

後でわかったことだが、彼女はあのこわれた竪琴を、カリクラテースの館に置き忘れてきたのである。カリクラテースや召使いが大尼僧の死骸を焼却することに夢中になっているあいだに、彼女は無暴にもそれを取りに、館へ引き返したのだった。館では、ちょうどアルゴスの部下の兵卒たちが、血眼《ちまなこ》になって家宅捜索に取りかかっていた。そこへ舞い戻ったリネダは、文字通り飛んで火にいる夏の虫として、たちまち彼らの手に押《おさ》えられた。しかも厳しい詮議に対しても、少しも悪びれるようすもなく、幼女のようなあどけない顔をして、カリクラテースが神殿にいることを、すなおに喋《しゃべ》ってしまったのだった。

「……あの人は、わたしのために、犠牲《いけにえ》を焼きに行ってるわ……」

忠実な老奴隷頭が、どんな拷問《ごうもん》に遭っても頑として口を割らずにいた苦心も、水の泡となってしまったのだ。

兵卒たちは、その言葉からすべてを察した。隊長と宦官の長《おさ》は、勝ちほこったように顔を見合わせて、ただちにその一隊は、神殿に向かった。丘の麓《ふもと》で、気が違ったようにリネダの行方を探しまわっていたカリクラテースと召使いの一行が、逮捕されたのは、それからまもなくである。まるでリネダに裏切られたようなものであった。

カリクラテースはそうと知って、いっしゅん愕然とはしたものの、じきに観念の眼《まなこ》をとじた。いまさら見苦しい隠しだてをする気はなかった。彼はロードペを殺害したことを、あっさり認めた。リネダのためなら、もうどうなっても悔いはない気持だった。ただフォアオンに難が及ぶことを畏れて、彼に小舟を用立ててもらったことは、絶対に黙していた。

カリクラテースとリネダは、アルゴスの支配している、砦《とりで》の地下牢に投じられた。

「一世の名工とうたわれた君だが、末路が惨《みじ》めで何ともお気の毒だな。白痴の奴隷娘の色香《いろか》に迷い、名誉も財産もいっきょに失うなんて、末代までも世間のとんだいい笑い草になるのだろうて」

ひそかな画策通りにカリクラテースを罪に陥れることができたアルゴスは、冷笑とともに嘲《あざけ》ったが、彼は侮蔑の眼差しで応《むく》いただけだった。

数日後——スパルタの元老院から、キュテーラ島の総督たるアルゴスの告訴に対して回答するための次のような通達状が届いた。アルゴスは、それをカリクラテースに向かって、高らかに読みあげた。

——彫工にしてスパルタの植民地キュテーラに住むカリクラテースに対し、オリムピアス暦九十五回年第一年夏——即《すなわ》ちヘカトンバイオーン月の第二十八日、スパルタにおいて元老院は僭王アゲシラオスの名のもとに、左のごとく決定せり。

カリクラテースを、神に対する不敬罪およびアフロディーテ神殿の大尼僧ロードペを殺害したる疑いにより、奴隷娘リネダともども本国に召換し、高等法官会議《アレオパーゴス》の司法裁判に委ねるものとす……

　カリクラテースは、家柄が正しく名声の高い彫刻家でもあるため、元老院の許可なくしては、無断で島内で処断することはできなかったのだ。リネダも一緒に送還を命じられたのは、共犯者として、またカリクラテースの罪状を審議するための、重要な生証人としての必要からに違いなかった。

　その翌日――二人は、アルゴスが自ら指揮する二段式櫂のガレー船に乗せられ、本土に護送されるために、出港した。

　だが、舳先《へさき》をラコーニヤの突端、マレア岬に向けた船が、島を出て数海里も進まないうちに、天候がにわかに急変した。それまで、空は蒼々と晴れわたり、海面も漣《さざなみ》一つたたずに穏かだったのに、陽光が刻々と暗く翳ってくると、水平線の彼方《かなた》に、みるみる無気味な黒雲が姿をあらわしはじめた。風も次第に強く吹き出して、帆桁を鳴らしだした。波のうねりも高まってきた。のんびりとアルゴノーテの古歌を歌いながら、舵《かじ》を取っていた舵方や、帆綱を操っていた水夫《かこ》たちは、この信じられないような天然の現象にうろたえた。明らかに風の前兆《まえぶれ》なのだ。

あわてたアルゴスは、船底に鎖でつながれた奴隷たちを督励して、舷側に突き出した数十梃《ちょう》の櫂《かい》を懸命に漕がせ、船脚を早めてキュテーラ島に引き返そうとしたが、そのときはすでに遅かった。

黒雲がくずれて雨が降り出し、風は逆巻いて突風と化して——やがて凄まじい大暴風雨になってしまったのだ。

荒れ狂った怒濤《どとう》は、猛《たけ》りに猛って舟を弄《もてあそ》び、潮水は滝のように船内に流れ込んできた。

水夫たちは生きた心地もなく狼狽して、帆柱を倒し、必死に海水を掻《か》い出したが、その努力も及ばなかった。海神ポセードンの怒りを柔らげるため、犠牲《いけにえ》として数頭の豚を、海中に投げ込んだ甲斐もなかった。

激浪のために舵をこわされ、方向を失った船は、とつぜん大音響とともに暗礁に衝突してしまったのである。

二人の囚人を乗せたガレー船は、木葉《こっぱ》微塵《みじん》に砕けて、アルゴスや水夫たちももろともに暗黒の海中深く沈んだ。

——それから混沌《こんとん》のうちに、どのくらいの時がたったであろう。

顳顬《こめかみ》に罅《ひび》が入ったような頭痛に呼び醒されて、カリクラテースはぼんやりと意識を取り戻した。肘と膝にも、骨にひびく鈍い痛みが残っていた。それでいて、からだのほかの部分は、痺れたように知覚を失って、身動きができなかった。彼は自分の身が、磯の岩と岩とのあいだの波打際に、うつ伏せに倒れているのに気がついた。顔の半面が、砂中にめりこんでいる。胸から下は、ひたひたと音をたてて打ち寄せてきている波のために洗われていた。その水に漬《つか》った冷さのせいか、歯がガチガチと鳴る。どうやら長時間、その状態でいたらしかった。まるで魂が、遠い冥府をさまよってでも来たようだった。彼はかすれた記憶の糸を、必死にたどった。

投げ出した右腕と左の足首に、鎖のちぎれた鉄の枷がはまっていた。

〈そうか。……おれはスパルタの本国に送られるため、あのガレー船の船艙《せんそう》に、囚人として監禁されていたのだ……〉

それが、船が難破した際に、柱に繋《つな》がれていた鎖が切れ、海中にほうり出されたのだ。

それから、夢中で波に漂う竜骨の破片につかまって……その後は……まったく憶《おぼ》えてなかった。おそらく溺れまいとして必死に泳いで、漂流をつづけているうちにこの磯へ打ち上げられて、奇蹟的にかすり傷を負っただけで、助かったものに違いない。

〈ここは、いったいどこなのか……？　そうだ……！　同じ船艙に、背中合わせに鎖で縛られていたリネダはどうしたのだ……！　確かに海に投出《なげだ》されたときは、いっしょだったはずなのに……〉

カリクラテースは、頭痛に眩暈《めまい》をおぼえながらも、自由のきかないからだに鞭打った。

やっとのことで身を起すと、あたりを見まわした。

数ヤード先の流木の蔭に、自分と同じようにずぶ濡れの、白い影が横たわっていた。翼の折れた白鳥の死骸が、流れついたかのようだった。——少女なのだ。そういえば、黒く長い髪の毛が、藻《も》みたいに背にへばりついていた。彼女の足にも、鉄枷がはまっていた。血が痛々しく滲んでいる。そのそばに竪琴がころがっていた。

「リネダだ！　まぎれもなくリネダだ！」

カリクラテースは、這《は》いずるようにして、そのそばに近寄った。思わず抱き起すと、蒼ざめた顔ががっくりと首を折った。それでも、肌にはまだかすかにぬくもりが残っていた。どうやら気を失っているだけらしい。——それにしても、よく偶然にも、彼と同じ場所に漂着したものだった。カリクラテースは狂喜して、その冷えきった頰に頰ずりした。

そのとき、岩の向こうに人の気配がした。

エジプトの僧侶のように頭髪を剃《そ》り、袖にも裾にも幾筋もの襞《ひだ》のある黒衣《ムユニカ》をまとった、異様な風体の男だった。手に蛇の彫刻をした、金色の杖《つえ》を握っている。男はその杖にすがって、じっとカリクラテースの方を凝視していた。五十近い年輩なのに、するどい目の光だけは、壮者のように精悍そのものといっていい。

カリクラテースは、たぶん見知らぬ異国にでも流れついたに違いないと思った。

「二人とも、どこも怪我《けが》はないかな……？　まことに神の力は、はかり知れぬほどに怖ろしいの……」

男のひからびた唇から、しゃがれた声が洩れると、カリクラテースを手招きした。

「私はサルゴンという名の占師《うらないし》だが、お告げにより、お前たちにどうしても話して聞かせねばならないことがある。私についてくるがいい」

カリクラテースは、金縛りにでも遭ったように、その男の不思議な声にひきずられて、リネダを背に負い、後に従った。

案内されたのは、その磯からほど近くにある窟路《いわやじ》の奥の洞窟だった。

入口には一面に蔦《つた》が生い茂り、鍾乳石の岩肌は、犠牲《いけにえ》を焼く油煙に燻《くすぶ》ってか、どす黒く煤《すす》けている。その中は、常闇《とこやみ》の国にでもつながっているかのように、底の知れない暗黒が息をひそめていた。伝説に聞く六つの口を持った怪物スキュレーや、黒い潮水を日に二度づつ呑《の》んでは吐くという怪物カリュブディスでも棲《す》んでいそうな妖気さえ漂っているのだ。カリクラテースは、イタケーの王で智謀の英雄オデュッセウスが、トロイ戦役に勝利をおさめて帰国の途中に立ち寄ったという魔女キルケーの洞窟を思い出したほどだった。

サルゴンのかざす炬火《たいまつ》の明かりに導かれて進むと、奥が急にひろがって、そこが広場になっていた。

正面に香煙の立ち昇る祭壇があり、亡霊の女王といわれる地獄の女王へカテーの像が安置してある。その前には、仔羊や鳩やさまざまな犠牲《いけにえ》が捧げてあった。サルゴンはこの無気味な洞窟内に一人で起居して、星の運行を測る占星術や、さまざまな魔法の占いを試みているのに違いなかった。

リネダを抱えたカリクラテースが、呆然として立ちすくんでいるのを見て、サルゴンはカラカラと笑った。

「若者よ。お前は、この地がどこだと思っている……？　まだ充分に正気を取り戻してはおらぬのだから無理はないが、……わからぬかな……？　ここはキュテーラ島じゃ。つまり嵐のために、元の島に戻り着いたというわけだな。この洞《ほこら》は、島のはずれの難所にある故、島民が誰も怖れて近寄らぬ場所なのじゃ。お前もすぐには気づかなんだだろうが……」

「キュテーラ島……まさか、いくら何でも……」

カリクラテースはあまりのことに、夢でも見ているような気がした。

「それじゃ、アルゴスは……？　いや、ガレー船に乗り組んでいた彼の部下の水夫《かこ》や奴隷たちは？」

「ぜんぶ、――一人あまさず海中の藻屑《もくず》と消え去った。生き残ったのは、お前たち二人だけじゃ」

「どうして、そんな……」

「あの嵐は、海神ポセイドーンが起こしたものじゃ。お前たちを無事にこの島へ運んだのは、女神アテナーのお計いによる」

「では、オリュムポスの神々が、我々を救ってくださったのか……」

「いや、それを神の恩寵、神の加護だと思ったら、大間違いじゃ」

サルゴンは憐れむような目になって、首をふった。

「それどころか、お前は神の呪いを受けている。神の怒りを買っている。神々はお前たちをいったん助けた上で、怖ろしい罰を下そうとなさっているのじゃ。そういえば、心当りがあろう。……お前は女神アフロディーテの逆鱗に触れるような、数々の振舞いをしたであろうが……」

「そういわれれば、確かにしたかもしれぬ。しかし、それはすべて、このリネダを愛するが故にやったことだ。女神の像を刻み得なかったのは、彫刻家としての純粋な良心に従ったまでだし、ロードペを殺害したり、その死体を祭壇で燃したのは、ああせざるを得ない羽目になったからだ。それがどうしていけないのか？」

「お前はアフロディーテの恋を無視したからじゃ。女神を嫉妬に狂わせるようなことをしたからじゃ」

「女神が、……このおれを……」

カリクラテースは、サルゴンの口からはじめてその事実を知らされた。

アフロディーテが、キュプロス島のパポスの社殿で彼を見染め、それ以来恋の熱病にお取り憑かれになったことを……。

「その女神の呪いのために、お前は神への反逆者という烙印《らくいん》を押されてしまったのじゃ。そして、そのことが大神ゼウスをはじめ他の神々たちをも怒りの坩堝に巻き込み、天界を挙げて、お前に制裁の笞《しもと》を加えることになったのだ。神の復讐は怖ろしいぞ。お前もまさか知らぬことはあるまい。……かのニオベは、女神アルテミスよりもはるかに幸福だなどと誇ったために、アポロンの箭で、その十二人の子供たちを射殺され、かのゴルゴネーオンは、その邪恋で女神アテナーの神殿を穢したために、美しい黄金色の彼女の捲毛が、ことごとくひしめく蛇と変えられた。またかのタファエは、アフロディーテを崇め祀《まつ》ることを拒んだために、女神は彼女を、迷った野牛のように狂気させたではないか」

「それで……神はわれにはどんな罰を下そうとなさっているのだ！」

「待て、いまそれを見せてやろう」

サルゴンはそういうと、祭壇の横の水晶球の前に跪《ひざまず》いた。青銅製の点灯台には香料入りの橄欖油が注がれ、香爐には、香煙が焚かれた。

やがて——彼の口からは、唸り声に近い不可思議な呪文の言葉がほとばしり出た。

すると、何という奇怪な現象だろう。その水晶球の表面に、みるみる紫色の霧のようなものがたちこめると、その中にものものしく甲冑《かっちゅう》をつけ、銀の弓に銀の箭入りの箙《えびら》を携えた太陽の御子《みこ》アポローンの姿が浮かびあがってきた。アポローンは二頭の天馬の曳く金剛石を鏤《ちりば》めた黄金の二輪車を馳《はせ》っていた。とみるまにアポローンは、銀の弓を引きしぼって矢をつがえ、カリクラテースの方に向かって、その箭をはっしと放たれた。箭の先からは無数の小人が飛び出して、それが四散し、水晶球の表面は黒雲でおおわれて、アポローンの姿もかき消すようにふっと消えた。

カリクラテースは、思わず目をこすらずにはいられなかった。

「いまのは……あれは、何を意味しているのだ！」

彼の声はうわずっていた。

祭壇の前から立ち上ったサルゴンは、しばらく口を噤《つぐ》んでいたが、じきに暗澹《あんたん》たる面持でいった。

「神はこの島に、疫病をはやらせようとなさっている。お前とリネダだけでなく、島中の人間すべてを黒死病《ペスト》で、みな殺しになさるおつもりなのじゃ！」

アポローンの放った銀の箭こそ、――その疫病の毒矢なのだった。

X

災厄の前触れは、島民の食料品や日用品の供給源である市場《エンポジユウム》に、急激に鼠《ねずみ》が増えだしたことからはじまった。

この海岸近くにある市場は、いわゆる店舗つきのストアで、煉瓦造りの二階建の建物は、どの階も二列の柱列によって二廊にわけられ、階上はイオニヤ式、階下はドリス式の建築様式をとっている。その中にある店は、二十ばかり。……果物屋、酒屋、魚屋、鍛冶屋《かじや》、無花果《いちじく》水売り、橄欖油売り、護符《おまもり》売り、それに万能膏《ばんのうこう》の商人や香具師《やし》まで揃っていた。日によっては、奴隷の売買までここで行われるのである。鼠はもともと、この老朽した建物の床下や、壁のくずれた穴や、不衛生な溝や、野菜屑、腐った魚などを捨てる汚ない塵溜《ごみため》などに巣くっていたのだが、その数はそれほど多くはなかった。それが、突然の変異のように繁殖して、商人や客たちを驚かせたのだ。

黒死病《ペスト》は俗に、鼠や栗鼠《りす》などの齧歯《げっし》動物間に流行する獣疫といわれている。そしてその流行は、ノミ、シラミ、ダニなどを媒介として、まず鼠族間に起り、二三週を経て人間のあいだに広がるのが、ふつうとされている。

その経過通り、いったん街に氾濫《はんらん》した鼠の大群は、今度は続々として死にはじめ、市場のそこかしこに五匹、十匹とかたまった鼠の死骸が発見されるようになった。その数も日を追って激増した。市場の中は、いまにも夥《おびただ》しい鼠の死骸であふれそうになった。

それにつづいて、いよいよ病菌は、人間に感染した。

最初に発病したのが、神殿の護符売りだから、皮肉である。このスエヴィ人の小商人《こあきんど》は、家に帰って護符の売上金を勘定しているさいちゅうに、とつぜん悪寒と戦慄《せんりつ》をともなう高熱を発して倒れたのだ。妻が医師に見せると、頸部《けいぶ》と四肢が腫脹《しゅちょう》し、脇腹に黝ずんだ斑点が、三つもできていた。蚤《のみ》に嚙まれた箇所だった。彼の生命は、数時間とはもたなかった。しかもその死体は、熱が水分を吸いつくしたものか木乃伊《ミイラ》状になり、皮膚の色は、焦げたように暗赤色に変っていた。

ひとたび罹病者が発生すると、次はその病人の排泄物《はいせつぶつ》や分泌物からも伝染するのだから、始末が悪い。

スエヴィ人の住む住宅区《アゴラ》の家々が軒並みに侵され、住民たちはバタバタとこの熱病の犠牲になった。疫病はおそろしいいきおいで、文字通り黒い翼をひろげて、キュテーラ島全土に蔓延《まんえん》していった。その猖獗《しょうけつ》は、とどまるところを知らなかった。まるで死の神プルートンの使者が、一戸ずつ丹念に家々の戸をたたいて、住人をかたはしから狩りたてでもゆくようだった。その使者は、貧しい民家だろうと、豪華な館だろうと、容赦なく侵入した。奴隷だろうと貴族だろうと、身分の差も選ばなかった。

人々は恐怖に慄《ふる》え戦いた。何にしろ病魔に蝕《むしば》まれたが最後、いかなる医薬でも、手のほどこしようがなく、——早くて二三時間、遅くとも二日の命しかないのだ。

だが、どんなに館の奥深くとじ籠り、どんなに扉を固く閉しても、防柵をほどこしても、しょせんは無駄だった。

初めのうちこそ、死者の数も算《かぞ》えるほど少なかったが、日とともに集団的になっていった。記録所の監督官《アゴラノモイ》の許には、——今日は五十人次の日には百三十人というように、連日増加の一途をたどる死者の数の報告がもたらされた。それを調べた百人長自身が、数日後は、その死人の中に加わっていた。神殿のある丘には、特別な火葬台が築かれたが、いくら死体を運んでも間に合わないほどだった。

屋内屋外を問わず、高熱にうなされた老若男女の呻き声や唸り声、譫言《うわごと》の聞えない場所はなかった。役所街《トロス》の円柱の蔭にも、公会堂の石段にも、競技場《ギムナジオン》の広場にも、野外劇場の登場路《バロドス》にも、――いや、路傍や泉水場のほとりにまで、病の虜《とりこ》になった人間たちが、ごろごろと倒れている地獄絵図が見られた。蒸れるような暑さのために、火葬台で処理できない死体が、いたるところで糜爛《びらん》し、腐敗し、悪臭は巷《ちまた》に充満した。

それでも、多少なりとも資産のある貴族や大商人たちは、争って島からの脱出を図った。それには、どうしても舟がいる。そこにつけこんだのが、ヴァシレスだった。貪欲《どんよく》な彼は、こんな際でもなお金銭に対する執着を失わず、儲け仕事となると、抜目《ぬけめ》がなかった。彼はそうした連中の足許を見て、持船を法外もない高値で売りつけた。彼のふところには、莫大な富がころがりこんだ。

だが、神はそれらの利己主義者たちを、決して見逃しはなさらなかった。やっとのことで船を手に入れても、いざ出港すると、船内にいつのまにか悪疫は忍び込んでいた。自分だけが助かったと欣んだのも束の間――彼らは一人残らず黒い触手の餌食になった。

ヴァシレス自身も、館の金庫《かねぐら》の中で、財宝に埋まりながら、握りしめた金貨を熔《と》かすほどの高熱に身を焼かれて、悶え死んだ。

その頃——女神アフロディーテの神託が、神殿に下された。それまでは、どんなに犠牲《いけにえ》を捧げて祈っても、何の霊験も顕《あらわ》されなかったのに、島民たちが疫病の怖ろしさを、骨の髄まで知りつくしたのを見とどけて、ようやく神の意志を示されたのだった。

——キュテーラ島に降りかかった未曽有の災厄は、すべてカリクラテースに責任があることを……。

病のために親を喪い妻を喪い子を喪った、生き残りの島民たちは、これを知って激昂《げっこう》した。もしもカリクラテースがまだのめのめと生きていたとしたら、八つ裂きにしても飽きたりないほどの憎悪に、彼らは湧きたった。

「カリクラテースを探せ！」

「あの殺人犯の居所を、つきとめろ！」

暴徒と化した彼らは、駐屯軍の兵卒たちとともに、血眼になって捜索に当った。草の根をわけても、行方を見つけ出さずにはおかない意気込みだった。——だが、その彼らも次々と数が減少していった。

暴徒たちが、懸命な探索を行ったにもかかわらず、カリクラテースとリネダの隠れ家が、杳としてわからなかったのも無理はない。

サルゴンの洞窟で今度の疫病の予告ともいうべき奇蹟を見せられた二人は、あれからずっとフォアオンの館内《やかたうち》に匿《かくま》われて、彼の温かい庇護のもとに、身をひそめていたのである。彼らが事前に災厄の発生を予知しながら島内に留っていたのは、たとえ改めてどこへ逃げたところで、定められた運命は避けられないと、観念したからであった。それでも、アフロディーテの神託がくだるまでは、司直の詮議の目は、それほど警戒する必要はなかった。アルゴスのガレー船が沈没して、乗船者が全員海の藻屑と消えたという報は、すでに島中につたわっていて、彼ら二人だけが生存していようなどとは、サルゴンを除いては、誰も知る者はなかったためなのだ。――それが、いまは違った。館から一歩でも外へ出れば、たちまち殺気だった暴徒たちに発見されて嬲《なぶ》り殺しの目に遭うことは明らかだった。館内にじっとしていれば、安全だった。

その危険は、さして案じることはなかったが、目に見えない悪疫の方は、いつ襲ってくるか、その脅威は予測できなかった。

そもそも、フォアオンの館だけが、いまだに黒死病の跳梁《ちょうりょう》から免れていたことが、幸運すぎたのである。というより、神がわざと彼らの不安や恐怖を長びかせるために、ここだけをとっておきの場所に残しておかれたせいもあったかもしれない。

奴隷の一人に発病者が出たのがきっかけとなって、悪疫はがぜん侵略を開始した。もうすでに算えきれないほど多くの人肉を貪《むさぼ》り、生命を掠奪《りゃくだつ》したにもかかわらず、なお飽くことを知らないこの死の刑吏たちは、舌なめずりをして新しい獲物に挑みかかった。羅患者は、次々と館内に続出した。魔の手は主人《あるじ》のフォアオンの身をも見舞った。

カリクラテースは、自分の犯した罪のために、たった一人の親友にまで災禍の類《たぐい》をおよぼしたことを慙愧《ざんぎ》したが、フォアオンは微塵も怨み顔は見せなかった。

「いいんだ。気にする必要は、何もないよ、……それどころか、実をいうと今日まで君を助けたり匿まったりしたのは、おれが自ら選んでしたことだったんだ。おれは妻が死んだとき、すぐにも後を追って自殺するつもりでいたのが、勇気がなくて実行できなかった。だから、君とともに神の怒りを買うことで、その目的を達しようとしたのさ。……これで、やっと冥府《ハデス》にいる妻の許へ行くことができる。……愛するドリーラに会うことができる……」

小刻みに襲来する熱病の激痛に身を苛《さいな》まれながらも、この温容そのものの詩人は莞爾《かんじ》とした微笑をうかべながら、カリクラテースの手を握って息を引き取った。

カリクラテースは、悲歎に胸を抉《えぐ》られる思いに沈んで、泪とともに友の屍《しかばね》を館の裏のドリーラの墓のある墓洞《ヒポグウム》に葬った。

だが、その泪がいまだかわきもしないうちに、遂に彼とリネダに対してオリュムポスの神々の審判がくだされる日がやってきた。一足先にリネダの方が病菌に感染したのである。

彼らはこの館に身をひそめるようになって以来、広大な庭園の一隅にある、常春樹《きづた》や忍冬《すいかずら》におおわれたフォアオン家の祖先の記念堂を隠れ家《が》としてあてがわれていたが、禍々《まがまが》しい死の兇雲のために館が翳りはじめてからというもの、――カリクラテースは、せめて一日でも遅く魔の手から脱《のが》れようとして、リネダを護るために懸命になった。石灰岩の厚い壁で囲まれた記念堂から、彼女が一歩も外へ出ないように、厳重に注意を怠らなかったのだ。ところが、黒死病の怖ろしさなどむろん知るはずのないリネダは、彼がほんのひとときを目をはずした隙に記念堂を抜け出して、もっとも危険な罹患者たちの隔離場所である、本館《アトリウム》の奴隷部屋へ、肌に塗る香油を取りに出かけてしまった。そこには、神の刑吏が、地獄の妖犬ケルベロスのように、歯をむき牙《きば》を研いで彼女を待ち受けていたのだった。

フォアオンの死の数日後――リネダの身にまぎれもない黒死病の徴候があらわれた。

庭の四阿《あずまや》のほとりで摘んできた白菖《マートル》や釣鐘草《つりがねそう》などの草花で、無心に花冠をつくっていた彼女が、とつぜん胃をおさえてしゃがみこむと、その場に嘔吐したのだ、前のめりにからだを折りまげた彼女の口からは、薔薇色の液汁――血痰《けったん》が吐き出された。肌に触れると、どの部分も灼けつくような高熱にほてっているのがわかった。耳の下に痛々しい腫瘍ができ、頸《くび》には例の不吉な斑点があらわれていた。

「咽喉《のど》が熱いの。水を、……水を、ちょうだい」

カリクラテースの腕の中で、彼女は苦しそうに胸をかきむしると、身をもがきながら喘いだ。

その顔は土気色になり、唇は蠟《ろう》のように、瞼《まぶた》は鉛色に変っている。脈搏は高まり、硬直した四肢は痙攣して、じきに彼女の身体は、激しい咳込みと呼吸困難に見舞われた。そしてまもなく全身をぐったりと弛緩させると、昏睡状態に陥ち入った。もはや誰が見ても絶望であることは、明《あきら》かだった。

「リネダ、お前はとうとう……」

カリクラテースは、熱に充血した目をむいたままかすかに息づいているリネダのからだをゆすぶり、抱きしめ、それから狂ったようにところかまわず頰ずりをした。

予期していたこととはいえ、これほど悲痛な現実に直面しようとは思わなかった。リネダを力いっぱい抱きしめている彼の方が、よっぽど拷問の締木にかけられて、思いきり締めつけられているような責苦《せめく》を味わった。それからの数日間というもの――ただ彼女の皮膚から噴き出す汗を拭ってやり、熱を水で冷してやり、痛む手足をさすってやる以外に、何のこれという看病もしてやれない焦だたしさが、なおいっそう彼の心をかきむしった。目前で、死が刻一刻とリネダの生命を蝕ばんでいくのを、じっと見まもってやることだけが、いまとなっては、彼女につくせる唯一の愛の奉仕のような気がした。

だが、燃えるだけ燃えた彼女の肉体の焰が次第に弱まり、それが最後にかぼそく消え去ろうとする刹那――リネダは昏睡から醒めると、とぎれとぎれの息を吐きながら、あの竪琴《いと》を求めたのだ。カリクラテースがさっそく取ってやると、リネダはそれをふるえる指で愛しそうにまさぐり、彼の手を借りて耳を押しつけた。それから、もはや視力のうすれた目を見はって、その目の底からふりしぼったような視線を、彼の顔に注ぎながらいった。

「欣しいわ。……聴えるの、貴方の心の音が聴えるの……」

その唇のわななきと視線に、カリクラテースは、まざまざと彼女の魂からほとばしり出た愛の確証《あかし》を見た。それには、この前工房で彼女が示した反応よりも、さらに深い情感がこめられていた。決して熱にうなされたための彼女の幻聴ではなかった。

カリクラテースは、全身の血が沸《たぎ》るような感動のうちに、彼女が母の形見の竪琴をなぜあのように肌身離さず大切に持っていたのか。――その疑問がやっと氷解したことに気づいた。

哀れな白痴のリネダが、その竪琴にすがり、竪琴によって何かを聴こうとしていたのは、――ほかでもない。それは、彼女の穢れのない無垢な心にだけ通じる、この世の純粋な真実であったことを……そしてリネダのためにあの殺人を犯して以来、その琴線に、彼の誠意が触れたことを……。

だが、互いの心の血が通じ合い溶け合ったのも、ほんのいっしゅんで、リネダは襲いかかる熱の波に煽《あお》られて、発作症状を起こした。歯を喰いしばり手足を思いきりつっぱって、完全な錯乱のうちに、苦痛に軋《きし》む肉体をのたうちまわらせた。その発作が鎮まったときが、彼女の魂が燃えつきたときだった。

この世で、はじめて二人の愛が結びついた激しい歓喜の後だけに、カリクラテースの胸には、しばらく虚ろな空洞が、ぽっかり口をあけたままになった。その空白を徐々にリネダを喪った悲しみが充《みた》し、それがさらに慟哭《どうこく》となって肉体の外にまで溢《あふ》れかかったとき、――彼はその遣場《やりば》のない激情をたたきつける対象として、これまでむしろ罪悪感や消極的な怨みしか抱いていなかった神の重圧に、呪いに近い憎悪を感じたのだ。それは神の行為に激しい疑惑をおぼえたからだった。

神は、彼の腕から、愛するリネダを奪い去った。サルゴンの予言通り、キュテーラ島全土を、怖ろしい疫病の黒霧でおおいつくした。親友のフォアオンもその犠牲になったのだ。

だが、いかに神が万物の創造主として、この世の絶対的な支配者であるとはいえ、リネダや島の住民たちのように、何のかかわりもなく、何の罪もない人間までも、路傍の雑草を踏み躙《にじ》るように、無残に死に追いやる権利がどこにあるのだろうか。

カリクラテースは、フォアオンの妻ドリーラが、船遊びの際に誤って海に落ち、溺れて死んだことを思い出した。彼の父の牧場《まきば》が、嵐に荒されてめちゃめちゃにされたことも、頭に泛《うか》んできた。それは俗に事故とか天災とか呼ばれていることで、そうした災害に遭っても、人間はただ身の不運を歎き悲しむだけにすぎないのだ。誰一人として、そのことで神を非難しようとする者はいないのだ。病魔の犠牲になって死ぬ場合も、同様である。すべては神の配慮、やむを得ぬ不幸として諦めてしまうのだ。

だが、もしもその災厄の蔭に、それぞれ神の意志が働いているとすればどうだろう。

たとえばアフロディーテが嫉妬のあまり、ゼウスに訴えて、神々をそそのかし、この島に疫病を蔓延させたごとく、神にも憎しみとか醜い欲望とかの動機があったとしたら、どうだろう。それこそ、神の犯罪とはいえないだろうか。

この世の人間のあいだでは、犯罪はすべて法に拘束されて、司直の手で発《あば》かれ、法廷で審《さば》かれて、その罪に相当した罰が課せられる。現にリネダの弟は、アルゴスの牧場から羊を盗んだ罪で処刑され、カリクラテース自身も、神殿の大尼僧を殺害した罪で追われている身なのだ。それなのに、神は勝手気儘《きまま》なときに地上の人間の所有物を破壊し、人間に病死や事故死を与えても、誰も審《つまびら》くものはないのだ。神の窃盗や殺人は、何ら罰せられることはないのである。

いままで考えもしなかったそのことに気づくと、カリクラテースは、おさえきれない憤怒に身がわななないた。

〈こんな矛盾があっていいものか。なぜ……？　どうしてその神の犯罪行為を審くことだけはできないのか！〉

とはいうものの、どんなに思案しても、残念ながら人間の力では、不死であり万能である神に、報復するすべはなかった。神に打ち勝つ手段は、何もなかった。彼がリネダを全力で護ろうとしても、結局は死が無理やり拉致して行ったように……。

〈しかし、何か方法はないのか。この無法な神に対決して、その行為を告発できないのか！〉

カリクラテースはリネダの骸《むくろ》を洗い浄めて、丁寧《ていねい》に橄欖の香油を塗ってやり、彼女が発病まぎわにつくっていた花冠で髪を飾って、最後の死化粧をほどこしてやっているうちに、とつぜん電光のようにあるこの上もなく大胆で不遜な考えが湧いてきた。彼はリネダを葬うことを思いとどまった。

そのとき、彼が思いついた神に対する報後の手段というのは、そのリネダの骸をモデルにして、美の女神アフロディーテの像を刻むことだったのである。

カリクラテースは、その日から、記念堂の中にとじ籠りきりになった。

この前リネダの美に打たれ、その像を彫ったときにも増して、狂気に近い創作意欲に駆りたてられた。おそらく彼の生涯の最後の作品になるであろうこの像を制作することに、身のふるえるような情熱が湧いてきた。といっても、場合が場合だけに、それにふさわしい恰好な材料が手近に間に合うわけはなかった。彼は大理石や象牙のかわりに、庭園の欅《けやき》の古木を切り倒して、木像を彫ることにした。

三日三晩――彼は床に構えたリネダの骸を睨みながら、かつて刻んだことのあるアフロディーテの姿をそのまま構図にして、鑿をふるった。その鑿の一彫り一彫りに、復讐の一念がこもっていた。炎暑の熱気のためにむれて、リネダの死骸は、日とともに腐りはてていく。それでなくても、黒死病患者の特有症状である化膿《かのう》のために、熟れきった果実のようにくずれた腫物からは、鼻をおおいたくなるほどの悪臭を放つのだ。前にはあれほどカリクラテースが神よりも美しいと讃歎した、リネダの眉も目も鼻も、唇も、そしてなよやかな髪もいまはすっかり変りはてていた。糜爛《びらん》した蒼黝い彼女の死相には、もはや美の要素は、一片の影さえとどめていないのだ。それどころかこの世のもっとも醜悪な仮面といった方がよかった。しかも老婆《ろうば》のような皮膚は、暗赤色にひからび、熱病の爪牙《そうが》に食い荒されて、すっかり肉の落ちた四肢は、骸骨のように痩せさらばえている。その上、彼女の膨脹した腹部からは臓物が流れ出して、その箇所に蛆《うじ》の群がたかってきた。

それでも、カリクラテースの幽鬼のような目は、その惨鼻をきわめたリネダの姿に憑かれたごとく集中したままだった。像が彫りあがるまで、彼は一時も鑿の手をやすめなかった。記念堂の中には、鬼気迫る空気がみなぎった。

四日目の朝——その神像が完成すると、カリクラテースは、それを担いで自ら丘の上の神殿まで運んだ。

そのときは、すでに、疲憊《ひはい》した彼自身の肉体も、病菌に侵されていた。神殿の中央に像を安置しおわると、彼は精も魂もつきはてたように、祭壇の前に倒れた。

やがて高熱に脳も身も焼き焦され、意識のかすんだカリクラテースの耳には、冥府の王バーデスが彼の魂を迎えるために派遣した車駕の轍の音が、陰々としてひびいてきた。彼の目には、その車駕の手綱を操って、黒衣をひるがえし、漆黒の翼を持つ死の神タナトスの姿が、おぼろに見えてきた。それでも、息絶えた彼の表情には恍惚とした満足の微笑が浮んでいた。

　さしも猛威を逞しくして荒れ狂った疫病の飄風《ひょうふう》も、キュテーラ島の住民を一人もあまさず殺戮しおわると、やっと矛《ほこ》をおさめて終熄《しゅうそく》した。島はまったくの無人の廃虚と化した。このように怖ろしい災禍の発生したところに、近隣のものは誰も近寄ろうとはしなかったからだ。

　ただそのなかで、カリクラテースが渾身の力を注いで彫りあげたキュテーラの女神アフロディーテの神像だけが、そそり立つ大理石の神殿内に忘れ去られたように取り残されていた。純白の神衣に黄金のケストスの帯をつけ、桃金嬢《てんにんか》の花を手にした姿のこの女神の像は、本来は至高の美の象徴にふさわしく制作されなければならないのに、見るも、醜悪な容貌をしていた。

　だが、万物の統治者として、いかなる神罰も、どのような奇跡もくだし得るオリュムポスの神々たちも、この像にだけは、一指も触れることはできなかった。

　リネダの像などとは違い、カリクラテースがあくまでアフロディーテの像として彫りあげた以上、神像であるが故に破壊し得なかったのである。

　絶対の神にも毀《こわ》し得ないもの。そして世にも醜悪な美の女神の像――それが天才的な彫刻家カリクラテースが企てた、たった一つの神に対する復讐の手段なのだった。

# XI

それから幾十年かの長い歳月が過ぎて、異国《とつくに》の異邦人たちが、たまたまこの島にたどり着いた。

彼らは南の方から海路はるばる旅をしてきた、十人ばかりの隊商の一隊で、嵐のために船が難破して、この島に漂着したのである。

厳冬のさなかで、身を刺すような寒風が島の上を吹き荒れている。その風に晒《さら》されたかのように、見わたす限りの風景は、荒涼としていた。人間はむろんのこと、生物といえは獣一匹、鳥一羽見あたらないのだ。その上樹木や草までがことごとく枯れはて、あらゆるものが死に絶えていた。

隊商たちは、寒気を避けて野宿するために、島の中央の丘の上に、もと神殿だったらしい大理石造りの崩れた殿堂がたっているのを見つけて、そこに入りこんだ。

「寒い……！　一刻も早く火が欲しいな」

隊商の長《おさ》が歯をガチガチ鳴しながら、一行に向っていった。

隊商の一人は、さっそく神殿の奥の暗がりに姿を消すと、まもなく重そうに何やら古びた埃《ほこり》まみれの木像とおぼしきものを抱えて戻ってきた。

異教の神の信奉者である彼らの目には、その朽ちた像は神像というより、うす汚ないただの木偶《でく》にしか見えなかった。

「何だか知らんが、こいつはいい。これを薪《まき》がわりにして、暖をとろう」

隊商の長は、彼の荷物の中から斧《おの》を取り出すと、一撃のもとにその木像をバッサリと立ち割った。

（註　この作品中アナクレオンの小唄は、大隅為三氏訳希臘美姫伝中より抜萃《ばっすい》）

# 『断頭台』巻末対談・
# 森村誠一 VS 山村正夫

# 対談

森村誠一
山村正夫

**※この対談には収録作の結末に触れている箇所があります。**

## タイムトンネル小説と変身願望

**山村**　森村さんが、江戸川乱歩賞を受賞したのは何年だったっけ？

**森村**　昭和四十四年。

**山村**　それじゃ、もう七年以上も付き合ってるんだなあ。

**森村**　長いですね。大先輩だからね、山村さんは。

**山村**　いや、いや、大先輩だなんて……（笑い）

**森村**　（笑い）だって、僕《ぼく》が乱歩賞をもらったとき、山村さんがいろいろ肝煎《きもい》りしてくれたでしょう。よく憶《おぼ》えてるよ。もっとも授賞式は大河内常平《おおこうちつねひら》さんが司会をしてくれたんだったよね。

**山村**　そうだったかな。

**森村**　うん。あの時に限って、山村さんが司会じゃなかったんだよ。いまでも忘れてないけど、大河内さんと山村さんの前に僕は羊《ひつじ》のごとくオズオズとして行ったわけよ。それというのがね。講談社の片柳さんから、この二人は推理作家協会きってのうるさ方だから、注意した方がいいって言われてたもんだから。（笑い）
**山村**　（笑い）
**森村**　そうしたら大河内さんっていうのは、あの通り体格がごついでしょう。まず威圧を受けた上に、山村さんも僕のことをジロッと見てさ。今度の乱歩賞受賞者は、どの程度の作家かなって、品定めするような、そんな目して見たわけよ。
**山村**　（笑い）僕は初対面の人の目には、とてもとっつき悪く映るらしいの。
**森村**　そうなんだ。言葉を交《かわ》しているうちに、第一印象とは全く違うことがわかった。別におだてるわけでも何でもないんだけど、とても暖かい感じを受けたね。
**山村**　そうでしたかね。
**森村**　うん、だからそれ以来、何となく山村さんに電話をかける回数が多くなってきたんですよ。
**山村**　まあ、森村さんとは乱歩賞の受賞以後、急速に親密になって、いまみたいに親友同然の付き合いをするようになったんだけど、そのきっかけは何だったのかなと思ってね。このあいだから思い出そうと考えてたんです。

**森村**　最初はね。何か推理小説の考証のようなことを、山村さんに聞いたんだと思うな。こういうトリックは、過去に使われているだろうかというようなことをね。それはやはり講談社の片柳さんに教えられたんです。山村さんは内外の推理小説に精通しているから、彼に聞けば、何だってわからないことはないって、そう言われたもんだから。

**山村**　そりゃあ、大変な買いかぶりだよ。

**森村**　いや、いや、そんなことはない。それに草野《そうの》唯雄《ただお》さんからもね、山村さんは親切だから、あの人と付き合ってるといいよって、勧められていたんです。それやこれやで、山村さんに電話するようになったんですよね。

**山村**　ああ、そういうことだったのか。

**森村**　ところで、今度の山村さんの短編集についてなんだけど、収録作品をぜんぶ読み返してみて、あれは〝タイムトンネル小説〟って感じをまず受けたね。

**山村**　タイムトンネル小説か。森村さんらしい見方だな。

**森村**　山村さんの発想はね。物語を未来へ設定するんじゃなくて、時間的に過去へ逆行させたものが多いでしょう？

**山村**　うん、なるほどね。

**森村**　たとえば表題作の「断頭台」がそうですよね。それから「ノスタルジア」なんかもそうじゃないかな。

**山村**　そういえば、あの二編は過去を扱ったものですね。

**森村**　それからこの作品集には入ってないけど、山村さんに「免罪符」という風変《ふうがわ》りな短編があるでしょう？　あれは過去じゃないいんだけど、発想のヒントは十六世紀にマルチン・ルターの宗教改革のもととなった免罪符ですよね？　当時のローマ教会が発売して、それを買った者はすべての悪業が消滅して天国へ行けるという、あれね。だから、僕の考察だと、山村さんの内面には強い変身願望があって、その変身願望が常に過去の時代に向けられているような感じがするの。

**山村**　うん。そう言われるとそうかもしれないな。あれは〝現代雨月物語《うげつものがたり》〟というサブタイトルで書いた一連の怪奇小説のうちの一編だけど、ああした傾向のものをなぜ書き始めたかと言うとね。昔、江戸川乱歩《えどがわらんぽ》先生に示唆を受けたことがあるの。乱歩先生はフランツ・カフカの大変な愛好者だったんですよね。カフカに「変身」ていう小説があるでしょう？

**森村**　ああ、あるある。主人公の男が一夜明けたら、一匹の巨大な褐色の虫に変身していたってやつね。

**山村**　うん。あれに、非常な感銘を受けられたらしい。ただあの作品はむろん純文学に属するもので難解な哲学小説です。しかし、エンタテーメントの分野でも、カフカ的なものが書けるんじゃないかって。乱歩先生がそう言われたことがあるんですよ。それが頭のどこかに残っていてね。それじゃそういうものを考えてみようかなと思って、ああした作品を書き出したわけ。従来の怪奇小説は、いわゆるスーパーナチュラルが多いでしょう。怪談や幽霊譚《ゆうれいたん》を扱ったゴシック・ロマン。そうじゃなしに、架空の設定をまず作って、その設定から生じるリアルな現象を追ってみたら、どういう小説ができるかなと試してみる気になったのが、そもそもなんですよ。自殺をして肉体が腐っていくのに、魂だけ抜け出せないで苦しむ人間とか、殺人を犯した男が時間が逆行したためもう一度同じ殺人を犯さなければならないとかいうようなね。「免罪符」もそういったパターンに入る作品なんだな。まあ、広い意味では怪奇小説に含まれるんだろうけど、それでいてユーモラスなパロディー的な要素もあるのね。

**森村**　僕はああいう小説が書けないだけにね。凄《すご》く面白いなと思って。でも、山村さんの内面には、確かにあるね。変身願望が……。

**山村**　うん、あるね。多分にありますよ。ただね「断頭台」について言うと、あれはまあ、森村さんが前から僕の短編の中で一番買ってくれてたもんなんだけど、あの着想のもとはこうなんだな。僕は前に新劇に関係していたことがあるんだけど、劇場には観客席と舞台があり、舞台には背景がある。背景の裏側は楽屋になるわけだけれども、芝居を見る観客は、背景の裏に楽屋があるなんてことを、誰も考える人はいないでしょう。例えば何世紀か昔の古い時代を扱った芝居があるとしますね。舞台の背景は単なる平面的なものじゃなくて、その奥にその時代の世界がつながっているわけですよ。少《すく》なくとも観客は、幕が開いたら、芝居の世界に没頭しなけりゃ、ドラマを楽しむことはできない。その点が非常に面白いことだなと思っていたのと、もうひとつは俳優の問題ね。俳優はさまざまな役を演じるわけで、一度舞台へ出たらその役になり切るんだけれども、出番がり、舞台の袖へ引っこめば、ちゃんと現実の自分に戻るでしょう。しかし、もしも芝居の世界へ入り込んだまま、元へ戻れない人間がいたとしたら、これは悲劇じゃないかと思ったんだな。あまりにも芝居の役に打ち込みすぎてね。そういう人間にとっては、背景の後ろにその時代の世界が立派につながってることになるでしょう。「断頭台」はそうした思いつきが物語としてふくらみ、でき上《あが》ったものなんですよ。それとこれまでの小説形式はすべて、現在から始まって過去に行き、また現在へ戻るものか、あるいは現在から未来へ行ってまた現在へ戻る。そういう形式のものが殆《ほと》んどだったわけよね。過去で終《おわ》る形の小説はないんですよ。そこで過去で終る短編を書いてみたいという気もあったな。

**森村**　ＳＦなんかだと、山村さんがいま言ったように、タイムスリップなり、タイムトンネルで簡単に過去へ行けちゃうでしょう。ところが「断頭台」はね。最後の部分を読者の想像にゆだねてるのね。現在に接点をひいて、本当に過去へ行ったんだろうか、それともやはり現在にいるんだろうかってね。そう言う想像にゆだねてるところがあるでしょう。十八世紀の刑吏サンソンがいた時代の書き込みが多いから、実際はサンソンの方が真の姿でね。あの現在の熊倉左京太《くまくらさきょうた》だったっけ。あれは実はサンソンが変身したもんじゃないかって、逆に錯覚させるような書き方なんだよ。「ノスタルジア」にしてもそうだな。アナキアだっけ？

マヤ王国の女？　あっちの方が本当の姿でさ。現世の主人公は、その変身したものじゃないかっていうようなね。読者を混同させ迷わせるところがある。あれが面白いね。ああいう手法は……。それに山村さんにはフェティシズムの好みがあるのね。

**山村**　（笑い）そうかね。

## 異常心理の好み

**森村**　「女雛《めびな》」はそうですね。

**山村**　うん。あれは完全なフェティシズムの作品だな。

**森村**　「女雛」の最後、あの意外性はいいなあ。ホモセクシャルだと思わせといて、結局はフェティシズムのね。内掛《うちかけ》っていうの？　内掛に対する恋というあの意外性。乱歩さんにもああいうのあるね。

**山村**　ええ、ありますね。

**森村**　「押絵《おしえ》と旅する男」はそうじゃなかったっけ？

**山村**　ああ、そうそう。あれは乱歩先生の短編中でも屈指の名作だな。

**森村**　でもね。「女雛」はいいよ。内掛に恋するなんて、男のロマンだよな。男だと理解できます。ああいう心理が。それからね。「女雛」「断頭台」「ノスタルジア」と並んだ作品系列の中で、ちょっと異色だなと思ったのは「暗い独房」と「天使」。あれを今度の「断頭台」に収録した、その理由って言うのはどうなんですか？　なんかちょっと異質な気がしたんだけど……。

**山村**　確かに系列的には違うかもしれないけどね。僕は人間の異常心理にものすごく興味を持ってるんですよ。だからさっき森村さんが言ったタイムトンネル式、あるいは怪奇という分類から言えば異質なんだけれども、「断頭台」にしたって、ひとつの異常心理物ですよね。主人公の熊倉左京太のモノマニアックな心理はそうでしょう。それから「女雛」の内掛に恋する男の場合だってね？　僕は平凡な人間は現実生活だけでたくさんだと思う。だから小説の世界では、好んで異常な人間を描きたくなるのかもしれないな。「暗い独房」については、あれを江戸川乱歩編集の『宝石』に発表したとき、乱歩先生が「非常に珍しい異常少年の心理を、老練警官の取調《とりしら》べを通じて、一つのケース・ヒストリーとして克明に描いたものである」と、ルーブリックを書いて下さったけど、僕はそうしたテーマが好きなんですね。「短剣」なんかも異常心理を扱った短編ですよ。

**森村**　そうね。あの主人公の少年と少女の心理はね。

**山村**　少年は父親の形見の短剣を大切に持っていて、それで自殺した母親の復讐《ふくしゅう》を果《はた》そうと憎い男をつけ狙《ね》らっている。そうした少年に少女が恋をするんですけれども、復讐の対象の男が病死したことから、少年は生き甲斐を失ってしまう。そんな少年にふたたび情熱の火を点じようと、少女は彼の憎しみを自分に振り向けさせようとするんです。結果は悲劇で終り、警察をはじめ周囲の人間は、誰も少女が心中を意図したとは考えない。それを書きたかったんですね。実際のハイティーンの世代には、ああいう特異な考えを持つ少女はいないかもしれない。しかし、いてもいいんじゃないかと……。

**森村**　なるほど。あれは同じ異常心理でも、マゾヒズムの中に凝縮された情熱が描いてあるのね。少年が目標を失ったとたん、少女の恋が風船のようにしぼんでしまう。以前の情熱に燃えていた少年の復活を望んで、自らを犠牲にするあたり……。ところで、話を「天使」に戻すけど、あれはどうなんですか？

**山村**　あの発想はね。こういうことがもとになってるの。まっ白な紙にインクを一滴ポトンと落すと目立つけれども、まっ黒な紙だったら少々こぼれても目立たないでしょう？　人間関係も同様ではないかと考えたわけね。

**森村**　そうそう。それがテーマだと思うね。

**山村**　つまりね。聖人や聖女には、誰もが崇敬や憧れを抱《いだ》くでしょう？　しかし、もしもそれが現実に存在していたとしたらどうだろう。逆に憎むようになるんじゃないかというのがテーマなんですよ。要するに、この世が白い紙のような人間ばかりになっては困る。それではインクの一滴のシミのような小さな悪でも目立ってしまう。社会が黒い紙のような状態でないと人間は生きていけない。つまり、最小悪というものが必要なんじゃないかと感じちゃってね。混血児問題を取り上げる気になったのは、僕が新聞記者時代に、当時社会問題だったエリザベス・サンダース・ホームを取材したことがあったからなんです。テーマを生かすには、最もふさわしい素材だと思ったんだな。そうしたことを、頭の中でモヤモヤと考えて構想を練っているうちに、トリックが浮《う》かんできた。子供ひとりのか弱い力では不可能な犯罪でも、何人かが力を合わせれば、大人以上の力を出せるでしょう。

**森村**　今ね、「チャイルド」っていうSF映画がきてるけど、子供を犯人に仕立てた推理小説は、わりあいに少ないですよね。ましてね、あれは子供の集団犯罪でしょう。動機が恐いね。あれは……。

**山村**　うん、憎まれていた人間が殺されるというのは、実際の犯罪でも推理小説でも、ごくあたりまえなわけですよ。子供を虐待した女が殺されるのだったら、別に不思議でも異常でもない。ところがそうじゃなくて「天使」の主人公の月姓聖名子《つきしようみなこ》という女は、気の毒な混血児の子供たちを心底から愛し、彼らに奉仕するために自分の一生を捧《ささ》げた、文字通りの天使でしょう？　その天使が子供達に憎まれて殺されたという、一種のアイロニーが書きたかったんだ。

**森村**　そうね。あの動機はだから恐いね。あれ読んで思い出したんだけれどね。僕は前に面白い話を聞いたことがあるんだよ。小学校の先生でね。自分が生徒たちにものすごく慕われているという自信がありながら、ときどきその子供たちがフッと恐くなることがあるんだって。授業中にすべての生徒の視線が、一種の圧力になって迫《せま》ることがあるって話を聞いたことがあるんだよ。だから「天使」で扱われているようなことは、実際にもあるんじゃないのかな。憬《あこが》れの的が逆転して、憎悪の対象になるっていうのは、性質は違うけども不安心理でもあるよね。

**山村**　そうだね。

**森村**　前にほら、美空《みそら》ひばりが劇場で硫酸をかけられた事件があったでしょう。あれなんか、熱烈なファンのスターに対する憧憬《どうけい》が強すぎたために、その憧憬がとうてい達成されないと知って憎悪に逆転しちゃうってケースだよね。ところが山村さんのはそうじゃない。悪に対して反対要素の善があったために、悪がやり切れなくなって、その対象を殺しちゃったという設定でしょう？

**山村**　うん、そうそう。

**森村**　恐いね。ああいうの。だけど、いまあの作品を書いたとしたら、すぐに抗議がきそうな感じね。

**山村**　来るでしょうね。当時の混血児はいまや各方面で活躍して一般の差別感情はなくなったからいいけど……。

**森村**　あれ、いつ頃の作品なの？

**山村** 昭和三十七年に『宝石』に発表したものですよ。

**森村** それから、ちょっと気がついたことで、山村さんのどの作品だか忘れちゃったんだけど、過去に雑誌に載せたものを単行本化する際、事実関係を現代風に改めてるでしょう。いまのアップ・トゥ・デートに。あれはどうなんですかね。僕の場合、自分の小説じゃ直さないんですよ。例えば温泉マークという言葉をラブホテルに直したり、玉電が通っていた世田《せた》谷《がや》通りを、高速道路沿いにという風に直してるでしょう。僕はああいうのはむしろ直さない方がいいように思うんだけどな。

**山村** ああ、なるほどね。現代に通用するようにと思って直したんだけど、そうしない方がよかったかもしれないね。

**森村** というのは、作者がその当時の意識で書いてるからね。単に事実関係のディテールを直したつもりでいても、意識までが直しきれないことがあるんですよね。意識が……。

**山村** うん、そういうことがあるね。

**森村** 小説っていうのは、そのときどきの意識で書いてるものだから、かえって温泉マークとか、玉電が出てきた方が雰囲気が出るような気がするの。

**山村** ええ、確かにね。

**森村** 完全に直し切れていればそれでいいんですけどね。特にあの二連の作品が、人間の異常心理やタイムトンネルを扱っているだけに、僕はあんまりそういう現代風俗を、アップ・

トウ・デートに変える必要はないと思うんですよ。

**山村**　なるほど。そこまで神経を使う必要はね。ところで森村さんが「断頭台」を最初に読んでくれたのはいつ？

**森村**　確かカッパ・ノベルスじゃなかったかと思うな。

**山村**　ああ、推理作家協会編のアンソロジーに入ったときに？

**森村**　だからね。僕がまだ小説書きになる前だったと思いますよ。

**山村**　早くから「断頭台」を読んだという話だけは、聞かされてたんだけれど。

**森村**　「断頭台」読んでね。すごい小説だなと思ったな。ショック受けたの。あれはやはり抜群にいいなあ。

**山村**　うん。僕自身も一番好きな作品なんだ。

**森村**　僕の好みで順位をつけると、まず第一位が「断頭台」でしょう。それから二番目に「女雛」と「短剣」それに「暗い独房」が同列にいいね。それから三番目が「天使」四番目が「ノスタルジア」の順になるかな。だけど山村さんね。僕は貴方《あなた》とこんな風に、親しい友人関係で付き合っていていつも思うんだけど、貴方ってすごくまともじゃないの。協会の常任理事としてさ。一種のコーディネーターだよね。だいたい作家は「俺《おれ》が俺が」っていう一匹《いっぴき》狼《おおかみ》の連中が多いのに、それをうまくまとめて、調整役になってるでしょう。だからああいう異常心理を扱った作品を得意とするような人とは、とても思えないんだけどなあ。山村さん自身の本質には、やっぱりそういう異常なものがあるわけ？　それとも、ぜんぜん関係なくて、あくまで純粋な作家のイマジネーションとして……。

**山村**　イマジネーションだよね。

**森村**　それじゃ、どこまでも想像力を駆使して……。

**山村**　そう。僕の内面には、異常な要素はあんまりないですよ。そりゃあ、まったくないといえば嘘《うそ》になるけどさ。人と較《くら》べて、特に変ってる点というのはないですよ。乱歩先生なんかもそうだったな。ふだんは大変な常識家でね。あの個性的な作品から想像する江戸川乱歩像と、実際の江戸川乱歩とはぜんぜん違っちゃってたんだもの。

**森村**　それはそうと、いま山村さんは講談社の書き下《おろ》し長編に取り組んでるでしょう。あれはやっぱり、今度の短編集の延長線上にあるもの？

**山村**　そうだな。延長線上にありますね。あれもタイムトンネル的な作品になると思います。

**森村**　山村さんの作品は異常心理物でありながら、しかもちょっぴりSF的な要素がある。むろん、SFじゃないけどね。そういうSF的な要素のある作品の中に、推理小説としてのエッセンスを盛り込むというのは、難しいでしょうね。

**山村**　ものすごく難しいですね。だから遅々として進まずにうなってるっていうのは、その辺のところがね。つまり、ストーリー自体で悩むというよりも、細かい部分的なディテールで悩んじゃうんですよ。物語の場面から場面へ移っていく上で、お茶を飲んだり煙草《たばこ》を吸ったりするといった小さな問題を、いちいち処理していかなければならなくなって。それが筆を停滞させる原因になっているんだね。

## スーパーナチュラルの問題

**森村** 三島由紀夫《みしまゆきお》が前にね。再生願望っていうのかな。つまり、生まれ変わりね……。

**山村** うん、転生ね。

**森村** ああ、転生か。「ノスタルジア」なんかは、それが扱ってあったでしょう？ あれなんか好きですか。

**山村** 好きですね。僕自身も転生を信じてるもの。だから逆に森村さんに質問したいんだけどね。森村さんはスーパーナチュラルって、ぜんぜん信じないの？

**森村** いや、あのね。信じないっていうよりはね。わからないって感じがするのよ。でも、幽霊の存在は信じないですよ僕は。ただ、この世の中のことは、すべてモノサシだけで計ってるわけでしょう。だからまだまだ未知のわからないことが、ずいぶんあるような気がするんですよ。例えば、僕は動物が好きなんだよね。動物の保護色とか擬態に、非常に興味持ってるんだけど、それは人間の目で見てるわけよね。例えば青虫が青くなるでしょう。それからフラミンゴは、赤くなったりする。そういうのは、はたして動物の世界から見たら同じ色に見えるのかなあって気がするわけ。保護色にしても、動物の目から見ると別の意味があるんじゃないかと。蜂は赤い色が見えないと言われているんだけど、蜂の目から見た場合、夕日を背景に飛んでいる赤いフラミンゴが、はたしてどういう風に見えるんだろうかってことを感じるね。

**山村**　うん。そういえば僕もね。同じようなことを考えたことがある。僕の場合はね。色彩じゃなくて音なんだけどさ。爆弾は破裂すると、ドカンという音がするでしょう。その音は、人間の鼓膜に振動の波長が伝わってきてそう聞こえるわけよね。そこで、地球が壊滅状態に陥り、人類がぜんぶ死滅すると仮定して、その最後の日に、誰かが時限爆弾をしかけておいたとするんですよ。人間がすべて死に絶えた後、爆発するように。そのときにその爆弾が、はたしてドカンという音がするかどうかなって疑ったことがあるんです。

**森村**　だからさっきの転生にしてもね。ああしたことはやはり、人間のモノサシで見ているわけですよね。現実の生きた人間の。わからないと言ったのはそのためですよ。死んでみなけりゃわからない。ほら、ＳＦに、フェーテッセンの小宇宙というのがあるじゃない。

**山村**　僕は知らないな。

**森村**　そう。それは、要するにね。フェーテッセンとかいう科学者が、宇宙空間を自分で作っちゃうのよ。こんな小さな銅板と銅板のあいだにね。それでその中に、この広大な銀河系の宇宙みたいなものがあるわけ。ただそれが縮小されているから、時間がその分だけ早くなってるの。最後にフェーテッセンが、銅板と銅板をパタンと閉じると、その宇宙はつぶれちゃうのよ。だから、もしかしたら我々の住んでるこの宇宙にも、別なフェーテッセンがいてさ。すべてを見通しているんじゃないかと思うわけね。そのフェーテッセンが、いわゆる神といわれている存在じゃないかって……。

**山村**　いやね。森村さんは幽霊の存在を信じないって言ったけど、例えば四谷怪談《よつやかいだん》のお岩さんね。ああいう視覚的なお化けに、僕は恐さを感じないんですよ。だけど何かわからない未知の現象に対しては、ものすごい恐さを覚えるの。人間の計り知れない何かが、まだいろいろあるんじゃないかと考えるわけね。その点はこのあいだ笹沢左保《ささざわさほ》氏と対談したときも、彼の意見と一致したんだけどね。推理小説の特質のひとつに、恐怖の要素があると思うんですよ。

**森村**　うん。あるね。

**山村**　恐怖といっても、むろんさまざまで、現実生活の上でも存在する。例えば殺人犯に追いつめられるというような恐怖ね。それもあるけど、そのほかにもっと別な恐怖もあるんじゃないかと考えるんですよ。ということはね、推理小説は合理主義にもとづいているから、いかなる不可解な謎も、結末では余剰の部分が一切ないように解決されなければならない。だけどね。その解決した後でもなお残る余韻みたいなものが、僕はあってもいいんじゃないかと思うの。その余韻に恐怖感を覚えるようなものがね。森村さん、こういうの読んだことがないかな。イギリスのR・クロフト・クックという作家の書いたもので「一周忌」という短編なんだけどね。そのストーリーはというと、ある老婦人が殺されて事件は迷宮入りになったわけよ。有力な容疑者として甥《おい》がマークされていながら、アリバイがあるために警察では逮捕できないの。そこで元署長だったウィリアム卿という貴族が、一計を案じるんだな。一周忌の夜にその甥を事件のあった家へ招き、そこへ前もってたのんでおいた女優に老婦人の幽霊に化けさせて出現させるわけ。ウィリアム卿をはじめ他の客たちは、あらかじめ手のうちを明かされているから、幽霊が現れても驚かないんだけど、女優の真に迫った演技にたまりかねて、容疑者の甥はとうとう罪を自白するんだよ。ところがその物語のミソは何かっていうとね。無事に一件落着した後へ一通の電報が届くんですよ。ウィリアム卿宛《あて》に……。

**森村**　ああ、その話、聞いたことがあるよ。

**山村**　女優からね。風邪をひいて起きられないので、行けないという断りの電文なんだな。それじゃ、さっき出現した幽霊は、はたして何だったのか？　というオチになってるんだよ。今度は容疑者を罠《わな》にかけた連中がゾッとさせられる、二重の構成になっているわけね。

**森村**　それ、知ってる知ってる。

**山村**　知ってるでしょう。だからそういう意味での、読後に尾を引く恐さというのはあると思うんだな。

**森村**　ただ、僕が幽霊なんか信じないっていうのは、ひとつにはね。山村さんもさっき言ってたけどみなグロテスクでしょう？　ね？　なんとなく。だからあれは怨念を抱《いだ》いてる霊を、人間が恐そうに具象化したものだって、はっきりわかるわけなんですよ。それはなぜかというとさ。幽霊がこの世に存在して「うらめしや」と言うんだったらね。いわゆる巫女《みこ》なんかはいらないんじゃないの。ほら、何て言ったっけ？　青森県の恐山《おそれざん》にいる……。

**山村**　ああ、イ、タ、コね。

**森村**　そうそう、そのイ、タ、コ。ああいうものはいらないわけですよ。イ、タ、コの存在理由というのを、僕はこう考えるの。なるほど、霊はいるかもしれない。だけど霊っていうのは形のない霊魂だからね。発声器官を持ってないでしょう。言葉をね。だから霊が言葉を発声するということはあり得ないから、誰かの発声器官を借りて、自分の意志なり怨念なりを現世に伝えなけりゃならない。だから霊媒が必要だというのなら、これはまあ一種の科学的な考え方だと思うんだよなあ。ところが、幽霊がいきなり出てきて「うらめしや」って言うとね。なんだかすごく荒唐無《こうとうむ》稽《けい》だって気がするの。女の幽霊が夜出てきて、髪の毛をふり乱したその影が障子に写るなんてシーンが、怪談によくあるでしょう。ああいうのを見ると、恐さより滑稽感《こっけいかん》が先に出てくるのね。

**山村**　そうなんだ。同感ですよ。特に最近の若い世代の人たちは、僕ら以上におどろおどろしたお化けや幽霊には、おかしさを感じるんじゃないのかな。うちの子供たちなんかも、テレビの画面に幽霊が出てくると、笑い出しますよ。
**森村**　結局、グロテスクな恐さなんだよね。
**山村**　そうねえ。昔の人は、怨念の象徴といったその姿そのものに恐れをなしたんだな。お岩さんなんかに。

## 余韻の恐さ

**山村**　しかしいまは、そういうことで恐がる人は、誰もいないと思うんだよね。
**森村**　むしろ、さっき山村さんが言った余韻の恐さね。その方がはるかにずっと恐い。その点では「女雛」の結末なんかも、はっきり言ってないんだよね。あれはあくまで推測だよね。そのワトスン役みたいな主人公の。たぶんそうじゃなかろうかという推測的な解決でしょう。それから「天使」にしても、子供が犯人だという決め手はぜんぜん出てないわけですよ。推測で終っている。ああいう推測で終っている推理小説って、やっぱり恐いね。
**山村**　ああ、そうか。僕自身はそこまでは計算して書いたわけじゃなかったんだけど、なるほどね。
**森村**　他の推理小説の場合、作者から「これは子供が犯人なんだよ」って言われるとね。それでピリオドが打たれて、読者は満足するし、それ以上の解決、それ以外の解決はもうあり得ないわけですよ。ところが「天使」の場合だとね。もしかしたら子供が殺したのかもしれないし、そうじゃないかもしれない。そこが恐いのよね。そうした要素を断定しないところに恐さがあるね。

**山村** まあ、あれは、いま言った余韻につながることになるのかもしれないけれど……。

**森村** そうなんだよ。だから余韻っていうのは、おそらく結末を断定しないところに生じるんじゃないのかな。ただ、推理小説における余韻の恐怖っていうのはね。過去の本格推理小説の場合だと、矛盾するような気がするね。これまでの本格推理小説には、やはりすべてが割り切れた合理的な解決が必要だったでしょう？

**山村** そうね。それが公式化されていたものね。

**森村** 公式化されていたでしょう？　だからその公式を破るところに、これからの推理小説の新しい手法があると思うんだけどさ。その新しい手法を、山村さんはね。今度のアンソロジーに収録した過去の短編で既にやってるわけよね。つまりいまにして考えれば、非常な達見だったと思うな。先見でもあったわけね。今度の収録作品の中で完全な解決がされていないのは、まず「天使」がそうでしょう。それに「女雛」がやはりそうだし「断頭台」や「ノスタルジア」も、みんなあてはまる。「ノスタルジア」のあの教授なんか、だいたいどういう素性の人物なのかぜんぜん書いてないものね。

**山村**　うん、ぼかしてあるな。

**森村**　そういう意味で、今度の山村さんの短編集は、余韻を主題にしたアンソロジーとも言えるのよね。僕はよく思うんだけど、それは推理小説に限らず、小説と実際の人生の違いというようなことね。小説の場合は、例えばラブストーリーなんか、主人公がハッピーエンドで結ばれてめでたしめでたしでしょう。それに時代小説では、例えば赤穂浪士《あこうろうし》にしたってさ。討入《うちい》りして本懐を遂げたあと、切腹して終りだしね。ところが、実際の人生っていうのは、それから後があるわけよね。幸福になって、幸せになったはずの男女が、また喧嘩《けんか》して別れ、赤穂浪士の場合は、浪士の遺族たちがスキャンダルを起こしているかもしれないしね。それが小説のなかに書かれてない部分ですよ。ところが、実際の人生では、書かれてない部分に恐いとこがあると思うの。

**山村**　そうだね。

**森村**　だから、そういう点で、今後の推理小説は、そうした書かれてない部分にまで進出していくといいね。ここでいちおう小説は終るけれども、これから先はどうなるかわかりませんよという恐さね。

**山村**　うん。だからね。いま探偵小説がもてはやされてるでしょう？　名探偵なんかが見直されているわけだけれども、あれはあくまで架空の存在だよね。だけど、社会派以後の現実的な推理小説の方にも、いわゆる探偵役は存在するわけですよ。その探偵役が警察官以外の個人の場合、つまり何かの犯罪にまき込まれてその事件を推理するとか、あるいは肉親の無実をはらすために、犯人を自分自身の手で捜し出すとかいうケースでは、これはあくまで個人の推理になっちゃうわけね。

**森村**　そうそう。

**山村**　そうするとね。その個人の推理がはたして真実であったかどうかということになると、非常な疑問が残るわけですよ。本当だったかもしれないし、あるいはそうじゃないかもしれない、というね。その種の型の推理小説は、これまでにもあったんだけれども、ただそれらの作品はすべて断定しちゃってるのよ。個人の場合でも。

**森村**　その通りですね。

**山村**　しかし、個人が解決した場合、はたして断定し得るのかなあという疑問を感じるわけですよ。だからね。割り切れないものを余韻として残すところに、推理小説の新しい試みが、まだ考えられるんじゃないかって気がするんだけどね。

**森村**　いやね。現代に即した推理小説は、だんだん書きにくくなってきているの。十年ぐらい前の作品だと、例えば容疑者が浮かぶよね。容疑者の住居へ行ってその相手が行方不明になっているとしたら、その先追及する手段がなかったわけなのよ。ところがいまだとね。まずその容疑者が自動車免許証を持っていれば、コンピューターにより全国規模で記憶されてるわけですよ。コンピューターから身元を割り出せるわけね。例えば山田太郎という名前で、青山一丁目のアパートに住んでるとする。それが容疑者でそこへ行くでしょう。ところが、山田太郎はどこかへ消えちゃっていないとしたら、それが偽名かどうかは、昔はその時点で不明にしといてよかったんだけど、いまは調べる手段がいくらもあるからね。

**山村**　そうねえ。

**森村**　いま言った免許証を持ってれば、偽名では取れないでしょう。山田太郎に自動車の運転ができたとしたら、もうそれで追えるわけですよ。それから住民登録してれば、そこからだって追えるでしょう。それから仮にマンションに住んでたとするね。マンション買うにはさ。不動産登記が必要だからね。

**山村**　ああ、なるほど。

**森村**　それに税務事務所へ行けば、不動産の権利関係の書類がぜんぶ残っているから、それでもう偽名は使えない。それから犬を飼ってればね。畜犬登録をしなければならないんですよ。狂犬病予防のね。そうすると、犬の線からだって追えるでしょう。それから海外へ一度でも出てれば、五年間コンピューターに名前が残りますよ。

**山村**　うん、出入国管理記録にね。

**森村**　そう。とするとね。現代の推理小説は容疑者の行方不明について書くだけでも、それをぜんぶ消さなきゃいけないわけよ。家出人捜索願いが出てれば、これは全国犯罪情報システムで登録されてるしね。これでパーンとやれば、一分で答が出てきちゃうんだから。以前のように、単に〝なんのだれべえ〟は行方不明で、現在居所不明なんて不用意に書いたら、たちまち読者から反撃を食うよ。そんな馬鹿な、調べる方法はこれだけありますよってね。それからもうひとつ、現在の推理小説で書きにくいなと思う点は、車を無視できないことよね。車にかかわる煩《わずらわ》しいことを考えたら、まず主人公は車を所有してないことにしなくちゃいけないけど、持ってないってことは、主人公の社会的地位から考えて、非常に矛盾しちゃう場合があるのね。仕方なく主人公に車を持たせるとね。そうすると今度は駐車場の心配からしなくちゃならないのよ。

**山村**　作家がそこまで考慮しなきゃ、ならなくなってきてるんだな。

**森村**　もうこれは、本当にやりにくいですよね。そうなると当然、スポーツカー乗りまわしてるような犯人を、ドタ靴《ぐつ》はいた刑事が迫うってこと自体がおかしくなってくるのよね。

**山村**　なるほど……。

**森村**　そういう点でね。名探偵のイメージチェンジが、今度は必要になってきますね。

**山村**　うん。それは確かにそうですね。

**森村**　だから、現代の広域犯罪を推理小説で扱った場合にはね。名探偵の存在っていうのは、まず不可能じゃないのかな。

**山村**　うーん、そうなるかなあ。

**森村**　それでも、なおかつ名探偵を創造するとかね。あるいは新聞記者とかね。ある特定の組織力を駆使できる人間でないとね、探偵役には設定できないですよ。もし、明智小五郎《あけちこごろう》やシャーロックホームズのような私立探偵を使う場合には、犯罪を限定しないとだめですね。

**山村**　そういえば、このあいだ新聞で読んだんだけど、あれは何の事件だったかな。死体に草の実か何か付着していたために、犯行が露見したというの……。

**森村**　うん、あったあった。猫じゃらし。

**山村**　猫じゃらしか。あの事件は森村さんの作品にマタタビを使ったのがあったから、それでなおさら興味を持って読んだんだけど、あれで僕が考えたのはね。いま森村さんの言われたことと共通するんですよ。というのは、ひと昔前の探偵小説だったら、指紋が手がかりになって、犯人が捕まるなんてそんな単純な設定のものもあったわけですよ。だけどいまや実際の事件でも、犯罪者が手袋をはめて犯行を行うのは常識になってるくらいでしょう。したがって今後の犯罪はね。犯人がゴミひとつにも細心の注意を払ってね。それこそ電気掃除機でも持っていって、犯行現場のあと始末をしないと、発覚するというようなことが起こり得るわけよねえ。（笑い）

**森村**　（笑い）うん、そうなんだ。だって現に轢《ひ》き逃げ捜査の場合は、電気掃除機を使うんだものね。現場で、電気掃除機でぜんぶ吸い取るわけですよ。車体からこそげ落ちた塗料の破片やなんかをね。殺人事件なんかの場合も、微細なゴミは電気掃除機で取るらしいね。

**山村**　電気掃除機も科学捜査の武器ってわけか。

**森村**　うん。現場検証の際にね。だから、そういう点を作者が心得ていないと、いまは推理小説を書けないわけよ。昔だったらね。探偵小説の読み方のルールというものがあってさ。これはここだけのお話ですよっていうのがあったでしょう。作者の状況設定のなかでだけ、読者は読めばよかったわけ。だから作中に指紋のことを取り上げてなけりゃ、これは作者が指紋を度外視してるから、そうは考えなくていいんだなっていうふうに、読者は読んでいたと思うの。だけど、いまのように小説の状況設定が現実に即してきちゃうとね。かつての探偵小説の書き方では、読者は納得しないのね。そういうなかでさ。山村さんの描く異常心理の世界やタイムトンネル小説というのはね。現在、非常に書きにくくなっている推理小説のなかで、ひとつの新しい方向を示す特異なジャンルだと思うね。だって、あれは、人間の心理の問題でしょう。だから読者は納得するわけよ、あれで……。

**山村**　うん。我ながらかなり強引だとは思うけどね。以前乱歩先生に、君の小説は強姦《ごうかん》スタイルの小説だなって、そう言われたことがあるな。作者のつくった設定で、読者を無理やり犯すようなところがあるって……。（笑い）

**森村**　（笑い）

**山村**　森村さんの作風にもそういう強引さがあるんだよ。かなりね。つまり、何ていうのかな。ひとつの論理なり、設定なり、あるいはテーマなりをね。読者がなるほどと思って読むのはね。現実といちいち照合させて納得するんじゃなくて、やっぱり作者の説得力の問題だと思うんだな。

**森村**　ねじふせちゃうんだよね。（笑い）

**山村**　（笑い）そうそう。だから僕はかつて、乱歩先生にそういうことを言われて、そうかなあって思ったんだけどもね。

**森村**　連載小説の場合にですね。取材が間に合わない場合があるわけですよ。そうするとね。取材しないで、自分の想像力だけで書くわけよ。専門分野を自分の想像で書いて、事後確認のような形で専門家に問い合わせるとね。いや、現実にそんなことはあり得ませんよと言われると、困っちゃうわけですよ。

**山村**　（笑い）

**森村**　ね？　現実にそんなことはあり得ないって言われても、現にもう連載は開始されてるんだもの。そうなると今度は、ありとあらゆる可能性を捜すわけよね。自分の設定に合うように。こういう場合はどうか、こんな場合はどうだろう？　ってね。それでほんのかすかな可能性でもあれば、強引にその話を進めて行くっていうことはあるな。それは僕だけじゃなくて、山村さんにもあるし、松本清張さんなんかもずいぶんあると思うね。

**山村**　まあ、職業作家はおしなべて、そういうところがあるからねえ。

**森村**　しかし、事実通りに書いた方が、かえってリアリティがない場合もあるね。

**山村**　うん。それはありますね。

**森村**　例えば、言葉の使い方ひとつにしたってね。本当は病膏肓《やまいこうこう》が正しいはずなのにさ。みんなやまいこうもうでしょう。

**山村**　ああいうのはいくらもありますよ。喧々諤々《けんけんがくがく》というのは、本当は侃々諤々《かんかんがくがく》だからね。喧々は囂々《ごうごう》……。

**森村**　そうそう。ところがかえってね。正確な記述をすると読者がね。これは間違ってるんじゃないかって、言ってくるケースがあるんだよね。だから、小説的なリアリティというのは違うって気がするんだ。

## 死後の世界

**山村**　うん、確かに違うね。それとね。話が後戻りするんだけど、森村さんは死後の世界というのは信じない？

**森村**　いや、信じないというよりは、不気味ね。死後は……。

**山村**　死そのものに、恐怖はありますか？

**森村**　そりゃあ、あるね。半信半疑ではあるけど、死後の世界っていうのはやはりあるような気がするな。なぜそんな気がするかというとね。いま地球に三十億ぐらい人口があるでしょう。だけどそれはね。人類がこの地球上に姿を現わしてから今日までの総人口に比べたら、ほんの氷山の一角でしょう。そうするとね。人間の現役は、そうした総人口に較べると、微々たるものだよね。そういうことを考えるとね。僕たちは、人間の現役だなんていばってはいられないんじゃないかって気がするの。案外、死んだ連中の方がね。人生の本当の現役かもしれないわけでしょう？

**山村**　なるほどね。それは森村さんらしい面白い考え方だな。

**森村**　これまでに死んだ人間の数といったら、いったい何人ぐらいになるんでしょうね？

**山村**　さあ、あまり数が多過ぎて見当もつかないなあ。

**森村**　とにかく、人類がこの地球上に姿を現わした原人の時代から今日までの総人口といったら、赤ん坊から老人までの現役の総人口など、比較にならないほどすごい数になるでしょうね。これ。

**山村**　大変なものですよ。

**森村**　そうするとね。死んじゃった連中がいま生きている人間の方を見てさ。あいつらあんな少しの、いわゆるマイナリティの癖に。人間のマイナリティですよ我々は。何をほざいているんだと言っているような気がするの。しかもそれはね。数の上だけの問題じゃない。時間的に見たって微々たるもんでしょう。現在、人間の平均寿命は七十歳ぐらいになってるけど、死者の総人口の平均寿命となると、当然もっと短かくなるよね。原人の時代には医学やなんかないから、二十や三十で死んじゃってる者が多いでしょう。そういうふうに延べ人口の中の平均寿命で割ってくるとさ。時間的にも人数的にも、人間の現役っていうのは非常に微々たるものだと思うんだよね。

**山村**　確かにその通りだな。

**森村**　だって、試みにさ。三十年ぐらい前の古いアルバムを見てみると、死んだ人の数の方がずっと多いもんね。

**山村**　ああ、なるほどね。

**森村**　だから、山村さんなんか推理作家としてのキャリアが旧《ふる》いからさ。昔の写真を見ると、故人の方が多いんじゃない？

**山村**　そりゃ多いですね。

**森村**　多いでしょう。そういうことを考えると、我々は結局、マイナリティなんだよね。ところが、人間っていうのは錯覚しちゃってさ。死んだ人間の方がマイナリティで、我々の方がマジョリティだという考えや錯覚を持っちゃうのよ。死んだ人間の方がマジョリティなのに。だからね。死後の世界を信ずる信じないってことより、死後の方がマジョリティだってことだけは確実だと思うね。

**山村**　いや、それね。いま言われたことに関連するんだけど、適齢期の若い娘さんたちのあいだで、自分の同級生が続々と結婚していくと、取り残された人間が焦るってよく言うでしょう。それとはちょっと違うんだけれども、ミステリー界を例にとってもね。古い写真を見ると、先輩たちが着実にどんどん死んで行ってるわけですよ。それが恐いね。何だか……。

**森村**　生きてる方が、取り残された感じなんだよね。

**山村**　そうなの。結婚みたいに焦る気持じゃなくて、逆に取り残されたいと思うんだけれどもね。それだけに恐いですね。この方は……。

**森村**　そういえば、山村さん。SFにあるじゃないの、あのね。題名忘れちゃったんだけど、相対性人間というのを扱ったのが。

**山村**　ほう。よくSFまで読んでるね。僕はあんまりSF読まないんだ。

**森村**　こういうのよ。いわゆる機械文明がどんどん発達して、宇宙旅行が可能になるんですよ。ところがね。例えば昭和三十年代に宇宙旅行に出発すると、何て言うのかな。まだ宇宙航空機のスピードが遅いわけよね。それで、後から出発した連中に追い越されちゃうわけよ。昭和七十年代、昭和百年代の連中に。西洋の小説だから、むろん西暦千九百何年となるわけだけどね。ところがアインシュタインの相対性原理によって、宇宙航空機内の時間は、地球の何年分かに当るわけでしょう。そうするとね。昭和三十年頃に出発した連中が、はるか二百年ぐらいたってから戻ってくることになるんだな。宇宙旅行では、一年か二年しか経過してないのにね。そうすると、彼等と同じ世代の人間は、もうとっくに死滅しちゃってさ。まったく別の未来の社会になってるんだよ。そのため、社会順応ができなくなるんだよね。

**山村**　ああ、そういうわけか。

**森村**　そうした社会順応のできない宇宙パイロットをさ。特別に隔離した、相対性都市っていうのができるわけですよ。相対性人間だけで、相対性都市っていうのを作ってるの。それがね。僕はなんだかフッと、死後の世界って、そういうんじゃないかなって気がすることがあるんだよ。

**山村**　うん、さっき話の出た僕の書き下し長編も、死後の世界を扱った本格物なんですよ。だからその点でもものすごく書きづらいんだけどね。いま言われた相対性原理による時間の問題は、その中に取り入れようと、ちょっと考えてるんだ。

**森村**　リーインカーネーションなんていうのは、案外、相対性人間かもしれないよ。宇宙旅行に行っちゃって、それで死んだやつがね。何百年か経《た》ってから帰ってくるわけよ。ところが、死んだ人間にとっては、一年か二年ぐらい、あるいは一か月か二か月ぐらいの旅行が、地球ではもう百年、二百年と過ぎちゃってるわけよね。そうなると、死刑にだってそういうことが考えられるかもしれない。罪人に死刑を宣告して執行しても、それは生きてる人間から見た死であってね。案外、死ぬ人間にとっては、死じゃないかもしれないでしょう。さっきの動物の保護色と同じで。

**山村**　そうそう。

**森村**　要するに、生きてるってことはさ、現世とかかわり合いを持ってるから生きてるわけでしょう。ところが現世からある日突然、パーンと遮断されちゃったのが、死だと思うのよね。妻や恋人、子供たち、自分の親、そういう親しい人達から、突然、遮断されるってことが。だとするとだよ。犯罪者を宇宙航行機に乗っけて、発射しちゃうわけよ。八丈島《はちじょうじま》に流すみたいに、宇宙に流刑にするの。例えば一年間流刑にすると、今度帰ってきたときは、地球は三百年ぐらいたってるわけよね。それはもう死刑と同じでしょう。そういう新しい方法の死刑も、未来にはあり得るわけよね。

**山村**　なるほどね。それは面白い着想だなあ。

**森村**　科学がどんどん発達すれば、起るかもしれないよ。

**山村**　森村さん、そういうSF小説を書く気ないの?

**森村**　そうねえ。SFはわりあい好きだから、よく読んでる方なんですよ。ただ読む分にはいいんだけど、書くとなるとやっぱりしんどいね。それに、SFのテーマは、推理小説とは違った要素があるからね。

**山村**　うん。確かに本質的に違ったところはあるな。

**森村**　まあ、結論としてさ。今度のアンソロジーは、山村正夫の異常心理推理小説集だよね。さっきも言ったように、現代の推理小説は、刑事訴訟法や、捜査網の発達、それから人間の公的な記録システムの発達によって、非常に書きにくくなってるわけですよ。そうした中で、山村さんが試みた異常心理の推理小説は、これからの推理小説の新しいジャンルであり、まだ開拓されざる処女地のような感じがするね。だから非常に面白いし、その延長線でいま書いている書き下し長編にも、僕は非常な期待を持ってるんですよ。これをこの対談のしめくくりとしたいね。

（昭和五十二年二月、於東京青山会館）

（『断頭台』／角川文庫一九八四年五月）

## あとがき（『異端の神話』新芸術社）

私は昭和二十四年に、処女作「二重密室の謎」を旧『宝石』誌に発表した。十八歳のときで、推理文壇にデビューした当時は名外専（現南山大学）に在学中の、まだ詰襟服姿の学生であった。

以来四十年間。その間休みなく作品を書きつづけ、いまや齢も五十代の後半に達して、頭に霜をいただく熟年の身になっている。いわば私は、戦後の推理小説界の発展とともに、成長してきたわけである。この世界に身を置いた当初は、まだまだ一部の愛好家に支持されるのみで、正当な市民権を得ていなかったミステリーが、現代ではエンターテインメントの主流としてもてはやされ、空前の繁栄を来すに至ったのだから、私がこれまでに辿ってきた過去の変遷《へんせん》をふり返ると、いささか感慨無量の思いがせずにはいられない。

今回、私の現役作家生活満四十周年を記念し、初期の二十代から三十代にかけての頃に、推理専門誌に発表した旧作の中から、もっとも愛着のある中、短編四篇を選び刊行する運びになった。

それも単に自薦短編集というだけではなく、装幀《そうてい》の方も私の注文が全面的に受け入れられて、待望の村上昴《むらかみこう》氏に引き受けて頂くことができた。当社の原田《はらだ》裕《ゆたか》氏とは、氏が講談社や東都書房に在任中からの長いお付き合いだが、その御好意でこうした愛蔵本の上梓が実現できたことは、まさに作家冥利《みょうり》に尽きると言えるだろう。

ところで、本書に収められた四篇の作品は、いわゆるミステリーの枠からはいずれもはみ出している。西洋の古代史や中世の歴史に材を取った、我ながら一風変《かわ》った傾向の作品ばかりである。

少年時代にシェンキェヴィチの「クオ・ヴァディス」に多大な感銘を受けた影響で、若い頃の私はギリシヤ時代や帝政ローマの時代に、異常なまでの憧憬を抱いていた。

「疫病」は旧『宝石』の昭和三十九年四月号に掲載された中編で、天災や疫病などにもしも神の意志が働いているとすれば、それは神の犯罪ではないかという発想からストーリーを思いついた。人間が神の罪を告発し復讐《ふくしゅう》するという、大それたテーマを扱ったもので、昭和四十年度の日本推理作家協会編の推理小説年鑑（東都書房刊）に収録された。

また「獅子」（旧『宝石』昭和三十二年十一月号）は、協会の前身である日本探偵作家クラブが、当時、夏の土曜会に恒例としていた、犯人あて競技のために執筆した短編である。ギボンの「ローマ帝国衰亡史」の中にある国家競売の史実から、ヒントを得た作品だが、原稿が当日の会までに間に合わず、クラブ員の萩原光雄《はぎわらみつお》氏が問題篇を朗読中、別室で解決篇を書き上げるという、離れ業を演じて冷汗をかいた、思い出深い作品といっていい。これは昭和三十三年度の探偵小説年鑑（宝石社刊）に収録された。

「ノスタルジア」は中島河太郎《なかじまかわたろう》氏らとともに同人組織で発刊した『推理文学』の昭和四十五年十月号（新秋特別号）に寄稿した短編だ。古代マヤ帝国の文献を読んでいるうちに想が湧いた作品で、現世と千六百年前の前世を交錯させる、輪回をテーマにして小説化した。

「断頭台」（旧『宝石』昭和三十四年二月号）は、私自身が最も好きな短編で、戦後まもなく劇団文学座に在籍して、新劇の演出家を目指していた頃の体験がもとになっている。現在に始まって過去で終《おわ》るという、新機軸の小説形式に挑んでみた作品だった。『宝石』の監修に当たっておられた江戸川乱歩先生が、ルーブリックの中で、

「この作品は日常の現実は架空となり、架空の夢が現実となる転倒心理を描いている。私のいわゆる『うつし世は夢、夜の夢こそまこと』の系列に属するものであろうか」

と、解説してくださった。

いまこれらの諸作を読み返してみると、血気盛んだった若い時分の私は、先にも述べた通り、型破りな作風に激しい情熱を燃《も》やしていたようだ。どの一篇にも、そうした意味での野心と気負いが感じられる。この四篇がはたしてミステリーの範疇《はんちゅう》に属するかどうかは、読者の判断に委ねるほかはないだろう。

標題を敢《あ》えて「異端の神話」としたのは、そのためなのである。

一九九四年四月

山村正夫

（『異端の神話』／新芸術社／一九八九年五月）

# 後書き（『恐怖のアルバム』出版芸術社）

私は平成元年五月二十九日に、東京会館において、「現役作家生活四十周年を祝う会」を催した。それまで出版記念会などの晴がましい私的な行事は、かつて一度も開いたことがなかったのだが、作家仲間や出版社の熱心な勧めで、御好意に甘えることにしたのだ。文壇・将棋界・新劇界・映画・芸能界などの著名人七十氏が発起人を引き受けて下さり、角川書店、講談社、光文社、中央公論社、徳間書店ら五社に世話役の労を煩《わずら》わせて、参会者二百名を超える盛大な会であった。

それに合わせて、単行本、文庫など四冊を三社から記念出版をした。その中の二冊が、当社刊行の「異端の神話」と「幻夢展示館」である。村上昴氏に装幀《そうてい》、装画、イラストをお願いした、私の数ある著書のうちでもひときわ目立つ超豪華本だった。

早いもので、あれからさらに五年の歳月が経過している。私はいまなお現役の戦列にあり、通算すると四十五年間、たゆまず執筆活動をつづけているわけで、かれこれ半世紀近くもの長年月、よくもまあ筆を折ったり、休筆をしたりして、挫折せずに来れたものだと、我ながらいささか感無量の思いがせずにはいられない。その間各誌に発表した短編は、ざっと五百篇は下らないだろう。

今度〝ふしぎ文学館〟の一巻として当社から五年ぶりに「恐怖のアルバム」を刊行することになった。五百篇の作品群の中から、怪奇物、異常心理ミステリーなどの中、短篇九篇を社に選んでもらった。

いずれも二十代から三十代にかけての若い時代に書いた作品ばかりで、いま再読してみると、さながら過去の折々のプライベイトな写真を貼ったアルバムのように、執筆時の苦労やそれに伴うさまざまな発想の思い出が、まざまざと脳裡《のうり》に甦《よみがえ》ってくるのだ。

私は幼少の時分、何か悪戯《いたずら》をすると、母に罰としてよく押し入れへ入れられた。ふつうの子供だったら泣いて詫《わ》びるところだろうが、なぜか私は暗く狭い場所に一人で籠《こも》っているのが好きで、いつまでもその状態に甘んじているものだから、遂には母も呆《あき》れてやめてしまった。また私の性格は社交家の反面、初対面の人間には極度に人見知りをする一面があり、気の合わない相手と会ったりすると、気づまりの余り息苦しくなり、その場から逃げ出したい衝動に駆られることがある。これらの体験が、「暗い独房」の着想のもとになった。

一方、中篇「天使」は、私の原稿執筆時の異常に神経質な性癖から作品が生《うま》れた。私は原稿の書き込みは一向に苦にならない方だが、書きはじめる際、真っ白な原稿用紙にポツンと一点、インクの染みが落ちるようなことがあると、その染みが変に目立って気になり、即座に破り捨てたくなってしまうのだ。

あの作品の題材は、戦後まもなく混血の孤児たちの収容施設として話題になった「エリザベス・サンダース・ホーム」をモデルにしたものだが、真っ白な原稿用紙と一点のインクの染みの対比が、天使のような聖女と生活を共にしていると、かえって孤児たちが肌の黒さを意識して、コムプレックスを感じてしまうのではないか？　というテーマを思いつかせたといっていい。

本書の収録作品のうち、「暗い独房」は一九六一年度、「天使」は一九六三年度、「女雛《めびな》」は一九六四年度、「短剣」は一九六六年度の推理小説年鑑に収録された。

それらのことも、忘れられない懐かしい思い出になっている。本書の題名に〝アルバム〟という言葉を使ったのは、そうした郷愁的な意味合いをもふくめたつもりである。

平成六年十月　　山村正夫

（『恐怖のアルバム』／出版芸術社／一九九四年十一月）

# 編者解説

日下《くさか》 三蔵《さんぞう》

筒井康隆《つついやすたか》『堕地獄仏法《だじごくぶっぽう》／公共伏魔殿《こうきょうふくまでん》』でスタートした《日本SF傑作シリーズ》に続いて、竹書房文庫から《異色短篇傑作シリーズ》をお届けする。SF、ミステリ、ホラーの各ジャンルにまたがりつつ、どのジャンルからもはみ出すような奇妙な作品を蒐《あつ》めて、短篇小説を愛する皆さんに楽しんでいただきたいと思っている。早川書房の叢書《そうしょ》《異色作家短篇集》の日本版を狙ったもの、といえば分かりやすいだろうか。

第一弾の本書は、山村正夫《やまむらまさお》の高密度作品集『断頭台』の増補版である。山村正夫の業績は多岐にわたっていて、とても一言ではまとめられない。一九三一（昭和六）年、大阪市生まれ。名古屋外語専門学校（現在の南山大学）在学中の四九年（昭和二十四）、探偵小説誌「宝石」の第三回懸賞に投じた「二重密室の謎」が「宝石」一月号の別冊付録となり、十代の若さでデビュー。横溝正史《よこみぞせいし》「獄門島・完結編」（48年10月号）、「宝石函」（49年1月号）、「欧米探偵小説ベストテン・解説と鑑賞」（54年1月号）と、四冊しかない「宝石」の別冊付録のうちのひとつである。

以後、『怪人くらやみ殿下』などの少年向けミステリ、『拳銃の歌』（→『悪人狩り』）、『刑事拳銃38』などのアクションもの、『湯殿山麓《ゆどのさんろく》呪い村』などの滝連太郎《たきれんたろう》が登場する伝奇ミステリ、《変身刑事》シリーズ、《忍者探偵》シリーズなどのユーモア・ミステリ、『ぼくらの探偵大学』『トリック・ゲーム』などの推理クイズ集と、実に多彩な作品を発表した。

七七年、長いキャリアと幅広い交遊を活かした評論集『わが懐旧的探偵作家論』で第三〇回日本推理作家協会賞評論その他の部門を受賞。昭和二十年代から四十年代に至る探偵作家たちの横顔を活写した『推理文壇戦後史』（全4巻）は、国産ミステリの歴史に興味のある人にとっては、必読とも言うべきノンフィクションである（論創社《論創ミステリ・ライブラリ》から全2巻で復刊予定）。

八一年から八五年まで日本推理作家協会の第六代理事長を務めた他、仕事場が近かったという縁で青山学院大学推理小説研究会の非公式顧問を務めた。同会からは、菊地《きくち》秀行《ひでゆき》、竹河聖《たけかわせい》、風見《かざみ》潤《じゅん》、日暮《ひぐらし》雅通《まさみち》、北原尚彦《きたはらなおひこ》、津原泰水《つはらやすみ》といった人たちが登場している。また、小説講座の講師を長年にわたって務め、宮部《みやべ》みゆき、篠田《しのだ》節子《せつこ》、新津《にいつ》きよみ、鈴木《すずき》輝《き》一郎《いちろう》らをデビューに導いた。

そんな山村正夫の作品群の中で、ひときわ魅力的で、妖《あや》しい輝きを放っているのが怪奇幻想ミステリである。SF的な奇想を盛り込んだ《現代雨月物語》シリーズをまとめた『陰画のアルバム』『怪奇標本室』、古風な怪談とミステリを融合させた『魔性の猫』『怨霊《おれい》参り』と、クオリティの高い作品集が目白押しだが、中でも飛び抜けた完成度を有しているのが、本書の第一部に収めた『断頭台』であることは、衆目の一致するところだろう。

本格ミステリやユーモア・ミステリでは、作品の出来不出来の差が激しい作家という印象のある著者だが、怪奇幻想ものに限っては、それがない。異常な心理や異常な状況を描く時、山村正夫はかえって抑制の聞いた筆致で、読者を作品世界に引きずり込んでいくのだ。

特に『断頭台』の収録作品は、六篇中四篇が日本推理作家協会の年度別ベスト・アンソロジー《推理小説年鑑》に採られており（「暗い独房」61年版、「天使」63年版、「女雛《めびな》」64年版、「短剣」66年版）、残る二篇も、やはり日本推理作家協会が光文社のカッパ・ノベルスから三年ごとに出していたベストアンソロジーに入っている（「断頭台」は『現代ミステリー傑作選3　湖底の賭』、「ノスタルジア」は『最新ミステリー選集2　家紋』所収）。著者にとっても、自信と愛着のある作品だけを蒐めた会心の一冊であったと思われる。

ちなみに、本書で増補した三篇のうち、「獅子」は58年版、「疫病」は65年版の年鑑に採られている。つまり本書は、山村正夫の「ベスト・オブ・ベスト」といって、まったく過言ではないのである。

収録作品の初出データは、以下の通り。「推理文学」は新人物往来社の季刊誌。評論家の中島河太《なかじまかわた》郎《ろう》と山村正夫を中心とした推理文学会が編集に当たっていた。「推理ストーリー」は双葉社の月刊誌で現在の「小説推理」の前身である。

『断頭台』
角川文庫

『断頭台』
カイガイ・ノベルス

I
断頭台　「宝石」59年2月号
女雛　「宝石」63年3月号
ノスタルジア　「推理文学」4号（70年10月）
短剣　「推理ストーリー」65年12月号
天使　「宝石」62年5月号
暗い独房　「宝石」60年3月号

II
獅子　「宝石」57年11月号
暴君ネロ　「別冊宝石」59年8月号
疫病　「宝石」64年4月号

第一部の『断頭台』は七七年七月にカイガイ出版部のカイガイ・ノベルスから「異常残酷ミステリー」と銘打って刊行された。森村誠一《もりむらせいいち》との巻末対談は、この本に付されたものである。初刊本は「断頭台」「女雛」「ノスタルジア」「免罪符」「短剣」「天使」という構成だったが、八四年五月に角川文庫に収められた際に、「免罪符」と「暗い独房」が差し替えられた。《現代雨月物語》シリーズに属する「免罪符」は、その後、『怪奇標本室』に収められている。《現代雨月物語》は、また別に復刊の機会を待ちたいと思い、本書では角川文庫版の構成を踏襲した。

収録作品の変更に伴って、巻末対談の文章にも若干の修正がなされており、本書では、もちろん角川文庫版の本文を採用した。ただし、山村、森村両氏の写真は文庫版では省かれていたので、ノベルス版から再録してある。文中、森村さんがタイトルを挙げているSF作品「フェーテッセンの宇宙」は、《キャプテン・フューチャー》の作者として知られるエドモンド・ハミルトンの古典的傑作で、現在は「フェッセンデンの宇宙」の表記が一般的だろう。河出文庫のハミルトン短篇集の表題作でもある。「SFマガジン」に作品を発表したこともある山村さんよりも、SFをほとんど書いていない森村さんの方がSFに詳しいのが面白い。

カイガイ・ノベルス版カバーそでの「著者のことば」は、以下の通り。

私は十代の末に処女作を発表して以来、今日までにかなりな数の作品を書いてきた。その中でも特に愛着が深く、自分でも代表作と言い得るのが、本書に納めた六編の中・短編である。恐怖や、残酷の味つけは、ミステリーに不可欠の要素だが、それを私なりの型破りな形式で扱った試みに、いささか自負を抱かずにはいられない。森村誠一氏は〝タイムトンネル小説〟と名づけてくれたが、私の創造した異常な世界に、読者が異次元の戦慄を感じ得るとしたら、作者としてもすこぶる満足だ。

八九（平成元）年五月、作家生活四十周年記念出版として、新芸術社（出版芸術社の旧社名）から「山村正夫自選戦慄ミステリー集」と銘打った二冊の作品集『幻夢展示館』と『異端の神話』が刊行された。

『恐怖のアルバム』
出版芸術社

『異端の神話』
新芸術社

第一巻『幻夢展示館』は《現代雨月物語》シリーズの傑作選で、『陰画のアルバム』から「狂った時計」「悪夢の虚像」「死を弄《もてあそ》ぶ男」「奇妙な眼鏡《めがね》」「失われた顔」、『怪奇標本室』から「やどかり」の六篇を収めたもの。『異端の神話』は「西洋時代ミステリー」というキャッチコピーで、著者の作品集に未収録だった「疫病」「獅子」に、『断頭台』から「ノスタルジア」「断頭台」を加えた四篇を収録。

本書には、「獅子」、「疫病」、および単行本未収録の西洋史もの「暴君ネロ」を、第二部として収めた。変則的ながら、角川文庫版『断頭台』と新芸術社『異端の神話』を統合した作品集ということになる。

「宝石」掲載作品のうち、江戸川乱歩が編集長を務めていた時期に発表された「獅子」「断頭台」「暗い独房」については、作品に乱歩のルーブリック（紹介文）が添えられていたので、再録しておこう。

「神童」の大成を祈る（「獅子」）

山村正夫さんは探偵作家中の最年少、まだ二十六才で十年に近い作家歴を持っている。昭和二十四年（満十八才）に「二重密室の謎」という百三十枚の中篇を「宝石」に投書し、岩谷社長に認められて、同年二月号の別冊として発表され、探偵小説的「神童」の誉が高かった。

しかし、山村君は年をとるにつれて、筋ばかりの謎小説では満足しなくなり、文学的なものを目ざして、昭和二十八年の「蠑螺」を手はじめに、「流木」「指」「巴旦杏」「果実の譜」などで、トリックよりも人間探求の作品を書きつづけた。一方、文学座の新劇演出の助手などをやり、また先年の実験劇場の「毒薬と老嬢」の演出にもたずさわって、文芸的方面に深い関心を示している。

ここに掲載した「獅子」は今夏探偵作家クラブ恒例の犯人当て競技のために書きおろされたものだが、本号では犯人当てとしないで、普通の創作として扱うことにした。それにふさわしい力作だからである。

山村さんはこれを書くためにローマ史をよく調べたらしい。ことに幕切れの国家競売の場面が非常に面白いが、これもギボンの「ローマ帝国衰亡史」の史実にあるもので、決してでためではない。探偵小説に古代を扱って成功した例は、岡田鯱彦さんの「薫大将と匂の宮」、高木彬光さんの「塔の判官」などを思い出すが、この「獅子」もその系列に属する力作である。「神童」山村さんが、だんだん成長しつつあるのは喜ばしい。さらに一層の大成を祈るものである。（R）

「断頭台」

山村さん久しぶりの登場。この作者は西洋の時代ものに惹かれる性格のようである。前に好評を博した「獅子」の舞台は古代ローマだったし、この作の世界は十八世紀のフランスである。したがって、作者は時代ものにふさわしい古風な文章を意識して使っている。この作には、日常の現実は架空となり、架空の夢が現実となる倒錯心理を描いている。私のいわゆる「うつし世はゆめ、よるの夢こそまこと」の系列に属するものであろうか。（R）

「暗い独房」

山村正夫さんの久しぶりの力作をお目にかける。非常に珍しい、異常少年の心理を、老練警官の取調べを通じて、一つのケース・ヒストリーとして、克明に描いたものである。この少年の度重なる殺人と殺人未遂は、どのような心理から生れたのか？　取調べの老警官は少年をよく理解したつもりでいた。だが、ほんとうは少しも理解せず、まるで逆なことを考えていたのである。精神分析学、異常心理学は、この少年の心理を何と名づけるであろうか。

『幻夢展示館』と『異端の神話』はその年に設立された新芸術社（出版芸術社）の最初の本であった。村上昂《むらかみこう》の装画と挿画、黒ではなく紺のインクで刷られた本文、山村作品のベスト盤というべきセレクト。大学生になったばかりだった私は、書店でこの二冊を見つけて、直ちに購入した。

以後、眉村卓《まゆむらたく》『異世界分岐点』、都筑道夫《つづきみちお》『ミッドナイト・ギャラリー』と、好きな作家の傑作選を次々と刊行するこの版元に、大いに注目していたが、まさか自分が原田《はらだ》裕《ゆたか》社長の知遇を得て、大学卒業を待たずに同社で働くことになるとは、当時は夢にも思っていなかった。

出版芸術社では《ふしぎ文学館》というシリーズを作って、手に入りにくい怪奇幻想系の作品集をいくつも編集した。九四年十一月に刊行した山村正夫『恐怖のアルバム』も、その一冊である。

本当は『断頭台』をそのまま収録したかったが、「断頭台」と「ノスタルジア」を含む『異端の神話』が現役だったので、残る四篇をベースに、『陰画のアルバム』から「絞刑吏」「銀造の死」、『怪奇標本室』から「黒猫」「キリスト復活」「免罪符」をチョイスして九篇を収めた。本書もそうだが、この《異色短篇傑作シリーズ》は《ふしぎ文学館》のリニューアル版という意識がある。

『恐怖のアルバム』の帯に竹河聖さんからいただいた推薦文をご紹介して、この解説の結びに代えさせていただこう。

山村正夫は、阿修羅像のようにいくつもの貌を持っている。正面の貌を正統的推理作家のものとするなら、右側のものは何人もの素晴らしい新人作家を発掘し、育てた名伯楽の貌だろう。そして左側のものは……私には、実はそれが最も魅力的に映る。それは耽美と恐怖を心から愛するものの貌だ。恍惚として、見てはいけない世界を覗き見てしまったものの貌だ。その世界の網に搦め取られたものは、もう逃れられない。

# 山村正夫怪奇幻想著作リスト

◉**凡例**　書名・収録作品（長篇のタイトルは省略）・発行年月日（西暦）・出版社（叢書名）・判型・外装

1 **陰画のアルバム**
［絞刑吏／銀造の死／狂った時計／零の誘惑／悪夢の虚像／死を弄ぶ男／奇妙な眼鏡／失われた顔／陰画のアルバム］
73年6月25日　産報（サンポウ・ノベルス）新書判　カバー
83年6月15日　徳間書店（徳間文庫）A6判　カバー　帯

2 **断頭台**
［断頭台／女雛／ノスタルジア／免罪符／短剣／天使］
77年7月25日　カイガイ出版部（カイガイ・ノベルス）新書判　カバー　帯

3 **魔性の猫**
［魔性の猫／交霊の報い／どくろ盃／死恋／怪異の部屋／お迎え火／騙すと恐い／水子供養／廃園の遺書］
83年7月30日　群雄社出版　小B6判　カバー　帯
84年9月10日　角川書店（角川文庫）A6判　カバー　帯

4 **断頭台**
［断頭台／女雛／ノスタルジア／短剣／天使／暗い独房］
84年5月10日　角川書店（角川文庫）A6判　カバー　帯

5
**怨霊参り**
［怪異人形妻／狐火／死んでも離さない／武者人形／記念写真／人体解剖模型／怨霊参り／幽霊アルバイト／飛んで火に入る／吸血蝙蝠］
85年10月10日　角川書店（角川文庫）Ａ6判　カバー　帯

6
**悪夢の寄木細工**
［嘘の真実／死化粧／炎の結末／悲しい骨／死配郵便／隠れん坊／赤いスポーツ・カー］
85年11月20日　光風社出版（光風社ノベルス）　新書判　カバー　帯

7
**怪奇標本室**
［自画像の怪／やどかり／黒猫／キリスト復活／胎教／悪夢の家／読心術／異次元の標的／免罪符］
86年4月25日　双葉社（双葉文庫）Ａ6判　カバー　帯

8
**恐怖の葬列**
［降霊術／二匹の鼠／悪性繁殖／殺意の接点／憎い亡霊／死神の女］
87年2月25日　光風社出版（光風社ノベルス）　新書判　カバー　帯
90年10月10日　角川書店（角川文庫）Ａ6判　カバー　帯

9
**死神の女**
［死化粧／赤いスポーツ・カー／降霊術／憎い亡霊／死神の女］

88年6月15日　勁文社（ケイブンシャ文庫）Ａ6判　カバー　帯

10
**幻夢展示館　山村正夫自選戦慄ミステリー集1**
［狂った時計／悪夢の虚像／死を弄ぶ男／奇妙な眼鏡／失われた顔／やどかり］
89年5月25日　新芸術社　Ｂ6判　カバー　帯
※新芸術社は出版芸術社旧社名

11
**異端の神話　山村正夫自選戦慄ミステリー集2**
［疫病／獅子／ノスタルジア／断頭台］
89年5月25日　新芸術社　Ｂ6判　カバー　帯
※新芸術社は出版芸術社旧社名

12
**卑弥呼暗殺**
［卑弥呼暗殺／盗賊夜叉王丸／鬼の恋／化粧首／切支丹淫虐秘図］
89年6月15日　勁文社（ケイブンシャ文庫）Ａ6判　カバー　帯

13
**霊界予告殺人**
89年12月4日　講談社　Ｂ6判　カバー　帯
92年8月15日　講談社（講談社文庫）Ａ6判　カバー　帯

14
**恐怖のアルバム**
［絞刑吏／銀造の死／暗い独房／黒猫／短剣／キリスト復活／免罪符／天使／女雛］
94年11月20日　出版芸術社（ふしぎ文学館）　B6判　カバー　帯

15
**人魚伝説**
95年8月10日　角川書店（角川ホラー文庫）　A6判　カバー　帯

16
**恐怖の花束**
［餓鬼の女／恐い誘拐／奇妙な家族／朝顔供養／断罪／天中殺の聖夜／乗車拒否］
96年9月20日　祥伝社（祥伝社文庫）　A6判　カバー　帯

17
**断頭台／疫病**
［断頭台／女雛／ノスタルジア／免罪符／短剣／天使／獅子／暴君ネロ／疫病］
20年7月23日　竹書房（竹書房文庫）　A6判　カバー　帯
※本書

断頭台《だんとうだい》／疫病《えきびよう》
2020年7月23日　初版第一刷発行

著者 …………………………… 山村正夫《やまむらまさお》
編者 …………………………… 日下三蔵《くさかさんぞう》
イラスト …………………………… M!DOR!
デザイン ………………… 坂野公一《さかのこういち》(welle design)

---

発行人 …………………………… 後藤明信
発行所 ……………………… 株式会社竹書房
〒102-0072 東京都千代田区飯田橋2-7-3
電話：03-3264-1576(代表)
03-3234-6383(編集)
http://www.takeshobo.co.jp
印刷所 ……………………… 凸版印刷株式会社

---

定価はカバーに表示してあります。
乱丁・落丁の場合には竹書房までお問い合わせください。
ISBN978-4-8019-2332-4 C0193
Printed in Japan